ULLSTEIN

Das Buch

Marlene hat endlich *den* Traumjob an Land gezogen: Sie soll als Starmoderatorin den maroden Radiosender *Alpha Plus* wieder auf Trab bringen. Doch schon bald entwickelt sich ihr neues Leben in München zu einem Alptraum: Nachdem sie bei Recherchen für ihre Nachtsendung auf drei ungeklärte Frauenmorde gestoßen ist, ruft in ihrer Sendung ein Mann an, der sich als der Täter ausgibt. Marlene ist die einzige, die den Mann ernst nimmt. Als kurz darauf Marlenes Chefin ermordet wird, ist Marlene davon überzeugt, daß der geheimnisvolle Anrufer etwas damit zu tun hat. Doch niemand will ihr glauben. Also macht sie sich allein auf die Suche nach dem Mörder, nicht ahnend, daß sie selbst das nächste Opfer sein könnte.

Die Autorin

Beatrix Mannel hat nach dem Studium der Theaterwissenschaft zehn Jahre als Redakteurin für das Fernsehen gearbeitet. Seit 1997 schreibt sie als freie Autorin auch für Fernsehen und Radio. Sie lebt mit ihrer Familie in München.

In unserem Hause ist von Beatrix Mannel bereits erschienen:

Voll ins Schwarze

Beatrix Mannel

Der Brautmörder

Roman

Ullstein

Ullstein Taschenbuchverlag 2000
Der Ullstein Taschenbuchverlag ist ein Unternehmen der
Econ Ullstein List Verlag GmbH & Co. KG, München
Originalausgabe
2. Auflage 2000

Das Zitat aus »Die Ballade vom Zuchthaus zu Reading«
von Oscar Wilde wurde folgender Ausgabe entnommen:
Oscar Wilde, Sämtliche Werke in zehn Bänden,
herausgegeben von Norbert Kohl, Frankfurt/Main 1982.
Umschlagkonzept: Lohmüller Werbeagentur GmbH & Co. KG, Berlin
Umschlaggestaltung: DYADEsign, Düsseldorf
Titelabbildung: Mauritius
Gesetzt aus der Sabon, Linotype
Satz: Josefine Urban – KompetenzCenter, Düsseldorf
Druck und Bindearbeiten: Elsnerdruck, Berlin
Printed in Germany
ISBN 3-548-24796-2

Der liebt zu kurz und der zu lang.
Der kauft, der bietet an.
Der tötet mit Tränen, und jener hat's
Mit kaltem Blut getan.
Denn jeder tötet, was er liebt,
Nur stirbt nicht jeder daran.

Oscar Wilde

Prolog

Marlene zog vorsichtig den Reißverschluß des elfenbeinfarben schimmernden Brautkleids zu und wagte einen Blick in den Spiegel. Sie sah umwerfend aus, mindestens wie eine Königin. Ihre eher rundliche Figur wurde durch die Corsage wunderbar modelliert, so daß sie die schmale Taille eines jungen Mädchens zu haben schien. Ihre Brüste, zu appetitlichen Halbkugeln hochgepreßt, luden zum Betrachten und Verweilen ein. Unterhalb ihrer Taille bauschte sich der paillettenbesetzte Satin über drei Lagen duftiger Petticoats. So war sie schön.

»Marlene, wie lange brauchst du denn noch? Ich hab' hier ein Kamerateam, das bezahlt werden muß. Die Uhr tickt.«

Marlene grinste sich ein letztes Mal zu. Typisch Maja. Man reichte ihr den kleinen Finger, und sie nahm gnadenlos die ganze Hand. Sie trat aus der rosaverhängten Umkleidekabine und hatte die Genugtuung, den Kameramann nach Luft schnappen zu sehen.

»Sehr schön, Marlene, du siehst genauso aus, wie ich das für diese bescheuerte Reportage brauche. Wenn ich mir vorstelle, daß sich Eltern verschulden, nur um solche Kinkerlitzchen zu kaufen, wird mir übel.« Maja, die für ihre Garderobe sicher mehr als nur »Kinkerlitzchen« ausgab, drehte sich zu der faltenberockten Verkäuferin, die sich dezent im

Hintergrund hielt. »Was kostet denn dieser Alptraum in Weiß?«

»Bei dieser Farbe spricht man von einem Champagnerton«, erklärte sie Maja würdevoll. »Es kostet mit den entsprechenden Accessoires circa dreitausendachthundert Mark.«

Marlene schluckte. So viel Geld hatte sie noch nie spazierengetragen.

»Okay, Marlene, du drehst dich jetzt bitte so, daß man dein Gesicht nicht sieht. Da lege ich später dann den Originalton von der eigentlichen Braut drauf. Du kannst dich ruhig ein bißchen hin und her bewegen.« Sie wandte sich zum Kameramann: »Peter, ist alles klar? Heute darfst du zur Abwechslung mal absichtlich die Köpfe abschneiden. Wirst du das schaffen?« Der Kameramann nahm die Ironie mit einem Lachen auf und zwinkerte Marlene zu. »Okay, können wir?«

Marlene bewegte sich vor dem Spiegel, drehte sich hin und her und bauschte graziös das Kleid. Wenn Maja gewußt hätte, daß Jeff und sie vorgehabt hatten zu heiraten, und zwar amerikanisch im großen Stil, dann hätte sie sie sicher nicht hierhergeschleppt. Andererseits, wenn Maja sich etwas in den Kopf gesetzt hatte, dann zog sie das auch durch. Sie sah, daß ihr jemand durch die Schaufensterscheibe zuwinkte. Instinktiv winkte sie zurück. Eine Braut hatte eben viele Freunde. Maja sah das nicht so. In ihrer großen Reportage ging es um Eltern, die sich für die Hochzeit ihrer Töchter ruinierten. Maja hatte herausgefunden, daß immer mehr Eltern einen Riesenkredit aufnehmen, um die absurden Wünsche ihrer Kinder zu erfüllen: zwanzig weiße Schimmel, die eine Kutsche ziehen, Galadinners, Kammerorchester und natürlich das Traumkleid. Und Marlene hatte sich überreden lassen, als Statistin zu posieren, aber das war nicht der einzige Grund, warum sie nach München gefahren war. Maja hatte noch mehr mit ihr vor. Sie wollte Marlene mit jemandem vom Radiosender *Alpha Plus* bekannt machen. Es sei an der Zeit, daß sie ihren Schmollwinkel in Heilbronn verlassen würde. In München sei einfach mehr geboten. Und Maja sollte wie immer recht behalten...

Dienstag, 2. November

Gehetzt warf Marlene die Tür ihres verrosteten roten Golfs zu. Das Scheppern der alten Metallteile verhallte im Inneren der dunklen, schneckenhausartigen Tiefgarage, die zu ihrem neuen Arbeitsplatz gehörte. Sie registrierte das miefige Gemisch aus Abgasen und Kantine, während sie hastig um das Auto herum zum Kofferraum ging. Ein leises, kratziges Geräusch lenkte ihren Blick auf ihre Beine. Sie war mit den neuen, blickdichten Nylonstrümpfen an der Stoßstange hängengeblieben. »Großartig, mein erster Tag bei *Alpha Plus* fängt ja gut an.« Marlene betrachtete kopfschüttelnd die immer breiter werdende Laufmasche, die von ihrem kräftigen Knie bis zur schwarzen Stiefelette verlief. Ungeduldig versuchte sie, den Schlüssel für den Kofferraum herumzudrehen. Er hakte. Vielleicht sollte sie sich doch mal ein neues Auto anschaffen! Sie schlug ein paarmal kräftig mit der Hand auf den Kofferraumdeckel, bis er sich mit einem protestierenden Quietschen ergab. Erleichtert seufzte Marlene. »Na, endlich!« Sie klemmte sich eine Tasche aus weichem Leder unter den Arm und beugte sich tiefer in den Kofferraum, um einen Karton zu packen.

Gerade als sie den Karton aus dem Auto heben wollte, nahm sie aus den Augenwinkeln einen dunklen Schatten wahr. Plötzlich preßte sich etwas Warmes, Weiches an ihren

Po und beugte sich dann über ihren Rücken, so daß es ihr unmöglich schien, sich aufzurichten. Nein, das war kein Schatten, registrierte Marlene blitzschnell, das war ein Körper. Und er roch, dieser Körper, nach Weichspüler, filterlosen Zigaretten und Rasierwasser. Das war kein Körper, das war ein Mann.

Sie erstarrte.

»Hey, Schätzchen«, flüsterte ihr eine dunkle Stimme ins Ohr.

Ein Verrückter, ein Perverser, schoß es ihr durch den Kopf. Sie klammerte sich an ihrem Karton fest. Ihr Herz schlug laut, hämmernd und viel zu schnell. »Konzentrier dich, Marlene, denk nach!« Plötzlich hörte sie durch das laute Pulsdröhnen in ihren Ohren, wie der Motor eines Autos angelassen wurde. Sie war also nicht allein hier. Vielleicht könnte sie es schaffen, ihn wegzustoßen, und dann zu dem anderen Auto zu rennen. Es starben meistens die Frauen, die sich nicht wehrten!

Voller Kraft zog sie die Ellbogen nach hinten durch – doch der Stoß verendete in einer weichen Masse. Aber der Versuch allein hatte sie mutiger gemacht. Sie drehte sich um und rammte ihrem Peiniger den Karton in den Bauch.

Verblüfft trat er einen Schritt zurück. Der Mann war nicht nur dick, er war fett. Sein Pferdeschwanz schwang hin und her wie ein Pendel, als er den Kopf schüttelte und mit dieser unglaublich sexy klingenden Stimme sagte: »Hey, hey, kein Grund, so brutal zu werden! Ich wollte Ihnen nur sagen, daß Sie auf meinem Parkplatz stehen.«

Parken, es ging ihm ums Parken? Marlene bedauerte, daß sie keine asiatische Kampfsportart beherrschte. Nein, sie würde ihr Auto nicht umparken! Keine Sekunde länger wollte sie mit diesem Kerl in der Tiefgarage verbringen. Nur raus hier! Sie warf entschieden den Kofferraumdeckel zu.

Mit dem Karton vor der Brust und der Tasche unterm Arm rannte sie an ihm vorbei in die Richtung des Aufzugs. »Umparken kommt nicht in Frage, hier gibt es noch genug andere Parkplätze!« rief sie über ihre Schulter dem verdutzt aussehenden Kerl zu.

Damit schlug sie die Tür des Aufzugs zu und fuhr nach oben in den achten Stock von *Alpha Plus Radio*, wo sie schon vor zwanzig Minuten ihre neue Chefin Lisa Lederer treffen sollte. Sie atmete tief durch, zählte die Stockwerke mit und hoffte, daß nicht auch noch der Aufzug steckenblieb. Sanft hielt der Lift im achten Stock und entließ sie mit einem hellen »Bing« in die Chefetage.

Sie klopfte an das Büro von Lisa Lederer. Die Sekretärin begrüßte sie leise murmelnd, sah allerdings die ganze Zeit auf den Boden, als wäre dort ein Mantra aufgemalt. Marlene hatte Mühe, sie zu verstehen.

»Hallo, ich bin die Uschi. Herzlich willkommen in München. Komm rein. Lisa wird gleich fertig sein.«

Uschi schob die langen, schwarzen Haare, die ihr das Aussehen einer Woodstockveteranin verliehen, zur Seite. Dann nickte sie Marlene zu und öffnete kraftlos die Tür zu Lisa Lederers Büro, die stakkatoartig Salven in ein Telefon abfeuerte.

Marlene verstand jetzt, warum Uschi so gedämpft wirkte. Diese Frau am Telefon absorbierte alle Energien in ihrer Nähe, bündelte sie und sonderte dann Starkstrom ab. Mit einer ärgerlichen Handbewegung befahl sie Marlene, sich zu setzen. Es war schwer zu schätzen, wie alt die Frau in dem grauen Hosenanzug war. Fünfundfünfzig oder schon sechzig? Sie war stark geschminkt, wie eine Profitänzerin für die Endrunde der lateinamerikanischen Tänze. Die Augendeckel knallblau, die Wimpern sehr schwarz und auf jeder Seite des hageren Gesichts ein kreisrunder Fleck Rouge. Auch ihr graues Haar war in diesem Tänzerinnen-Stil geschnitten: dramatisch kurz und exakt. Allerdings konnte Marlene sich nicht vorstellen, daß Lisa Lederer jemals rückenfreie Paillettenkleider tragen würde.

»Wollen Sie was trinken?« flüsterte Uschi.

Marlene schüttelte den Kopf. Uschi schlich aus dem Zimmer.

Bei gutem Wetter hatte man von diesem Büro aus sicher einen phantastischen Ausblick auf München. Aber heute war außer einem klebriggrauen Wolkenhimmel nichts zu sehen. Neugierig sah sich Marlene in dem sehr spartanisch eingerichteten Raum um. Außer dem Glas- und Stahlschreibtisch, einem Papierkorb und den Stühlen, auf denen sie saßen, gab es kein weiteres Möbelstück. An den Wänden hingen Computerkurven. Umfrageergebnisse, erkannte Marlene. Leider konnte sie nicht genau feststellen, welcher Art die Umfragen waren.

Endlich legte ihre Chefin den Hörer auf.

»Reichlich spät. Hoffen wir, daß dies eine Ausnahme ist.« Sie lehnte sich mit Schwung in ihrem türkisfarbenen Ledersessel zurück.

Marlenes Ohren wurden sehr heiß. Das bedeutete, daß sie rot geworden war. Sie haßte es, rot zu werden, daraufhin wurden ihre Ohren noch heißer, und sie wurde noch röter. Sie überlegte, ob sie sich rechtfertigen sollte, aber die Geschichte in der Garage klang zu unwahrscheinlich, zu sehr nach der Ausrede einer professionellen ewig Zuspätkommenden. Sie preßte also nur ein kurzes »Tut mir leid«, hervor.

»Was kann man von Provinzlaberern schon erwarten?« Lisa saß keine Sekunde still auf ihrem Sessel. Jetzt lehnte sie sich so weit vor, daß Marlene in den Ausschnitt ihrer grauen Seidenbluse sehen mußte. Ihr kam es vor, als ob sie von dem dunklen Schlitz zwischen diesen zusammengepferchten üppigen Brüsten eingesogen und zerquetscht würde. Was hatte ihre Chefin gerade gesagt? Provinzlaberer!

Gerade als Marlene endlich protestieren wollte, lachte Lisa und schlug mit der Faust auf ihren Schreibtisch. »Sollte ein Scherz sein! Sie machen doch hier Comedy!«

Marlene zuckte zusammen, ihre Chefin benötigte dringend einen besseren Gagschreiber. Nur gut, daß sie inhaltlich nicht viel mitzureden hatte.

»Ja, sehr witzig! Sie sind echt gut, Wahnsinn.« Marlenes Sarkasmus amüsierte Lisa. Sie wickelte einen Kaugummi aus, steckte ihn sich in den Mund und speichelte ihn gründlich ein.

»Hey, ich weiß, Sie sind als unser neuer Star eingekauft. Alles klar. Die Frühsendung gehört Ihnen. Das heißt für mich: Sie planen den Ablauf der Sendung, entwickeln neue Comedyelemente, sorgen für Überraschungen, arbeiten mit der Marketingabteilung an den Werbestrategien, und moderieren sollen Sie natürlich auch. Schließlich gibt es nur wenige Frauen mit einer ansprechenden Radiostimme. Wir erwarten, daß Sie ein Format aufbauen, das uns zur Nummer eins in München macht. Sie haben ein Jahr Zeit. Momentan sind unsere schärfsten Konkurrenten noch *Vital Vier, Hansi Eins* und *Battery M*. Aber das kriegen Sie schon hin. Was mir mehr zu schaffen macht, ist diese Nachtsendung, die Sie vorhaben. Was genau soll denn da ablaufen?« Ihre großen, weißen Zähne zermalmten gnadenlos die hellbraune Gummimasse. Marlene tat der arme Kaugummi fast leid.

Sie holte ihre Unterlagen aus der Tasche.

»Müssen Sie erst die Bibel konsultieren, bevor Sie mir Ihr Konzept erzählen? Haben Sie denn nicht im Kopf, was Sie in Ihrer Sendung machen wollen?« blaffte Frau Lederer, spuckte den Kaugummi in den Papierkorb aus Edelstahl, kramte in ihrer Schublade und wickelte einen neuen Mintstreifen aus seinem Stanniolpapier.

Marlene war gegen ihren Willen fasziniert. Was für eine Kaumaschine! Vor allem paßte dieses Geknatsche überhaupt nicht zu dem eleganten, grauen Hosenanzug, den ihre Chefin trug. Irgendwie schien Lisa Lederer aus lauter Einzelteilen zu bestehen, die sich nicht zu einem harmonischen Ganzen zusammensetzen wollten.

Marlene beschloß, die verbale Attacke einfach zu ignorieren.

»Die Bibel wär' keine schlechte Nachtsendung. Viel Sex, viel Gewalt und jede Menge Obszönitäten. Nee, aber ich habe mir eigentlich vorgestellt, daß ich ein aktuelles Problemthema vorgebe, dazu einen Experten im Studio habe, und dann ›call ins‹ bearbeitet werden. Mit richtig guten Recherchen.«

»Das ist völlig unmöglich. Wenn Sie morgens eine komische Sendung machen, dann können Sie nicht am Abend seriös sein! Stellen Sie sich doch mal Sabine Christiansen als Moderatorin der *Wochenshow* vor. Unmöglich! Außerdem *Probleme«*, sie spuckte das Wort *Probleme* wie einen alten Kaugummi in Marlenes Gesicht. »Quatsch! Ich will Sex, Sex und noch mal Sex. Von mir aus unter Umständen Sex-Probleme, aber die sollten dann von der pikanten Sorte sein. In der Art von: Kann es sein, daß mein Ständer den neuen Latexanzug durchbohrt? Oder die Frage: Ist es normal, daß ich nur beim gleichzeitigen Vögeln mit vier Männern einen Orgasmus kriege?«

Marlene hatte Lust aufzustehen, einfach rauszugehen und nie wieder einen Radiosender von innen zu sehen. »Bleib ruhig, Marlene, tu nichts, was du bereuen könntest!« Sie wandte ihre mehrfach erprobte Technik des Abkühlens an und sagte in Gedanken das einzige Gedicht auf, das sie auswendig konnte: »Über allen Gipfeln ist Ruh, über allen Wipfeln spürest du kaum einen Hauch.« Sofort merkte sie, wie sie ruhiger wurde. »Warte nur, balde ruhest du auch.« Sie grinste bei dem Gedanken, daß diese Hektikerin ruhen könnte. Wahrscheinlich ruhte die erst, wenn sie im Grab lag!

»Besonders spontan scheinen Sie mir ja nicht zu sein. Wie wollen Sie dann eigentlich mit den Hörern am Telefon umgehen?«

»Da machen Sie sich mal keine Sorgen, am Telefon bin ich gut. Und was die Inhalte der Latenight-Sendung angeht, da habe ich mit Ihrem Geschäftsführer Herrn Martini eine eindeutige Absprache getroffen, und die besagt, daß allein ich für die Inhalte der Sendung verantwortlich bin!« Nur nicht zickig werden, dachte Marlene, sonst denkt sie noch, wir haben ein Frauenproblem, dabei arbeite ich so gerne mit Frauen. Wenigstens war das bisher immer so.

Sofort nahm Lisa Lederer den Hörer in die Hand und tippte auf ihre türkisfarbene Telefonanlage. »Benno? Ja, ich bin's, Lisa. Du, hier ist diese Kleine aus der Provinz, die DU eingestellt hast – schläfst Du neuerdings mit Braunhaarigen? Ja, sie sitzt mir gegenüber. Warum? Nee, soweit alles okay, aber sie behauptet, du hättest ihr freie Hand gelassen, was die Inhalte ihrer Nachtsendung betrifft. Ist das richtig?«

Marlene schluckte. Sie war nicht als Betthupferl nach München gekommen, sondern wegen ihres Könnens. Martini hatte nicht nur mit erheblich mehr Geld gewinkt, als sie bei der kleinen Radiostation in Heilbronn bekommen hatte. Er hatte diese Nachtsendung als Extra dazugelegt, nur um sie nach München zu locken und *Alpha Plus Radio* nach vorne zu pushen. Das war der einzige Grund, warum sie jetzt in München und nicht Berlin war.

Lisa warf den Hörer auf. »Darüber ist das letzte Wort noch nicht gesprochen. Genug geschwätzt! Jetzt werde ich Sie mal den Kollegen vorstellen.«

So, wie sie das sagte, klang es nach einer Drohung. Lisa stand auf, und Marlene konnte endlich einen Blick auf ihre Gestalt werfen. Lisa war sehr dünn. Der gewaltige Busen täuschte eine Leibesfülle vor, die nicht existierte. Storchengleich stolzierte Frau Lederer vor Marlene durch die Abteilungen.

Marlene versuchte, sich all die Namen der Kollegen aus der Nachrichtenredaktion, der Lokalredaktion und der Kulturredaktion zu merken, aber nach dem vierten Namen gab sie es auf. Der Sender war viel größer als der in Heilbronn. Die neuesten digitalen Sendemaschinen und Computer standen in den Studios. »Wir haben zur Zeit noch Moderatoren, die keine Selbstfahrer sind, aber wir arbeiten daran, das zu ändern.« Lisa lächelte vor sich hin. Marlene nickte, sämtliche Radiosender wollten, daß ihre Moderatoren alles machten: eine tolle Sendung nicht nur moderieren, sondern auch schneiden, vorbereiten und schließlich selbst senden. Das bedeutete Werbeblocks einfahren, Jingles ablaufen lassen und teilweise – wenn diese Aufgabe nicht der Computer übernahm – auch die Musikauswahl. Klar, das sparte Arbeitsplätze, aber ob die Sendungen dadurch besser wurden? Marlene bezweifelte das.

Endlich kamen sie zu ihrem Arbeitsplatz. Er lag im Keller in der Nähe der Studios, hatte also kein Tageslicht. Egal, die meiste Zeit des Jahres war es sowieso dunkel, weil sie schon um fünf Uhr früh anfangen mußte.

Sie setzte ihren Karton auf dem Schreibtisch ab. Da hörte sie eine angenehme tiefe Stimme aus dem Nebenzimmer sagen: »Okay, Baby, dann sehen wir uns morgen! Ja?«

Diese Stimme kannte sie doch. Ihr Körper reagierte

schneller als ihr Gehirn. Ihr Nacken verkrampfte sich. Das war eindeutig die Stimme von dem Witzbold in der Tiefgarage! Schon stand die Stimme vor ihr.

Wie in einem schlechten Alptraum stellte Lisa ihr den Kerl auch noch vor. »Das ist Rocky, unser bisher alleiniger Frühmoderator, Ihr Kollege. Rocky, das ist deine neue Kollegin, Marlene Popp. Ich erwarte Erfolge von euch!« Sie hielt den Daumen nach oben wie ein römischer Imperator, der über das Leben zweier Gladiatoren entscheidet, und grinste sie an. Dann drehte sie sich abrupt um und rief über ihre Schulter noch zu Marlene: »Wegen dieser Nachtsendung reden wir noch.« Damit verschwand sie.

»Scheiße, *Sie* sind also die Neue. Na prima!« Die Worte krochen wieder mit dem weichen, sexy klingenden Timbre von Barry White über seine Lippen. Marlene fragte sich, ob Rocky Frauen vielleicht ganz gerne mit dieser Mischung aus sanfter Stimme und gehässigen Inhalten erschreckte. Das versprach eine aufregende Zusammenarbeit zu werden. »Also, ich bin wirklich entzückt, dich kennenzulernen, Rocky. So einen reizenden Kollegen hatte ich noch nie! Bin mal gespannt, ob deine Qualitäten als Moderator an deinen Tiefgaragencharme rankommen!«

Rocky verzog seinen vollen Mund zu einem schiefen Grinsen und streckte ihr die Hand hin. »Schwamm drüber, okay?«

Sie ignorierte seine Hand und machte sich daran, ihren Karton auszupacken. Ganz oben lag das Bild von Jeff. Vorsichtig nahm sie es in die Hand und betrachtete es. Obwohl jetzt schon mehr als zwei Jahre seit dem Unglück vergangen waren, schnürte der Blick aus seinen braunen Augen ihr immer noch die Kehle zu. Er sah so lebendig aus, als könnte er jeden Moment zur Tür hereinkommen. Das Bild hatte sie an einem windigen Herbsttag in Sonoma Beach in Kalifornien aufgenommen. Die Sonne vergoldete sein eigentlich aschblondes Haar. Sie erinnerte sich genau an diesen Tag. Es war der letzte Tag ihres ersten und einzigen gemeinsamen Urlaubs gewesen. »Honeymoon«, hatte er gesagt, obwohl sie nie geheiratet hatten. Sie waren den ganzen Tag vor den riesigen Brechern entlangspaziert und hatten dem Donnern und Tosen des Pazifiks zugehört. Sogar seine Lippen hatten nach Pazifik geschmeckt, erst so salzig und dann so süß. Sie hatten sich hinter einen Felsen gesetzt, um sich vor dem Wind ein wenig zu schützen. Und während sie aneinandergeschmiegt verliebt aufs Meer starrten, war plötzlich zwischen zwei Brechern ein riesiger Wal aufgetaucht. Sie hatten die Luft angehalten und staunend zugesehen, wie das mächtige, graudunkel glänzende Tier zwischen den Wellen wieder verschwand und nichts zurückließ als ein paar Kräusel auf den Wellen. Sie waren nach einer andächtigen Sekunde aufgesprungen und den Strand entlanggerannt in der Hoffnung, den Wal noch einmal zu sehen, aber er blieb verschwunden. Trotzdem war ihnen die Begegnung mit dem Wal wie ein Geschenk vorgekommen. Und dann der Absturz der TWA-Maschine. Jedesmal wieder fragte sie sich, warum Jeffs Leben so sinnlos ausgelöscht worden war.

Als sie endlich bemerkte, daß Rocky sie interessiert beobachtete, stellte sie das Foto behutsam auf den Tisch und versuchte zu lächeln. Daneben legte sie einen gelbbraunen Stein, den sie und Jeff in der Wüste von Nevada gefunden hatten. Ihren Glücksbringer. Dann einen Kalender mit den wichtigsten Ereignissen und Geburtstagen von Prominenten, eine potthäßliche »Hier säuft der Chef«-Tasse, die ihr die Kollegen von *Radio Sunshine* in Heilbronn zum Abschied geschenkt hatten, und ihre Lieblingsstifte.

»Okay, ich geb's zu, mein Auftritt heute morgen war kein

guter Joke. Alles klar dann?« Rocky fläzte ein Stück seines riesigen Hinterns auf ihren Schreibtisch. Beinahe hätte er Jeffs Bild plattgewalzt.

»Joke? Für mich war das kein Witz!« Marlene brachte Jeffs Bild in Sicherheit. Dann sah sie Rocky direkt ins Gesicht. Er hatte eine große Nase, seine Augen standen zu eng beieinander, und er sah nicht die Bohne wie Sylvester Stallone aus. Eher wie Meatloaf in der Rocky-Horror-Picture-Show. Überall quollen schwarze Haare aus dem Sweatshirt, das er über der Jogginghose trug. Am Hals, an den Armen, und Marlene wettete mit sich selbst, wenn er sich umdrehen würde, dann auch im Nacken.

»Und jetzt nimm deinen Arsch von meinem Schreibtisch!«

Rocky grinste breit. »Ich mag es, wenn die Girls wütend werden, das macht sie so sexy.«

Jetzt reichte es Marlene, im Zorn ließ sie eine Wortfontäne über Rocky hinwegsprudeln: »Du Affenkopf, runter von meinem Schreibtisch! Sofort! Und nenn mich nie wieder Girl oder Baby, Schätzchen, Darling oder Honey! Ich bin dreiunddreißig und kein Männerspielzeug. Kapiert?«

»Ich dachte, wir leben im postfeministischen Zeitalter! Bab –, äh, wie heißt du noch mal?«

Rocky wuchtete seinen Körper von ihrem Schreibtisch.

»Marlene.«

Demonstrativ betrachtete Rocky ihre Laufmasche. »Deine Beine sind aber ein bißchen dicker als die von der Dietrich.«

»Wenn das ein Witz sein soll, dann verstehe ich, daß dir die Hörer vor Langeweile eingehen. Im übrigen gehen dich meine Beine überhaupt nichts an, okay? Regel Nummer eins: Jeder von uns beiden beschäftigt sich mit seinem eigenen Körper.« Marlene schwieg, um dann nach einer süffisanten

Pause, die sie nutzte, um ihn von oben bis unten zu mustern, hinzuzufügen: »Und da hast du ja genug zu tun, Rocky.«

»Entschuldigung, aber bei dem Lärm kann ich mich überhaupt nicht konzentrieren.« Die helle, ein bißchen piepsige Stimme gehörte einem jungen Mädchen, das aussah wie eine lebendig gewordene, blonde Barbiepuppe. »Ich finde, ihr habt jetzt genug gezankt. Hallo, Lederlisa hat uns nicht vorgestellt, mein Name ist Valerie Schah. Ich bin die Praktikantin.« Sie kam auf Marlene zu, sah ihr neugierig ins Gesicht und schüttelte ihre Hand.

Rocky nickte ergeben in Valeries Richtung. »Du hast recht.«

Marlene kam es so vor, als würde Rocky sogar versuchen, seinen Bauch einzuziehen. Sinnlos!

Marlene stellte sich auch vor. »Ich bin Marlene Popp. Ich moderiere mit Rocky ab sofort die Morgenshow von 6 bis 9 Uhr.«

Valerie riß ihre niveadosendeckelblauen Augen auf. »Ich hab' schon viel von Ihnen gehört!«

Marlene betrachtete Valerie ungläubig.

»Echt, ich hab' nämlich eine Freundin, die wohnt in der Nähe von Heilbronn, da hab' ich Ihre Show schon ein paarmal gehört.« Aufgeregt wandte sie sich an Rocky. »Hast du gewußt, daß *Radio Sunshine* durch ihre Morgenshow zur Nummer eins geworden ist? In der Region Heilbronn. Die Medienanalyse war phantastisch!«

Nachdenklich betrachtete Marlene Valerie. Die sah nun wirklich so aus, als könnte sie ein Betthupferl sein. Langes, blondes Haar, diese großen intensiv blauen Augen – vielleicht gefärbte Kontaktlinsen? – ein glattes Gesicht mit markanten Wangenknochen und eine kurvige Figur mit endlos schlanken Beinen. Und das alles war deutlich zu sehen, obwohl Valerie nur Jeans und einen dicken Pullover trug und ungeschminkt war. Wow! Es war eine Wohltat, sie anzuschauen. Kein Wunder, daß Rocky sich in ihrer Gegenwart so anstrengte, eine nette Seite zu zeigen.

Marlene war beeindruckt, wie kompetent und intelligent Valerie trotz dieser quietschigen Stimme wirkte. Vielleicht hatte sie an diesem lausigen Tag doch noch Glück, und diese Praktikantin war wirklich eine Hilfe. Sie nahm sich vor, ihr jede Menge Gelegenheiten zu geben, um das zu beweisen.

»Vielleicht könntest du mir mal die Damentoilette zeigen.« Kaum hatte sie es gesagt, hätte sich Marlene ohrfeigen können. Das war ja eine tolle erste Aufgabe für die Praktikantin. Von wegen »sich beweisen«!

Valerie grinste und führte sie durch ein Labyrinth von Gängen zum Klo. Marlene konnte ihrem schnellen Schritt kaum folgen. Eine leichter Duft von Zitrusfrüchten umgab Valerie. Marlene entschied, daß sie Valerie mochte. »Valerie, sag mal, wer ist denn Lederlisa?«

»Das ist Frau Lederer. Eigentlich fehlt der doch nur noch die Peitsche zur Domina. Morgens ist sie besonders schlimm. Da müssen wir alle wie Soldaten in ihrem Besprechungszimmer antreten und detaillierten Rapport geben, was wir heute machen. Dann wird auf jedem ein bißchen herumgehackt, sehr unkonstruktiv. Ich frage mich, was das bringen soll. Es ist, glaube ich, bloß eine Machtdemonstration. Na, und eines Morgens soll Marius, ein Nachrichtenredakteur, sie angebrüllt haben. Er hätte ein für allemal die Schnauze voll von Lederlise. Mit diesen Worten soll er dann rausgestürmt sein. Wurde natürlich gefeuert. Seitdem nennt man sie hier Lederlise oder Lederlisa. Paßt, oder?«

Marlene war sich nicht sicher. Für sie hatte Lisa Lederer etwas von Elektrosmog. Sie elektrisierte und polarisierte ihre Umgebung. Unschlüssig zuckte sie mit den Schultern.

»Sie sind ja mit den Interna dieses Senders schon gut vertraut. Wie lange sind Sie denn schon hier?«

Valerie schien überrascht. »Wieso wollen Sie das wissen?«

»Reine Neugier.«

»Seit zwei Wochen.«

Sie waren an der Tür zur Damentoilette angekommen. Valerie hielt verschwörerisch grinsend einen Moment inne. »Was Sie vielleicht noch wissen sollten...«

»Ja?«

»Also der Rocky heißt gar nicht Rocky.«

Marlene nickte. » Ich habe mir schon gedacht, daß das ein Künstlername ist. Gar keine schlechte Wahl, das bleibt gut im Gedächtnis. Und die weiblichen Zuhörer hören seine schöne Stimme und denken an Sylvester Stallone. Wie heißt er denn in Wirklichkeit?«

Triumphierend schmetterte Valerie: »Robert Ziesenhenne!« Und damit ging sie wieder zurück.

Marlenes ganze Anspannung entlud sich in einem befreienden Lachen. »Ziesenhenne«, das war für jeden eine Belastung, aber für einen Moderator ganz unmöglich. Es sei denn, man erklärte seinen unmöglichen Namen zum Markenzeichen. Mit einem Hühnerjingle zum Beispiel. Aber dafür fehlte Rocky wahrscheinlich die Selbstironie. Seit es angesagt war, »poppen« als Wort für bumsen zu benutzen, hatte sie auch schon mal überlegt, ob sie ihren Nachnamen verändern sollte. Aber dann hatte sie sich gesagt, daß sie Marlene Popp war und sonst niemand. »Ziesenhenne!« Sie grinste immer noch, als sie ihre Hände schon längst wieder abtrocknete.

Die Lachtränen hatten ihr Augenmakeup ruiniert. Brauner Kajal und grüner Mascara hatten sich vermischt und einen dunklen Ring unter ihren großen, graugrünen Augen gebildet. Da sie sich nicht jeden Tag schminkte und es ihr deshalb an Übung fehlte, mal schnell eine Reparatur vorzunehmen, beschloß sie, einfach alles abzuwaschen. Sie betrachtete ihr braunes, raspelkurzes Haar und fand ihr ovales Gesicht gar nicht so übel. Na ja, der Mund war ein bißchen zu voll, das Kinn stand viel zu weit vor, und dann ihre Nase... An guten Tagen nannte sie ihre Nase »klassisch«. An nicht so guten Tagen machte diese Nase sie zur Zwillingsschwester von Cyrano de Bergerac. Diese Tage nannte sie ihre Nasentage. Aber heute war ein guter Tag. Alles in allem konnte sie mit dieser Ausstattung leben.

Valerie wartete an Marlenes Schreibtisch. »Sie sehen irgendwie anders aus. Hatten Sie eine Begegnung der dritten Art auf dem Klo?« fragte Valerie unschuldig. »Kann ich etwas für Sie tun?«

»Für dich«, korrigierte Marlene lächelnd. »Die Begegnung der dritten Art hatte ich übrigens schon heute morgen in der Tiefgarage.«

Das war an Rocky gerichtet, der gerade zur Tür hereinkam. »Aber jetzt mal was anderes, wie plant ihr denn die Sendungen? Wie bereitet ihr euch vor? Gibt es hier noch weitere Redakteure?«

Rocky grinste verächtlich. »Das mache ich alles aus dem Bauch raus, ist doch klar.«

»Dein Bauch sieht aber nicht so aus, als ob da viel rauskäme, eher umgekehrt!« Marlene wandte sich an Valerie. »Also, irgendein Stichwortpapier, Linercards, Ablaufpläne habt ihr doch sicher, oder?«

Valerie nickte. »Ja, wir haben hier eine Liste von Promis, mit Geburts- und Todesdaten.«

»Ja, und weiter?« Marlene wartete ungeduldig.

»Nix.« Valerie sah ihr nicht direkt in die Augen. Dann gab sie sich einen Ruck. »Hey, Rocky, das finde ich ungut.«

Rocky zuckte lethargisch mit den mächtigen Schultern.

»Wir sollten ihr alles zeigen und nicht so tun, als würden dir während der Sendung all die Geistesblitze kommen.«

»Na Gott sei Dank, ich habe fast geglaubt, ihr würdet tatsächlich so eine unprofessionelle Stegreifnummer abziehen. Also, kann ich ein paar Unterlagen sehen? Und dann hätte ich gerne noch ein paar Airchecks aus der letzten Woche.«

»Airchecks«, brummelte Rocky.

»Ziesenhenne«, murmelte Marlene vor sich hin und beobachtete voller Genugtuung, wie sich Rockys Gesicht schmerzhaft verzerrte. Valerie holte aus Rockys winzigem Büro ein paar Zettel, auf denen sich Rocky eine Reihe von Gags notiert hatte, die er für morgen vorbereitet hatte. Er wollte sich anläßlich des 100jährigen Jubiläums der Metzgerinnung die Metzger vornehmen und hatte ein paar Witze zum Thema Fleisch vorbereitet. »Woran erkennt man, daß eine Blondine Vegetarierin ist? Sie schluckt kein Sperma!« Marlene konnte sich lebhaft vorstellen, wie Rocky darüber in wabbelnde Lachkrämpfe ausbrach.

»Valerie, findest du das lustig?«

»Nö, aber ich kann über die meisten Witze nicht lachen.«

»Was machst du dann in der Redaktion einer Comedysendung?« Marlene war gespannt.

Valerie sah durch Marlene durch, als wäre ihr die Antwort peinlich. »Ich mache hier ein Praktikum, weil ich beim Fernsehen keines gekriegt hab, ich möchte Jura studieren, und später dann werde ich Medienrechtlerin.«

Marlene war überrascht. Wie selbstbewußt und ehrgeizig das klang. Das hätte sie sich mit zwanzig Jahren nicht getraut. Da hatte sie noch gar nicht gewußt, was sie eigentlich wollte. Sie hatte nur genau gewußt, was sie nicht wollte:

wie ihre neureichen Eltern werden! Sie überlegte, ob sie nicht mit ihrer Freundin Maja, die bei *Seventy-Seven,* einem großen Privatfernsehsender, arbeitete, über Valerie reden sollte. Aber dazu war es noch zu früh.

»Ich produzier' dann mal ein bißchen. Valerie, willst du mitkommen?« Rocky schob sich so nah an Valerie, daß Marlene bedauerte, wieder in Deutschland zu sein. In Amerika wäre er dafür wegen sexueller Belästigung für Jahre in den Knast gewandert.

»Du inspirierst mich immer zu den besten Sachen!« hauchte er Valerie ins Ohr.

Marlene wollte sich schon einmischen, aber da zeigte Valerie Rocky gelassen den Stinkefinger. »Mach dich bloß nicht naß, das würde deiner Oma nicht gefallen.«

»Laß meine Oma aus dem Spiel, die hat in ihrem kleinen Finger mehr Herz als du in deinem ganzen Luxuskörper!« Damit hievte er seine Kilos in eine Sprecherkabine.

Marlenes Blick folgte ihm und fiel auf die riesige Uhr, die dort hing. Unmöglich, es war schon nach vier, und um fünf Uhr sollte sie bei der Wohnungsübergabe sein. Sie nahm ihre Tasche und stürzte zur Tiefgarage.

Mißbilligend starrte sie der kleine, kahlköpfige Mann im hellgrauen Kapuzenshirt an. Er stand mit einem Klemmbrett vor ihrer Wohnungstür und tänzelte nervös von einem Fuß auf den anderen. »Sie sind zu spät. Ich hab' noch mehr zu tun, als zu warten. Sie hätten wenigstens anrufen können.« Er steckte den Schlüssel ins Schloß. »René Reimann, ich bin der Hausmeister. Ihr Vormieter kommt gleich, dann machen wir die Übergabe komplett.«

Irritiert folgte Marlene ihm. Wie ein Hausmeister sah der nicht aus. »Was soll denn das heißen? Marlene, Marlene, was für ein Klischee!« rief sie sich zur Ordnung, »Wer sagt denn, daß alle Hausmeister blaue Kittel tragen müssen und einen Bauch haben?« Von Bauch keine Spur, dafür im Gegenteil so viele Muskeln, daß der kleine Mann fast quadratisch wirkte. Marlene war mit ihren 1,70m fast einen Kopf größer. Sie bemühte sich, kleiner zu wirken. Es war ihr unangenehm, wenn ein erwachsener Mensch zu ihr aufschauen mußte.

Herr Reimann war sehr gründlich. Jeden Parkettkratzer des kleinen Zweizimmerappartements nahm er in sein Protokoll auf. Er notierte gewissenhaft die Anzahl der Lampenhaken und der Schlüssel. Endlich kam auch der Vormieter. Herr Reimann sah demonstrativ auf seine klotzige Uhr und teilte ihm mit strenger Stimme mit, daß sie schon fast fertig seien und sich Dr. Juri damit jetzt leider abfinden müßte.

Herr Dr. Juri lächelte den Hausmeister gelassen an und stellte sich Marlene dann sehr umständlich und langsam vor. »Tut mir leid, tut mir leid. Sie sind also die Nachmieterin, Frau Popp. Wie entzückend. Ich wohne übrigens jetzt über Ihnen. Habe nach oben gewechselt wegen des Lichtes, man könnte auch sagen wegen der Erleuchtung. Meine Liebe, Sie sehen so aus, als könnten Sie ein wenig makrobiotische Kost vertragen. Es würde Sie noch schöner machen, wenn Sie mir die Bemerkung gestatten wollen.«

Marlene verbiß sich ein Lachen. Dr. Juri war höchstens so alt wie sie, aber er sprach wie ein ganz alter Mann. Nicht mal ihren perfekt höflichen Vater hatte sie je sagen hören: »Meine Liebe«. Nicht mal zur Frau eines guten Kunden bei einem ganz großen Immobiliendeal. Dr. Juri sprach mit einem Akzent. Aber sie konnte nicht so ganz erkennen, was für einer. Er war ganz in Schwarz gekleidet und sehr schmal, eher sogar asketisch dürr und groß. Er überragte Marlene um fast dreißig Zentimeter. Durch den zotteligen Vollbart fühlte sich Marlene an einen Rabbi erinnert, oder, korrigierte sie sich selbst, an einen Totengräber.

»Erleuchtung hin oder her, Herr Dr. Juri, diese Wand müssen Sie noch mal streichen! Das ist ja eine Zumutung, so kann Frau Popp das nicht übernehmen.« Der Hausmeister deutete mit ausgestrecktem Arm und ernster Miene auf eine kaum sichtbare Unregelmäßigkeit in der Nähe des Fensters. Dabei blähten sich die gewaltigen Muskelpakete seines Armes. Marlene hatte Mühe, irgendeinen Fehler zu entdecken, doch Herr Reimann beharrte darauf. Sie begann sich zu langweilen und starrte aus dem Fenster in die Dunkelheit. Tagsüber war die Aussicht nicht schlecht, immerhin befand sich das Appartement im sechsten Stock. Aber jetzt wußte sie nicht mal mehr, wo sich Süden oder Norden befand. Sie war erst einmal hiergewesen. Maja hatte sich um die Wohnung gekümmert, weil sie es nicht geschafft hatte, rechtzeitig aus Heilbronn wegzukommen. »Herr Reimann, ich finde das Appartement okay.«

»Sie sind reizend, meine Liebe. Wirklich.« Dr. Juri packte ein paar Kehllaute in das »wirklich«. Wirchkchlichch. »Vielleicht haben Sie einmal die Gelegenheit und besuchen mich in meiner Wohnung oben?«

Plötzlich hörte Marlene ein leises, leicht ratterndes Geräusch. Sie sah sich um und ging zum Fenster, doch sie konnte nichts sehen. »Was ist denn das?«

»Was denn?« fragten die beiden Männer gleichzeitig.

»Dieses Geräusch, können Sie das denn nicht hören?«

Dr. Juri legte instinktiv seine rechte Hand an das rechte Ohr. »Ich höre nichts.« Herr Reimann zuckte ungeduldig mit den Schultern. »Vielleicht ist es ein Helikopter. Die landen manchmal drüben im Krankenhaus, da gibt es einen Landeplatz für Notfälle. So, und im übrigen, Frau Popp«, legte er nach, »vertrete ich hier den Hausbesitzer, und den stört es, wenn das Appartement nicht tipptopp ist. Wenn Sie sagen, es ist Ihnen egal, dann müssen Sie den Schaden eben beheben, wenn Sie ausziehen. Ist Ihnen das klar?« Er hielt das Klemmbrett wie eine Trophäe vor seine muskelbepackte Brust.

»Ja, ja.« Marlene hatte keine Lust mehr, mit diesen seltsamen Männern in ihrer Wohnung zu sein. Sie hatte plötzlich das Verlangen, einfach aus der Wohnung wegzugehen und sie den beiden zu überlassen. Die zwei waren hier viel mehr zu Hause, als sie es je werden würde. »Blödsinn«, ermahnte sich Marlene, »alles Käse. Du mußt dich erst mal einleben.« Sie unterschrieb das Protokoll, ohne zu prüfen, was darin stand, und ging zur Tür. Den Männern blieb nichts anderes übrig, als ihr zu folgen. »Vielen Dank, bis dann.« Sie schloß die Tür und war zum erstenmal seit heute morgen allein.

Außer ein paar Handtüchern, Kleidern und der Luftmatratze, auf der sie schlief, hatte sie noch nichts in der Wohnung. Ihre Freundin Karin würde ihr die Kisten am nächsten Wochenende nach München mitbringen. Sie ging durch die dunkle Wohnung in die Küche und setzte sich auf den Boden. Wenigstens gab es eine Küchenzeile mit Kühlschrank, Herd und sogar einer kleinen Spülmaschine. Sie öffnete den Kühlschrank, er war natürlich leer. Sie starrte auf die strahlendweißen, leeren Gitter und stellte sich vor, sie könnte zaubern. Sie hatte Hunger. Aber der konnte warten. Jetzt wollte sie sich erst mal richtig entspannen, und das konnte Marlene am besten unter einer kochendheißen Dusche.

Kaum hatte sie ihre Haare mit duftendem Pfirsichshampoo eingeschäumt, klingelte es Sturm. »Pech gehabt!« beschloß Marlene und duschte weiter. Doch das Klingeln hörte nicht auf. Schließlich konnte sie den schrillen Ton nicht mehr ertragen, wickelte sich ein Handtuch um, rannte zur Tür und drückte auf den Summer. Keiner da. Vorsichtshalber öffnete sie noch die Appartementtür.

»Alles Gute zum Einzug!« kreischte ihr eine Stimme entgegen. Maja stöckelte mit vielen Tüten bepackt an ihr vorbei in die Wohnung. »Ganz schön riskant, nur mit 'nem Handtuch vorm Busen die Tür aufzumachen. Du wohnst jetzt in einer Großstadt, da kann sonst wer vor der Tür stehen, vor allem hier, wo alles so anonym ist.«

»Du hast mich erschreckt!«

»Das wollte ich nicht. Möchtest du dir nicht mal was anziehen? Nicht, daß ich deinen Luxuskörper nicht liebe, aber es ist doch wohl ein bißchen zu kalt, oder nicht?«

Maja war wie immer aus dem Ei gepellt. Sie trug einen langen, engen blauen Samtrock, ein tailliertes Jackett und viel zu hochhackige Schuhe in einem unglaublich majestätischen Purpur. Sie schleppte ihre Tüten in die Küche. »Mann, ist das trostlos hier! Ich hab' dir ein paar Sachen aus meiner Wohnung mitgebracht und was zu essen. Bin ich nicht wirklich toll? Ich bin sogar früher vom Sender weg, obwohl sie gerade eine Frauenleiche gefunden haben. Das ist doch wahre Freundschaft, oder?«

»Großartig«, murmelte Marlene und zog sich ihre alten Lieblingsjeans und einen dunkelgrünen Pullover an. Wie hielt es ihre Freundin nur den ganzen Tag in derart unbequemen Klamotten aus? Und diese Schuhe erst! Schon in ihrer Frauen-WG in Frankfurt, als sie und noch zwei andere Freundinnen sich eine winzige Wohnung mit »Frankfurter Bad« geteilt hatten, war Maja die einzige gewesen, die immer aussah, als müßte sie zu einem Fototermin für ein Model-Shooting.

»Na, wie war denn dein erster Tag?« rief Maja aus der Küche zu Marlene.

Überrascht sah Marlene, was Maja alles mitgebracht hatte: eine Taschenlampe, eine Decke, die sie wie bei einem Picknick auf den Boden gebreitet hatte, zwei Teller und Gläser, zwei Pizzen, Brot und Käse und zwei Flaschen Rotwein. Besteck, einen Flaschenöffner. Und sogar eine Kerze.

»Was ist los mit dir, bist du auf deine alten Tage sentimental geworden, oder was? Seit wann ißt du denn solche fettigen Kalorienbomben? Riecht gut«, Marlene biß in ein Stück Meeresfrüchtepizza, »hmm, und schmeckt auch sehr lecker. Kerzenlicht, bist du verliebt, oder hast du irgendwelche anderen Gefühlsdefizite?«

Maja grinste. »Verliebt? Bin ich bekloppt? Nee, ganz im Gegenteil. Nicht mal ein Sexobjekt ist in Sicht. Obwohl, heute waren wir mit einem süßen Kameramann unterwegs, natürlich verheiratet, aber vielleicht könnte ich den ja trotzdem schwach machen. Er hatte so schöne, warme, trockene Hände und so blaue Augen wie eine Käthe-Kruse-Puppe. Aber das ist es nicht, wirklich, ich freue mich ganz einfach, daß du hier in München bist. Ich hab' hier außer meiner Schwägerin, der Anna, keine Freundin. Anna, die kennst du doch noch?«

Marlene versuchte sich zu erinnern. »Anna, ist das die Frau von deinem jüngsten Bruder Kai, die vier Töchter hat?«

»Genau die.«

»Ist das fünfte schon unterwegs?«

»Soll das ein Witz sein? Mein Bruder ist so im Streß, er macht jetzt eine Weiterbildung, damit er zur Kriminalpolizei gehen darf. Da läuft nichts. Und außerdem ist Anna zwar verrückt, aber nicht beschränkt. Vier Kinder sind doch mehr als genug, oder nicht? Und weil ich mich so freue, daß du hier bist, habe ich auch noch etwas mitgebracht, zum Einzug.« Sie überreichte Marlene ein Päckchen.

Überrascht wickelte Marlene das Geschenk aus. »Ein Handy?« Sie drehte das kleine, in allen Farben schillernde Gerät hin und her. »Aber Maja, das ist doch viel zu teuer, spinnst du?«

Maja schüttelte den Kopf, »Quatsch, die Dinger kriegst du heute fürn Appel und n' Ei, und bis du hier einen Anschluß hast, vergehen bestimmt Monate. Da brauchst du ein Telefon, glaub mir!« Plötzlich hielt Maja inne. »Was ist das denn? Hörst du das auch?«

Marlene wollte antworten, doch Maja legte sich einen Finger vor den Mund. »Schsch, hör mal.« Sie deutete nach oben.

Marlene lauschte angestrengt, und schließlich hörte sie es auch. Ein Ziehen und Klatschen, als würde jemand einen Sandsack schlagen. Dann ein Poltern, als würde der Sandsack runterfallen.

»Klingt, als würde jemand eine Leiche über den Boden zerren.« Majas braune Augen glänzten vor Aufregung.

»Woher weißt denn du, wie es sich anhört, wenn man eine Leiche über den Boden schleift?«

»Du weißt doch, daß ich viele Leichen im Keller habe. Davon abgesehen, wenn ich nicht bald eine richtige Knüllerreportage zu *Seventy-Seven* bringe, dann ist der nächste Monat auch mein letzter Monat.«

»Ich dachte, du bist die gefeierte Newcomerin. Hast du mir nicht erzählt, daß dein Chef voll auf dich abfährt, dir in allem freie Hand gibt und den Boden leckt, auf den du spuckst?«

Maja zögerte und trank einen Schluck Rotwein. »Na ja, mein Chef hat den Sender verlassen, er hat eine eigene Produktionsfirma gegründet.«

»Und wieso bist du nicht mitgegangen?«

Maja grinste hinterhältig. »Weil seine Frau ihr ganzes Geld reingesteckt hat und damit die Kontrolle über den Laden hat.«

»Na und, seit wann ist das für dich ein Problem?«

»Der Idiot hat ihr gestanden, daß wir eine Affäre hatten,

und dann konnte sie auf meine Gegenwart leicht verzichten.«

Marlene war entsetzt. »Du wirst noch deine ganze Karriere ruinieren, wenn du nicht aufhörst, mit jedem ins Bett zu steigen. Ich verstehe seine Frau!«

»Weil du eine Romantikerin bist. Oh, hör mal, jetzt geht dieses Schleifen wieder los. Weißt du zufällig, wer über dir wohnt?«

Marlene wollte schon den Kopf schütteln, da fiel ihr ein, daß sie sehr wohl wußte, wer über ihrem Appartement hauste. »Ein Dr. Juri.«

Maja zog ihre dünn gezupften Augenbrauen hoch. »Du kriegst aber schnell Kontakt. Und das in diesem Bonzenghetto. Ich wohne jetzt schon zwei Jahre in meiner Wohnung und weiß nicht mal, ob neben mir ein Gorilla oder ein Mensch wohnt. Erzähl, was ist der Doktor für ein Typ? Sexy? Was ist er denn überhaupt für ein Doktor?«

Marlene zuckte mit den Schultern und biß noch ein Stück Pizza ab. Maja nahm ihr die Pizza aus der Hand. »Jetzt mach es nicht so spannend. Sag schon, was ist das für ein Typ?«

»Ich weiß nicht, irgendwie seltsam. Aber heute sind mir alle seltsam vorgekommen, die normalste von allen war noch eine wunderschöne blauäugige Barbie-Blondine. Und jetzt gib mir meine Pizza wieder her.«

»Noch Rotwein?« Maja goß ihr noch einen großen Schluck ein. »Wie meinst du das? Seltsam? Meinst du verrückt, oder beängstigend, schlecht oder böse, oder was?«

Marlene hatte keine Lust mehr, sich von Maja ins Kreuzverhör nehmen zu lassen. Manchmal war Maja einfach zu anstrengend. »Einfach seltsam! Jetzt nerv nicht rum, und iß deine Pizza. Seit du hier bist, redest du ununterbrochen. Schrecklich.«

Maja war selten beleidigt. Sie seufzte und knabberte an

einem Broccoliröschen. »Und was ist mit der Barbiepuppe?«

Marlene verdrehte die Augen. Sie holte gerade tief Luft, als dieses merkwürdige Geräusch wieder durch die Decke drang. »Seltsam«, sagte Maja mit einem Grinsen. Marlene lachte.

Maja verschluckte sich fast an ihrem Broccolistückchen. »Sollen wir mal hochgehen und nachsehen, was Dr. Seltsam da treibt?«

Marlene schüttelte den Kopf. »Auf keinen Fall. Ich glaube, es wäre besser, wenn du jetzt nach Hause gehen würdest. Ich muß morgen fit sein, schließlich habe ich Sendung, und deshalb stehe ich weit vor fünf Uhr auf. Du wälzt dich erst aus dem Bett, wenn ich schon fertig mit der Sendung bin.«

»Jetzt sei doch nicht so ungemütlich! Ich bin doch gerade erst gekommen!«

Es klingelte an der Haustür. Maja, wie immer unglaublich neugierig, stöckelte in ihren Pumps an die Haustür und öffnete sie. Marlene hörte die atemlose Stimme des Hausmeisters.

»Aber Sie sind doch gar nicht die junge Frau, die hier eingezogen ist, oder?«

»Na und! Sind Sie hier der Blockwart, oder was?« Maja schaute verächtlich auf den viel kleineren Mann. Da Männer für sie nur als Sexualpartner zählten, behandelte sie alle, die als solche nicht in Frage kamen, mit der gleichen Verachtung, wie sie viele Männer gegenüber Frauen nach der Menopause an den Tag legen.

»Nein, nicht Blockwart, ich bin hier der Hausmeister«, trumpfte Herr Reimann auf.

»Hausmeister«, wiederholte Maja, es klang allerdings wie »Kakerlake, ja brennt's denn irgendwo? Oder gibt's einen Wasserrohrbruch, oder was wollen Sie um diese Uhrzeit noch hier?« Maja zeigte sich wirklich von ihrer charmantesten Seite.

Doch Herr Reimann ließ sich nicht abschrecken. Er wollte sich an Maja vorbei in die Wohnung drängen. Hilfesuchend sah er in Marlenes Richtung.

»Entschuldigung, habe ich vielleicht bei Ihnen mein Klemmbrett liegenlassen?«

Marlene warf ihrer Freundin ärgerliche Blicke zu und kam näher. »Nein, tut mir leid Herr Reimann, da ist nirgendwo ein Klemmbrett.«

»Tut mir auch leid, die Störung.« Er versuchte zu lächeln, aber es gelang ihm nicht richtig. Irgendwie bleckte er nur die Zähne.

Er selbst zog leise die Tür ins Schloß und verdarb Maja so die Genugtuung, hinter ihm die Tür zuzuwerfen.

»Mußt du immer so unfreundlich sein, Maja?«

»Marlene, du spinnst wohl. Der kann doch nicht einfach hier so spät noch klingeln.«

»So spät ist es auch wieder nicht. Es ist gerade mal neun!«

»Du bist einfach immer zu nett!«

Marlene begann sich richtig zu ärgern. »So ein Quatsch. Ich bin nicht zu nett. Ich wohne hier und möchte einfach keinen Ärger, okay?«

Maja konterte messerscharf. »Denk doch bloß mal an Rao. Deine Ehe mit diesem Asiaten kannst du auch auf dem Konto: ›Nett, bedienen Sie sich! Unbegrenzter Nett-Dispo‹ abhaken! Und das Schreckliche ist, du bist zu jedem so nett, da weiß man nie, ob du einen persönlich meinst, oder ob es deine Religion ist.«

Marlene wurde wütend. Was wußte Maja schon von Rao? Maja war so mit sich selbst beschäftigt, daß sie nicht mal drüber nachgedacht hatte, warum Marlene damals Rao geheiratet hatte. »Wir sind geschieden. Und das weißt du auch! Im übrigen ist das schon so lange her, ich weiß kaum noch, wie er aussieht. Und Rao ist Tamile, nicht ›irgendein Asiate‹!«

»Ach, versucht er nicht mehr dauernd, dich anzupumpen: um Geld, um Benzin, Zigaretten und was weiß ich noch? Wie hat er es geschafft, daß sein Nett-Dispo bei Dir erschöpft ist?«

Marlene spürte einen Stich im Magen. Was wußte Maja schon von Liebe, von Vertrauen? Immer wenn sie ihr von Jeff erzählen wollte, hatte sie abgeblockt. Gesagt, daß »Wahre Liebe« nur im Märchen vorkommt, etwas für Teenager sei, was also konnte sie Maja antworten?

»Ach, Maja, du solltest deinen Nett-Dispo bei mir nicht überziehen. Im übrigen habe ich Rao nicht geheiratet, weil ich so *nett* war.«

»Ach ja, sondern warum denn dann?«

»Weil ich nicht nur nett bin, sondern ich bin Mutter Teresa die Zweite! Das ist übrigens auch der einzige Grund, warum wir beide befreundet sein können.«

»Amen!« Maja kniete sich vor Marlene, brach ein Stück Pizzakruste ab, drückte es Marlene in die eine Hand, in die andere das Rotweinglas. »Euer Gnaden erteilen mir die Absolution? Kann ich am Abendmahl wieder teilnehmen? Bitte seid gnädig.«

Marlene legte salbungsvoll ein Stück Pizza in Majas Mund, wischte ihr Glas ab und reichte es Maja wie einen schweren, silbernen Pokal mit großer bischöflicher Geste weiter. »Mein Kind, du mußt noch viel lernen. Aber selig sind die geistig Armen. Erhebe dich!«

Schweigend aßen sie weiter. Maja brach die Stille. »Aber Marlene, mit diesem Hausmeister stimmt etwas nicht. Glaub mir, ich habe da ein Gespür dafür.«

Doch Marlene wollte endlich über etwas anderes reden. »Wie war das mit der Reportage über die Frauenleiche, die du mir zuliebe im Stich gelassen hast?«

Maja biß sofort an. »Na ja, um ehrlich zu sein, hatte ich die Schnauze ganz einfach voll. Weißt du, ich mußte heute morgen schon aufs Land rausfahren.« Marlene schmunzelte, wenn Maja »Land« sagte, klang das, als würde sie von Syphilis oder Kopfläusen reden.

»Eigentlich gibt es da nichts zu lachen«, stellte Maja mißbilligend fest. »Wir wollten einen Bericht über die Eltern des Mädchens drehen, das Selbstmord begangen hatte. Leider war mir entgangen, daß sich dieses dumme Ding in einen Gülletank gestürzt hatte. Wie kann man nur auf diese Art Selbstmord begehen? Kannst du mir das mal sagen?«

Bevor Marlene »Verzweiflung« einwerfen konnte, redete Maja empört weiter.

»Na, jedenfalls haben wir natürlich ein paar Aufnahmen vom ›Unfallort‹ gemacht, und ich stand dabei mit meinen Lieblingsschuhen von Gucci knöcheltief in Gülle. Und erst der Gestank!«

Marlene wußte nicht, was sie sagen sollte. Ein Mädchen brachte sich um, und Maja dachte an ihre Schuhe!

»Und warum hat sie es getan? Aus Liebe! Da siehst du, wo man hinkommt, wenn man so blöd ist, sich zu verlieben. In einen Gülletank!«

»Die armen Eltern.«

»Ja, das war schrecklich. Sie hatten nicht mal bemerkt, daß ihre Tochter unglücklich verliebt war. Ich glaube, für sie ist das Leben auch irgendwie beendet.«

»Wie konntest du dann auf sie eine Kamera draufhalten? Ich könnte das nicht!« Manchmal, dachte Marlene, würde es ihrer Freundin nichts schaden, wenn sie ein bißchen mehr über ihren Beruf nachdenken würde.

Maja fegte ihren Einwand weg. »Das ist mein Job! Und Selbstmord finde ich noch lange nicht so schlimm wie diese anderen Morde.«

Ganz klar, sie lenkte ab, aber Marlene hatte nicht den Nerv, jetzt zu insistieren. »Was für andere Morde?«

»Na, wo Frauen einfach mißhandelt oder mißbraucht und dann weggeworfen werden wie kaputtes Spielzeug. So wie die Leiche von heute abend. Die Frau war erst 29 Jahre alt. Wohnte irgendwo in Unterföhring, mehr weiß ich noch nicht. Die Nachricht kam rein, als ich gerade gehen wollte.«

»Ich brauche auch nicht mehr Einzelheiten, sonst kriege ich Alpträume. Apropos, ich glaube, ich gehe jetzt besser ins Bett, sonst bin ich morgen nicht fit für die Sendung. Und diese Genugtuung möchte ich Rocky einfach nicht geben.«

»Rocky? Von dem hast mir ja gar nichts erzählt. Klingt muskulös, verführerisch.«

Marlene zwang sich, ernst zu bleiben. »Ich komm' ja nicht zum Reden. Mein neuer Kollege ist tatsächlich sehr interessant, wenn du willst, stell' ich ihn dir mal vor!«

Maja warf ihr ein Küßchen zu. »Manchmal bist du wirklich sehr süß. Ist er denn nichts für dich?«

Marlene grinste Maja an. »Nein, der ist nicht ganz mein Kaliber...«

Ein plötzliches Scheppern aus der oberen Wohnung unterbrach Marlene.

»Willst du vielleicht lieber mit zu mir kommen? Da ist es doch gemütlicher«, bot Maja an.

Marlene kannte die unaufgeräumte Wohnung von Maja. Sie warf jeden Abend alle Klamotten auf den Boden und fischte aus ihrem Schrank am nächsten morgen frische Kleider. Genauso handhabte sie es mit dem Geschirr in der Küche. Nur Freitag abends, wenn ihre peruanische Putzfrau tagsüber dagewesen war, konnte man das Durcheinander ertragen. Aber Maja behauptete steif und fest, das sei der Nietzsche in ihr, und der hätte gesagt, nur aus dem Chaos würden Sterne geboren.

»Nein danke. Ich brauche ein bißchen Ruhe.«

»Na, dann gute Nacht.«

Als sie hinter Maja die Tür schloß, erschien ihr die Wohnung wie ein viel zu großes Gehäuse für sie.

Während sie ihre Zähne lange und gründlich putzte, bildete sie sich ein, schon wieder Geräusche zu hören. Diesmal ein leichtes Klirren, als ob Kristallanhänger aneinanderstoßen würden.

»Blödsinn, alles Blödsinn«, entschied Marlene, »demnächst hörst du noch die Wände atmen. Das kommt davon, wenn man zuviel über Frauenleichen redet!«

Entschlossen griff sie zur Zahnseide und rubbelte pflichtbewußt zwischen ihren gesunden, weißen Zähnen auf und ab. »Wie blöd ich dabei aussehe. Julia Roberts in ›Pretty Woman‹ hat das eleganter gemacht.«

Plötzlich ging das Licht im Bad aus, und Marlene sah gar nichts mehr. »Keine Panik, keine Panik! Alles wird gut ... Über allen Gipfeln ist Ruh ... « Leise vor sich hin murmelnd ging sie in den Flur und knipste das Flurlicht wieder an. Dann suchte sie nach der Taschenlampe, die Maja mitgebracht hatte, und kontrollierte die Glühbirne im Bad. Als das Licht der Taschenlampe auf den Spiegel fiel, erschrak sie vor sich selbst, weil immer noch ein Stück Zahnseide aus ihrem Mund hing, das sie im ersten Moment nicht einordnen konnte. »Wenn du so weitermachst, Marlene, dann kommst du bald auf dem Zahnfleisch daher!«

Sie schraubte die Birne heraus und hörte, wie der durchgebrannte Faden in der Birne knisternd hin und her rollte. Morgen würde sie eine neue besorgen. Schließlich wollte sie sowieso einkaufen gehen.

Zur Beruhigung genehmigte sie sich noch einen Schluck Rotwein und legte sich auf die kalte Luftmatratze.

Eigentlich hatte sie erwartet, daß sie sofort einschlafen würde, aber wie in einem Kaleidoskop schoben sich die Eindrücke von ihrem ersten Tag in München immer wieder neu und anders übereinander und quälten sie. Auf Rockys Körper drängte sich Lisas Kopf, aus dem heraus sie die Augen von Valerie vorwurfsvoll anstarrten, während Dr. Juri Maja in bunte Säcke steckte.

Mit einem Ruck setzte sie sich wieder auf. Das hatte keinen Sinn. Das beste Mittel gegen Schlaflosigkeit war Arbeit.

Sie holte ihren Laptop aus dem Flur und legte eine neue Datei an. »Wie nenne ich die nur?« überlegte sie, »einfach Mitternachtsradio? Oder Traumnacht? Nee, alles viel zu abgelutscht.« Marlene starrte in das leere dunkle Zimmer. »Ich hab's: Nachtmahr.« Ja, das klang gut, besser als »Alptraum«, irgendwie gruseliger. So würde ihre Mitternachtssendung heißen und sich nur mit den Schattenseiten, den dunklen Seiten der Menschheit befassen. Anfangen würde sie mit der Angst des Menschen vor der Dunkelheit, und dann das andere Extrem beleuchten: Was waren das für Menschen, die keine Angst im Dunklen hatten, sondern ganz im Gegenteil im Dunklen aufblühten?

Das kann ich auch Lederlisa verkaufen, dachte Marlene und tippte begeistert ihre Ideen ein, ohne sie zu bewerten. Das würde sie morgen machen. Morgen? Es war schon halb zwei, nur noch wenige Stunden Schlaf bis fünf Uhr. »Nachtmahr«, das gefiel ihr. Endlich schlief sie ein.

Mittwoch, 3. November

»Nachtmahr, was soll denn das sein? Märchenstunde für Erwachsene?« Lederlisa starrte Marlene böse an. »Nachtmahr!« knurrte sie noch einmal. Marlene konzentrierte sich auf ihre Fußspitzen. Sie trug die gleichen schwarzen Stiefeletten wie gestern. Es würde noch eine Weile dauern, bis ihre Garderobe in München ankam. Zum Glück war es viel zu mild für November. Da wären ihre Winterstiefel sowieso noch zu warm. Sie atmete tief durch und sah ihrer Chefin wieder ins Gesicht.

Doch Lederlisa beachtete sie gar nicht mehr. Sie kramte in ihrer Schreibtischschublade, fand eine Kau-Aspirintablette und riß sie mit ihren überraschend kleinen, kräftigen Händen ruckartig auf.

Gebannt beobachtete Marlene, wie die winzigen Schaumbläschen beim Zermalmen der Tablette auf Lederlisas schmalen Lippen zerplatzten. Sie nutzte die kurze Gesprächspause, um ihr Konzept ein bißchen besser zu verdeutlichen. »Nachtmahr ist natürlich ein altmodisches Wort. Aber was könnte denn besser passen?« Marlene wurde lauter. »Dieses Wort drückt doch viel besser ein richtiges Gruselgefühl aus als ›latenight‹, ›Mitternacht‹ oder ›Geisterstunde‹. *Nachtmahr*, das geht viel mehr an die Wurzeln, an die ursprüngliche Angst des Menschen vor der Dunkelheit.

Ich werde mich mit allen Aspekten des Dunklen, des Bösen, den Schattenseiten, den Abgründen beschäftigen…«

Lederlisa fiel ihr ungeduldig ins Wort. »Ich will keinen langweiligen, germanistischen Unsinn über Sprachwurzeln von Ihnen. Ich will, daß Sie die Hörer unterhalten.«

Unwillkürlich zogen sich Marlenes Augenbrauen zusammen, doch sie versuchte, überzeugend statt wütend zu sein: »Nichts unterhält die Leute mehr als die grausamen Schattenseiten. Jack the Ripper hat *nachts* gemeuchelt. *Nachts* erst wird Dr. Jekyll zu Mr. Hyde… Und ist nicht in jedem von uns ein kleiner Mr. Hyde versteckt?« Marlene blickte Lederlisa auffordernd an. Lederlisa leckte die Aspirin-Schaumreste von ihrem Mund und dachte widerwillig nach.

Ermutigt wagte Marlene den direkten Vorstoß: »Oder haben Sie noch nie wach im Bett gelegen und sich die schrecklichsten Todesarten für Ihren Lieblingsfeind ausgedacht?«

Sie sah, daß sich so etwas wie ein Lächeln in den Augen ihrer Chefin ausbreitete. Allerdings war Marlene nicht sicher, ob man diese kleine Erweiterung der Pupillen wirklich so interpretieren konnte. Noch bevor Lederlisa dazu kam, Marlene eine Antwort zu geben, piepte ihr Telefon. Energisch riß sie den Hörer an ihre Wange. »Ja!… Wer?« Sie nahm einen viel zu großen, quadratisch silbernen Ohrclip ab und preßte den Hörer fester an die Ohrmuschel. »Solveig?« Lederlisa starrte den Hörer an, als hätte er sich in eine Schlange verwandelt. Schließlich brach sie die Stille. »Na gut, gib sie mir.«

Marlene deutete pantomimisch an, daß sie später wiederkommen würde, aber Lederlisa schüttelte den Kopf.

»Wie, du willst mich besuchen? Warum das denn? Wir haben uns seit mehr als bestimmt zehn Jahren nicht gesehen. Wieso jetzt?… Na gut. Dann eben am Mittwoch. Hast du meine Adresse? Laß sie dir von meiner Sekretärin geben... Nein, du kannst auf keinen Fall bei mir wohnen. ...Was denn? Komm mir nicht mit dem Fleisch-und-Blut-Mist! Ich hab' zu tun, also bis dann.« Lederlisa legte den Hörer auf und sah Marlene wie durch einen Schleier an. Irritiert fragte sie: »Wo waren wir stehengeblieben?«

Marlene ärgerte sich über Lederlisas Anrufer. Gerade hatte es noch so ausgesehen, als würde Lederlisa ihren Vorschlag akzeptieren. Aber jetzt schien ihre Stimmung umgeschlagen zu sein. Marlene räusperte sich. »Ich wollte wissen, ob Sie nicht auch schon mal Rachephantasien hatten?«

»Herzchen, Sie wissen doch nicht mal, wie man Rache buchstabiert.« Entschlossen klemmte Lederlisa den Ohrring wieder an ihr Ohrläppchen. »Wie auch immer, wir setzen unser Gespräch ein andermal fort. Im übrigen wünsche ich, daß Sie Ihre Energie mehr auf die Prime Time konzentrieren. Geben Sie Ihrem Kollegen mal ein bißchen Zunder. Heute morgen sind Sie ja kaum in Erscheinung getreten. Oder fürchten Sie sich vor Rocky?«

Während Marlene betont leise die Tür ins Schloß gleiten ließ und an Uschi vorbeiging, tobte die Wut in ihr. Man sollte Lederlisa die Fingernägel ziehen. Oder sie für immer in eine dunkle Kammer einsperren und vergessen. Ja, das wäre eine viel schlimmere Strafe für Lederlisa, allein zu sein mit ihrem entzückenden Selbst.

Sie erschrak, als eine Hand sich von hinten auf ihre Schulter legte. Zitronenduft vertrieb ihre düsteren Gedanken.

»Marlene, hast du einen Moment Zeit für mich?«

Nein, eigentlich nicht, dachte Marlene. Ich brauche ein bißchen Ruhe nach diesem Gespräch. Aber sie beherrschte sich, drehte sich um und sah in Valeries blaue Seeaugen. »Was gibt's?«

»Rocky läßt fragen, ob ihr heute noch was zusammen produzieren wollt? Und ich wüßte gern, ob ich etwas für dich tun kann?«

»Sag ihm, daß ich auf dem Weg bin, aber ich muß noch etwas erledigen, und für dich habe ich dann auch ein paar Aufgaben.«

Valerie schlug ihre Augen mit einem unglaublichen Lächeln auf. »Das klingt gut. Dann rede ich schon mal mit Rocky. Bis gleich.«

Marlene wollte noch einen Moment für sich allein. Sie mußte erst mal ihr Gespräch mit Lederlisa verdauen. In Gedanken versunken, landete sie in der Nachrichtenredaktion.

Neugierig beobachtete sie das hektische Getümmel von Menschen und Monitoren, lauschte dem Klacken der Tastaturen, dem Klingelgeräusch von erfolgreich aufgebauten Internetverbindungen. Diese Nachrichtenredaktion erschien ihr gigantisch. In Heilbronn waren die Meldungen nur von einem Zulieferer gekauft, überspielt und dann gesendet worden. Das war viel billiger, als Nachrichtenredakteure fest anzustellen und den Zugang zu Presseagenturen zu bezahlen.

Ein großer, etwas zu schlanker Mann mit kurzem, fast farblosem Haar kam auf sie zu. Er strahlte sie an, als hätte er sein ganzes Leben nur auf sie gewartet, und streckte ihr seine feingliedrige, manikürte Hand entgegen.

»Sie sind doch der komödiantische Neuzugang? Wir sind uns gestern vorgestellt worden, ich bin Klaus Neumann.«

Marlene schüttelte ihm, dankbar, daß er ihr seinen Namen noch einmal genannt hatte, die Hand. »Klaus Neumann«, wiederholte sie, »Marlene Popp. Was machen Sie hier?«

»Ich bin Chef vom Dienst. Wie gefällt Ihnen unser Newsroom?« Er deutete mit der Hand auf die Computer und die

Monitore. Aber seine grauen Augen folgten nicht den Händen, sondern musterten Marlenes Beine. Dann sah er ihr direkt ins Gesicht und lächelte sie intensiv an. Dabei hatte er links in der Wange ein kleines Grübchen. Die Situation machte Marlene verlegen. Sie wußte noch nicht einmal, ob es Klaus' sinnliche Ausstrahlung war, die sie irritierte, oder sein unverhohlenes Interesse an ihr ... Sie konnte einfach nicht mehr damit umgehen, daß ein Mann sie als sexuelles Wesen wahrnahm.

Marlene entzog sich den glühenden, grauen Augen und überlegte, was sie Unverfängliches sagen konnte.

»Super, der Newsroom«, entgegnete sie lahm. »Ich muß jetzt nach unten. Rocky wartet bestimmt schon auf mich.«

Bevor Klaus noch etwas sagen konnte, drehte sie sich um und ging zum Aufzug. Das war nicht nett von mir, dachte Marlene. Das nächste Mal, wenn ich ihn sehe, werde ich mir mehr Mühe geben.

An ihrem Schreibtisch warteten Valerie und Rocky. Marlene fragte sich leicht verärgert, warum sich die beiden immer in ihrem Büro aufhielten. Rocky hatte schließlich gleich nebenan sein eigenes Büro. Rocky erzählte Valerie einen Blondinenwitz, über den sie gutmütig lachte.

Das Lachen übertönte das Klingeln ihres Telefons. Sie bat die beiden, leiser zu sein, als sie den Hörer abnahm. Doch sie lachten immer weiter, und Marlene verstand nur die Hälfte. »Was ist passiert? Das ist ja schrecklich! Ja natürlich. Ich bin Ihnen wirklich sehr dankbar.«

Neugierig sahen ihre Kollegen sie an. »Was ist denn los?« Marlene zuckte mit den Schultern. »Das war mein Hausmeister. Der Mann in der Wohnung über mir hat wohl vergessen, den Badewannenhahn richtig abzudrehen, und in meiner Wohnung steht jetzt Wasser. Er hat mir angeboten, die Schweinerei aufzuwischen.«

»Das ist aber nett. Meinen Hausmeister habe ich noch nie gesehen, nicht mal, als tagelang die Heizung ausgefallen ist. Der Mann glänzt durch Abwesenheit«, sagte Valerie.

Rocky strahlte. »Vielleicht sollten wir mal ein paar Candid Phones mit Hausmeistern machen. Ich kann mich erinnern, in unserer Schule hatten wir einen richtig ätzenden Hausmeister in so einem staubgrauen Kittel. Der Mann war für den Schulkiosk zuständig. Und immer wenn ich kam und einen Schokoriegel kaufen wollte, egal welchen, hat er behauptet, es gäbe keinen mehr.« Rocky hatte sich richtig in Fahrt geredet.

»Und an was denkst du konkret?« fragte Marlene, die sich für die Idee zu erwärmen begann.

»Tja, wir sagen, wir sind von der Hausmeistergewerkschaft und hätten gehört, er würde als Hausmeister arbeiten, ohne uns anzugehören. Valerie meldet sich als Sekretariat der HMW, der Hausmeistergewerkschaft, und verbindet dann mit mir als dem Vorsitzenden.«

»Das klingt gut. Wir können fragen, auf welcher Hausmeisterschule er war und ob er sein Hausmeisterdiplom vorzeigen kann, so in der Art des Jodeldiploms von Loriot!«

Valerie mischte sich ein. »Ich finde das ziemlich langweilig. Können wir nicht was anderes machen?«

Rocky knetete mit der linken Hand seinen Pferdeschwanz. »In Berlin, da hat der Arno von ›Arno und die Morgenshow‹ Leute aufgefordert, ihr Bad zu zerstören. Wer sich am Telefon am geil ... äh, besten angehört hat, der hat ein komplett neues Bad gekriegt von Arno!«

Marlene schüttelte den Kopf. »Das gefällt mir nicht. Ist mir zu zerstörerisch. Trotzdem sollten wir überlegen, wie wir langfristig vorgehen. Momentan ist hier alles so beliebig.«

Rocky verdrehte theatralisch seine kleinen Augen. »Was soll denn das heißen? Beliebig?«

»Die Hörer möchten Rubriken, die sie wiedererkennen können, und trotzdem noch jede Menge spontanen Unsinn.«

Rocky schwitzte unter den Achseln. »Ach ja, und das haben sie dir alles in Heilbronn beigebracht? Unglaublich!«

Marlene atmete tief durch. Rocky wußte genau, daß sie recht hatte, Formatradio war angesagt. Die Zeiten, wo man als Moderator einfach so vor sich hin labern konnte, waren definitiv vorbei. Rocky wollte sie nur provozieren. »Zuhörerbindungen schaffen, Rocky. Ich hab' mir deine Airchecks angehört, das war nicht schlecht, aber du könntest viel besser sein. Laß uns zusammenarbeiten und nicht gegeneinander. Wir könnten diesen Sender in der Prime Time wirklich zur Nummer eins machen! So, Valerie, könntest du dafür sorgen, daß alle hier im Haus, die es irgendwie wissen müssen, meine Handynummer kriegen?«

»Kein Problem, ich geb' sie Uschi, dann kommt sie in den Hausverteiler.«

»Danke. Und jetzt, Valerie, kriegst du einen Rechercheauftrag, der sich gewaschen hat. Und dann, Rocky, sollten wir endlich konstruktiv miteinander reden!«

Rocky legte seine rechte Hand an seine Augenbrauen. »Möchtest du eigentlich, daß wir die Hacken zusammenknallen und ›Ja, Frau Kommandantin‹ sagen, wenn du unter uns weilst?«

»Bloß nicht! Ein einfaches Jawohl würde mir genügen.« Marlene schauderte bei dem Gedanken, welche Eruptionen in Rockys Körperfett durch Hacken-Zusammenknallen ausgelöst werden könnten. Andererseits waren seine Beine so dick, daß er die Hacken gar nicht zusammenkriegen würde.

Valerie lachte. »Schade, ich würde Rocky gerne salutieren sehen.«

»Also, Valerie, hast du was zum Schreiben?«

Rocky versuchte, würdevoll das Büro zu verlassen, aber sein wackelnder Jogginganzug verdarb den Gesamteindruck.

Valerie entnahm einer schwarzen DIN-A4-Ledertasche einen Palm Pilot und notierte sich in seltsamen Hieroglyphen Marlenes Anweisungen.

»Ich möchte, daß du aus den Zeitungsarchiven folgende Infos rausziehst: Erstens: alle irgendwie gemeldeten merkwürdigen Ereignisse, die sich in den letzten zwei Jahren nachts abgespielt haben. Zweitens: alle ungeklärten Verbrechen der letzten zwei, drei Jahre. Und drittens interessieren mich Menschen, die nachts arbeiten müssen, da möchte ich ein paar konkrete Vorschläge von dir. Außerdem möchte ich eine Analyse, was die Konkurrenzsender Freitag nachts im Programm haben. Alles klar?«

Hochkonzentriert kaute Valerie an ihrer vollen Unterlippe. Endlich war sie fertig, klappte ihr Gerät zu und nickte. »Kein Problem.«

Marlene machte sich ein paar Notizen, über welche Themen sie mit Rocky sprechen wollte. Als ihr Telefon klingelte, nahm sie automatisch den Hörer ab und hielt ihn, ohne etwas zu sagen, an ihr Ohr.

»Ich geh' mal davon aus, daß dieses Atmen von Frau Popp kommt! Schätzchen, es wäre nett von dir, wenn du am Telefon auch deinen Namen nennen würdest! Übrigens solltest du dein Handy auch anschalten, sonst bist du nicht erreichbar!«

»Maja! Entschuldige, ich habe über ein paar Gags nachgedacht.« Marlene holte ihr Handy aus der Handtasche und aktivierte es.

»Du Glückliche. Ich habe auf meinem Schreibtisch bloß einen Stapel schrecklicher Hiobsbotschaften. Hättest du

Lust, dich mit mir zum Mittagessen zu treffen? Ich habe ganz in der Nähe zu tun und könnte dich abholen.«

Mittagessen? Ja, sie hatte tatsächlich Hunger. Aber sie kannte Maja lange genug, um zu wissen, daß »Mittagessen« für sie gleichbedeutend mit Rohkostsalat war. Trotzdem sagte sie zu: »Okay. Wann kannst du hiersein?«

»In fünf Minuten, ich ruf' nämlich vom Auto aus an.«

»Bis gleich!«

Marlene zog ihr Jackett an, und ging in Rockys Büro. »Ich komme in etwa einer Stunde wieder, bist du dann noch da?«

Rocky zog mißbilligend seine Augenbrauen zusammen. »Muß ich ja wohl, wenn wir die Sendung morgen gemeinsam machen wollen. Aber für gewöhnlich gehe ich spätestens um zwei. Und dir würde ich das auch empfehlen. Wenn Lederlisa erst mal mitkriegt, daß du um drei immer noch hier bist, dann glaubt sie, du bist nicht ausgelastet genug. Und dann kannst du dich an Werbejingles machen, darfst dir Konzepte ausdenken und so weiter.«

»Hmm.« Marlene betrachtete Rocky aufmerksam. Rocky hatte tief im Inneren seines Fettgebirges Angst. Angst, daß sie mehr und besser arbeiten würde als er, daß sie die Sahne von seinem Job abschöpfen und dann letztlich seinen Stuhl absägen könnte. Schade. Das würde die Zusammenarbeit nicht gerade erleichtern.

»Soll ich dir was mitbringen?«

»Nö, ich hab' was dabei. Meine Oma hat die beste Kantine der Welt!« Lässig holte Rocky eine ganze Galerie von Tupperwaredosen mit verschiedenfarbigen Deckeln aus seinem Rucksack und stapelte sie auf seinem Schreibtisch.

Marlene hastete die Treppen nach oben zum Erdgeschoß. Da stand Maja schon und plauderte mit einem ausgemergelten, großen Pförtner, der sie bewundernd betrachtete. Ihr kurzer, dunkelblauer Rock wies keine Falte auf, die knappe, eisblaue Stretchbluse schmiegte sich perfekt an ihren vollen Busen. Anscheinend hatte der Pförtner etwas Witziges gesagt, denn Maja warf den Kopf zurück, entblößte ihre Schwanenkehle und versetzte ihre schimmernde Lockenpracht in Lach-Schwingungen. Marlene grinste. »Wartest du schon lange?«

»Eine Weile, aber der Herr Baumüller hat mich gut unterhalten. Vielen Dank, den Witz muß ich mir unbedingt merken.«

Herr Baumüller nickte fasziniert. Marlene zog Maja nach draußen. »Ich muß in einer Stunde wieder zurücksein, laß uns gehen.«

Maja winkte Herrn Baumüller zu und verfrachtete Marlene in ihren blauen Z3.

»Seit wann vergeudest du deinen Charme an Männer, mit denen du nicht schlafen willst? Die dir keinen Job verschaffen können? Bist du zu den barmherzigen Schwestern gewechselt, oder was?«

Maja schüttelte den Kopf. »Pförtner sind wichtig. Die wissen alles. Aber wehe, wenn dich so einer auf dem Kieker hat, da kriegst du z. B. keine Post mehr. Oder deine Anrufe werden nicht mehr durchgestellt. Und was glaubst du, wieso ich mein Auto direkt vor dem Gebäude parken durfte, obwohl da absolutes Halteverbot ist? Weil ich weiß, daß Alfons Baumüller gerne eine Runde Poker spielt, und darüber reden wir dann.«

»Wo gehen wir hin?«

»Ins ›Il Giardino‹.«

Das »Il Giardino« sah genauso aus, wie Marlene es sich vorgestellt hatte. Es war groß, kahl, ganz in Weiß und Grün gehalten. Der kleine Ober oder Chef stellte sich schwungvoll auf die Zehenspitzen seiner schwarz polierten Schnürschuhe und begrüßte Maja mit Küßchen rechts und links. Bevor sie sich hinsetzen konnten, wiederholte Maja diese Prozedur mit noch drei anderen Gästen. Jedesmal gab es neben den Küßchen ein lautes »Schätzchen, wie geht es dir?« und »Nein, was für eine Überraschung!«.

Marlenes setzte sich an den Tisch, den der Ober Maja mit großer Geste zugewiesen hatte, und studierte die Speisekarte, eine schwarze Tafel, die an der Wand hing. Es gab vier Gerichte, von denen keines Marlenes Geschmack traf: Kürbiskernsuppe, schwarze Tagliatelle an Basilikum und Rucola, Fisch mit Kapern und Sardellen und einen Salat aus Endivien, Chicorée und Kalbszunge. Notgedrungen entschied sie sich für die Nudeln. Wieso hieß es eigentlich Nudeln *an* Basilikum? Marlene war sicher, daß dieses kleine vornehme *an* auf eine mikroskopisch kleine Portion hinwies. Maja bestellte die Suppe.

»Sieh nicht hin, aber der da drüben, mit den halblangen braunen Haaren, das ist der Wesemann. Der ist Filmproduzent bei der Bavaria!«

»Na und, willst du zum Film?«

»Marlene, wir sind in München! Da mußt du ein paar Leute einfach kennen, sonst kommst du hier nicht weiter.«

»Was mich viel mehr interessiert, ist, ob's hier Brot gibt. Und dann würde ich gerne wissen, was es mit den Hiobsbotschaften auf deinem Schreibtisch auf sich hat!«

Resigniert seufzte Maja. »Du bist immer so pragmatisch. Brot macht übrigens dick!« Trotzdem winkte sie dem Kellner.

»Totaler Blödsinn, nur Fett macht dick. Außerdem ist mir das egal. Ich bin seit halb fünf wach und habe noch fast nichts gegessen!« Marlene bewunderte Majas Umgang mit Kellnern. Wenn sie als Marlene Popp ein Lokal betrat, hätte sie genausogut Luft sein können. Niemand bemerkte sie, nicht mal wenn sie so dringend nach dem Ober herumwedelte, daß alle anderen Gäste schon auf sie aufmerksam wurden. Aber Maja drehte ihren Kopf nur leicht in die Richtung des weißbeschürzten Obers, und Sekunden später hechtete er an ihren Tisch.

Das hatte ihr in Amerika so gut gefallen, daß die Kellner dort ohne langes Zögern auch an ihren Tisch kamen. Allerdings, mußte sie sich grinsend eingestehen, wenn Jeff bei ihr gewesen war, hatten sie sich noch mehr beeilt. Jeff.

»Marlene, hörst du mir eigentlich zu? Du solltest nicht soviel Brot essen! Du bist hoffnungslos undiszipliniert! Die Hiobsbotschaften sind ziemlich schlimm. Die Frauenleiche, die sie gestern gefunden haben, war eine aus unserem Sender. Es war Tanja. Sie hat in der Produktion gearbeitet. Sie war erst 29 Jahre alt. Heute hätte sie ihren dreißigsten Geburtstag gefeiert. Im Sender wird gemunkelt, daß es irgendwas mit Hardcore-Lesben zu tun hat, weil Tanja lesbisch war. Mein Chef will deshalb daraus 'ne große Nummer machen. Lesbengeschichten bringen Quote. Ist das nicht unglaublich? Ich hab' dir doch erzählt, daß ich einen neuen Chef habe. Ja?«

Marlene nickte, weil sie den Mund voll mit köstlichem, warmen Focaccia-Brot hatte. Doch der Geschmack verwandelte sich mehr und mehr in bittere Pampe. Es ekelte sie körperlich an, daß der Tod einer Kollegin nur noch ein Quotenereignis war. Nicht ein Mensch war gestorben, sondern ein Medienknüller geboren. Sie gab den Rest des Brotklumpens in ihre Serviette.

»Der Neue hat mich außerdem vor zwei Alternativen gestellt. Ich kann zwei Wochen frei haben, um einer wirklich heißen Sache auf die Spur zu kommen, z. B. Tanjas Ermordung, oder ich kann zwei total verrückte Abenteurer auf ihrer Kajaktour durchs Eismeer begleiten.«

»Eismeer, das klingt doch interessant!«

»Bist du wahnsinnig? Kannst du dir vorstellen, wie ich in einem Kajak im Eismeer aussehe? Alt, Marlene sehr alt. Ich hasse Einöde! Und was die Kälte meiner Haut antun wird, daran möchte ich nicht mal denken.«

»Dann bleibt dir also eine Reportage. Du mußt ja nichts über diese Tanja produzieren, es gibt doch jede Menge andere Themen, und du hast doch schon so viele gute Reportagen gemacht. Über diesen Politiker mit den Sextelefonaten, über diesen Videospanner in Frankfurt und was weiß ich noch alles.«

Maja schüttelte den Kopf. »Das war doch alles nur Kinderkram. Mein Chef...«

»Wie heißt er eigentlich, dein Chef?«

»Tobias Kübler, also, der Kübler will eine richtig große Sache von mir. Verstehst du nicht? Unserer Sendung wurde vorgeworfen, daß sie viel zu klein sei, nicht ›groß‹ denkt. Und wenn ich ihm nichts Großes liefere, dann bin ich da raus. So sieht's aus.«

Der Ober brachte mit einer stolzen Verbeugung das Essen. Marlene warf einen kurzen Blick auf ihre Nudelportion, die sehr hübsch dekoriert war und mindestens eine Maus, eine kleine, japanische Tanzmaus, die auf ihre Figur achten mußte, satt gemacht hätte. Nur gut, daß ihr Appetit sich gerade in Luft aufgelöst hatte. »Laß uns überlegen. Was ›Großes‹, was soll denn das sein? Meint er damit Politikeraffären, Korruption, Sexaffären, Erpressung, Kidnapping oder Mord?«

Maja rührte mit ihrem Löffel in der orangefarbenen Suppe. »Ich weiß es nicht. Und ich glaube, er selbst weiß es auch nicht. Er weiß nur, jedes Mal wenn ich eine Reportage abliefere, daß es genau das nicht ist. Verstehst du? Das ist mein Problem. Bei meinem früheren Chef habe ich genau gewußt, was er will.«

Marlene verbot es sich, darüber nachzudenken, welche Körperteile der Chef besonders gern von Maja gewollt hatte. »Was den Kerl anturnt, sind Morde an Frauen, aber das will ich nicht machen.«

Marlene legte überrascht ihr Besteck aus der Hand. »Wieso nicht, du bist doch sonst nicht gerade zimperlich?« Maja wischte mit ihrer Serviette über einen nicht vorhandenen Fleck an ihrem Busen, dann sah sie Marlene direkt in die Augen. »Es macht mir angst.«

»Nein! Ich hab' gedacht, du hast vor nichts Angst!«

»Nur davor, nicht erfolgreich zu sein und kein Geld zu scheffeln.«

»Aber ich dachte, dafür machst du *alles!*«

»Da liegst du nur fast richtig.« Maja richtete sich wieder auf und straffte ihre Schultern. »Ich muß dringend wieder mal mein Rücken-Workout machen. Vergiß, was ich gesagt habe, wenn es gar nicht anders geht, na gut, dann mach' ich eben was mit Frauenmorden.«

Marlene trank einen Schluck Wasser. »Weißt du, es klingt zynisch, aber tatsächlich faszinieren weibliche Leichen viel mehr als männliche. Frauen haben Angst und sind erleichtert, weil es nicht *ihnen* passiert ist. Und Männer sind von der totalen Verfügbarkeit einer weiblichen Leiche irgendwie erregt. Das hat einen leicht sexuellen Unterton, damit erreicht man eine große Zielgruppe!«

Maja winkte einem Bekannten zu. »Aber die Tanja ist kein Thema für mich. Und sonst gab's ja nichts in der letzen Zeit. Du hast es gut, du mußt keine Reportagesendung machen.«

»Selbst schuld. Im übrigen mache ich doch Freitag nachts eine Live-Sendung, und die wird nicht komisch!«

Maja schaute von der Suppe auf in Marlenes Gesicht. »Du hast Basilikum zwischen den Schneidezähnen. Was ist das für eine Sendung? So was wie ›Der Nachtfalke‹? Ein Superfilm, übrigens. Wirst du auch Leute anrufen lassen und die dann zur Schnecke machen?«

Marlene legte ihr Besteck aus der Hand und sah ihrer Freundin in die Augen. »Du kennst mich doch jetzt schon so lange. Glaubst du wirklich, daß es mir Freude bereitet, Menschen zu beleidigen?«

Majas Handy klingelte. »Entschuldige.« Sie drückte ein paar Knöpfe und legte das Handy gekonnt ans Ohr, ohne die Frisur zu zerstören.

»Ja gut, ich bin gleich da.« Sie legte das Handy auf den Tisch. »Könntest du vielleicht für mich mit zahlen und ein Taxi zum Sender zurück nehmen?«

»Was ist denn los?«

»Gerade haben sie schon wieder eine Leiche gefunden. Eine junge Polizistin, in Haidhausen. Sieht nach Selbstmord aus. Ich treffe das EB-Team dort. Tut mir leid, Schätzchen, ich ruf' dich an. Vielleicht steckt da ja was Großes dahinter!« Maja stöckelte aus dem Lokal.

Schade, dachte Marlene, daß sie nicht sehen konnte, wie Wesemann, der Filmproduzent, voller Bewunderung auf ihr Hinterteil starrte.

Rocky hatte seinen Kopf auf die Hände gelegt und döste. Marlene zögerte einen Moment. Sollte sie ihn aufwecken? Selbst im Schlaf wirkte seine Körperfülle wie ein bedrohliches Gebirge. Sie räusperte sich. »Rhm, äh, Rocky?«

Er zuckte zusammen. Dann riß er seinen Kopf hoch und blickte Marlene verwirrt an. »Ich habe geträumt, ich tanze mit einer wunderschönen Braut auf einer Hochzeit«, sagte er mit vom Schlaf noch rauher Stimme. Dann kam er zu sich und erkannte Marlene, die Bedrohung, die Konkurrenz. Er richtete sich auf, zog das Sweatshirt über seinen Bauch und grinste. »War ’n Alptraum«, blaffte er in seiner gewohnt barschen Art.

»Dein Hausmeister hat angerufen und gesagt, alles sei wieder in Ordnung. Steht der auf dich? Oder hast du ihn geschmiert?«

Marlene ignorierte diese Einmischung in ihr Privatleben.

»Valerie hat einen Haufen Zeug auf deinen Schreibtisch gelegt, und Lederlisa will dich sprechen. Du sollst sofort zu ihr kommen. Das heißt, wir zwei Hübschen ...«

Marlene wollte protestieren, aber Rocky ließ sich nicht unterbrechen.

»... werden heute dann wohl nichts mehr produzieren. Unterhaltungen mit der Chefin dauern immer länger, und ich kann nicht mehr. Außerdem muß ich meine Oma zum Arzt fahren. Es geht ihr nicht gut. Ich hau’ jetzt ab. Wir sehen uns morgen früh um fünf, okay?« Rocky schloß seinen Schreibtisch ab und schleppte sich zur Tür.

Uschi öffnete – wie immer mit gesenktem Kopf – Lederlisas Büro. Überrascht riß Marlene die Augen auf. Von Lederlisa war nur eine dunkle Silhouette zu sehen. Sie wurde von hinten überstrahlt durch den grell orangefarbenen Nachmittagshimmel, vor dem die purpurrot glühenden Alpen wie eine atemberaubende Theaterkulisse wirkten.

Lederlisa bemerkte Marlenes Blick.

»Eine tolle Aussicht. Hat Jahre gekostet, mich hier hoch zu arbeiten. Setzen Sie sich.«

Lederlisa übergab ihr eine Mappe. »Ihre abartige Nachtsendung hat sich für mich so angehört, als könnten Sie einen Psychologen gebrauchen. Deshalb steht Ihnen 10 Minuten pro Sendung Dr. Karl zur Verfügung.«

»Ich brauche niemanden für diese Sendung.«

»Dr. Karl wird in der Sendung auftreten.«

»Nein, wird er nicht!«

Lederlisa lächelte. Diesmal konnte Marlene wirklich erkennen, daß sie lächelte, weil Lisas Mundwinkel, die sonst in einer tiefen Nasolabialfalte versteckt waren, nach oben gezogen wurden. Es sah aus, als würde ein gelifteter Zirkusclown versuchen zu lachen.

»Dr. Karl bezahlt dafür. Er wird also reden. Ist das klar? Das war's. Im übrigen erwarte ich morgen früh ein paar wirkliche Brüller.«

»Aber ich bin für die Inhalte der Nachtsendung allein zuständig!« Marlene kochte, und diesmal würde sie sich nicht zurückhalten.

»Kein Grund, sich im Ton zu vergreifen, meine Liebe. Es stimmt zwar, daß Sie den Inhalt der Sendung bestimmen können, aber der Einsatz von Dr. Karl ist bereits mit Herrn Martini abgesprochen. Hier sind seine Vita und seine Telefonnummern. Das wär's dann.«

Zornig schleuderte Marlene Blitze in Richtung der immer noch flammenden Alpen und warf die Tür mit aller Kraft ins Schloß. Vor der Tür blieb sie stehen und bemerkte, daß sie hektisch atmete, als wäre sie die acht Stockwerke hochgerannt.

Erstaunt hob Uschi ihren Kopf, und zum erstenmal sah Marlene, daß eine große Narbe ihr Gesicht verunstaltete. Uschi lächelte und flüsterte ihr zu. »Sie ist schon seit heute morgen unausstehlich, seit der Anruf von Solveig kam. Ärgere dich nicht.«

Marlene nahm kaum wahr, was Uschi zu ihr sagte, weil sie wie hypnotisiert auf diese Narbe starrte. Die Narbe spaltete ihr Gesicht horizontal in zwei Hälften. Erst als Uschi den Kopf senkte, fiel ihr auf, wie unhöflich sie gewesen war. »Entschuldige, bitte.«

»Die Reaktion ist immer gleich, ich bin daran gewöhnt.«

Betreten sah Marlene zu Boden. Sie hätte gern gewußt,

was passiert war, traute sich aber nicht zu fragen. »Es tut mir wirklich leid. Ich war nur so überrascht.«

Hinter ihr wurde Lederlisas Tür aufgerissen. »Uschi, ich hab' dir schon hundertmal gesagt, du sollst hier nicht mit den Angestellten herumschwatzen. Hast du denn nichts anderes zu tun?«

»Ich habe Frau Popp nur nach ihrem Personalbogen gefragt.«

Marlene wurde rot. War sie ein Schulmädchen, daß sie sich so behandeln lassen mußte? Uschi tat ihr leid. Sie hätte nicht für sie zu lügen brauchen. Aber sie hatte es gut gemeint. »Danke, Uschi!« preßte sie noch heraus, bevor sie sich in den Aufzug schleppte. Am liebsten würde sie jetzt mit dem Aufzug durch das Erdinnere nach China fahren und all die rostigen Fahrräder pflegen, die angeblich dort dauernd umfallen. Aber Marlene entschied sich laut ausatmend dann doch für ihr Büro.

Valerie sortierte auf dem Boden kniend dicke Aktenstöße. Marlene räusperte sich, um Valerie nicht zu erschrecken. Valerie drehte sich nicht um. »Na, glaubst du an Wunder? Wenn nicht, ab sofort hast du allen Grund dazu! Ich bin schon fertig, zumindest mit den merkwürdigen Nachtereignissen der letzten zweieinhalb Jahre.«

»Das ist... erstaunlich. Und, was sagst du, ist auf den ersten Blick etwas dabei?«

Valerie schüttelte den Kopf, schichtete die Akten auf einen Haufen, ging locker in die Knie, streckte ihre Beine dann nach oben und überreichte Marlene den Stapel. »Es gab ein paar verrückte Aktionen im Englischen Garten, ein paar Morde, Einbrüche und Pärchen, die bei ungewöhnlichen Sexualpraktiken erwischt wurden. Aber eigentlich nichts wirklich Abartiges.« Valerie lächelte breit. »Höchstens ein Workshop für kreatives Schreiben.«

Darunter konnte sich Marlene nichts vorstellen. »Was hat denn das mit ›Nacht‹ zu tun?« Valerie zeigte ihr ein Schwarzweißphoto, auf dem nackte Gestalten mit Augenbinden vor Schreibmaschinen saßen – in einem Park oder Garten. Marlene wollte mehr wissen: »Erzähl mal.«

»So ein selbsternannter Schreibguru hat einen Workshop gegeben für Leute mit Schreibhemmung. Alle, die mitmachen wollten, mußten neben einer horrenden Aufnahmegebühr eine Erklärung unterschreiben, daß sie damit einverstanden sind, so fotografiert zu werden. Wenn du mich fragst, hatte der Kerl nur Sehnsucht nach der ganz großen Presse.«

»Wieso?«

»Na, weil das Seminar so aussah, daß alle nackt vor der Schreibmaschine sitzen mußten, mit verbundenen Augen, und dann wurde ihnen Musik vorgespielt, und sie sollten die Musik in Sprache verwandeln.«

»Nackt? Mit verbundenen Augen? Ja, aber hat sich denn da niemand beschwert?« Marlene war eigentlich der Meinung, daß nach zwei Jahren im berüchtigten La-La-Land, so nannten die Amerikaner Los Angeles und Südkalifornien, sie nichts mehr erschüttern könnte, aber dieser »kreative« Workshop schien ihr ein ziemlicher Hammer. »Können wir Leute kriegen, die an dem Seminar teilgenommen haben?«

Valerie strahlte. »Ich habe mir schon gedacht, daß du mich danach fragen würdest. Deshalb treffe ich jetzt Richie. Richie hat das Seminar geleitet, er ist Künstler und hat ein Stipendium der Stadt München. Deshalb muß ich jetzt auch los. Bis morgen dann, tschüs!«

Beschwingt verließ Valerie Marlenes Büro. Dann steckte sie noch mal den Kopf rein. »Da ist ein Telegramm für dich gekommen, es liegt auf deinem Schreibtisch. Also, dann.«

Ganz erschlagen von so viel Initiative tappte Marlene zu ihrem Schreibtisch, schob den Stapel mit Akten zur Seite und riß das Telegramm auf. Ein Bildtelegramm mit einem Baumphoto. »Alles Gute für den neuen Job wünscht dir dein Vater.« Wütend zerknüllte Marlene die Karte und warf sie in den Mülleimer. Erst als sie ihre Fäuste wieder entspannte, sah sie, daß sie sich an den Papierkanten in den Zeigefinger geschnitten hatte. »Typisch, wo der Kerl auftaucht, bringt er nur Ärger.« Marlene wußte, daß sie ungerecht war. Aber ihr Vater mischte sich immer wieder in ihr Leben ein, ungebeten. Nicht, daß er sich für sie als Mensch je interessiert hätte. Nein, es ging darum, die Kontrolle über seinen Besitz zu behalten. Heute konnte Marlene verstehen, warum ihre Mutter sich nach Mallorca abgesetzt hatte, als sie sechs Jahre alt war. Aber verziehen hatte sie ihr das nicht. Sie hatte begriffen, daß es das Beste für sie war, sich von beiden fern zu halten.

Sie holte sich in der kleinen Kaffeeküche am Endes des Ganges einen Milchkaffee und begann, Valeries Recherchen durchzusehen.

Valerie hatte recht, außer dem Schreibkurs gab es noch ein paar Geburten, die auf dem Weg zum Krankenhaus stattgefunden hatten, Einbrüche und Vergewaltigungen. Warum, fragte sich Marlene, geschahen nachts nicht auch ein paar Wunder? Warum war es nicht so, daß z. B. eine Frau von unheimlichen Geräuschen aufwacht und dann feststellt, jemand hat die gesamte Wohnung geputzt und außerdem noch einen Blumenstrauß hinterlassen? Andererseits, überlegte Marlene, allein der Gedanke, daß jemand nachts in ihrer Wohnung herumschliche, war gruselig.

Vielleicht war es ja doch ganz gut, einen Psychologen im Team zu haben. Sie kramte den Zettel mit der Telefonnummer von Dr. H.X. Karl hervor. Wofür das X. wohl stehen mochte? Marlene wählte seine Nummer, erreichte aber nur den Anrufbeantworter, der sie darüber informierte, daß Dr. Karl immer fünf Minuten vor der vollen Stunde zu erreichen sei. Sie hinterließ eine Nachricht und bat um Rückruf.

Eine warme Hand legte sich leicht auf ihren Nacken. Entgeistert fuhr Marlene in ihrem Drehstuhl herum, bereit, denjenigen anzuschreien. Vor ihr stand breit grinsend Klaus, der Mann aus dem News-Room. »Ich wollte dich auf keinen Fall erschrecken. Tut mir leid. Aber dein Nacken sah so verführerisch einsam aus.«

Marlene ärgerte sich, daß ihr nichts Schlagfertiges einfiel. Einerseits fand sie es eine Unverschämtheit, daß jemand, wer auch immer, es wagte, sie einfach anzugrapschen, andererseits war es so unangenehm auch wieder nicht gewesen. Sie konnte einfach nicht damit umgehen. Bevor sie etwas sagen konnte, ließ sich Klaus auf ihrem Schreibtisch nieder und nahm Jeffs Bild in die Hand. »Sieht nett aus, wie lange seid ihr schon verheiratet?« Marlene merkte, wie ihre Kehle innen ganz heiß wurde und sich ihr Oberbauch verkrampfte. Eine merkwürdige Mischung aus Zorn und Verletztheit brodelte in ihr auf. Sie lachte und haßte sich selbst für den hysterischen Klang. »Er ist tot«, lachte sie. »tot, tot, tot.«

»Wer ist tot?« Uschis leise Stimme brachte Marlene abrupt zum Verstummen. Klaus stellte das Photo zurück, rutschte unbehaglich vom Schreibtisch und trabte zur Tür. »Bin wohl im falschen Moment gekommen, na bis morgen dann.«

»Ich wollte dir nur deine Ausweise für die Kantine und den Code für das Nachtschloß bringen.« Uschi ging neben Marlenes Schreibtisch in die Knie. »Was war denn los?« Marlene holte tief Luft, brachte aber dann doch keinen Ton raus. Uschi legte ihre Hand auf Marlenes Arm. »Klaus ist ein übler Schürzenjäger. Dabei hat er eine unglaublich schöne und sympathische Frau, eine Italienerin, und drei Kinder. Er hält sich für Casanova persönlich. Er probiert bei jeder neuen Frau im Sender, ob er bei ihr landen kann.« Damit stand sie auf und ging zur Tür.

Marlene fühlte sich schon besser. Sie lächelte Uschi an. »Danke, das war nett.«

»Schon okay. Ich kenne das.« Uschi schlich wieder aus Marlenes Büro.

Marlene schämte sich, weil sie so hysterisch reagiert hatte. Jeff war doch jetzt schon so lange tot. Langsam sollte sie ein bißchen souveräner damit umgehen können. »Ich muß arbeiten, arbeiten, arbeiten!« Entschlossen kämpfte sich Marlene durch den Rest der Recherchen. Schließlich blieben drei kleine Häufchen mit Zeitungsartikeln übrig. An alle hatte Valerie ein Post it geklebt mit dem Hinweis, daß diese Morde bis heute nicht aufgeklärt worden waren. Der erste Stapel war vom Dezember 97. Die Schlagzeilen hatten sich die Nähe zu Weihnachten reißerisch zunutze gemacht: »Das Christkind war ein Mörder«, »Die Weihnachtsleiche«. Rosemarie Heidemann, die von allen Rosy genannt wurde, war erst zwanzig Jahre alt gewesen. Sie hatte keine eigene Wohnung in München gehabt, weil sie erst zwei Monate vorher nach Deutschland zurückgekommen war. Sie hatte zwei Jahre auf Mallorca als Animateurin gearbeitet und wohnte in der Wohnung einer Freundin, die jetzt ihren Job auf Mallorca übernommen hatte. Ihre Leiche war erst vier Wochen nach der Tat von ihrer Freundin Katja, die zum Weihnachtsfest zurückgekommen war, gefunden worden. Die Todesursache konnte erst nach mehreren Untersuchungen in der Pathologie geklärt werden. Sie war erstickt worden.

Der nächste Stapel war vom Juni 98. »Verlobt mit einer Toten« und »Vom Konzert in die Hölle«. Sybille Koch war zu Hause erwürgt worden, ihr Freund Schmittbauer war nur auf einem Konzert gewesen. Als er zurückkam, war sie tot. Die Polizei hatte ihn lange Zeit verdächtigt, weil die beiden sich vor seinem Konzertbesuch gestritten hatten. Außerdem hatte Sybille einer Freundin erzählt, daß er sie hin und wieder schlagen würde. Trotzdem hatten die beiden am 9.8.98 heiraten wollen.

Der aktuellste Mord war der an Tanja Boettcher. Klar, daß er noch nicht aufgeklärt worden war. Tanjas zerschnittene Leiche war von ihrer Freundin Sabine Schwarz gefunden worden. In dem Artikel stand, daß am Tatort keine verwertbaren Spuren sichergestellt werden konnten. Tanja hatte zwar bei *Seventy-Seven* nicht ganz oben auf der Beliebtheitsskala gestanden, doch keiner ihrer »Feinde« hatte wirklich ein Motiv gehabt, sie zu töten. Tanja war in Unterföhring ermordet worden, Sybille in Denning und Rosy in Bogenhausen. Marlene holte den Stadtplan von München aus ihrer Handtasche. Sie fragte sich, wie sich die Familienmitglieder fühlen mußten, bei dem Gedanken, daß der Mörder oder, verbesserte sich Marlene ironisch, die Mörderin immer noch frei herumlief. Sie beschloß, die Angehörigen aufzusuchen und zu fragen, ob sie damit einverstanden wären, ein Interview mit ihr zu machen. Sie kannte sich noch nicht gut genug aus, um zu wissen, wo sich diese Stadtteile befanden. Sie wußte nur, sie selbst wohnte in Bogenhausen. Als sie die Übersichtskarte mit den Bezirken aufschlug, kroch ihr eine Gänsehaut den Rücken entlang. Alle drei Stadtteile lagen im Osten. Das mußte ein Zufall sein. Schließlich waren die Opfer unterschiedlich alt und auf verschiedene Weise zu Tode gekommen. Außerdem lagen die Morde etwa ein halbes Jahr auseinander. Andererseits – Marlene verglich aufgeregt die Daten der Opfer – gab es bei allen dreien keinerlei Zeichen von gewaltsamem Eindringen in die Wohnung. Hieß das, die Frauen hatten ihre Mörder gekannt? Nein, das war bestimmt nur ein Zufall. Die Opfer hatten sehr unterschiedlich ausgesehen, Tanja war so ein blonder, schöner knallharter Nachmittags-Talkshow-Moderatorinnentyp gewesen, Sybille eher ein rothaariges Gretchen und Rosy eine schwarzhaarige Athletin. Trotzdem kam es Marlene so vor, als wollten diese Frauen ihr etwas sagen, so was wie »wir gehören zusammen«. Sie stand auf und ging in ihrem Büro hin und her, dabei konnte sie ihre Gedanken immer am besten sortieren. Also, Marlene, denk mal nach: 1. Die Polizei ist entgegen landläufiger Meinung durchaus nicht blöd. Gäbe es wirklich einen Zusammenhang, hätten die den längst herausgefunden. 2. Die Mordmethoden sind unterschiedlich, die Frauentypen sind verschieden, wo soll denn da eine Verbindung sein? 3. Ist mir das alles egal. Es kommt mir nur komisch vor, daß die Frauen nicht sexuell mißhandelt wurden und daß bei allen dreien kein Sperma gefunden wurde.

Sie blieb vor ihrem Telefon stehen und versuchte es erneut bei Dr. Karl. Wieder war nur der Anrufbeantworter dran. Marlene wollte jetzt aber dringend mit jemandem reden. Sie versuchte es bei Maja und hatte Glück. Maja war erfreut, sie zu hören. »Marlene, stell dir vor, diese arme Polizistin hat sich wegen sexueller Belästigung im Dienst umgebracht. Ist das nicht bizarr?«

»Bizarr, wieso bizarr?« Marlene konnte ihr nicht so ganz folgen, sie war viel zu sehr mit ihren eigenen Recherchen beschäftigt.

»Na, deshalb braucht man sich doch nicht umzubringen! Da kann man doch etwas dagegen tun.«

Marlene realisierte jetzt erst, um was es eigentlich ging. »Ja, wenn man so ist wie du, Maja, vielleicht. Aber andere Frauen schaffen das einfach nicht.«

»Was gibt's denn da zu schaffen? Du mußt doch bloß nein sagen, und wenn der Kerl nicht aufhört, dann zeigst du ihn an. Ende. Nee, ich glaube, da steckt mehr dahinter, als sie der Presse sagen wollen. Vielleicht hat sie etwas gewußt und wurde gemobbt. Wenn ich Glück habe, dann ist das mein großer Fall. Irgendeine Schweinerei, die hinter den Kulissen unserer ach so hochanständigen bayerischen Polizei vor sich geht. Das wär's. Entschuldige, ich warte noch auf ein ganz wichtiges Gespräch, bis dann, Küßchen.«

Marlene wurde übel. Ihr fiel ein, daß sie seit dem spartanischen Mittagessen nichts mehr zu sich genommen hatte. Aber sie wußte, ihr war von etwas anderem übel. Maja hatte ihr eben ganz beiläufig ein Spiegelbild vor die Nase gehalten: sie selbst war auch nicht besser als Maja. Sie war nahe dran gewesen, sich über drei Leichen »zu freuen«, nur weil sie eine Verbindung zwischen ihnen entdeckt zu haben glaubte. Sie legte den Telefonhörer, der immer noch in ihrer Hand baumelte, auf die Gabel und packte ihre Sachen ein. Sie wollte nach Hause. »Nach Hause«, murmelte Marlene, »wär' schön, wenn ich schon eins hätte.«

Sie sperrte die Haustür auf, warf den Berg Akten, die Valerie für sie kopiert hatte, neben ihre Luftmatratze und ging unter die Dusche. Unter dem rauschenden Wasser fiel ihr wieder der Wasserschaden ein. Sie konnte nirgends einen Hinweis darauf entdecken. Hätte nicht wenigstens die Decke noch feucht sein müssen?

Von Dampfschwaden umnebelt, versuchte sie, sich zu entspannen. Sie ließ den Kopf hängen und heißes Wasser auf ihren Nacken sprudeln. Die Hand von Klaus fiel ihr wieder ein. Sie verfluchte sich selbst für ihren Lachkrampf. Die schreckliche Wahrheit war doch die, daß diese warme, glatte Hand ihre Hormone gegen ihren Willen in Aufruhr gebracht hatte. Sie trocknete sich ab und betrachtete sich im

Spiegel. War sie sexy? Sie schüttelte den Kopf. Andererseits, welche Frau sagte von sich schon, sie wäre sexy? Wie Maja ihr neulich in der Sauna erklärt hatte, gab es für Frauen nur eine einzige Problemzone: den Körper.

Sie hatte einen vollen Busen, noch da, wo er sein sollte, und eine proportional schmale Taille. Aber Kleidergröße 36 hatte sie mit zwölf das letzte Mal getragen. Sie cremte sich ein. Sie liebte es, die sahnig-weiße Körpermilch in ihre Haut einzumassieren. Ihre Haut war ein Pluspunkt, schön samtweich und eher honiggolden als bleich. Und wann hatte diese Haut eigentlich jemand das letzte Mal berührt? Eine Gänsehaut prickelte ihr Rückgrat entlang. Wie lange war es her, daß ein Mann sie umarmt hatte? Sofort verwarf sie diesen Gedanken. Das konnte sie Jeff nicht antun. Das wäre Verrat an ihrer besonderen Liebe. Die Therapeutin hatte zwar gesagt, nur weil er tot sei, wäre ihr Leben nicht auch zu Ende. Aber sie hatte ihn nicht gekannt. Seinen Humor, seine Toleranz, seine Güte. Marlene schüttelte es, wenn sie daran dachte, wie schnell sich die anderen aus ihrer Trauer-Therapiegruppe getröstet hatten. Und dazu dann immer diese Kommentare: »XY hätte es so gewollt. Er hätte gewollt, daß ich glücklich bin!« Blödsinn. Jeff wollte sie, und sie wollte Jeff. Nichts anderes.

Ein leises kratzendes Geräusch ließ Marlene erstarren. Jemand steckte den Schlüssel in ihre Wohnungstür und probierte, ob sie aufging. Sie wickelte das Handtuch um sich und schlich in den Flur. Der Hausmeister? Was sollte sie jetzt tun? Warten, bis derjenige in ihrer Wohnung war, oder heldenhaft die Tür aufreißen und um Hilfe brüllen, falls es ein Perverser war? Ohne noch länger nachzudenken, riß sie die Haustür auf. »Was zur Hölle tun sie hier?« schrie sie in den dunklen Korridor.

Dr. Juri zuckte zurück. »Um Gottes willen, meine Liebe,

das tut mir leid. Die Macht der Gewohnheit. Ich bin einfach im falschen Stockwerk ausgestiegen. Eben habe ich mich gewundert, warum der Schlüssel nicht paßt.« Er zog seinen Hut – Marlene nahm zur Kenntnis, daß hier ein Mann mit Hut vor ihr stand, und sie trug nichts als ein Handtuch. Was hatte Maja gestern gesagt? So macht man doch keine Wohnungstür auf. Sie war wirklich bescheuert.

Dr. Juri entschuldigte sich immer noch. Es sei wirklich nur ein Versehen gewesen. Es täte ihm leid. Er wolle sie nicht belästigen. Oh, wie er das nur wieder gutmachen könne. Er wirkte ehrlich zerknirscht. Vielleicht stimmte es ja, daß er sich im Stockwerk vertan hatte.

»Dr. Juri«, versuchte sie ihn zu unterbrechen, »hallo, es ist okay. Aber bitte schauen Sie doch nächstes Mal auf das Namensschild, bevor Sie den Schlüssel ins Schloß stekken.«

Der schmale, große Mann verbeugte sich tief. »Ich stehe wirklich tief in Ihrer Schuld. Ich wollte Sie nicht ängstigen.«

Marlene überlegte, ob vielleicht der Wasserschaden in seiner Wohnung ihn so durcheinandergebracht hatte. »Wie schlimm war denn Ihre Überschwemmung?«

Dr. Juri starrte sie an. »Welche Überschwemmung?«

»Sie haben doch vergessen, den Wasserhahn im Badezimmer abzudrehen, oder nicht?«

Dr. Juri schüttelte den Kopf. »Aber nein, bei mir ist alles in Ordnung.«

Marlene wurde es langsam kalt. »Na, ist ja auch egal, also Dr. Juri, schönen Abend noch.«

Dr. Juri wedelte noch einmal würdevoll mit seinem Hut. »Bitte, Fräulein Popp, vielleicht werden Sie mir die Ehre erweisen und mit mir einen kleinen Wiedergutmachungstrunk einnehmen?«

»Vielleicht ein andermal, heute abend habe ich zu tun.«

Marlene schloß die Tür. Durch den Spion beobachtete sie, wie Dr. Juri kopfschüttelnd zum Aufzug ging. Er sah sogar von hinten betrübt aus. Aber wieso hatte er so getan, als hätte es nie eine Überschwemmung gegeben?

Es wurde Zeit, daß ihre Kisten endlich kamen. Darin befand sich auch ihr Lieblingsstück, ein bodenlanger, nilgrüner Kimono aus schwerer Shantungseide, der sie komplett einhüllte. Darin konnte man problemlos sogar der Queen die Tür aufmachen.

Sie hatte Hunger. Aber leider war ihr Kühlschrank immer noch leer. Sie würde einkaufen gehen müssen.

Zum Glück mußte sie nicht weit laufen, denn im nächsten Hochhausblock befand sich eine Art Einkaufszentrum, mit einer merkwürdigen Mischung aus Geschäften: ein Spielzeuggeschäft neben einem Autoshop, ein Billigschuhmarkt neben einem sehr exklusiven Braut- und Abendmodengeschäft. Den Laden kannte sie schon, weil Maja sie für eine Reportage über Familien, die sich für die Hochzeit total verschulden, als Statistin mitgeschleppt hatte. Außerdem gab es einen Blumenladen, einen Haustiershop und den riesigen Supermarkt.

Sie war erstaunt, wie viele Menschen um halb acht Uhr abends noch zum Einkaufen gingen. Der Markt war hell und freundlich. Das Gedudel aus den Lautsprechern, das nur durch das holprige Vorlesen von Sonderangeboten unterbrochen wurde, kam ihr vertraut vor. Als sich die Ansagerin zum dritten Mal bei der Lobpreisung eines Weichspülers verhaspelte und wieder von vorne anfing, überlegte sie, ob man nicht daraus eine Nummer für die Morning Show machen könnte. Sie fühlte sich mit einem Mal nicht mehr so fremd. Entspannt schlenderte Marlene durch die Abteilungen. Sie hatte es nicht mehr eilig, in ihre Wohnung zurückzugehen.

In der Obstabteilung duftete es verführerisch nach Limonen und Vanille. Es gab alle Arten von exotischem Obst, von Ananas über Kakis und Mangos und sogar Zuckerrohrstangen und asiatische Litschis. Diese Regenbogen-Farborgie duftete so einladend, daß Marlene viel zuviel davon in ihren Wagen legte. Eigentlich aß sie nämlich nicht besonders gern Obst.

Gut gelaunt ging sie die Reihen mit Nudeln und Brot auf und ab. Als sie endlich ein Pumpernickelbrot aus dem Regal nahm, hatte sie das Gefühl, jemand würde sie beobachten. Ihr fiel ein, daß Maja vor ein paar Wochen eine Reportage über Supermärkte als Singletreffs gedreht hatte. Grinsend drehte sie sich um. Aber da war niemand. Na ja, vielleicht war es auch nur der Hausdetektiv gewesen, der ihr langsames Schlendern als Provokation aufgefaßt hatte.

Genüßlich betrachtete sie die Wursttheke, hinter der alle Wurstköstlichkeiten Europas appetitlich ausgebreitet waren: hauchdünnes Bündnerfleisch, Mortadella aus Italien, Salami aus Ungarn und Frankreich, Rentierschinken aus Schweden, Blut- und Leberwurst aus Deutschland. Marlene konnte sich nicht entscheiden. Sie liebte Wurst. Wurst war reell, bodenständig und ehrlich. Erst als die grauhaarige Verkäuferin, deren Halbbrille dauernd von der Nase rutschte und dann vor ihrem mageren Körper hin und her baumelte, sie beim Abwiegen der Wurst neugierig fragte, was für eine Art von Party das denn werden solle, wurde Marlene klar, daß sie mehr als genug eingekauft hatte.

Als sie sich in eine der vielen endlos langen Kassenschlangen einreihte, kribbelte es in ihrem Nacken. So, als ob jemand seine glühenden Augen in sie hineinbohren würde. Sie drehte sich um, aber hinter ihr war nur eine türkische Frau, die mit ihrer Tochter heftig diskutierte und ihr keinerlei Beachtung schenkte.

Nachdenklich legte Marlene die Waren auf das Band. Vielleicht hatte sie sich das ja nur eingebildet. Andererseits wußte Marlene genau, daß sie nicht zur Hysterie neigte. Sie konnte ihren Gefühlen vertrauen. Sie grinste, nach diesem Tag heute konnte sie das nicht mehr so locker von sich behaupten. Aber meistens konnte sie ihren Gefühlen vertrauen. Nur was Männer anging, da ließ sie ihr Instinkt leider öfter mal im Stich. Ihre Ehe mit Rao zum Beispiel. Wie naiv sie gewesen war. Wie blind, und wie wütend zum Schluß.

Sie bezahlte und ging zurück in ihre Wohnung. Sie hörte ihr Handy klingeln. »Typisch«, dachte Marlene, »jetzt aber schnell.« Sie schaffte es gerade noch, das Gespräch anzunehmen. Dabei fragte sie sich gleichzeitig, wer denn alles schon ihre Telefonnummer hatte. »Hallo?«

Aus dem Hörer hörte sie Musik und dann einen alten Nummer-Eins-Hit von Shanice: »I love your smile.« Sie lächelte. »Hallo«, fragte sie noch mal, »das ist ja eine nette Überraschung!« Doch dann wurde die Musik ganz abrupt leiser, und ein deutliches Stöhnen und Keuchen wurde immer lauter und vermischte sich auf grausame Weise mit den Tönen zu einem ganz neuen, häßlichen, bedrohlichen Lied. Marlene brach der Schweiß aus, gleichzeitig wurde ihr ganz kalt. Die Einkaufstüten fielen ihr aus der Hand, als sie hektisch den Aus-Knopf an ihrem Handy suchte. Endlich fand sie ihn. Ganz automatisch hob sie die Tüten auf und stopfte sie so, wie sie waren, in ihren Kühlschrank, schloß die Haustür, die sie in der Eile offenstehen gelassen hatte, und ging ihre Hände waschen. Am liebsten hätte sie sich geduscht. Sie fühlte sich schmutzig. Marlene, machte sie sich klar, versuch dich zusammenzureißen. Du wirst so einem harmlosen Spinner nicht erlauben, dir den Abend zu versauen. Trotzdem, widersprach sie sich selbst, am liebsten würde ich das Ding im Klo runterspülen. Blödsinn. Denk mal dran, wie viele Frauen Anrufe von solchen Spinnern kriegen. Der Typ hatte wahrscheinlich einfach irgendwelche Nummern gewählt, und wenn eine Frau dran war, losgelegt. Dabei fiel ihr ein, daß sie zu Hause auch ein Telefon brauchte mit Anrufbeantworter. Handys waren nicht so zuverlässig. Sie überlegte kurz, ob sie Maja anrufen sollte, oder ihre Freundin Karin in Frankfurt, aber sie wollte dieses Ding nicht mehr anfassen, sich nur noch im Bett verkriechen, ein bißchen lesen und schlafen.

Als sie in den Schlafsack schlüpfte, zuckte sie zusammen. Er fühlte sich innen feucht und klebrig an. Vielleicht war er naß geworden bei der Überschwemmung. Sie legte den Schlafsack auf die Heizung und deckte sich mit allen Kleidern, die sie noch dabeihatte, zu.

Die Verlobung

Klick klack klicketick, schiebt sie den Wagen vor sich her. Sie merkt nichts von der Musik. Klick klack klicketick. Sie sucht etwas im Regal. Wie sie den Kopf in den Nacken legt. Sehr elegant. Ich möchte meine Hand um ihren Hals legen, aber ich beherrsche mich. Vorfreude ist besser als das Warten auf die B-Note. Jetzt bringt sie die alte Schachtel an der Wursttheke zum Strahlen. Sie merkt es nicht mal. Aber ich.

Klick klack klicketick, sie geht zur Kasse. Sie dreht sich um. Sie sieht mich nicht. Niemand sieht mich wirklich seit dem Unfall. Kein Scheinwerferlicht mehr. Nicht weiß. Nur schwarz. Na ja, nicht ganz schwarz. Auch rot, rostrot. Blutrot gibt's definitiv nicht. Blut ist hellrot wie Himbeersaft oder dunkelrot wie Wein. Altes Blut ist wie Rost. Riecht auch so. Schneeweiß existiert allerdings. Ha, es heißt ja auch Schneeweißchen und Rosenrot, und nicht Schneeweißchen und Blutrot. Das gefällt mir: Schneeweißchen wird rosenrot. Sie sah gut aus damals ganz in Weiß. So werde ich sie wiedersehen. Sie weiß es noch nicht. Aber ich. Ich weiß alles über sie. Sie benutzt Deocreme. Sie poliert ihre Zähne mit Zahnseide. Sie schnarcht, wenn sie schläft. Ihr Schlafsack duftet nach Himbeeren. Aber sie ist noch nicht reif. Sie ist etwas Besonderes. Wie Sandra. Es gilt die Regeln zu beachten. Den Anstand zu wahren. Mutti würde das Warten gefallen. Aber diesmal warte ich nicht zu lange. Denn du bist tot, Mutti. Schade nur, daß du nicht früher gehen konntest. Aber das sind alte Kamellen. Schwamm drüber. Ich bin nicht so einer, der seine Mutter haßt. Das ist dumm. Jemanden zu hassen, der tot ist, ist dumm. Und ich bin schlau, das haben sie bei den Tests rausgekriegt. Aber Frauen wollen keine Schlaumeier, Frauen wollen ganze Kerle. Keine Krüppel. Klick klack klicketick. Sie geht raus, und ich folge ihr. Denn du und ich, wir sind verlobt, mein Schatz.

Donnerstag, 4. November

„Die Nummer mit der Hausmeistergewerkschaft war echt geil, weiter so!« Jubelnd las Rocky eines der vielen Hörerfaxe vor, warf es übermütig in die Luft und klopfte sich begeistert auf seine Schenkel. »War eben eine Spitzenidee von mir, Mädels, oder?« Valerie sah Marlene an, sagte nichts dazu und las eine der vielen E-Mails, die Hörer zur Morgensendung geschickt hatten, vor. »Hört mal her, hier schreibt eine Susanne aus Holzkirchen: »...das solltet ihr viel öfter machen!«

»Was?« fragten Marlene und Rocky wie aus einem Mund.

»Moment, da, jetzt hab' ich's, also sie fand die Neuinterpretation von ›Strangers in the Night‹ von Mr. Rocky sehr schön und die Kolumne von Daisy Tausendschön zum Thema ›Die Schrecken der Zellulitis‹ auch nicht schlecht.« Marlene vermerkte sich das auf ihrem Notizblock, denn die Figur der Daisy hatte sie erfunden und heute zum ersten Mal ausprobiert. Daisy war eine Frau mit gesundem Menschenverstand und einer spitzen Zunge, die Frauenprobleme böse auf den Punkt brachte. Heute zum Beispiel hatte Daisy die Gefahren, die Zellulitis auf die Denkfähigkeit der Frau hatte, aufs Korn genommen. Marlene hatte die Daisy mit leichtem hessischen Akzent gesprochen und war nicht sicher gewesen, ob die Hörer in Bayern das annehmen würden. Valerie klopfte mit ihrem Kugelschreiber auf Marlenes Schreibtisch. »Hört mir jemand zu?« Marlene und Rocky beeilten sich, »Ja« zu sagen. Valerie fuhr fort: »... also diese Susanne hat auf dem Weg zur Arbeit im Auto so über unser Programm gelacht, schreibt sie, daß sie an der Ampel einen netten Mann kennengelernt hat. Der stand mit seinem Auto hinter ihr und ist ausgestiegen, als sie vor lauter Lachen nicht auf sein mehrfaches Hupen reagiert hat. Ziemlich wütend hat er sie angebrüllt, ob sie Tomaten auf den Ohren hat. Aber dann mußte er mitlachen, und sie haben sich zum Mittagessen verabredet.«

»Die beiden sollten wir im Auge behalten, vielleicht kommen sie sich näher, das wär' doch eine prima Geschichte für die Sendung.« Marlene sah diese Susanne schon ganz in Weiß mit dem unbekannten Mann vor dem Altar stehen. Als ob Rocky ihre Gedanken lesen könnte, intonierte er ironisch »Ta, ta, ta-ta; ta, ta, tata«.

»Schön, daß sich in dieser Abteilung mal was bewegt«, kam es spitzschnell von Lederlisa, die in einem grotesk aussehenden, grauen Hosenrockanzug im Türrahmen von Marlenes Büro lehnte. Der weite Hosenrock umschlabberte ihre Beine, die sie wie spitze Pfähle in den Boden gerammt hatte. »Wurde auch Zeit. Die neue Medienanalyse wird so sicher kommen wie das berühmte Amen in der Kirche. Und bis dahin, hoffe ich, um im richtigen Bild zu bleiben, daß wir nicht mehr zu den Kirchenmäusen gehören, sondern über jede Menge Jünger verfügen. Im übrigen, Rocky, ist das hier kein Kinderspielplatz, sondern eine Redaktion.« Breitbeinig zeigte Lederlisa auf die zusammengeknüllten Hörerfaxe, die auf dem dunklen anthrazitfarbenen Nadelfilzboden herumkullerten.

»Ich wünsche Ihnen auch einen guten Morgen«, rutschte

es Marlene heraus. Der Kontrast zum scharfen Ton von Lederlisa war so drastisch, daß Valerie unwillkürlich nach Luft schnappte.

»Rocky, würden Sie bitte Ihren Allerwertesten bewegen und mir ein paar dieser Faxe zum Lesen geben? In Zukunft möchte ich immer eine Kopie der Hörerreaktionen. Klar?« Rocky senkte den Kopf und hielt sich dann an Marlenes Schreibtisch fest, um auf die Knie zu gehen. Marlenes Schreibtisch wackelte so, daß Jeffs Photo beinahe umfiel. Marlene rettete es in letzter Sekunde. Dann bückte sie sich, um Rocky zu helfen. Lederlisa wurde ungehalten. »Frau Popp, Sie wurden nicht hier angestellt, um den Müll Ihrer Kollegen wegzuräumen! Lassen Sie das bitte.« Sprachlos richtete sich Marlene wieder auf.

Als Rocky auf den Knien angekommen war, sammelte er keuchend die Papierbälle ein. Über Lederlisas Lippen huschte ein verächtliches Lächeln, als sie den großen, dicken Mann vor sich liegen sah. »Sportlich, sportlich, Rocky, das sollten Sie öfter mal machen!«

Schweißperlen suchten sich einen Weg durch Rockys rot angelaufenes Gesicht und versickerten im Halsausschnitt seines T-Shirt. Marlene wäre gerne weggegangen, aber Lederlisa stand so dominant in der Tür, daß es ihr unmöglich schien. Zum ersten Mal fand Marlene, daß der Name Lederlisa doch sehr gut zu ihrer Chefin paßte. Wie ein Peitschenknall schlugen ihre nächsten Sätze auf Rocky ein: »Übrigens, Rocky, Ihr Moderatorensessel ist ab heute abgeschafft. In den USA stehen alle Moderatoren beim Reden, das klingt besser und zackiger. Schließlich wollen wir die Hörer in der Früh ja nicht wieder einschläfern, oder? Und ich will auch keine weiteren ›Strangers in the Night‹-Nummern in der Früh, dieser Song ist so was von abgelutscht!« Sie teilte das Wort ab – ge – lutscht in drei Kommandosilben, drehte sich um und verschwand befriedigt wie ein General, der gerade den Krieg gegen ein garantiert unterlegenes Land angezettelt hat. Gerade als alle aufatmeten, stand sie schon wieder in der Tür. »Marlene, Sie kommen dann später, um genau zu sein um 12.15, noch zu mir.«

Rocky warf die Papierknäuel in einen Mülleimer und trat dann mehrfach gegen diesen Eimer. »Miststück, Schlampe, Dreckf...« Marlene und Valerie räusperten sich verlegen. Er sah auf, nahm die beiden aber nicht wirklich wahr. »Dafür wird sie bezahlen.« Damit stürmte er aus der Tür. Zum Glück, dachte Marlene, konnte er nicht sehen, daß sich an seinem Hintern ein unappetitlicher Schweißfleck gebildet hatte, der aussah, als hätte er sich vor Angst in die Hose gemacht.

Valeries niveadosendeckelblaue Augen hatten sich verdunkelt. Marlene war überrascht, so viel Mitgefühl in der jungen Frau zu entdecken. »Was...«, begannen beide gleichzeitig die Stille zu durchbrechen. Sie lächelten sich an, dann ließ Valerie Marlene den Vortritt. »Was sollen wir jetzt tun?«

Valerie zog ihre Jeans gerade. »Ich verachte Menschen, die so mit anderen umgehen. Es ist doch das Letzte, einen Menschen so zu demütigen.«

Marlene dachte genauso. Obwohl sie Rocky nicht besonders mochte, vor allem nicht nach dem Vorfall in der Tiefgarage, fand sie auch, daß Lederlisa zu weit gegangen war. Doch was konnte sie tun, um ihrem Kollegen zu zeigen, daß sie auf seiner Seite war, ohne daß die Demütigung für ihn noch schlimmer wurde?

Valerie, ungemein praktisch veranlagt, schlug vor, Kaffee aus einer der Espressobars, die rund um den Sender verstreut lagen, zu holen, frische Croissants mitzubringen und dann den Rest des Tages in Angriff zu nehmen.

Marlene begleitete Valerie ein Stück Richtung Ausgang, um sich in der Damentoilette erst mal kaltes Wasser ins Gesicht zu spritzen. Ihr Wunsch nach ein paar Minuten Ruhe wurde aber sofort durch ein leises Schluchzen zunichte gemacht. Marlene sah sich im Waschraum um und bemerkte dann ein junges Mädchen, das sich unter dem Marmorwaschtisch zusammengekrümmt hatte und sich in Heulkrämpfen schüttelte. Dabei hatte dieser Tag so wunderbar angefangen. Sie hockte sich neben das Bündel und legte ihre Hand auf ihren Arm. »Kann ich irgend etwas für Sie tun?« Sie wartete ewig auf eine Antwort, doch das Mädchen reagierte nicht. Nach einiger Zeit fingen Marlenes Oberschenkel an, in der ungewohnten Stellung weh zu tun. Der Schmerz brachte sie auf eine Idee. Sie nahm zwei Finger in den Mund und pfiff durchdringend. Das Mädchen hielt sich instinktiv die Ohren zu, sah dann aber endlich Marlene an und sprach mit ihr. »Was soll denn das?«

Marlene registrierte sofort, daß dieses Mädchen keine Bayerin war, sondern aus dem Norden stammen mußte. »Ich wollte Ihre Aufmerksamkeit, und die habe ich jetzt. Was ist denn los mit Ihnen? Soll ich einen Arzt rufen? Oder wollten Sie sich hier unter dem Waschtisch mit Heulen umbringen? Diese Methode erscheint mir allerdings nicht besonders wirksam. Wenn Sie wollen, gehen wir in mein Büro, dort könnte ich Ihnen vielleicht weiterhelfen.«

Das junge Mädchen hatte dunkelbraune, strähnige Haare und ein Gesicht in der Farbe von tiefgefrorenem Blätterteig. Ihre rotgeweinten Augen verliehen ihr das Aussehen eines unglücklichen Albinokaninchens. Marlene schämte sich, daß sie so grob gewesen war. »Wollen Sie nun mitkommen?« Mit einer abwehrenden Handbewegung stand das Mädchen endlich auf. Es war viel größer als Marlene, was nicht nur an den riesigen Plateau-Holzschuhen lag. Das

Mädchen sah runter zu Marlene, die sich plötzlich alt und winzig vorkam.

»Nein, danke. Haben Sie Kinder?«

Marlene schüttelte leicht ihren Kopf.

»Na, dann haben Sie eh keine Ahnung.«

Das war stark. Andererseits, vielleicht war das Mädchen schwanger und brauchte Beratung, oder es war von zu Hause abgehauen. Marlene wollte sie nicht so weggehen lassen. »Vielleicht hab' ich wirklich keine Ahnung. Ich weiß ja noch nicht mal, von was ich Ihrer Meinung nach keine Ahnung habe. Aber ich könnte es doch mal probieren, schließlich bin ich auch ein menschliches Wesen.«

Das Mädchen zog seine starken Augenbrauen hoch und verzog einen Mundwinkel nach unten. Damit sah es viele Jahre älter aus. »Reden. Das ist wie Furzen. Okay, man fühlt sich danach ein bißchen besser, aber die Luft ist verpestet, und was hat sich wirklich geändert?«

Marlene wollte keine gute Erwiderung einfallen. Während sie noch darüber nachdachte, verließ das Mädchen die Damentoilette, und Marlene blieb in einem Raum voller Fragen zurück.

»Jetzt ist er kalt, der Kaffee. Die Aktion hätte ich mir sparen können.« Valerie zeigte auf die Tassen, in denen kalt und trübe der ölige Kaffee stand. Schuldbewußt trank Marlene einen Schluck und murmelte »Trotzdem lecker, endlich kommt mein Koffeinspiegel wieder in Ordnung. Danke, Valerie.«

Valerie war nicht nachtragend. »Also, du hattest zwei Anrufe, ich bin drangegangen, weil du nicht da warst, und hab' gesagt, ich bin die Sekretärin.«

»Ja, und laß hören…«

»Also da war eine Frau, die ganz hysterisch was von

einem Roberto erzählt hat, der mit der Köchin auf und davon sei, und was sie denn jetzt tun sollte, und wo du wärst, und immer, wenn man dich brauchen würde…«

»…wär' ich nicht da«, fiel Marlene in leierndem Tonfall ein, »wenn sie das alles vorher gewußt hätte, hätte sie sich niemals die Figur ruiniert und eine Tochter wie mich in die Welt gesetzt.«

Valerie lachte. »Aha, dann war das also deine Mutter.« Sie legte eine erwartungsvolle Pause ein, doch Marlene hatte keine Lust, mit Valerie über ihre Mutter zu reden, nicht heute jedenfalls. Sie kannte ihre magertrainierte Mutter, die sich ausschließlich mit ihren eingebildeten Krankheiten und ihrem Gewicht befaßte. »Mutter« war für diese Frau ein total unpassendes Wort. So, als ob jemand Mutter Teresa ein Callgirl nennen würde. Ihre Mutter lebte seit ihrer Scheidung vor fünfundzwanzig Jahren auf Mallorca und hielt sich dort diverse Gigolos, die immer dann durchbrannten, wenn sie von ihren hypochondrischen Anwandlungen endgültig die Nase voll hatten. Das war nichts Neues und vor allem nichts Wichtiges. Mit einem Seufzer schloß Marlene das Thema Mutter für heute ab. »Ja, und wer war der andere?«

»Das war Klaus, ob er dich zum Mittagessen einladen darf?« Valerie kritzelte etwas in ihren Notizblock, schielte aber durch ihre blonden Haare zu Marlene. Marlene ließ sich mit einem Plumps auf ihren Drehstuhl fallen. »Klaus, ach, ich weiß nicht. Schließlich ist er verheiratet und hat drei Kinder.«

»Na und? Du bist doch nicht Johanna von Orleans. Du kannst doch mit einem Mann zum Mittagessen gehen!«

»Warum sollte ich?«

»Weil es Spaß macht, ganz einfach!«

Spaß war nicht die genaue Beschreibung für das Gefühl,

das Klaus' Hand auf ihrem Nacken ausgelöst hatte. Marlene grinste. Wieso eigentlich nicht? Nur mal so testen, wie attraktiv er sie fand. Auch wenn er der senderbekannte Casanova war, und sie die Ladung Frischfleisch, was hatte sie schon zu verlieren? Sie griff nach dem Hörer, schlug Klaus' Nummer im Sender-Telefonbuch nach und verabredete sich zum Mittagessen.

» Valerie, und jetzt muß ich mit dir über etwas reden.«

Valerie streckte ihre Schultern ein wenig zurück.

»Ich weiß nicht, ich habe in deinen Recherchen gestern etwas entdeckt, das mich irgendwie stutzig gemacht hat.«

»Was denn?«

»Hier schau mal, diese drei Morde kommen mir komisch vor.« Marlene breitete die Zeitungsausschnitte vor Valerie aus. »Fällt dir irgend etwas auf?«

»Nein, sollte mir etwas auffallen?«

»Alle drei haben im Osten von München gewohnt.«

»Meinst du, die Morde hängen zusammen? Das glaube ich nicht. Sieh doch mal, das waren doch ganz unterschiedliche Frauentypen, und außerdem wurden sie doch auch auf verschiedene Weise umgebracht.«

»Ja, ja ja. Das habe ich mir auch immer wieder gesagt. Trotzdem, laß uns doch mal sehen, ob wir nicht eine Verbindung zwischen den dreien herstellen können. Irgendwas völlig Unwichtiges. Was weiß ich – waren sie Kontaktlinsenträgerinnen, oder haben sie beim selben Ökoladen eingekauft, oder haben sie bei Quelle bestellt und hatten den gleichen Auslieferfahrer?«

»Das kann nicht dein Ernst sein, Marlene, die Polizei ist doch nicht blöd. Dumme Polizisten gibt's bloß in schlechten Krimis!« Valerie kaute an ihrem Stift, bemerkte es, zog ihn aus dem Mund und wischte ihn schnell an ihrem Ärmel ab.

»Ich denke nicht, daß die Polizei blöd ist, im Gegenteil. Aber vielleicht sind sie nicht auf die Idee gekommen, daß diese Morde zusammenhängen. Schließlich liegen diese Morde ein halbes Jahr auseinander, und wenn nicht immer die gleichen Beamten sie bearbeitet haben, wie sollte dann jemandem auffallen, daß zum Beispiel alle drei im Osten gewohnt haben. Oder daß in keinem der drei Fälle die Türen gewaltsam aufgebrochen wurden?«

Valerie zog beide Augenbrauen hoch, so daß sie fast ein Dreieck bildeten. »Aber wieso hängst du dich da so rein? Die haben doch bestimmt Computerprogramme, die ihnen zeigen, wenn ähnliche Morde passieren, oder nicht? Laß uns lieber was über diesen kreativen Schreibworkshop machen, das wird die Leute genauso interessieren! Wahrscheinlich hast du in Kalifornien einfach zu viele schlechte Krimis angeschaut, du warst doch ziemlich lange in Amerika, oder?«

Marlene zuckte innerlich zusammen. Woher wußte Valerie, daß sie in Amerika gewesen war? Soweit sie sich erinnern konnte, hatte sie nicht davon gesprochen. Und im Sender kannte sie niemanden von früher. Litt sie an Verfolgungswahn? »Vielleicht hast du recht ... aber vielleicht auch nicht. Ich werde in jedem Fall ein bißchen weiterrecherchieren.«

»Okay, okay, dann bin ich dabei.«

»Na fein. Diese Tanja war homosexuell, finde heraus, ob sich die andern beiden auch in der Szene bewegt haben.«

Klaus war unbemerkt von den beiden in Marlenes Büro gekommen.

»Lesbische Spiele, das klingt nach einer aufregenden Recherche. Ist das etwa der Stoff für die Comedysendung von morgen? Ich hätte nichts dagegen. Wie wär's denn mit euch beiden, ihr zwei wärt doch auch ein leckeres Paar?«

Valerie verdrehte ihre Augen. »Was du für eine dreckige Phantasie hast!« Sie verließ das Büro. Klaus stellte sich hinter Marlenes Schreibtischstuhl und drehte Marlene um. »Besser schmutzige Phantasien als gar keine.« Klaus reichte ihr auffordernd seine angenehm warme und trockene Hand hin. Marlene nahm sie und stand auf. »Wo gehen wir denn hin?«

»Wie wär's mit Karls Sushi-Bar?«

Marlene schauderte. Da hatte Maja sie auch schon hinschleppen wollen, aber Marlene konnte rohem Fisch nichts abgewinnen. »Mir ist heute nicht nach Fisch.«

»Da gibt's auch vegetarische Sushi.«

Marlene wollte nicht zickig wirken. »Na fein.«

Der Reiswein war ihr eindeutig zu Kopf gestiegen. Normalerweise trank Marlene tagsüber keinen Alkohol. Das Essen mit Klaus hatte sie zunächst amüsiert, doch nach einiger Zeit waren ihr seine zweideutigen Anspielungen auf die Nerven gegangen. Daß roher Fisch ein Aphrodisiakum sei, hatte sie schon gewußt. Aber daß Männer im Ernst erzählten, wie unglaublich potent sie wären, und daß es Klaus' Ehe in dieser Hinsicht leider nicht bringen würde, war ihr neu. Als Klaus sie dann auch noch fragte, welche sexuellen Vorlieben sie denn so hätte, wäre ihr fast ein Algenblatt im Hals stecken geblieben. Als sie darauf nicht reagierte, hatte er ihre Hand gestreichelt und was von »Der Widerspenstigen Zähmung« gemurmelt. Zum Glück hatte sein Diensthandy geklingelt und sie aus dieser langsam peinlich werdenden Situation gerettet.

Valerie saß an Marlenes Schreibtisch und telefonierte. Als Marlene hereinkam, winkte sie aufgeregt, stand aber von Marlenes Stuhl auf. »Danke, das war sehr wichtig für uns.« Sie legte triumphierend den Hörer auf. »Vielleicht habe ich etwas gefunden. Allerdings hat es nichts mit Lesbischsein zu tun. Als ich vorsichtig versucht habe, rauszufinden, ob die zweite, die Sybille, lesbisch war, stellte sich raus, sie hat ihren Verlobten auf Mallorca kennengelernt im Fiesta-Club. Und ich weiß nicht, ob du dich erinnerst, aber die Rosemarie, die hatte als Animateurin gearbeitet, bevor sie nach Deutschland zurückkam.« Valerie strahlte. »Und jetzt rate mal, wo die Rosy als Animateurin gearbeitet hat?«

»Auf Mallorca?« Valerie nickte. »Genau, und zwar im Fiesta-Club.« Marlene wußte nicht, ob ihr vom Reiswein so übel wurde, oder von der Tatsache, daß an ihrem komischen Gefühl vielleicht etwas dran war.

»Und was ist mit Tanja?«

»Du bist wirklich witzig. Ich kann vielleicht hexen, aber ganz sicher nicht zaubern. Außerdem ist Tanjas Fall so aktuell, da kann ich doch nicht einfach ihre Freundin am Telefon ausfragen. Ich käme mir wie ein Aasgeier vor.«

Marlene senkte langsam den Kopf. Sie konnte Maja anrufen.

Ihr Telefon klingelte. Es war Lederlisa. Marlene brach der Schweiß aus allen Poren. Sie hatte ihren Termin mit der Chefin einfach vergessen, davon wurde ihr noch übler. Sie schwor sich, nie, nie wieder am hellichten Tag Alkohol zu trinken. In ihrem Kopf schwappte ein Meer aus zähem Schlick hin und her. Endlich verstand sie, was Lederlisa ihr zu sagen hatte.

»Frau Popp, wo waren Sie zwischen 12 und 13 Uhr? Sehr schade, ich wollte Sie mit den Herren vom Vorstand bekannt machen. Das hat sich jetzt erledigt. Wir haben Ihr Nichterscheinen mal auf dem Konto ›sie hat so viel zu tun‹ abgebucht. Aber das sollte nie wieder vorkommen. Haben Sie sich mit Dr. Karl wegen der Freitagsendung schon kurzgeschlossen?«

»Nein, aber ich habe es versucht.«

»Gut, gibt es schon einen Ablaufplan?«

»Nein, noch nicht. Aber bis morgen steht der bestimmt.«

»Das will ich hoffen.«

Marlene drückte mit der Hand auf die Gabel. Und sah abwesend in die Sprechmuschel. Einen Ablaufplan! Sie wußte doch noch gar nicht, wie die Sendung genau aussehen sollte.

»Hallo…« Valerie schnippte mit den Fingern vor Marlenes Gesicht wie ein Hypnotiseur, der jemanden aus der Trance wiedererwecken will. »Was ist denn los?«

»Nichts.« Marlene gab sich einen Ruck. Wollte sie wirklich einen Zusammenhang zwischen den drei Frauen konstruieren? Was wollte sie beweisen? Daß sie schlauer war als die Polizei, oder was? Sie könnte zumindest Maja anrufen und versuchen, etwas mehr über Tanja herauszufinden.

Valerie wartete immer noch auf eine Auskunft von ihr.

»Ich werde jetzt ein bißchen herumtelefonieren. Je nachdem, was ich dabei in Erfahrung bringen kann, machen wir dann eventuell noch einen kleinen Ausflug.«

Valerie begriff sofort, daß Marlene allein telefonieren wollte, und ging zur Tür. »Übrigens hat vorhin noch eine Karin Baumann aus Frankfurt angerufen. Sie kann dir leider am Wochenende deine Umzugskisten nicht bringen, sie ist krank. Deshalb hat sie eine Spedition beauftragt. Falls du was dagegen hast, sollst du sie anrufen, sie kann das noch rückgängig machen.«

Als die Tür ins Schloß gefallen war, griff Marlene nach dem Photo von Jeff. Ihre Kisten! Das waren teilweise Kisten aus Los Angeles, die sie seit ihrer Rückkehr aus Amerika immer noch nicht ausgepackt hatte. Kisten, die für ihr Leben mit Jeff bestimmt gewesen waren. Zornig betrachtete sie sein Bild. Warum war er einfach gestorben? Und wie sollte sie selbst sich jemals wieder lebendig fühlen? Mit dem Absturz der TWA-Maschine waren alle Hoffnungen auf ihr gemeinsames Leben erloschen. Tot. Interessierte sie sich deshalb so sehr für die drei toten Frauen? Hatte das etwas mit ihrem Leben zu tun? War es eine perverse Art von Trauerarbeit? »Jeff«, seufzte Marlene vorwurfsvoll, »du fehlst mir so. Immer noch.« Vielleicht sollte sie diese Kisten einfach zum Wertstoffhof bringen und nie wieder öffnen. Die Kisten erschienen ihr plötzlich übler als die Büchse der Pandora. Andererseits, sie brauchte ihr Bett, ihre Decken und Kissen. Sie öffnete ihre Schreibtischschublade, dann ihre Handtasche auf der Suche nach etwas Eßbarem. Traurig sein machte sie hungrig. Sie fand aber nur ein klebriges Hustenbonbon. Sie warf es weg. »Schluß jetzt, Marlene, mit sinnlosem Selbstmitleid. Tu was.« Sie rief Maja an, die ganz unerwartet sogar direkt abnahm. »Maja, ich brauche deine Hilfe.«

»Kein Problem, Schätzchen, ich kenne da einen guten Arzt...«

»Maja, du bist wirklich blöd. Im Ernst, ich hab' da eine Frage zu Tanja.«

»Tanja, wer?«

»Deine Kollegin, die ermordet wurde.«

»Wieso? Seit wann interessiert dich das?« Majas Tonfall, der erst freundlich amüsiert geklungen hatte, wurde mißtrauisch.

»Ach, nur so, ich erzähl's dir später. Kennst du jemanden, der ihr nahegestanden hat, der mir vielleicht eine Frage beantworten könnte?«

Maja zögerte. »Ich hab' dir ja schon gesagt, daß sie nicht besonders beliebt war. Aber sie hatte, soweit ich weiß, einen guten Freund, der ist auch schwul und arbeitet im Sendezentrum als Bildtechniker. Sascha heißt der. Willst du mir nicht verraten, wieso du mit ihm reden willst?«

»Nein, nicht jetzt. Laß mich mit ihm reden, dann weiß ich erst, ob es sich überhaupt lohnt, daß du mir zuhörst.«

»Das lohnt sich immer, allein wegen deiner wunderbaren Stimme!«

»Was ist mit der Polizistin, die sich umgebracht hat?«

Maja wurde reserviert, aber Marlene konnte den leisen enthusiastischen Unterton trotzdem hören.

»Gut. Ich glaube, da steckt tatsächlich ein Riesensumpf aus Korruption, Unfähigkeit und sexueller Belästigung dahinter. Ich treffe nachher Simon Freitag, ihren Anwalt.«

»Wieso hatte sie einen Anwalt? Wollte sie sich scheiden lassen?«

»Nein, sie wollte vor ein Arbeitsgericht gehen.«

»Kann sich denn eine Polizistin überhaupt einen Anwalt leisten? Ist das nicht wahnsinnig teuer?«

»Hast du denn noch nie von Simon Freitag gehört?«

Marlene konnte sich nicht erinnern. »Nein.«

Maja kicherte. »Nicht mal von mir? Der Kerl ist ein unverschämt guter Liebhaber, aber das ist leider Geschichte. Also, Simon Freitag ist der Rächer der Enterbten, der Retter der Witwen und Waisen.«

»Ein Robin Hood des 21. Jahrhunderts?«

»Genau. Simon war immer schon Rechtsanwalt, und zwar ein ziemlich gewiefter, aber nur für die Reichen und Superreichen. Bis er eine kleine Erbschaft gemacht hatte. Das hat ihn verändert. Seitdem vertritt er aussichtslose Fälle, kleine Leute usw.«

»Das hört sich interessant an.«

»Ich fand ihn vorher interessanter. Jetzt trägt er keine Calvin-Klein-Unterhosen mehr.«

Marlene mußte gegen ihren Willen lachen. »Dafür, daß

der Mann nur noch Geschichte ist, weißt du aber eine Menge über seine Unterwäsche.«

»Okay, ehrlich gesagt, keine Ahnung, was der Mann jetzt trägt, aber er ist mir zu moralinsauer geworden. Macht interessiert ihn nicht mehr so wie früher. Das langweilt mich. Ich hab' eine Idee: Wie fändest du es, einfach im Sender vorbeizukommen, ich stell' dich Sascha vor, und dann erzählst du mir, wie dein Gespräch mit ihm war?«

»Gut, aber ich bringe Valerie mit. In einer Stunde bin ich da.«

Valerie raste über den mittleren Ring. »Ich will noch nicht so bald sterben!« brüllte Marlene gegen die dröhnende Musik an. Valerie hörte sie trotzdem nicht, überholte einen schwarzen Opel Omega, der sich korrekt an die Geschwindigkeitsvorschriften hielt, und zeigte dem Fahrer dann munter den gestreckten Mittelfinger ihrer linken Hand. Mit der rechten Hand jonglierte sie eine CD aus der Hülle in ihren CD-Player. Die leere Hülle warf sie auf den Rücksitz zu dem Müll, der sich dort auftürmte. Marlene wünschte, sie wäre mit ihrem eigenen Auto gefahren. Nie im Leben hätte sie erwartet, daß in Valeries Auto leere Coladosen klebrige, braune Brühe vertropften und der ranzige Geruch von alten Fritten und Pizza aus den Polstern hervordampfte. Valerie strahlte sie an. »Super, daß wir dorthin fahren, immer bloß bei *Alpha Plus,* das ist doch langweilig.« Während sie das Auto gekonnt in eine winzige Parklücke bugsierte, klingelte Marlenes Handy. Als sie den Hörer abnahm, erkannte sie sofort den wunderbar heiteren Song von Shanice: »I love your smile«. Doch nach ein paar Takten ging er wieder in häßliches Keuchen und Stöhnen über. Angewidert schleuderte Marlene das Handy von sich. Valerie hob es auf. »Hey, das ist ja genau das gleiche wie meines. Hast du ein

Problem damit? Was ist denn los? Gibt das Ding Stromstöße von sich?«

»So ähnlich, komm, wir wollen rein.« Marlene hatte Hemmungen, Valerie von diesen Anrufen zu erzählen. Darüber reden hieß, es zur Wirklichkeit zu machen. Ihr fiel wieder das Mädchen im Waschraum ein, das Reden mit Furzen gleichgesetzt hatte. Nein, das war ganz falsch. Erst wenn man etwas aussprach, das man bis dahin nur gedacht hatte, wurde es wirklich.

Warum war ihr das im Waschraum nicht eingefallen? Valerie stand immer noch mit ihrem Handy da und wartete auf sie. Marlene steckte ihr Telefon wieder ein, dann gingen sie zum Eingang. Dort mußten sie erst an zwei reizenden Pförtnerinnen vorbei, die ihre Aufgabe sehr ernst nahmen. Marlene erinnerte sich, kurz bevor sie ungeduldig werden wollte, an Majas Vortrag über Pförtner und lächelte, als sie das zweiseitige Formblatt ausfüllte. Trotz des Formblatts wurden sie dann noch wie zwei Strafgefangene durch mehrere Automatiktüren eskortiert. Endlich waren sie an Majas Bürotür angekommen.

Valerie blieb stehen und flüsterte beeindruckt: »Sind wir hier beim CIA oder so? Ich dachte, das ist ein normaler Fernsehsender? Soll ich vielleicht lieber ›Commander Popp‹ oder ›Aye aye Määm‹ zu dir sagen?« Marlene mußte wider Willen grinsen und öffnete Majas Bürotür.

Maja war nicht allein. Bei ihr stand ein hochgewachsener, schlanker Mann, dessen große, braune Augen Marlene unverwandt anstarrten. Fasziniert starrte Marlene zurück. Etwas in ihr begann zu pochen.

»Das ist Simon Freitag, und hier sind Marlene Popp und Valerie Schah von *Alpha Plus*«, stellte Maja charmant lächelnd vor. Sie bemühte sich, auch mit Valerie Augenkontakt zu bekommen.

»Laß ihn bloß nicht die Hände schütteln«, flehte Marlene, deren Hände ganz feucht geworden waren. Es war das allererstemal seit Jeffs Tod, daß ein Mann mit ihr im selben Zimmer war, der sie neugierig machte. Das war ganz anders als ihre Verabredung mit Klaus. Klaus war ein eitler Schürzenjäger, der an jeder Frau nur immer wieder seine Potenz beweisen mußte. Klaus interessierte sich nicht wirklich für etwas, das außerhalb seiner Schwanzspitze lag. Aber dieser Mann hier, der hatte einen weiteren Horizont. Marlene war sicher, daß Simon Freitag sich gar nichts beweisen mußte. Sein etwas müdes Gesicht verriet, daß er seine Pubertät schon lange hinter sich gelassen hatte. Aber seine Augen funkelten neugierig, lebendig und abenteuerlustig. Marlene wollte wissen, was hinter seinen braunen Augen war. Wie schrecklich, daß Maja mit ihm eine Affäre gehabt hatte. Sie dachte an die Calvin-Klein-Unterhosen, und ihr wurde flammend heiß. War sie noch ganz dicht? Mittags aß sie mit einem Mann, der ihr unentwegt von seiner Potenz vorschwärmte, und dann traf sie einen völlig Fremden, über dessen Unterhosen sie sich Gedanken machte. Gut, daß niemand ihre Gedanken lesen konnte.

»... dann bringe ich euch jetzt mal zu Sascha, der weiß schon Bescheid, daß ihr kommt.« Marlene hatte nichts vom Gespräch mitbekommen. Sie hoffte nur, daß Valerie nicht zuviel ausgeplaudert hatte. Schließlich war Maja hinter einer »großen« Kiste her. Marlene ärgerte sich, daß sie nicht aufgepaßt hatte. Sie sollte sich wirklich mehr auf ihre Arbeit konzentrieren. Trotzdem hoffte sie, daß Simon noch dasein würde, wenn sie ihr Gespräch mit Sascha beendet hätten.

Sascha war Anfang Zwanzig. Sehr kantig. Marlene kam es so vor, als wäre seine Nase ein Dreieck in einem fünfeckigen Gesicht mit Karoaugen und einem Strichmund. Sascha wollte nicht mit ihnen sprechen. Maja hatte das eindeutig falsch eingeschätzt. Während Valerie ein paar belanglose Fragen zu seiner Arbeit stellte, fragte Marlene sich, wie sie an diesen verschlossenen Typ rankommen könnte. Tanja und er waren Außenseiter gewesen, war das alles, was sie verbunden hatte? Wieviel wußte er über Tanja?

»Tanja war 'ne Freundin. Immer wenn wir Alibipartner gebraucht haben, sind wir zusammen ausgegangen.«

»Heißt das, niemand wußte, daß ihr homosexuell seid?«

»Schwul, Mann, schwul. Homosexuell sagt doch heute nur noch Frau Dr. Antje Kühnemann im Fernsehen.«

Valerie grinste. »Beim Fernsehen ist das ja angesagt, oder, so'n bißchen Schwulsein?«

Sascha verschränkte die Arme vor seiner mageren Brust. »N' bißchen Schwulsein gibt's nicht. Totaler Scheiß. Wenn du nicht im scheißkreativen Bereich arbeitest, ist Schwulsein auch bloß Scheiße. Und ich sag' euch was, ihr Tanten findet es zwar unheimlich cool, mit schwulen Kerlen befreundet zu sein, aber die Tanja, die hatte bei euch echt nix zu lachen. Lesben ham's echt noch schwerer.«

»Soll das heißen, daß hier im Sender niemand gewußt hat, daß sie lesbisch war?«

»Nee, ich glaub' nicht. Klar gab's mal Gerüchte, aber offen hat sie's nie gesagt.«

»Hat es überhaupt jemand gewußt?«

»Die Sabine natürlich und ... ja, ich glaube, sie hat's ihren Eltern gesagt, weil sie mit der Sabine zusammen ein Kind adoptieren wollte. Hat ihren Alten den ganzen Urlaub versaut.«

Valerie sah Marlene an. »Urlaub?«

»Die Alten haben zum Examen 'nen Urlaub springen lassen.«

»Für sie alleine?«

»Nein, alle zusammen, wollten auf heile Welt machen, tolle Familie und so, ihr blöder Bruder war auch mit. So 'n ganz rechter Schlaumeier, ist bei der Bundeswehr Arzt oder so.«

»Wohin sind sie denn gefahren?«

»Mallorca oder so. Vielleicht war's auch Ibiza, in so einen bescheuerten Klub, wo man den ganzen Tag voll happy drauf sein muß. Nein danke. Versteh' überhaupt nicht, wieso Tanja da überhaupt mit ist.«

»Weißt du noch, wie der Club hieß?«

»Wozu wollt ihr denn das wissen?«

»Bitte versuch dich zu erinnern. Es könnte wichtig sein.«

»Keine Ahnung.«

Valerie machte noch einen Versuch. »Hat sie dir vielleicht eine Karte geschickt?«

»Nein. Oder doch, Moment mal, ja, die hab' ich hier an meine Pinnwand genadelt, weil die echt 'n Bringer war. Lauter nackte Kerle auf einem Esel.« Er ging zu seinem Schreibtisch und suchte seine Pinnwand ab, auf der übereinander und nebeneinander ein Wust von Papier aufgespießt war. »Ja, da ist sie, geil, oder?« Er wedelte mit der Postkarte vor Valeries und Marlenes Kopf herum. »Aber lesen ist nicht, ist vertraulich.«

»Könnten Sie nur mal nachschauen, von wo die Karte ist?«

»Na schön, aber dann ist Schluß. Ich muß wieder an meine Arbeit. Hier steht's, Fiesta Club auf Mallorca.«

»Bingo«, jubelte Valerie als sie im Flur zurückgingen zu Majas Büro. »Bestimmt waren Tausende von Leuten in diesem Club«, schwächte Marlene ab.

Valerie blieb stehen. »Wieso freust du dich nicht? Du hattest doch das Gefühl, daß die Morde an den drei Frauen zusammenhängen.«

»Freuen? Ich kann mich doch nicht freuen, wenn sich herausstellt, daß ein Kerl Frauen meuchelt, die er im Urlaub auf Mallorca kennengelernt hat. Oder ist das für dich ein Grund zur Freude?«

»Okay, ich hab' das falsch ausgedrückt. Ich bin froh, daß unsere Arbeit nicht umsonst war.«

»Ich bin mir nicht mehr sicher, ob ich mich wirklich mit drei Morden beschäftigen will! Oder will ich viel lieber etwas über verrückte Schreibkurse erzählen?«

»Spinnst du? Entschuldige, das ist mir so rausgerutscht! Aber wenn auch nur ein bißchen was an deiner Vermutung dran ist, dann müssen wir jetzt weiterrecherchieren. Du kannst doch jetzt nicht einfach aufgeben!«

»Bestimmt habe ich mich geirrt. Wer weiß, wie viele Menschen in diesem Club waren. Das ist bestimmt nur einer von diesen ganz ungewöhnlichen Zufällen.«

Valerie blieb stehen und pflanzte ihre langen Beine vor Marlene in den Gang. »Nein!«

Majas Bürotür ging auf. »Das hat aber lange gedauert. Hat es euch was gebracht?

»Ja«, brüllte Valerie zeitgleich mit Marlene, die aber »nein« sagte.

»Klingt vielversprechend.« Simon Freitag hatte eine angenehme, leicht ironisch klingende Stimme mit viel Tiefe. Valerie sah Marlene trotzig an. »Ja, doch, wir haben eine Spur.«

Majas unverfängliche Freundlichkeit wurde gespannter. »Eine Spur? Was für eine Spur denn? Valerie, erzählen Sie mal.«

Marlene gab auf. Wenn Majas Neugier erst mal geweckt war, konnte sie nichts mehr daran hindern, einer Sache auf den Grund zu gehen. Sie setzte sich auf die gepolsterte Fensterbank, von der man eine gute Sicht auf graubraune Felder und stoppelige Wiesen hatte. Simon Freitag stellte sich vor den freien Platz neben ihr. »Darf ich?«

Marlene überlegte, wie sie wohl riechen würde. Seit halb fünf war sie schon auf, frisch und duftig hatte sie sich seit Stunden nicht mehr gefühlt. »Ja, natürlich.« Als er sich neben sie setzte, fühlte sie sofort seine Wärme. Er roch ganz schwach nach einem sehr herben Parfüm. Kein Rauch, registrierte Marlene dankbar. Sie kam sich vor wie ein Teenager, denn sie hätte ihn gern näher betrachtet, traute sich aber kaum zu atmen, geschweige denn, sein Gesicht anzustarren. Sie schielte mit den Augen zu ihm hinüber und erkundete sein Profil. Immerhin wuchsen ihm keine schwarzen Haare aus den Ohren. Gerade, als sie das feststellte, drehte er den Kopf zu ihr um und sah ihr voll ins Gesicht. Er lächelte sie an. Sein Lächeln gab den Blick auf eine winzige Lücke zwischen den Schneidezähnen frei. Das gab ihr den Rest. Marlene wurde ein bißchen schwindelig. Sie umklammerte die Polster der Sitzbank und versuchte, sich wieder auf die anderen zu konzentrieren.

Maja hatte Valerie einen Stuhl untergeschoben und bestellte telefonisch eine Runde Kaffee bei ihrer Sekretärin. Als der gebracht wurde, ordnete sie an, daß sie jetzt auf keinen Fall mehr gestört werden dürften. Valerie bemerkte überhaupt nicht, woran Maja interessiert war. Sie glaubte ernsthaft, es ginge nur um die Sache selbst. Sie wäre nie auf die Idee gekommen, daß jemand »ihre« Recherchen für sich nutzen könnte. Atemlos und stolz berichtete sie, daß Marlene und sie den Beweis hätten, daß sich in München ein Serienmörder herumtreiben würde. Marlene erwartete, daß Maja und Simon in lautes Gelächter ausbrechen würden, doch die beiden nahmen diese sensationelle Neuigkeit nur mit einem ganz kleinen Zucken der Augenbrauen auf. Simon gefiel ihr. Er wirkte wie jemand, der mit dem, was er tut, wirklich zufrieden ist.

»Was sagst du als Rechtsanwalt dazu?« Majas Augen glitzerten.

»Tatsächlich sind ein paar bemerkenswerte Zufälle im Spiel. Sogar für einen alten Rechtsverdreher wie mich. Was wollt ihr mit euren Vermutungen machen? Im Radio eine Massenhysterie auslösen?«

Valerie riß ihre Augen auf und grinste. »Das würde Lederlisa bestimmt umhauen.«

»Aber mich nicht. Ich will auf gar keinen Fall mit dieser Sensationsmasche eine Sendung machen.« Je länger sie zuhörte, desto sicherer wurde Marlene.

»Was?« Alle drei starrten Marlene an. »Na ja«, räumte sie ein, »ich möchte zuerst einmal mit einem Psychologen reden, und mit jemandem von der Polizei.«

»Mit der Polizei kannst du gleich reden. Ich könnte meinen Bruder anrufen.« Maja ging zum Telefon.

»Nein, nein, ich muß mir erst überlegen, was genau ich denn wissen will.«

»Unsinn, was gibt's denn da zu überlegen?«

Simon mischte sich ein. »Maja, du solltest deine Freundin nicht so drängen. Es ist Marlenes Geschichte und nicht deine, also laß sie in ihrem Tempo arbeiten, okay?« Maja sah aus, als würde sie Simon am liebsten den Mund zuhalten, aber sie beherrschte sich. Marlene stand auf.

»Danke, es war sehr lieb von dir, mir zu helfen.«

»Lieeb«, wiederholte Maja mit einer angeekelten Grimasse. »Mensch, Marlene, jetzt ist Liiiebsein nicht angesagt, du solltest diese Spur verfolgen, solange sie keiner außer uns entdeckt hat.«

»Ich möchte jetzt nach Hause. Komm, Valerie, laß uns gehen.«

Simon stand ebenfalls auf. »Ich komme mit. Maja, wir sehen uns morgen zum Interview.«

Auf dem Parkplatz bemerkte Simon, daß Valerie und Marlene mit nur einem Auto gekommen waren. »Kann ich jemanden mitnehmen?«

Marlene dachte mit Schaudern an Valeries schmuddeliges Auto und an ihren rasanten Fahrstil. »Wo müssen Sie denn hin?«

»Ich hab' in der Nähe vom Arabellapark zu tun.«

»Und Valerie, wo wohnst du?«

»In Giesing.«

»Ja, ich weiß nicht«, Marlene wollte nicht unhöflich zu Valerie sein, »ich kenne mich noch nicht so gut in München aus, was ist denn einfacher?«

»Fahr mit Simon, das ist besser für dich.« Sie grinste vielsagend und fügte hinzu: »Schließlich wohnst du doch im Arabellapark.« Dann stieg Valerie in ihr Auto und fuhr hupend davon.

Als Marlene in Simons Auto einsteigen wollte, hatte sie ein Déja-vu-Erlebnis. In Simons Auto stapelte sich der Müll nicht nur auf der Rückbank, sondern auch noch auf dem Beifahrersitz. Ohne jede Spur von Verlegenheit wischte Simon einfach die McDonald's-Papiertüten und Schokoriegelverpackungen auf den Boden und forderte sie dann auf einzusteigen. Marlene fing an zu lachen.

»Was ist denn so komisch?«

»Nichts, nein, eigentlich alles!« Dann fiel ihr ein, wie Klaus' Auto ausgesehen hatte. Klinisch sauber, und vorne unterm Rückspiegel hatte ein Wunderbaum mit Tannenduft gebaumelt.

Simon fuhr los, ohne sich weiter um ihr Lachen zu kümmern. »Das tut gut.«

»Entschuldigung.« Marlene versuchte sich zu beherrschen.

»Nein, nein, bitte. Ich höre so selten jemanden lachen.«

»Dann hätten Sie sich einen anderen Beruf suchen sollen!«

»Nein, das nicht. Als Anwalt bin ich sehr glücklich.«

»Aber da hat man doch immer bloß das Elend vor Augen. Solange die Menschen keine Probleme haben, gehen sie doch nicht zum Anwalt. Das ist doch das gleiche wie bei Ärzten.«

Die Hände von Simon lagen locker am Lenkrad. »Das sehe ich nicht so. Erstens war ich lange Zeit ein Anwalt für Reiche und Superreiche, da konnte von Elend überhaupt nicht die Rede sein. Und jetzt, ja, da gibt es viel Elend, aber ich kann manchmal auch etwas dagegen tun. Das ist sehr befriedigend.« Er sah etwas zu lange zu Marlene hin, so daß er fast in einen Laster auf der Gegenfahrbahn hineingefahren wäre. Zum Glück hupte der LKW-Fahrer früh genug, so daß er in letzter Sekunde das Lenkrad noch auf die andere Seite herumreißen konnte.

»Entschuldigung, tut mir leid.«

»Ist ja nichts passiert.« Marlene wünschte sich, daß ihr jetzt auf der Stelle etwas Interessantes einfiele, irgend etwas, um das Gespräch in Gang zu halten. »Glauben Sie, diese Vermutung, daß die drei Morde zusammenhängen, ist ein Hirngespinst?«

Simon konzentrierte sich diesmal weiter auf den Straßenverkehr. »Nein. Sie wissen wahrscheinlich von Maja, daß ich Franziska Huber, die Polizistin, die Selbstmord begangen hat, vor Gericht vertreten sollte? Eigentlich sollte ich es Ihnen nicht sagen, aber Franziska hatte so etwas ähnliches vermutet. Allerdings stützte sich ihr Verdacht darauf, daß man in den ersten beiden Fällen, denn sie hat sich ja umgebracht, bevor dieser letzte Mord untersucht werden konnte, weiße Fasern gefunden hat. Es sind zwar unterschiedliche Fasern, aber in beiden Fällen weiße. Das, zusammen mit der

Tatsache, daß die Opfer ihren Mörder offenbar in die Wohnung eingelassen haben, die Opfer im Osten von München gewohnt haben, daß nichts gestohlen und kein Sperma gefunden wurde, ließ für sie nur einen Schluß zu: es handelte sich um den gleichen Mörder.«

»Aber warum hat sie sich umgebracht?«

Simon bog in die Straße ein, in der Marlene wohnte, und parkte am Straßenrand. »Franziska war zum einen sehr depressiv, und zum anderen wurde sie sexuell belästigt. Sie hat das mehrfach beim Betriebsrat vorgetragen, aber niemand hat sie ernst genommen. Im Gegenteil, die Kollegen haben begonnen, sie zu mobben, weil sie eine ›Unruhestifterin‹ sei, die Unfrieden in die Abteilung bringen würde. Das hat sie so geärgert, daß sie angefangen hat, Beweise für Schlampereien und Fehlleistungen zu sammeln. So kam sie auch zu ihrer Vermutung, was diese Morde angeht. Als sich das Gerücht verbreitete, daß sie vor Gericht gehen würde, nahmen die Attacken der Kollegen und Vorgesetzten unerträgliche Ausmaße für sie an.« Simon umklammerte jetzt mit seinen Händen fest das Lenkrad. Marlene vermutete, daß er sich irgendwie schuld an ihrem Tod fühlte. »Aber Sie hätten doch nichts tun können! Ich habe mal irgendwo gelesen, wenn jemand wirklich sterben will, dann schafft er das auch.«

»Doch, ich hätte schon etwas tun können, sie ernster nehmen sollen. Ich muß zugeben, daß Franziska mir mehr und mehr auf die Nerven fiel. Sie wollte permanente Aufmerksamkeit. Sie fing an, mich bei jeder Entscheidung zu meiner Meinung zu befragen. Sie war wie eine Zecke, die sich an mir festgebissen hatte. Der Vergleich klingt hart, aber richtig. Das konnte ich auf Dauer nicht aushalten. Nein,« verbesserte er sich, »ich wollte es nicht!«

»Vielleicht hätten Sie dann doch lieber bei den Problemen

der Reichen bleiben sollen.« Marlene hätte sich ohrfeigen können! Warum sagte sie das?

Simon drehte sich ganz zu Marlene und sah ihr voll ins Gesicht. »Was glauben Sie denn, welche Probleme die haben? Besonders die Frauen, die sind nicht wie Zecken, sondern wie Vampire.«

Marlene war irritiert, meinte er damit etwa sie? »Wir sind da.« Zögernd öffnete Marlene die Autotür. »Vielen Dank fürs Heimbringen. Und für Ihr Vertrauen.« Sie hatte es verpatzt. Hätte sie nicht bewundernd zu ihm hinschauen können? Oder einfach bloß lächeln? Nein, statt dessen mußte sie so eine blöde Bemerkung machen.

Er wendete das Auto und fuhr davon. Ob sie ihn irgendwann nochmal wiedersehen würde? Sie wollte ihn unbedingt wiedertreffen.

Vor der Tür zum Haus stieß sie fast mit Dr. Juri zusammen, der sehr erfreut schien, ihr zu begegnen. »Fräulein Popp, wie schön, Sie zu sehen. Wie gerne möchte ich mein nächtliches Eindringen bei Ihnen wiedergutmachen, geben Sie mir bitte eine Chance.« Sein Bart zitterte ein wenig im Novemberwind. Galant hielt er ihr die Tür auf.

»Leider habe ich jetzt keine Zeit, ich muß noch arbeiten.«

»Sie sind aber sehr fleißig, Fräulein Popp, darf ich fragen, welchem Beruf Sie nachgehen?«

Unwillkürlich lächelte Marlene. Dieser altmodische Charme wickelte sie immer ein. Trotzdem, sie hatte keine Zeit. »Ich bin Radiomoderatorin, und wirklich, ein andermal, Dr. Juri. Entschuldigen Sie.«

In ihrer kahlen Wohnung fragte sie sich, wieso sie eigentlich nicht mit Dr. Juri etwas getrunken hatte. Sie hätte ja auch später noch arbeiten können. Sie duschte, vertilgte mehrere Wurstbrote, ließ müde das benutzte Besteck und

Geschirr in der Spüle stehen und setzte sich mit ihrem Telefon auf die Matratze. Zuerst mußte sie unbedingt mit diesem Dr. Karl reden, dann mit jemandem von der Polizei. Es war kurz vor acht Uhr, eigentlich eine gute Zeit, um den Psychologen endlich zu erwischen.

Dr. Karl war tatsächlich zu Hause und schlug vor, sich in einem Café zu treffen. Dazu hatte Marlene überhaupt keine Lust, schließlich war sie schon kurz davor, ins Bett zu gehen. Aber Dr. Karl ließ nicht locker.

Sie schien in dem Lärm zu ertrinken. Lachen mischte sich mit Musik, Geschirr- und Glasgeklapper. Wortfetzen kreuzten ihre Ohren und schläferten sie ein. Sie riß ihren Kopf gerade noch rechtzeitig zurück, bevor er in ihrer Apfelsaftschorle landete. »Glück gehabt«, kommentierte ein rotgesichtiger Mann. Er setzte sich zu ihr. »Nach den Beschreibungen von Lisa Lederer müssen Sie Marlene Popp sein.« Er spannte seine Lippen zu einer Geraden. Das sollte wahrscheinlich ein Lächeln sein. Marlene erinnerte es an einen Artikel, den sie vor kurzem gelesen hatte. Darüber, daß Lachen ursprünglich eine Drohgebärde gewesen war. »Und Sie sind Dr. Karl?«

»Ja.« Vertraulich rückte er näher. Marlene hatte so einen besseren Blick auf seine von Aknenarben zerfurchte Haut, die wie eine unfruchtbare Wüste im Sonnenuntergang aussah, aber feucht glänzte. »Tolle Sache.«

Perplex starrte ihn Marlene an. »Wie meinen Sie das?«

»Na, daß wir zwei Hübschen jetzt zusammenarbeiten werden.«

Marlene würgte es leicht. »Wir zwei Hübschen«, das hatte ihre Kindergärtnerin immer gesagt, wenn sie ihre Gemüsesuppe essen sollte, und das war keine angenehme Erinnerung. Und außerdem war Dr. Karl definitiv nicht hübsch. Er hatte ganz schön geformte, regelmäßige, weiße Zähne, die nicht nach Jacketkronen aussahen. Aber seine Augen waren von einem wäßrigen Blau, bei dem Marlene unwillkürlich an Laser-Skalpelle denken mußte. Eins dieser Augen zwinkerte sie vertraulich an.

»Ich habe schon ganz tolle Ideen für unsere Sendung.«

»Ich bin gespannt.« Marlene nahm einen Schluck Apfelsaftschorle und wünschte sich, es wäre hochprozentiger Apfelschnaps. »Unsere Sendung«, hatte der Mann gesagt. Aber es war *ihre* Sendung, sie war müde und wollte endlich ins Bett.

»Ich werde im Vorfeld ein paar Leute auswählen, die dann angeblich spontan anrufen, mir ihre Probleme schildern, und die ich dann am Telefon berate. Natürlich suche ich Leute aus mit geilen Problemen, was die Menschen halt so interessiert: Onanieren wie oft, wann und wo; Bumsen in der Öffentlichkeit – Probleme und Gefahren; wie oft kann eine echte Frau kommen usw.«

Marlene fühlte, wie ihr die Schorle wieder hochkam. »Bleib ruhig, Marlene. Zähl bis drei, und beherrsche dich.«

Dr. Karl tätschelte vertraulich ihre Hand. »Wir werden das Ding schon schaukeln!«

Marlene schubste ihr halbvolles Glas um, so daß es Dr. Karl auf den Schoß platschte. »O mein Gott, das tut mir aber leid, wirklich unangenehm. Wie konnte das nur passieren?«

»Übersprungshandlung, macht nichts. Wenn Sie nur nicht zu genau auf meinen kleinen Freund schauen, er ist ein wenig schüchtern.« Begeistert sah Dr. Karl in seinen Schritt.

»Wollen wir nicht unser Gespräch auf morgen verschieben? Sonst verkühlt sich Ihr kleiner Freund noch.«

»Aber nicht doch, wenn eine Frau wie Sie in der Nähe ist, da wird es einem doch sowieso ganz heiß.«

»Also mir ist nicht heiß, ich bin nur müde und will nach Hause.«

»Ich fahr' Sie gerne hin, vielleicht haben Sie dann noch was Warmes zu trinken für mich?«

Klar, dachte Marlene, Kakao mit einer ordentlichen Dosis Glaubersalz drin. »Nein. Ich gehe jetzt, wir sehen uns morgen.«

»Aber Sie haben doch am Telefon gesagt, daß Sie etwas mit mir besprechen wollten. Ganz dringend?«

»Das hat sich erledigt. Tschüs.« Marlene flüchtete durch das Lokal und sog draußen die herrliche kalte Luft ein, bis sie das Gefühl hatte, daß jeder Zentimeter ihres Körpers mit frischer Luft erfüllt war. Luftreinigung von klebrigen Untertönen. Wie der wohl mit Lederlisa umging? Ob er ihr auch so zweifelhafte Komplimente machte? Sie wünschte es ihr.

»Na, so spät noch unterwegs? Schöne Nacht heute, nicht?«

Im ersten Moment konnte Marlene die Stimme nicht einordnen, dann erkannte sie die Gestalt von René Reimann, dem Hausmeister. »Ja, Sie haben recht. Alles ist so klar, sogar die Wolken.«

»Aber Sie sollten um die Uhrzeit nicht mehr hier rumlaufen, es gibt ein paar seltsame Typen, die hier nachts rumschleichen. Soll ich Sie zu Ihrer Haustür begleiten?«

»Danke, es ist ja nicht weit. Wirklich sehr freundlich von Ihnen. Aber ich möchte mir noch ein bißchen die Füße vertreten. Trotzdem vielen Dank.«

Brummelnd entfernte sich der Hausmeister. Er hatte eine große Sporttasche dabei. Von dessen Figur könnte sich Dr. Karl mal eine Scheibe abschneiden, so viele Muskeln in so einem kurzen Körper, dachte Marlene. Dann fiel ihr ein, daß sie ein Telefon beantragt hatte. »Herr Reimann, hallo, Entschuldigung, kann ich Sie noch was fragen?«

Der Hausmeister drehte sich erwartungsvoll um. »Klar doch, immer zu.«

»Ich bekomme in den nächsten Tagen eine Telefonanlage, kann ich den Leuten sagen, daß Sie sie reinlassen werden?«

»Dafür sind Hausmeister doch da, oder nicht?« Er ging weiter.

Marlene legte den Kopf zurück und betrachtete die Sterne, die ab und zu hinter einer vorbeiziehenden Wolke hindurchfunkelten. Wie unvorstellbar weit weg sie doch waren. Genausoweit weg wie Jeff. Und, schoß es ihr durch den Kopf, dieser Simon war viel näher. Es war an der Zeit, die Sterne nicht mehr dauernd vom Himmel holen zu wollen. Es gab hier auf der Erde ja auch ein bißchen Licht. Genau, lächelte Marlene, du bräuchtest eigentlich bloß den Schalter anzuknipsen.

Summend schloß Marlene ihre Appartementtür auf und schaltete das Licht ein. Sie ärgerte sich über die schwachen Birnen im Flur und beschloß, sich am Wochenende nach der Sendung endlich um ihre Wohnung zu kümmern. In Gedanken fertigte sie eine Liste an: starke Glühbirnen, Lampen überall, alle Kisten auspacken, vielleicht ein paar Kleinigkeiten kaufen, wie Duschvorhang, Teppich, Regale. Ha, für die Kleinigkeiten würde sie einen LKW brauchen. Sie ging in die Küche, um das schmutzige Geschirr in die winzige Spülmaschine zu räumen.

Schlagartig hörte sie auf zu summen. Ihr Herz schlug hämmernd und Gänsehaut kroch ihren Rücken entlang. Jemand war in ihrer Wohnung gewesen. Das Brotmesser war mit einer duftigen weißen Tüll-Schleife umwickelt. Sie blieb stocksteif stehen. Was, wenn sich jemand irgendwo versteckt hatte? Was sollte sie jetzt tun? Die Tasche mit ihrem Handy war im Flur, Lichtjahre entfernt. Versuch dich zu beruhigen, Marlene, wiederholte sie sich selbst unentwegt, atme, Marlene. Sie holte tief Luft und bemerkte, daß sie die Luft angehalten hatte, um jedes noch so kleine Geräusch hören zu können. In der Küche war niemand. Im Flur war ihr auch nichts aufgefallen. Und sie hatte gedacht, sie würde sofort merken, wenn jemand in ihrer Wohnung war. Ihre Angst schlug langsam in Wut um. Das war gut, Wut machte einen stärker als Angst. Komm, Marlene, mehr Wut! Sie sah sich in der Küche nach einer Waffe um, fand aber nur eine Haushaltsschere. Das Brotmesser wollte sie nicht anfassen. Dann schlich sie Schritt für Schritt durch den funzligen Hausflur zur Haustür. Sie würde bei Dr. Juri klingeln und ihn bitten, mit ihr durch die Wohnung zu gehen. Andererseits, was, wenn Dr. Juri ihr dieses perverse Geschenk in die Wohnung gelegt hatte? Nein, sie kannte Dr. Juri nicht gut genug. Sie mußte jemanden anrufen. Sie fand ihre Handtasche, rannte aus ihrer Wohnung, schloß leise die Tür und blieb mit rasendem Herzschlag im gut beleuchteten Hausflur stehen. Ihre Hände zitterten, als sie die Nummer von Maja eingab. Sie verfluchte sich dafür, daß sie die Nummer nicht einprogrammiert hatte, und verwählte sich zweimal. Endlich Majas Stimme. »Maja?«

»... Sie können mir aber gerne nach dem Pieps eine Nachricht hinterlassen!«

Das konnte nicht wahr sein. Vielleicht war sie doch zu Hause und hörte zu? »Maja, bitte, hier ist Marlene, nimm verflucht noch mal ab, wenn du zu Hause bist, beweg dich, los, mach schon!«

Mit einem Knacken meldete sich Maja. »Das sind ja mal ganz neue Töne, Marlene!«

»Kann ich heute bei dir übernachten?«

»Was ist denn los?«

»Kann ich kommen oder nicht?«

»Weißt du, Schätzchen, äh, ich habe gerade Besuch, du weißt schon.«

»Bitte, Maja!«

»Wenn es denn unbedingt sein muß.«

»Ich bin in fünf Minuten da.«

»Laß dir um Gottes willen etwas mehr Zeit.« Maja legte auf. Marlene rannte die Treppen runter und stürmte zum nächsten Taxistand.

Maja öffnete ihre Wohnungstür in einem wunderschönen Allover-Spitzenbody. »Das ging aber schnell. Komm rein. Richard wollte gerade gehen.« Sie stellte sich auf ihre Zehenspitzen und gab einem sehr großen, viel jünger als sie aussehenden Mann einen Kuß und schubste ihn zur Tür raus. Nachdem die Tür zu war, funkelte sie Marlene an. »Was, zur Hölle, fällt dir eigentlich ein?«

Marlene haßte sich selbst, Tränen stiegen ihr in die Augen, und ihre Kehle wurde so eng, daß sie keinen Ton herausbrachte. Sie wußte, daß Maja heulende Frauen nicht ausstehen konnte. Sie riß ihre Augen weit auf, damit nicht auch noch die Tränen runterkullerten, aber es hatte keinen Sinn. Maja stand unschlüssig vor ihr. Sie wußte nicht, ob sie Marlene in den Arm nehmen sollte oder nicht. Schließlich drehte sie sich um. »Ich mache uns einen Kaffee, komm mit, und dann erzählst du mir, was passiert ist.« Marlene folgte ihr in die kleine Küche aus Edelstahl und Buchenholz.

»Kannst du das Wasser aufsetzen, ich zieh' mir schnell etwas Passenderes an, ja?«

Marlene nickte, dankbar, etwas tun zu können. Maja kam in ihrem eleganten Doubleface-Frotteebademantel zurück. Sie reichte Marlene eine Großpackung Taschentücher. »So viele brauche ich sicher nicht.« Marlene wischte mit einem matten Lächeln ihre Tränen ab und schneuzte sich.

»So gefällst du mir schon viel besser. Also, was ist los? Haben sie dich bei *Alpha Plus* schon wieder rausgeworfen?«

Marlene schüttelte den Kopf. »Jemand war in meiner Wohnung.«

»Hast du die Polizei gerufen?« Maja schenkte den Kaffee ein und goß Milch dazu.

»Nein, wieso auch? Es ist nichts gestohlen oder beschädigt worden.« Marlene erzählte Maja, was sie gefunden hatte. Maja rührte schweigend in ihrem Kaffee. Endlich sah sie Marlene an. »Ein Brotmesser mit einer weißen Tüllschleife. Seltsam. Hast du eine Idee, wer das gewesen sein könnte, oder was es überhaupt soll?«

Marlene überlegte, ob diese »I love your smile-Anrufe« etwas damit zu tun haben könnten. Sie entschied sich, Maja davon zu berichten.

Maja wurde interessierter. Ihre Augen begannen zu glänzen. »Sieht so aus, als hätte dich ein Perverser so richtig ins Herz geschlossen. Als erstes solltest du deine Nummer ändern und ein paar neue Schlösser in der Tür anbringen. Glaubst du, es hat etwas mit euren Recherchen zu diesen Morden zu tun?«

Daran hatte Marlene noch gar nicht gedacht. Sie schüttelte den Kopf. Doch plötzlich war sie sich nicht mehr so sicher, etwas irritierte sie, aber sie konnte es nicht greifen. »Nein. Aber mir ist jetzt eine Sache ganz klar geworden. Wenn wir wirklich recht haben, und alle drei Frauen sind von dem gleichen Menschen ermordet worden, dann muß ich mit der Polizei reden, und wenn die mir nicht glauben, dann gehe ich damit auf Sendung.«

»Woher kommt jetzt dieser plötzliche Entschluß?«

»Ich komme mir so hilflos vor. Und dabei ist mir ja nicht mal was passiert. Verstehst du nicht? Wenn auch nur die kleinste Chance besteht, daß an meiner Vermutung etwas

Wahres dran ist, dann wird dieser Kerl vielleicht wieder morden und wieder und wieder. Dagegen muß man doch etwas tun!«

»Mutter Teresa am Werk. Und was ist mit der Publicity, na, komm schon, die ist doch auch nicht schlecht!«

»Maja, manchmal bist du einfach widerlich.«

»Fühl dich hier ruhig ganz zu Hause!«

»Maja, ich danke dir, daß ich hiersein darf, wirklich. Aber wenn ich damit auf Sendung gehe, dann weil ich möchte, daß diesem Kerl das Handwerk gelegt wird, und nicht wegen der Quote.«

»Schon gut, Schätzchen. Jetzt wollen wir schlafen, sonst kommst du morgen früh nicht aus dem Bett. Ich bringe dir Bezüge und Handtücher. Vielleicht willst du duschen, um alles von dir abzuspülen?«

»Das lass' ich mir nicht zweimal sagen, wenn du ein T-Shirt für mich hast, zum Schlafen?«

»Nein, hab' ich nicht, aber ein Seidennachthemd wäre im Angebot.« Maja warf Marlene ein seidenes, hauchdünnes Nichts aus rosa Spitze zu und klappte das Schlafsofa auf. Marlene ging duschen.

Gerade als sie Maja zurufen wollte, was für ein wunderbares Allheilmittel Duschen doch ist, hörte sie, daß Maja flüsternd mit jemandem telefonierte. »Sie duscht gerade. Ich bin sicher, sie wird nichts davon merken. Wir müssen eben vorsichtig sein.«

Betreten blieb Marlene stehen. Mit wem hatte Maja gesprochen? Sie räusperte sich laut. Maja warf den Hörer auf die Gabel und tat so, als würde sie ein Kopfkissen aufschütteln. »Na, war das Wasser heiß genug für dich?«

»Ja, danke, gute Nacht, ich bin müde.« Marlene legte sich in das schneeweiß bezogene Gästebett und schlief ganz gegen ihre Erwartung sofort ein.

Freitag, 5. November, und Samstag, 6. November

»Warum rufen Sie an, Peter?« Dr. Karl benetzte sein Mikrophon mit Speichel. Marlene betrachtete ihn angewidert. Wieso hatte sie sich nicht besser gegen diesen Kerl gewehrt? Wieviel Geld zahlte er Lederlisa nur dafür, daß er auch noch am Anfang ihrer Sendung seinen Auftritt haben durfte? Marlene fand sich selbst ziemlich erbärmlich. Sie hätte laut und deutlich NEIN sagen und die Konsequenzen dann tragen sollen.

»Peter, Sie arbeiten also in einem Büro mit einer sehr attraktiven, großbusigen Frau. Ja, hmm, und das erregt Sie so, daß Sie sich jeden Tag in der Mittagspause auf dem Männerklo, ähh, fertig machen, wie Sie das nennen. Habe ich das soweit richtig verstanden?«

Marlene starrte auf das selbst im dämmrigen Studio noch rotglänzende Gesicht von Dr. Karl. Ausgerechnet ihn mußte sie erwischen, wo es doch so viele angenehme Psychologen gab.

»Und wo ist denn dabei Ihr Problem? Es ist ja nichts Schlechtes an dem, was Sie da tun.«

Doch, dachte Marlene, Dr. Karl war schlecht. Andererseits, und da meldete sich ihr Humor zurück, war er ein Alptraum. Sie selbst hatte ihre Sendung schließlich »Nachtmahr« genannt, und Dr. Karl paßte haargenau dazu. In einem Alptraum war auch ihr heutiger Besuch bei der Polizei geendet. Gleich nach ihrer Frühsendung hatte sie sich erkundigt, wer für sie zuständig war. Aber Hauptkommissarin Petra Klein, die zuständige Ermittlerin für den Fall von Tanja Boettcher, war unterwegs gewesen. Uwe Lagerfeldt, ihr Assistent, hatte Marlene auf eine herablassend freundliche Art mitgeteilt, daß Amateurdetektive, die irgendwelche Entdeckungen aufgrund ihrer Intuition machen, ihm bestenfalls aus Krimis vertraut wären. Im übrigen seien sie noch viel zu sehr mit Tanjas Tod beschäftigt, um derart wilde Theorien konstruieren zu können. Außerdem hätte er jetzt gerade diese Unterlagen nicht vorliegen, und es täte ihm leid, eine so nette Frau wie sie zu enttäuschen, aber so sei es halt. Er würde ganz bestimmt seiner Chefin von allem berichten, und die würde sich dann ganz bestimmt bei ihr melden. Sie war sich wie eine Idiotin vorgekommen. Von den Stöhn-Anrufen und dem Messer mit der weißen Schleife hatte sie erst gar nicht angefangen.

»Es sind also die Spermaflecken auf Ihrer Hose, die Ihnen Probleme machen? Sie haben Angst, daß jemand sich Gedanken über diese Flecken macht. Nun, das könnten Sie ja leicht beheben, wenn Sie ein Kondom überstreifen, bevor Sie loslegen.« Dr. Karl zwinkerte Marlene zu. »Das mache ich unterwegs auch immer so, da ist man auf der sicheren Seite.«

Was für eine Vorstellung. Ob sein roter Kopf dann explodierte? Marlene würgte es leicht. Schade, daß Dr. Karl sein Bekenntnis nicht on air gesagt hatte, das hätte diesen Peter sicher sehr getröstet. Dr. Karls zehn Minuten waren vorbei. Sie spielte den nächsten Musiktitel ein und hoffte, daß Dr. Karl danach sofort verschwände. Doch Dr. Karl fragte, ob es ihr etwas ausmachen würde, wenn er bliebe. Ja, dachte sie, ja, es kotzt mich an. Aber bemüht um Freundlichkeit, sagte sie: »Kein Problem. Ist schon okay.« Sie verachtete sich für ihre Nachgiebigkeit. Bloß keine unnötigen Konflikte! Wie gestern abend mit Maja. Sie war zu feige gewesen, zu fragen, mit wem Maja telefoniert hatte. Oder hatte sie bloß Angst davor gehabt, was Maja sagen würde?

»Wie fanden Sie meine Gespräche?« Dr. Karl sah sie erwartungsvoll an.

»Nett.«

»Nett? Sie fanden es ›nett‹, wie wir über Klitorisstimulation in Flugzeugtoiletten geredet haben? Dafür verdiene ich glatt den... äh...«

»Pulitzerpreis, Nobelpreis für Psychologie, Friedenspreis des deutschen Buchhandels, Egon Erwin Kisch Preis!« legte Marlene nach.

Ungläubig starrte Dr. Karl Marlene an. »Sie nehmen mich nicht ernst! Haben Sie vielleicht auch ein Problem? Wenn ich Ihnen helfen kann, hier nehmen Sie auf alle Fälle mal meine Karte.« Er reichte ihr seine Visitenkarte, die, und da mußte Marlene schallend lachen, auch knallrot war. Der Name war wie ein Lochmuster ausgestanzt.

»Nein, ich habe kein Problem, aber jetzt bin ich auf Sendung, Ruhe bitte.«

Sie legte ein gruseliges Musikbett ein und erzählte von den drei Frauen, die tot waren, und wie sie gestorben waren. Dann stellte sie die Zusammenhänge her und endete damit, daß die drei Frauen vielleicht tot waren, weil sie alle Urlaub im Fiesta-Club auf Mallorca gemacht hatten. Während sie sprach, wedelte Dr. Karl wie verrückt mit den Armen. Doch Marlene ließ sich nicht irritieren und forderte ihre Hörer auf, sich zu melden, wenn sie auch nur die kleinste Kleinigkeit wüßten, die Licht in diese drei Morde bringen könnte. Dann spielte sie den nächsten Musiktitel. Kaum hatte sie den Kopfhörer abgenommen, drang Dr. Karls Stimme an ihre Ohren. »Das ist ja eine tolle Sache, aber ich glaube, Sie sind da völlig auf dem Holzweg. Denn ich habe mich unter anderem auch mit forensischer Psychologie beschäftigt und kann Ihnen sagen, daß ein Mörder niemals seine Tatmethode, sein opus moderandi, ändert. Rosemarie wurde erstickt, Sybille erwürgt und Tanja zerschnitten wie ein Kuchen, das paßt überhaupt nicht. Das ist völlig unhaltbar. Aber ich habe kein Problem mit Ihren Theorien. Wir alle wollen doch Quote machen, oder?«

Marlene gab schnell die wenigen Verkehrshinweise durch, die zu so später Stunde vorlagen, und nahm dann mit schweißnassen Fingern einen der Anrufer on air. Schließlich wußte man nie, was für ein Verrückter anrufen würde. Es sei denn, man trickste es so, wie es Dr. Karl getan hatte. Es war eine Frau aus Starnberg, die ganz aufgeregt war. »Ich war schon dreimal im Fiesta-Club, glauben Sie, daß ich vielleicht die nächste bin?«

In Marlenes Bauch brodelte es plötzlich, als ob sie ein Abführmittel genommen hätte. An diese Möglichkeit hatte sie nicht mal gedacht. Was sollte sie tun, wenn noch mehr Frauen anriefen, die dort Urlaub gemacht hatten. War sie wahnsinnig? Wie hatte sie so naiv sein können? Sie hätte auf die Hauptkommissarin warten und mit ihr reden sollen. Sie fragte Dr. Karl, wo Starnberg lag. Im Süden. Sie atmete auf. »Nein, ich glaube, daß Sie nicht gefährdet sind, denn Sie wohnen nicht einmal in der Nähe der anderen Opfer.«

Sie suchte blitzschnell den längsten Musiktitel aus, den sie vorliegen hatte, und schwor sich, die nächsten Anrufe erst zu checken und dann on air zu gehen. Die folgenden drei Anrufer waren allesamt Frauen, die im Fiesta-Club Urlaub gemacht hatten. Offensichtlich ein sehr beliebtes Urlaubsziel der Münchnerinnen. Einige Frauen äußerten sehr konkrete Verdächtigungen gegen Kellner und auffallend oft gegen einen ungarischen Pianospieler. Gut, daß kein Hörer diese wüsten Verdächtigungen gehört hatte. Dr. Karl bot sich an, mit diesen Frauen zu sprechen und sie zu beruhigen. Dankbar nahm Marlene diesen Vorschlag an. Allerdings bemerkte sie erst nach einiger Zeit, daß er jeder der Frauen auch seine Tarife erklärte und sie zu einem Beratungsgespräch einlud. Der nächste Anrufer klang merkwürdig verschnupft. Immerhin war es keine Frau, die Angst hatte, sondern ein Mann. Den würde sie on air nehmen. »*Alpha Plus*, 88,0, ›Nachtmahr‹, die Nachtshow mit Marlene Popp, und wer sind Sie?«

»Ich bin's. Ich wollte dir gratulieren.«

»Wofür? Zur ersten Sendung?«

»Nein, das nicht. Aber ich bin stolz, daß wir uns gefunden haben. Du hast nur einen kleinen Fehler gemacht. In der Pflicht hast du eindeutig gestümpert. Leider keine Sechs für dich. Aber bald machen wir beide uns an die Kür ...«

Marlene wurde es unheimlich. Was meinte der Mann? Hatte er die falsche Nummer gewählt? In einem Seminar über Interviewführung hatte sie gelernt, daß Schweigen oft die beste Methode ist, jemanden zum Reden zu kriegen.

»Ja?«

»Ich weiß, wovon ich rede.«

»Ja?«

»Du hast mich erkannt, das ist wahr, aber du hast den Toeloop mit einem Doppelaxel verwechselt!«

»Wie meinen Sie das?«

»Es stimmt, daß die drei Bräute auf mein Konto gehen. Aber mit dem Fiesta-Club hat das nichts zu tun. Höre, mein Engel, ich bin hier, und ich bin der Mann, den du suchst.«

Marlene wußte nicht, ob sie richtig verstanden hatte. Es kam ihr so vor, als würde sie auf einem Drehstuhl sitzen, der immer mehr ins Schleudern geriet. »Wissen Sie, daß man Sie in ganz München hören kann? Sie rufen hier an und erzählen, daß Sie drei Frauen ermordet haben. Habe ich Sie da richtig verstanden?«

Dr. Karl hatte aufgehört zu telefonieren und tippte sich vielsagend mit dem Zeigefinger an die Stirn.

»Genau, mein Engel. Aber das waren keine Morde. Ich habe die Frauen aus ihrer Einsamkeit erlöst. Verstehst du, mein Engel? Eine kleine Frage noch, hast du mein Geschenk gefunden? Es lag in der Küche. War es recht? Du sagst ja gar nichts?«

»Ich bin noch da.«

»Wie schön, deine Stimme ist wirklich sehr schön. Du verdienst eine Belohnung. Bald werde ich dir noch ein viel größeres Geschenk schicken. Etwas, das du dir wirklich verdient hast.«

»Moment mal, halt.« Es tutete nur noch. Der Mann hatte aufgelegt. Dr. Karl applaudierte. »Erst hab' ich gedacht, das wäre ein Verrückter, aber bei dem großartigen Schluß ist mir klargeworden, daß Sie den Mann präpariert haben, ich habe Sie unterschätzt!«

»Ich habe gar nichts.« Marlene registrierte jetzt, daß ihr der Schweiß ausgebrochen war. Ihr war, als hätte sie einen glatten Felsstein hochgehoben, und jetzt kamen lauter bleichweiße Maden ans Licht gekrabbelt. Sie war mit dieser Sendung eindeutig zu weit vorgeprescht.

»Dann war es also ein echter Spinner. Wissen Sie, bei jeder Sendung rufen solche Irren an, die alles mögliche bekennen und erzählen, daß sie eine Bombe deponiert haben usw. usw.«

Marlene stemmte sich von ihrer Stehhilfe hoch und tappte zum CD-Regal an der Rückwand des Studios. Geschenk, damit hatte er das Messer gemeint. »Ich glaube nicht, daß der Mann verrückt war. Gestern abend hat jemand in meiner

Wohnung ein Geschenk zurückgelassen. Woher wußte der Mann das?«

»Da gibt es viele Möglichkeiten. Wir machen uns immer Illusionen über unser Privatleben, unsere Mitmenschen wissen viel mehr über uns, als wir glauben.«

Die Telefonleitungen schienen überzukochen. Marlene hatte nicht den Mut, noch ein Gespräch anzunehmen. Schließlich leuchtete das Telefon der Geschäftsleitung, hell, penetrant und bösartig. Sie nahm den Hörer ab, in der Erwartung, ihre sofortige Kündigung ausgesprochen zu bekommen.

»Das war Spitze. Sehr gut, Frau Popp. Sie haben genau verstanden, worum es uns geht. Sex und Crime. Schön inszeniert. Nur über die Musikauswahl läßt sich streiten, da möchten wir das nächste Mal mehr ›Sexmachine‹ oder ›You sexy mother-fucker‹. Sie verstehen schon.« Lederlisa schmatzte in Marlenes Ohr. »Und jetzt geben Sie mir mal den Karl.«

Marlene überlegte, wie sie ihre Sendung abmoderieren sollte. All die Texte, die sie sich ausgedacht hatte, waren nach diesen Anrufen hinfällig. Sie entschloß sich zu einem ganz einfachen: »Was auch immer passiert, wo auch immer Sie sind, ich wünsche Ihnen trotzdem eine gute Nacht, bis zum nächsten Freitag, Ihre Marlene Popp.« Sie übergab an die Nachtredaktion, ließ Dr. Karl mit Lederlisa sitzen und verließ so schnell sie konnte den Sender.

In ihrer Wohnung überprüfte sie zunächst alle Zimmer auf »Geschenke« und kam sich paranoid vor. Sie genehmigte sich einen großen Schluck Rotwein, eine heiße Dusche und sank total erschöpft auf ihre Matratze.

Schrilles Klingeln riß Marlene mitten aus einer traumlosen Tiefschlafphase. Halb acht! Dabei könnte sie heute endlich mal ausschlafen. Sie tappte zur Tür und erfuhr durch die Gegensprechanlage, daß es die Spedition mit ihren Kisten aus Frankfurt war. Sie hechtete so schnell sie konnte ins Badezimmer und zog sich etwas über. Keine Minute später standen schon die Spediteure vor der Tür. Ihr Auftrag sei nur, die Ware vor der Haustür abzuladen. Rauftragen vor die Wohnungstür sei im Preis nicht drin. Es seien insgesamt 120 Kisten, bitte hier unterschreiben, tschüs dann, und schönen Tag noch.

»Aber was ist, wenn ich was extra zahle?« Marlene war müde und konnte sich nicht vorstellen, auch nur eine einzige Kiste hochzuschleppen. Aber »leider, leider« bedauerten die Möbelpacker, das sei im Zeitplan nicht drin, das hätte man vorher ausmachen müssen. Verärgert warf Marlene die Wohnungstür ins Schloß. So eine Wortklauberei: Wohnungstür, Haustür. Sie hatte noch nicht mal gefrühstückt, geschweige denn Kaffee getrunken. Sie holte ihren Geldbeutel und lief die Treppen hinunter. Die hundertzwanzig Kisten sahen aus wie tausend. Wird schon keiner klauen, beruhigte sie sich selbst und ging zum Bäcker, um Brötchen zu kaufen. Semmeln, korrigierte sie sich selbst, Semmeln und Zeitungen. Sie stellte sich ganz hinten in der Schlange an. Je näher sie vor zur Theke rückte, desto besser konnte sie die Schlagzeilen auf den Boulevardzeitungen lesen, die dort auslagen. »Serienmörder in München?« und »Killerradio auf 88,0«.Wie hatten die Kollegen von den Printmedien das so spät noch hingekriegt? Am liebsten wäre sie sofort zurück ins Bett gekrochen und den ganzen Tag nicht mehr rausgekommen. Aber daran war nicht zu denken. Sie mußte ja auch noch die Kisten in ihre Wohnung räumen.

Zwei Stunden später fühlte sie sich kräftig genug, die Kisten in ihre Wohnung zu schleppen. Es gab zwar einen Aufzug, aber der Architekt des Hauses hatte den Eingangsbereich so angelegt, daß man bis zum Aufzug allein schon 27 Stufen bewältigen mußte. Als sie bei der dreißigsten Kiste angekommen war, sprach Dr. Juri sie an. »Frau Popp, darf ich Ihnen helfen?«

Marlene rann der Schweiß von der Stirn. Dieses freundliche Angebot rührte sie. Sie bemerkte plötzlich, wie allein sie sich die ganze Zeit gefühlt hatte. »Wie nett von Ihnen.« Wieso war sie nicht selbst auf die Idee gekommen, sich Hilfe zu besorgen? Andererseits, wen könnte sie schon anrufen? Als sie mit der nächsten Ladung nach oben fuhr, klingelte ihr Telefon. Zögernd nahm sie ab.

»Ich möchte Sie nachher im Sender sehen. Wir treffen uns um 15.00 Uhr.« Lederlisa legte auf, bevor Marlene auch nur »Popp« sagen konnte.

Dr. Juri stellte erstaunlich schwungvoll eine Kiste ab. Woher nahm der hagere Mann nur diese Kraft? »Ist etwas Unangenehmes passiert?«

Marlene zuckte müde mit ihren schon stark beanspruchten Schultern. »Das wird sich herausstellen. Ich kann erst nachher weitermachen, weil ich weg muß, aber trotzdem vielen Dank.«

»Ich mache noch ein bißchen weiter. Wissen Sie was, ich stelle die Kisten einfach vor Ihre Wohnungstür, dann brauchen Sie sie nur noch hineinzuschieben.«

»Warum tun Sie das für mich?«

»Weil ich sehe, daß Sie Hilfe brauchen. Das ist doch ganz normal.«

Marlene kam es vor, als ob nichts mehr normal wäre. »Danke, aber ich erlaube Ihnen nur noch 20 Kisten, den Rest schaffe ich schon selbst, okay?«

Dr. Juri lächelte, so daß sich sein Totengräberbart bis fast neben die Nase hochzog. »Es ist mir ein Vergnügen.«

Der Sender war genauso ruhig wie morgens um fünf Uhr. Nur die nötigsten Plätze waren besetzt. Marlene fuhr nicht gleich mit dem Aufzug nach oben in Lederlisas Büro, denn sie wollte sich seelisch noch ein bißchen auf das Gespräch einstimmen. Als sie am Newsroom vorbeikam, winkte ihr Klaus mit der Abendzeitung zu. »Das war eine Glanzleistung«, rief er in den Flur, »in den zehn Jahren, die ich jetzt Radio mache, hat es noch keine Radiosendung auf die Titelseite geschafft! Sehen wir uns nachher?«

Marlene hob ihre Hände fragend in die Luft. »Mal sehen.«

Uschis Platz war sehr aufgeräumt und leblos. Sogar Uschis Pflanzen wirkten ohne sie künstlich. Marlene klopfte zaghaft an die Tür zu Lederlisas Büro. Die Tür ging auf und gab den Blick auf Lederlisa frei, die gierig die Zeitungen überflog.

»Kommen Sie rein, es ist offen.« Und gleich fuhr sie fort: »Glückwunsch. Ich möchte zwei Strategien mit Ihnen besprechen. Dazu brauche ich mehr Informationen. Erstens: Haben diese Recherchen irgendwie Hand und Fuß, oder nicht? Zweitens: War der Typ, der Sie angerufen hat, echt oder gefakt?«

»Ja.«

»Was ja?«

»Hand und Fuß? Ja! Und echt? Ja!« Lederlisa entspannte sich.

»Gut. Dann müssen wir den Kerl dazu bringen, daß er wieder anruft.«

»Nein, das will ich auf keinen Fall.«

»Warum nicht?«

»Weil er mir angst macht.«

Lederlisa sah Marlene interessiert an. »Angst? Das ist gut. Angst schärft die Sinne.«

»Aber ich werde so lange, bis die Polizei sich mit dieser Sache befaßt hat, keine Live-Anrufe in der Sendung mehr entgegennehmen. Wer auch immer es ist, er sollte kein Forum bekommen. Und schon gar nicht in meiner Sendung.«

»Ich hatte heute schon einen Anruf von der Polizei, eine Petra Klein, die hat mir schon ziemlich den Marsch geblasen. Und mir minutiös mitgeteilt, was sie davon hält, daß wir eine Massenhysterie in der Bevölkerung auslösen. Warum haben Sie nicht vor der Sendung mit ihr Kontakt aufgenommen? Im allgemeinen arbeiten wir mit der Polizei zusammen. Aber«, Lederlisa sah Marlene salbungsvoll an und erteilte ihr die Absolution, »in diesem Fall, habe ich die Klein wissen lassen, stehe ich voll hinter Ihnen!«

»Aber ich war doch bei der Polizei!«

»Ist jetzt doch egal, denn die sind richtig sauer. Haken Sie also polizeiliche Unterstützung einfach mal ab.« Sie kramte in ihrer Schreibtischschublade herum, bis sie zwei abgepackte Salamis fand. Sie riß eine Verpackung auf und bot Marlene die andere Salami an. Dann rammte sie ihre Zähne mitleidlos in die arme Salami und zerkleinerte sie in Sekundenschnelle. Marlene war fasziniert. Sie hatte die dumpfe Ahnung, daß es ihr ähnlich wie dieser Salami ergehen würde, wenn sie Lederlisa zu sehr nachgab. Oder würde es ihr nur dann so gehen, wenn sie nicht nachgab? Trotzdem, die Erfahrung mit Dr. Karl hatte ihr gezeigt, daß sie Lederlisa die Stirn bieten mußte. »Ich werde es nicht tun. Ich bin nach München gekommen, weil mir versprochen wurde, daß ich diese Sendung inhaltlich allein gestalten darf. Wenn Sie ehrlich wären, würden Sie auch zugeben, daß Sie mir damit nur entgegengekommen sind, weil Sie das erstens nichts gekostet hat und zweitens sowieso kein Mensch um diese Uhrzeit Radio hört.«

Lederlisa grinste so breit, daß noch einige Fleischreste an ihren Eckzähnen sichtbar wurden. »Wir sehen an den Pressemeldungen von heute, daß das ein Irrtum war. Und diesen Marktvorteil lassen wir uns jetzt nicht wieder wegnehmen. Na ja, wir können Sie natürlich nicht zwingen, damit weiterzumachen. Denken Sie darüber nach bis Montag, dann erwarte ich Ihre verbindliche Antwort.«

»Die können Sie jetzt schon haben. Sie lautet: *nein.*«

»Sie sind müde und aufgeregt. Wir sehen uns Montag. Eine Salami für den Weg vielleicht?«

Wenn ich wirklich mutig wäre, dachte Marlene, dann würde ich sagen »Schieben Sie sich die Salami sonstwohin«, aber ich kann es einfach nicht. Vielleicht hatte Maja doch recht, und ich bin nichts als eine schleimheilige Transuse. Sie ging wortlos zum Aufzug und fuhr bis zum Erdgeschoß. Gerade als sie in ihr Auto steigen wollte, das draußen geparkt war, weil am Wochenende die Tiefgarage für Radioleute gesperrt war, sprach sie jemand von hinten an. Valerie hatte anscheinend noch keine Zeitung gelesen. »Was machst du denn hier?«

»Ich hatte ein Gespräch mit Lederlisa.«

»Dann brauchst du jetzt sicher einen Schnaps oder so was! Komm, laß uns irgendwohin gehen.«

»Schnaps um vier Uhr nachmittags ist mir wirklich noch zu früh, außerdem habe ich zu Hause einiges zu tun. Meine Umzugskisten sind gekommen.«

Valerie überlegte einen Moment. »Das trifft sich gut. Ich habe Zeit, und ich bin eine Super-Kisten-Auspackerin!«

»Wenn du auch eine begnadete Kisten-Schlepperin bist, dann bist du sofort engagiert!«

»Hey, hallo.« Völlig außer Atem erreichte sie Klaus. »Warum bist du nach deinem Gespräch mit Lederlisa nicht mehr bei mir vorbeigekommen? Hallo, Valerie.«

»Entschuldige, aber ich muß dringend nach Hause.«

Valerie strahlte Klaus voller Begeisterung an. »Marlenes Kisten sind aus Frankfurt gekommen. Ich fahre mit, schleppen und auspacken.«

»Da mache ich auch mit. Darf ich?«

Das war genau das Richtige, um auf andere Gedanken zu kommen. Leute, die mithalfen und dann mit ihr zusammen noch etwas trinken und essen würden. »Okay, ihr fahrt hinter mir her.«

Dr. Juri hatte tatsächlich nur noch zwanzig Kisten nach oben transportiert, aber mit Valeries und Klaus' Hilfe waren die restlichen 70 Kisten schnell in Marlenes Wohnung. Valerie und Klaus halfen Marlene beim Zusammenbauen von Bett und Kleiderschrank. Als alle hungrig waren, bestellte Marlene beim Pizzaservice jede Menge Essen und Trinken. Gerade als sie sich ruhig hingesetzt hatten, kamen aus der Wohnung von Dr. Juri wieder diese merkwürdigen Geräusche. Valerie und Klaus interpretierten sie wesentlich sinnenfroher, als Maja das getan hatte. Marlene ging nach oben und klingelte, um Dr. Juri zu fragen, ob er nicht mitessen wolle. Doch er öffnete die Tür nicht. Gerade als sie schon wieder auf dem Weg nach unten war, streckte er seinen Kopf heraus. Marlene lud ihn ein, und er versprach hocherfreut, daß er in wenigen Minuten nachkommen würde.

Dr. Juri war entzückt davon, Menschen in Marlenes Appartement zu sehen. »Sie ist immer so allein, wissen Sie.«

Valerie schenkte ihm ein wunderbares Barbielächeln. »Sie arbeitet eben sehr viel.« Dann sah sie Klaus streng an. »Was sagt eigentlich deine Familie dazu, daß du samstags und sonntags auch noch arbeitest?«

Schuldbewußt zog Klaus ein wenig den Kopf ein. »Na ja, sie haben sich daran gewöhnt. Ich wollte sowieso kein zweites Kind. Und dann sind es auch noch Zwillinge geworden! Da ist es ziemlich chaotisch zu Hause.«

In diesem Moment klingelte es. Es war Maja. Ob sie hochkommen dürfe? Leicht berauscht von zwei Gläsern Rotwein hörte Marlene nicht richtig zu, was Maja noch fragte, und drückte auf den Summer. »Ja, ja klar, kein Problem.«

Voller Schwung stöckelte Maja durch die Tür. »Das ist wirklich lieb von dir, Marlene.« Hinter Maja betraten noch ein Mann mit Kamera und eine Tonfrau mit Aufnahmegerät Marlenes Wohnung. Marlene war überrascht, freute sich aber über den Zuwachs. »Wie schön, daß du noch ein paar Kollegen mitgebracht hast, das wird ja eine richtig nette Party.« Dr. Juri fragte, wer was zu trinken wolle, doch Maja hob abwehrend die Hände. »Schätzchen, du hast mich falsch verstanden. Hast du mir denn gar nicht zugehört? Ich hab' dich gefragt, ob wir für *Seventy-Seven* ein Interview mit dir drehen dürfen.« Der Kameramann und die Tonfrau setzten ihre Geräte ab. »Aber wieso? Maja, das ist nicht fair!« Maja zog Marlene am Ärmel in den Flur. »Entschuldigt uns einen Moment.« Gleichzeitig zwinkerte sie ihrem Team zu. »Wird nicht lange dauern.«

»Hör mal, Marlene, was willst du eigentlich? Du kannst doch nicht so eine dicke Sache ausgraben und dann einen Rückzieher machen! Du kennst doch die Branche. Wenn du mir kein Interview gibst, dann stehen in Kürze die anderen Sender bei dir auf der Schwelle. Schließlich ist momentan einfach nichts los. Es ist schlimmer als im Sommerloch. Also zier dich nicht, und erzähl mir was, bloß ein paar Minuten. Bitte.«

»Nein, ich denke nicht daran. Es gibt auch nichts zu sagen. Alles, was sich weiß, habe ich schon gestern auf Sendung erzählt. Und um ehrlich zu sein, ich wünschte, ich hätte meinen Mund gehalten.«

»Du warst immer schon ein bißchen naiv, Marlene. So wie ich dich kenne, war der Mann am Telefon wirklich echt. Du wärst gar nicht in der Lage, das zu faken. Das bedeutet für mich, daß irgendwo da draußen ein Killer herumläuft. Du hast das herausgefunden, und damit hast du auch eine Verantwortung!«

Plötzlich schmeckte der Rotwein nur noch sauer. Marlene stellte ihr Glas so heftig ab, daß Wein auf den Boden schwappte. »Ich fasse es einfach nicht, daß du mir mit diesem Blödsinn kommst. Dir geht es doch nicht um Verantwortung, sondern nur um deine Story! Und ...« Plötzlich fiel Marlene das Telefongespräch ein, das sie mit angehört hatte, »ich bin sicher, sie wird nichts merken«, hatte Maja zu irgend jemandem geflüstert. Was, wenn Maja sich den Anrufer ausgedacht hatte, nur um die Stimmung ein bißchen anzuheizen? Nein, diese Unterstellung ging zu weit ...

»Marlene, das siehst du wirklich falsch. Ich will natürlich eine gute Story. Ich hab' dir doch erzählt, unter was für einem Druck ich momentan stehe. Aber gut, wenn du nicht willst, dann eben nicht.« Maja drehte sich um und ging zurück zur Küche, wo ihr Team angenervt herumstand. Marlene, die hinter Maja herging, sah am Blick, den sich ihre Kollegen zuwarfen, welche Demütigung es für Maja bedeuten mußte, ohne das angekündigte Interview zum Sender zurückzufahren. Das wollte sie nicht. Klar, Maja hatte sich voreilig zu weit aus dem Fenster gelehnt, aber sie hatte mit ihrer Sendung gestern auch nichts anderes gemacht. Marlene legte ihre Hand auf Majas Schulter. »In Ordnung, wo wollt ihr drehen? Richtet alles ein, ich zieh' mir in der Zwischenzeit was Anständiges an.«

Valerie applaudierte, und Klaus grinste beifällig. »Lederlisa wird begeistert sein, ihre neue Moderatorin auch noch im Fernsehen zu sehen.« Dr. Juri war verwirrt. »Um was geht es hier eigentlich? Ist Frau Popp berühmt?« Maja, erleichtert, daß Marlene sie nicht im Stich ließ, schenkte ihm ihr charmantestes Lachen. »Wie man's nimmt.«

Valerie, die wie Dr. Juri noch keine Zeitung gelesen hatte, ließ sich von Klaus erklären, was genau gestern passiert war. Valerie legte eine Pizzakruste hin, an der sie genagt hatte. »Wie schrecklich für die Freunde und Familienmitglieder der Opfer. Alles wird aufgerührt, und es ändert sich doch nichts an ihrem Leid.«

»Vielleicht wird die Polizei jetzt aber aktiver nach dem oder den Mördern suchen«, wandte Klaus ein.

»Wenn das stimmt, daß Frau Popp mit einem Mörder gesprochen hat, dann bedeutet das doch, daß Frau Popp in Gefahr ist.« Dr. Juri schüttelte den Kopf. »So eine nette junge Frau.«

Klaus versuchte, ihn zu beruhigen. »Ehrlich gesagt, ich glaube zwar, daß Valerie und Marlene interessante Tatsachen herausgefunden haben, aber das kann auch Zufall sein. Und der Anrufer, mal ehrlich, bei jeder Sendung ruft so ein Kerl an und macht sich wichtig.« Valerie schob die Olivenkerne, die von der Pizza noch übrig waren, zu einem Haufen zusammen. »Aber was hat er mit dem Geschenk gemeint? Habt ihr Marlene dazu mal gefragt?«

»Nein, denn die Marlene würde dazu auch nichts sagen.« Marlene wartete fertig umgezogen auf ihren Einsatz. »Ich bin soweit, wir können anfangen. Maja, frag mich bloß nichts Persönliches, klar?«

»Klar.« Maja hätte jetzt alles versprochen, nur um ihr Interview nicht zu gefährden. »Läuft die Kamera?«

Eine Stunde später verabschiedeten sich alle ihre Gäste und ließen ein fröhliches Chaos aus Pizzakartons und halb ausgepackten Umzugskisten zurück. Summend räumte Marlene die Spülmaschine ein. War es richtig gewesen,

Maja das Interview zu geben? So viel Rummel war nicht nach Marlenes Geschmack. Sie wollte nicht im Mittelpunkt der Aufmerksamkeit stehen. Sie beschloß, am Montag die Angehörigen der Opfer zu besuchen. Sie wollte sich entschuldigen. Ihre gute Absicht zu warnen, aufmerksam zu machen, hatte sich in Medienrummel verkehrt. Nicht umsonst hieß es ja auch, der Weg zur Hölle sei mit guten Absichten gepflastert. Quatsch, verbesserte sich Marlene, mit guten Vorsätzen. Oder war das das gleiche?

Ihr Handy klingelte. Das war sicher Maja, die ihr erzählen wollte, ob das Interview bei ihrem Chef gut angekommen war. Sie nahm ab. Diesmal gab es nicht mal mehr ein »I love your smile«, sondern nur noch Stöhnen und Keuchen. Angewidert legte Marlene das Telefon auf ein Kissen. Diesmal reagierte sie richtig, denn sie erinnerte sich jetzt, gelesen zu haben, daß man entweder in eine Trillerpfeife reinblasen oder den Kerl ins Nichts stöhnen lassen sollte, bis es ihm langweilig wurde. Die anderen Male hatte sie genauso reagiert, wie es diese Typen mögen: mit Abscheu und Panik. »Du kriegst mich nicht! Niemals.« Nach zehn Minuten horchte sie, ob das Stöhnen aufgehört hatte, nein, er stöhnte immer noch, diesmal wieder vermischt mit »I love your smile«. Der war ja ziemlich ausdauernd. Sie wartete weitere zehn Minuten ab. Wieder nahm sie den Hörer in die Hand. Mittlerweile hatte sie keine Angst mehr, das Ganze hatte jetzt den Charakter eines wissenschaftlichen Experiments. Tatsächlich, der stöhnte immer noch. Nachdenklich hörte sie genauer hin. Langsam dämmerte es ihr. Da stöhnte gar niemand live, sondern es lief ein Band ab. Solange sie nicht auflegen würde, würde es weiterlaufen. Kein Grund also, länger zuzuhören. Sie legte auf und fühlte sich viel besser, weil sie es geschafft hatte, souverän zu bleiben.

Sie schob die Bücherkisten an die Wand, an der später das

Bücherregal aufgebaut werden sollte, und öffnete die Kisten für Küche und Bad. Sie dekorierte ihre Duftöle auf dem Badewannenrand. Schraubte immer mal wieder eins der Kristallflakons auf, nur um an einer Prise Rosenöl oder rosa Grapefruit zu schnuppern. Zufrieden betrachtete sie ihr Arrangement und beschloß, nur noch die Kleiderkisten auszupacken und sich dann mit einem Katalog in die Badewanne zu legen. Genau, grinste sie, ganz bestimmt würde sie im Katalog das ein oder andere finden, das sie dringend, wirklich dringend brauchte. Sie füllte einen Eimer mit Wasser und begann, den Kleiderschrank auszuwischen. Ihr Telefon klingelte wieder. »Na, Maja, wie ist es gelaufen?« fragte sie in den Hörer, den sie sich zwischen Kinn und Ohr eingeklemmt hatte, damit sie weiter putzen konnte.

»Tut mir leid, ich bin nicht Maja.« Eine männliche Stimme vibrierte in Marlenes Ohr, von dort flutete die Wärme durch den ganzen Körper. Sie ließ den Lappen in den Eimer fallen, stand auf und ging zum Fenster. »Simon?«

»Genau. Guter Auftritt im Fernsehen. Sie haben diese Kamerapräsenz.«

Marlene atmete ein bißchen schneller, um mit ihrem Herzschlag mitzuziehen. »Danke.« Sag was, Marlene, sag jetzt was ganz Kluges, los, streng dich an!

»Ich wollte nicht stören.«

»Sie stören überhaupt nicht. Ich wundere mich nur, woher Sie meine Nummer haben.«

»Von Maja.«

»Ah, ja ... ich freue mich, daß Sie anrufen. Was machen Sie gerade?«

»Ich bin im Büro und denke nach, und Sie?«

Marlene sah an ihren staubigen Kleidern entlang. »Ich putze und packe Kisten aus.«

»Könnten Sie Hilfe gebrauchen?«

Marlene überlegte rasend schnell. Wenn sie ja sagte, würde er kommen und sie in diesem Zustand sehen. Wenn sie nein sagte, würde er vielleicht nie wieder anrufen. Aber sie konnte »jein« sagen und sich zum Abendessen mit ihm treffen. Aber vielleicht wollte er gar nicht mit ihr zu Abend essen, vielleicht hatte er die Hilfe nur so aus Pflichtgefühl angeboten, vielleicht wartete eine bezaubernde Blondine auf ihn, oder vielleicht interessierte er sich bloß für Männer.

»Hallo? Sind Sie noch da?«

»Ja«, Marlene gab sich einen Ruck. »Wollen wir zusammen abendessen gehen, oder was trinken? Mit dem Auspakken bin ich gleich fertig. Dann wollte ich mich in die Badewanne legen und...« Wie aufdringlich von mir, dachte sie.

»Ja gern, soll ich Sie abholen?«

Nein, auf die fahrende Müllhalde hatte sie gar keine Lust. Aber das war ein höfliches Angebot, und ihre Tante hatte ihr immer eingebleut, daß Mädchen, die auf sich halten, sich immer abholen lassen. Ihre Tante hatte Simons Auto allerdings nicht von innen gesehen, und ein Mädchen war sie auch schon lange nicht mehr, trotzdem sagte sie: »Ja, gute Idee.«

»Schön, dann hole ich Sie in einer Stunde ab, paßt das?«

»Ja. Bis dann.« Sie legte auf. Was, eine Stunde? War sie verrückt, irre? In einer Stunde konnte man vielleicht ein Badezimmer putzen, aber würde sie in einer Stunde toll aussehen? Vor allem, was sollte sie anziehen? Wo würden sie hingehen? Sie wollte weder zu aufgebretzelt noch underdressed sein. Mit Putzen war jetzt Schluß! Sofort ab in die Badewanne. Sie ließ die Wanne vollaufen und suchte nach verschiedenen Gesichtsmasken. Ja, erst reinigen, nein, besser ein Peeling, ja, jeden Fetzen toter Haut abkratzen, dann eine Feuchtigkeitsmaske. Wo war die Bodylotion, der Rasierer, der Nagellack, ihre Fußnägel sahen ja grausam aus. Wie hatte sie sich nur so verkommen lassen können? Sie sah in den Spiegel und grinste. So ein Blödsinn, sie sah genauso aus wie immer. Kein bißchen schlechter. Wie kam es nur, daß frau im Ernstfall einer Verabredung immer wie ein Covergirl aussehen wollte? Obwohl Männer das gar nicht unbedingt mochten. Jeff hatte sie am liebsten ungeschminkt geküßt. Aber man schminkte sich ja auch nicht für die Männer. Man tat es, um besser auszusehen als die Konkurrcnz. Als sie mit weiß-gekleistertem Gesicht in der duftig dampfenden Wanne lag, wanderten ihre Gedanken zu Jeff. Sie hatten fast nie zusammen gebadet, weil sie das Wasser kochendheiß haben mußte und Jeff es leider nur lauwarm liebte. Was würde Jeff von Simon halten? Er würde ihn mögen. Da war sie sicher. Was für eine Frage, tadelte sie sich selbst. Du bist nicht ehrlich mit dir, Marlene! Ganz egal, was Jeff zu Simon gesagt haben würde, sie hatte sich entschlossen, heute mit Simon auszugehen. Und daran war nichts Unrechtes! Sie tat niemandem damit weh. Jeff konnte man nicht mehr weh tun. Jeff war tot. Marlene fühlte sich trotzdem irgendwie schuldig. Sie gab sich einen Ruck und stieg aus der Badewanne. Doch, sie würde den heutigen Abend genießen.

Während sie sich abtrocknete, überlegte sie, in welcher Kiste ihre Unterwäsche war. Sie umwickelte sich mit dem Handtuch und suchte den Karton mit der Aufschrift »Unterwäsche«. Endlich fand sie den Karton und öffnete ihn. Da war sie, ihre weiße Lieblings-Spitzenunterwäsche. Sie beugte sich über den Karton, um die Wäsche herauszuziehen. Erschrocken zog sie die Hand zurück. Sie war an etwas Weiches, Haariges gestoßen. Sie holte sich die Taschenlampe und leuchtete in die Kiste. Da lag auf ihrer

Unterwäsche eine tote Ratte. Ihre Kopfhaut prickelte, auf ihrem Arm stellten sich alle Haare auf. Sie schlang das Handtuch fester um ihren Körper. Die Ratte lag nicht zufällig in der Kiste, sie war mit Absicht dort hineingelegt worden. Denn die Ratte war wie eine Braut angezogen, mit einem weißen Schleier und einem perversen Blütenkranz auf dem Kopf. Sie lag auf ihrer duftigen, weißen Wäsche wie auf einem Brautbett. Wie angewurzelt stand Marlene neben der Kiste, atmete sehr flach und wußte nicht, was sie tun sollte. Wegrennen? Schreien? Etwas anziehen! Sie zog automatisch die Kleider, die sie vor ihrem Bad auf das Bett geworfen hatte, wieder an und versuchte, nicht zu der Kiste zu sehen. Eine Ratte als Braut! Das war das Geschenk. Der Anrufer hatte es wirklich getan. Ein Geschenk in ihrer Wohnung versteckt. Sie schloß sich im Badezimmer ein, als wäre die Ratte ein Zombie und könnte jeden Moment zum Leben erwachen. Sie hockte sich auf die kalten, grauen Bodenkacheln. Warum passierte das alles? Sie hätte in Heilbronn bleiben sollen, da gab's keine Lederlisa, keinen Rocky und erst recht keine toten Ratten in ihrer Unterwäsche. Was sollte sie machen? Am liebsten würde sie die Kiste verbrennen. Ja, das war das einzig Richtige, was sie tun konnte. Sie wollte aufstehen, aber ihr war so kalt, daß sich ihre Muskeln wie gelähmt anfühlten.

Es klingelte an ihrer Haustür. Sie wollte hingehen, konnte aber immer noch nicht aufstehen. Sie zog sich am Wannenrand hoch. Es klingelte wieder, diesmal ungeduldiger. Simon, das war Simon. Sie mußte zumindest mit ihm reden. Sie schaffte es, die Badezimmertür aufzusperren, und ging zur Sprechanlage. »Ja?«

»Oh, so viel Begeisterung! Hier ist Simon, der, mit dem Sie sich zum Abendessen verabredet haben.«

»Ja, ach. Also.«

»Haben Sie es sich anders überlegt?«

»Ja, nein. Ich weiß nicht.« Sollte sie ihm vielleicht die Ratte zeigen? Er würde sie doch für total bekloppt halten. Eine Frau, die eine tote Ratte in ihrer Unterwäsche hatte. Aber wollte sie allein mit der Ratte in ihrer Wohnung sein? Nein, auch nicht.

»Ich habe keinen Hunger.«

»Was ist denn los? Soll ich hochkommen?«

»Nein! Auf keinen Fall!«

»Schon gut!«

»Ich kann nicht mit Ihnen ausgehen. Es geht nicht. Tut mir leid, daß Sie umsonst gekommen sind.«

»Sie sind gut! Ich habe mir sogar eine Krawatte umgebunden, Ihnen zu Ehren.«

Marlene stiegen die Tränen in die Augen. Sie hatte diese schöne Unterwäsche ihm zu Ehren anziehen wollen! Sie würde sie nie wieder tragen.

»Das ist nett, aber es geht nicht.« Marlene unterdrückte mit den letzten Energiereserven ein Schluchzen.

»Ich bin nicht nett, ich will jetzt wissen, was los ist!« Er wurde lauter. »Sie sind doch keine von diesen hysterischen Zicken, die mit Männern Spielchen spielen, bloß weil sie in irgend so einem Frauen-Verdummungsblatt gelesen haben, das sei der beste Trick, um Männer scharf zu machen!«

Sein Vortrag löste bei Marlene genau die Reaktion aus, die sie eigentlich hatte vermeiden wollen. Eine schreckliche Mischung aus Lachen und Weinen entrang sich ihrer Kehle. Sie lachte und schluchzte gleichzeitig. »Ja, ich bin hysterisch.«

»Das ist mir jetzt zu blöd! Wenn Sie mir partout nicht sagen wollen, was für ein Problem Sie haben, dann gehe ich jetzt. Den Abend hab ich mir wirklich anders vorgestellt. Oder soll ich doch hochkommen?«

Statt einer Antwort drückte sie auf den Summer. Sie hatte eine prima Vorstellung gegeben. Glückwunsch, Marlene, wenn das keine eindrucksvolle Abschreckung war.

Simon sah großartig aus. Er trug einen dunkelgrauen Anzug und tatsächlich eine Krawatte in einem zarten Champagnerton. Unsere Gehirne funktionieren doch merkwürdig, ging es Marlene durch den Kopf, wie kann ich nach dieser Entdeckung noch einen Gedanken an Simons Kleidung verschwenden?

Wortlos ließ sie ihn in die Wohnung und führte ihn zu der Kiste. »Da, da drin!« Simon beugte sich über die Kiste. Sie sah, daß sich schlagartig Schweißperlen auf seiner Stirn bildeten, er wurde blaß. »Wo ist das Badezimmer?« keuchte er.

Marlene zeigte es ihm, und er schaffte es gerade noch, sich in die Toilette zu erbrechen.

Er würgte immer noch, als alles, was er in den letzten drei Tagen gegessen hatte, längst draußen sein mußte. Marlene brachte ihm ein feuchtes Tuch. Dankbar tupfte er sich die Stirne ab und zog seine Krawatte aus. »Ich habe eine Nagerphobie. Tut mir leid.«

»Mir tut es auch leid, ich hätte Ihnen sagen sollen, was passiert ist. Aber ich hatte Angst, Sie würden mich für eine Hysterikerin halten, wenn ich es nur erzähle.«

Simon lächelte und zog sein Jackett aus. »Und halten Sie mich jetzt für einen Hysteriker? Ich schlage vor, wir vergessen mal dieses Wort, das zu Klärung der Lage überhaupt nichts beiträgt, und fragen uns, wer zur Hölle so eine Schweinerei veranstaltet und warum.«

»Der Herr Anwalt ist also wieder ganz Herr der Lage, heißt es das?«

»Welcher Mann kotzt sich schon gerne die Seele aus dem Leib beim ersten Rendezvous? Lassen Sie mir also das Vergnügen.«

Marlene holte ein Glas Wasser aus der Küche und brachte es Simon. »Schon gut. Ich bin froh, daß ich nicht mehr allein mit diesem Ding bin. Vielleicht sollten wir es als erstes vor die Tür stellen, damit es weg ist. Es ist ... böse!«

Simon nickte. »Aber ich kann das nicht anfassen.«

»Nicht mal die Kiste von außen?«

Er wurde noch bleicher. »Wir könnten doch den Hausmeister rufen.«

»Nein, ich stell es vor die Tür. Und dann später überlege ich, was wir damit machen.«

Marlene zog sich Gummihandschuhe an, nahm die Kiste und stellte sie vor ihre Haustür. Dann schrubbte sie ihre Hände und ihr Gesicht, als hätte allein das Anschauen der Ratte ihre Haut verätzt.

»Warum ist das passiert?« Simon hatte die Kisten im Wohnzimmer zur Seite geschoben und sich auf das Sofa gesetzt.

Marlene schoß ein schrecklicher Gedanke durch den Kopf. »Was, wenn in den anderen Kisten auch solche Geschenke versteckt sind?«

»Das glaube ich nicht. Diese Ratte lag mit Absicht in deiner Unterwäsche, wer auch immer das getan hat, den hat sicher genau das angemacht.«

Dankbar registrierte Marlene das Du. »Aber warum? Ich weiß es nicht.«

Simon setzte sich gerader hin. »Glaubst du, es könnte mit der Sendung zusammenhängen?«

»Vielleicht, aber ich habe doch schon vor der Sendung diese Anrufe bekommen, und dann das Messer.«

»Du könntest glatt als Sphinx auftreten. Du sprichst in Rätseln.«

»Als erstes kamen die Stöhn-Anrufe. Und gestern habe ich in meiner Küche ein Messer gefunden, mit einer weißen Schleife daran.«

»Wann fingen die Stöhn-Anrufe an?«

»An meinem zweiten Arbeitstag.«

»Kommen die Anrufe zu bestimmten Zeiten?«

»Darauf habe ich nicht geachtet.«

»Hast du eine Vermutung, wer es sein könnte?«

»Nein, dieses Stöhnen ist so stimmlos und immer mit Musik vermischt.«

»Marlene, das gefällt mir überhaupt nicht. Jemand bedroht dich, du mußt zur Polizei gehen.«

»Damit die mir sagen, daß sie nichts machen können? Viele Frauen kriegen obszöne Anrufe.«

»Aber wenige kriegen solche ›Geschenke‹ nach Hause geliefert. Das ist ein Verbrechen, man nennt es Hausfriedensbruch. Dagegen kann man Anzeige erstatten. Übrigens auch gegen obszöne Anrufe wegen ›Beleidigung auf sittlicher Grundlage‹.«

»Aber ich will nicht, die denken doch sowieso schon, daß ich eine schreckliche Wichtigtuerin bin, die sich in Ermittlungen einmischt, obwohl sie von Tuten und Blasen keine Ahnung hat. Ich möchte das alles vergessen.«

Es klingelte an der Haustür. Es war der Hausmeister. »Sie, Frau Popp, es geht nicht, daß Sie hier Kisten im Flur rumstehen lassen. Heute tagsüber hab' ich ein Auge zugedrückt, aber jetzt ist mal Schluß mit lustig.«

»In dem Karton ist eine tote Ratte drin.«

»Frau Popp, was da drin ist, ist mir egal. Falls es sich um Müll handelt, Sie wissen ja, wo sich der Müllraum befindet, oder?«

»Könnten Sie vielleicht...« Marlene deutete auf die Kiste.

»Ich bin zwar der Hausmeister, aber ganz sicher nicht der Müllmann, Frau Popp.« Hinter Herrn Reimann kam Dr. Juri die Treppe herunter.

»Ist schon gut«, mischte sich Dr. Juri ein, »ich nehme die Kiste mit runter. Ich muß sowieso zum Müll. Ratten sind kein Problem für mich«, er wandte sich zu Herrn Reimann, »und freundlich sein auch nicht.«

»Vielen Dank, Dr. Juri! Immer sind Sie so gut zu mir. Ich hoffe, ich kann mich mal revanchieren.«

»Machen Sie sich keine Sorgen, Frau Popp, der Moment wird schon noch kommen!«

Nachdenklich schloß sie die Haustür und ging zurück ins Wohnzimmer, wo Simon telefonierte. »Es ist wichtig. Wir werden heute noch kommen, bis nachher.« Er drehte sich zu Marlene um. »Entschuldige, aber ich habe jemanden bei der Polizei angerufen. Eine Frau, mit der ich schon mehrfach zu tun hatte. Sie ist in Ordnung. Glaub mir, es ist besser so.«

»Aber ich habe dir doch gesagt, daß ich nicht hingehen will. Wozu rede ich eigentlich mit dir?«

»Sei nicht kindisch. Besser einmal zuviel bei der Polizei als nachher tot.«

»Ein sehr origineller Kalenderspruch.«

»Ich bin eben ein vielseitig begabter Mann. Das würde ich dir übrigens sehr gern beweisen.« Er stellte sich vor Marlene, beugte sich über sie und gab ihr einen Kuß auf die Stirn. »Aber heute schaffe ich das nicht mehr.«

Hauptkommissarin Petra Klein sah so müde aus, wie Marlene sich fühlte. »Hallo, Simon. Was bringst du mir da?«

»*Was*«, war das Absicht oder nur Übermüdung, fragte sich Marlene. Petra war ganz und gar nicht klein und sehr schlank. Ihr dickes feuerrotes Haar hatte sie zu einem Bauernzopf geflochten, der ihr fast bis zum Po reichte. Das war bestimmt schwer zu kämmen. Es sah fast ein bißchen so aus, als würde das Haar Petra in den Boden ziehen. Sie hatte eine blasse Haut, durch die die Adern hindurchschimmerten und pochten. Ihre Augen, die intensiv wie blaue Mintgelzahnpasta leuchteten, fixierten Marlene. Petra wirkte so sauber wie eine Zahnarzthelferin, daneben kam sich Marlene wie eine Pennerin vor.

»Ich bin weiblich, 33 Jahre alt und habe keine Vorstrafen.« Marlene sah Petra herausfordernd an.

Simon hob die Arme wie ein Ringrichter, der zwei verkeilte Boxer wieder auseinanderzieht. »Wir wollen dir nur etwas erzählen, Petra, und deine Meinung hören.«

»Ich habe keine Lust, euch zuzuhören. Sie hat in ihrer Sendung schon alles gesagt, und die Geier von der Presse haben es dann freundlicherweise auch noch gedruckt. Wieso sind Sie nicht erst mal zu mir gekommen, Frau Plopp?«

»Popp. Ich war bei Ihnen VOR der Sendung. Wollte Ihnen von meinem Verdacht erzählen.«

Petra zuckte lässig mit den Schultern. »Das ist gelogen!«

»Dann fragen Sie doch mal Ihren Assistenten, den Herrn Lagerfeldt. Ich habe ihm alles erzählt, und er hat gesagt, wenn SIE es für wichtig halten, dann melden Sie sich bei mir. Er hat mir auch unmißverständlich klargemacht, daß Sie bei der Polizei keine Zeit für Spinner haben.«

»Menschen, die zu ungelösten Todesfällen einen Verdacht äußern, wie unkonkret auch immer, hören wir grundsätzlich an, und je nachdem nehmen wir sie auch sehr ernst. Wir können es uns nicht leisten, nicht zuzuhören, Frau Klott!«

»Popp! Warum haben Sie sich dann nicht bei mir gemeldet?«

Petra Kleins blasse Haut überzog sich hellviolett. »Vielleicht haben Sie Herrn Lagerfeldt nicht die Zeit gelassen, mich zu informieren.«

»Wie auch immer, Petra, jetzt ist es schon passiert. Nun

brauchen wir ja nicht auch noch das Kind mit dem Bade auszuschütten. Worüber ich mir Sorgen mache, ist, daß Marlene nicht nur obszöne Anrufe kriegt, sondern auch noch ›Geschenke‹ in ihrer Wohnung findet.«

»Anzeige erstatten, Fangschaltung beantragen, Wohnungstürschlösser auswechseln.«

»Ach, Petra! Der Mann, der in der Sendung angerufen hat, hat von dem Geschenk in Marlenes Wohnung gewußt. Da du nicht fragst, sag' ich dir's so: Das Geschenk war eine tote Ratte, die wie eine Braut angezogen war. Mal angenommen, das war wirklich der Mörder, dann ist Marlene in Gefahr.«

Petra war aufgestanden und hatte sich vom Sideboard einen Kaffee aus der Thermoskanne eingegossen, ohne zu fragen, ob Simon und Marlene auch einen haben wollten. Sie trank einen Schluck, eigentlich inhalierte sie ihn mehr, wie ein Raucher die erste Zigarette nach einem Nichtraucher-Langstreckenflug. »Simon, du bist ein echter Naivling. Der sogenannte Anrufer, was hat er schon gesagt? Hat er auch nur einen einzigen Hinweis gegeben auf einen Tatort, ein Detail, irgendwas, das ihn wirklich als Mörder identifizieren könnte? Nein. Er hat gesagt: ›Die drei Bräute gehen auf mein Konto, mit Mallorca hat das nichts zu tun.‹ Wenn die Zeitungen den richtigen Wortlaut abgedruckt haben. Nein, Simon, das hier ist ein gigantischer Publicity-Trick von *Alpha Plus*. Die schrecken heute vor nichts mehr zurück. Neulich hat ein Radiosender sogar Verkehrsschilder zu Reklamezwecken benutzt. Tut mir leid, Simon. Da kann ich nichts tun. Und wegen der Anrufe und der toten Ratten empfehle ich das erwähnte Prozedere.«

Marlene sprang wütend auf. »Ich wußte, daß es nichts bringt. Komm, laß uns gehen.«

Petra zuckte mit den Schultern. »Wenn der Kerl noch mal

anruft, dann bringen Sie ihn dazu, etwas Konkretes zu sagen. Daraufhin könnten wir eine Fangschaltung machen. Aber dazu brauchen wir ein paar Anhaltspunkte!«

»Ich glaube, du machst einen großen Fehler, wenn du das nicht ernst nimmst.« Simon reichte Petra trotzdem die Hand und hielt sie für Marlenes Geschmack einen Augenblick zu lang fest.

»Das weiß man nie, schönen Abend noch, Frau Galopp!«

Daraufhin hätte Marlene am liebsten laut gewiehert und dann Frau Klein zu Boden getrampelt. Aber leider war das nicht ganz die richtige Umgangsmethode für Polizisten oder Hauptkommissarinnen.

Sie kickte die leeren Fantadosen in Simons Auto immer wieder gegen das Handschuhfach. »Das stinkt zum Himmel, aber was will man von so einem Parfümduo auch erwarten!«

»Parfümduo?«

»Na, Klein und Lagerfeldt, wahrscheinlich heißt der Chef von den beiden Chanel oder Kölnisch Wasser.«

»Freut mich, daß du deinen Humor wiedergefunden hast.«

»Mich nicht. Glaubst du, dieser Lagerfeldt hat Petra mit Absicht nichts von meinem Besuch erzählt?«

»Nach dem, was ich von Franziska erfahren habe, bevor sie sich umgebracht hat, könnte ich mir vorstellen, daß Lagerfeldt selbst gern Kalif wäre anstelle des Kalifen.«

»Bin ich froh, wenn dieser Tag endlich vorbei ist.« Marlene starrte geradeaus. Würde er etwas über eine Nacht sagen, die ja noch vor einem läge, die man gemeinsam verbringen könne, oder irgend so was?

»Kann ich gut verstehen. Bist du sicher, daß du in deiner Wohnung schlafen willst, oder soll ich dich zu einer Freundin bringen?«

Ganz klar, er wollte endlich die Verantwortung für sie loswerden. Aber wo sollte sie hin? Auf keinen Fall zu Maja. Erstens war sie noch sauer auf Maja wegen des Überfalls am Nachmittag. Zweitens wollte sie nicht mehr in die gleiche Situation kommen wie letzte Nacht. Und sonst kannte sie noch niemanden in München gut genug. »Ich glaube nicht, daß mir heute noch etwas passiert. Ich möchte in meine Wohnung. Dort fühle ich mich noch am ehesten zu Hause.«

»Gut.«

Gar nicht gut. Verzweifelt überlegte Marlene, wie sie ihn dazu kriegen könnte, auf ihrem Sofa zu schlafen.

»Marlene, ich...«

»Ja?«

»Ich weiß nicht, wie ich es dir sagen soll...«

Das klang nach einer ernsthaften Beichte. Marlene wollte keine Komplikationen mehr für heute. Sie wollte, daß Simon etwas Vielversprechendes zu ihr sagen würde. Alles, nur keine Geständnisse. Sie versuchte es auf die heitere Tour.

»Ich weiß schon, du bist verheiratet und hast einen Stall voller Kinder, oder du bist schwul?«

Simon lachte. »Nein, das ist eines der wenigen Dinge, die ich wirklich über mich weiß, nein, ich bin nicht schwul.«

Aha, auf die anderen Anmerkungen war er nicht eingegangen. Dann hatte sie vielleicht den Nagel auf den Punkt getroffen.

»Wir sind da. Danke Simon, tschüs, wir telefonieren.«

Verdutzt starrte er sie an und setzte an, ihr etwas zu sagen. Aber Marlene sprang aus dem Auto, warf die Tür zu, winkte ihm noch einmal zu, drehte sich um und ging zu ihrer Haustür. Wer weiß, dachte sie, als sie den naßkalten, von Blättern rutschigen Weg entlangging, vielleicht war's ja trotzdem der Beginn einer wunderbaren Freundschaft.

Das Aufgebot

Ich habe mit ihr gesprochen, diesmal im Radio. Sie hat mich erkannt. Sie hat dafür gesorgt, daß alle von mir wissen, ohne mich zu kennen. Früher hat mich jeder gekannt, und niemand hat etwas von mir gewußt. Das war ihre Morgengabe. Ha, eher ihre Abendgabe. Ich hab ihr gleich ein Geschenk gemacht. Aber das hat ihr nicht gefallen. Ich muß ihr ein anderes Geschenk machen, ein größeres. Etwas Besonderes. Mein Schneeweißchen hat es sich verdient. Nicht mehr lange, und du wirst meine Braut sein. Mutti, du hättest dich gefreut. Allerdings war ich in der A-Note besser als früher. Keine Patzer. Keine Haare, keine Fasern, kein nichts. Aber in der B-Wertung hat sie total danebengelegen. So, als ob man den Doppelaxel mit einem Toeloop verwechselt! Ich wollte erst böse werden. Aber Mutti, du hast mir ja immer wieder gesagt, daß nicht alle die Gabe haben zu sehen, was direkt vor ihrer Nase ist. Die Gabe hattest du ja leider auch nicht. Vielleicht war mein Geschenk deshalb nicht ganz das richtige. Ich darf nicht böse werden. Das vernebelt die Konzentration. Ohne Konzentration keine Leistung. Ohne Leistung keine Vollendung. Nur Vollendung ergibt die Sechs. Ob die versteinerten Preisrichter jemals überlegt haben, was es für ein Leben bedeutet, nie eine »sex« zu kriegen? Ha, nein. Aber ich. Zu spät. Egal. Meine Braut soll rein mit mir vermählt werden. Weiß und funkelnd wie das Eis, über das ich nicht mehr schwebe. Ich möchte ihr etwas schenken, das sie glücklich macht. Sie soll lächeln. Ihre Stimme lächelt immer. Aber wenn sie mich sieht, sieht sie mich nicht. Schaut durch mich. Aber das ist nur, weil sie nicht weiß, wer ich bin. Ist das nicht verrückt, Mutti? Meine Braut hat mich erkannt, ohne mich zu kennen. Ich bin glücklich, und du, meine Verlobte, wirst es auch sehr bald sein.

Montag, 8. November

»Wenn du den Urlaub in Südtirol gewinnen willst, dann sag mir, gibt es einen Unterschied zwischen Steuern und der Todesstrafe?« Rocky hauchte die Frage mit seiner Barry-White-Stimme so gekonnt, daß sogar Marlene voller Spannung auf die Antwort der Hörerin wartete.

»Komm schon, Hildegard, noch 5 Sekunden, dann muß ich den nächsten Hörer drannehmen. Gib alles, Baby!« Rocky lächelte sein Mikrophon an, als wäre es ein Stück Schokoladentorte von seiner Oma. »Okay, over! Schade, Hildegard, morgen hast du wieder eine Chance, bei uns in der Morgenshow bei *Alpha Plus*, auf 88, 0. Haalloo, wer ist denn jetzt in der Leitung?«

Marlene spielte das vorproduzierte Band vom Vortag ab. Sie hatten es mit Valeries piepsiger Stimme aufgenommen.

»Ja, hier ist die Julia!«

»Julia, kannst du uns sagen, was der Unterschied ist zwischen Steuern und der Todesstrafe?«

»Na ja, die Todesstrafe muß man nur einmal in seinem Leben ertragen«, flötete Valeries Stimme. Vom Band spielte Marlene lautes Gelächter und Buhen dazu und mischte es mit dem Ramp des nächsten Titels.

Rocky lehnte sich in seinem zerschlissenen Lederdrehstuhl zurück. Marlene fragte sich, wie er es angesichts von Lederlisas Drohung geschafft hatte, daß dieses ausladende Teil im Studio bleiben durfte. Marlene stand gern beim Moderieren, sie fand, sie war dann konzentrierter und ihre Stimme wirkte klarer.

Rocky drehte selbstgefällig seinen feuchten Pferdeschwanz zwischen den Fingern. »Das war gut. Ich bin sicher, die meisten haben gelacht. Steuern sind immer ein gutes Thema. Obwohl es ja Moderatorinnen geben soll, die ihre Quote mit Mord machen. Nicht ganz mein Stil.«

»Nein, dein Stil sind Jogginghosen und Tupperdosen.«

»Schlecht geschlafen? Nicht gekommen? Zu strenge Diät?« Rocky begutachtete die nächsten Titel, die gespielt werden sollten.

»Ist mir auch egal, Schwester, solang du nicht anfängst, meine Sendung zum Quotenmachen zu benutzen.«

Marlene nippte an ihrem mittlerweile lauwarmen Kaffee. »Meine Sendung?« Was wollte sie eigentlich hier? Rocky haßte sie, Lederlisa wollte sie feuern, ein Irrer legte Geschenke in ihrer Wohnung ab, und das Schlimmste von allem: ihr Kaffee war nicht heiß. Womit hatte sie das verdient? Das weißt du ganz genau, erinnerte sich Marlene, weil du es so wolltest. Völlig sinnlos diese Lamentiererei. Sie sollte dringend etwas zur Verbesserung des Arbeitsklimas tun. Ihr kam eine Idee. Sie würde es mal ganz anders probieren.

»Rocky, du bist echt ein toller Typ.«

Rocky riß eine winzige Sekunde lang seine Augen auf, bemühte sich dann aber um eine lässige Haltung. »So?«

»Du zeigst mir, warum mein Leben so lebenswert ist.«

»Wenn das ein Witz sein soll, dann versteh' ich die Pointe nicht.«

»Ich versteh' es selbst nicht, aber du bist wirklich wichtig für mich. Mit dir zu arbeiten bringt mich auf ganz neue Gedanken.« Wie zum Beispiel, es mal mit Bewunderung statt mit Konfrontation zu versuchen, fügte sie für sich hinzu. Ein alter Trick, der, so behauptete Maja, jedenfalls bei Männern immer funktionierte.

Mißtrauisch beäugte Rocky sie.

»Ja wirklich, Rocky, ich bin nur hierhergekommen, weil ich so viel von dir gehört hatte. Schließlich hast du schon bei allen wichtigen Sendern gearbeitet. Ich dagegen war bloß bei Radio Sunshine in Heilbronn, wer hätte je von diesem Sender gehört!«

»Ich bin doch nicht total verblödet. Immer wenn Frauen mir nach dem Mund reden, ist was faul! Was willst du von mir? Ist schon jetzt abgelehnt.«

Soviel zu den großartigen Männer-Behandlungsmethoden, die Maja in petto hatte.

»Was genau hast du denn schon von mir gehört?« Da: Rocky hatte, wenn auch mit Verspätung, doch noch angebissen.

»Du warst doch derjenige, der sich in der Drive-Time zwischen 15.00 und 19.00 Uhr beim ›Hitmixradio Berlin‹ vier Stunden eingeschlossen und dann in vier Stunden nur vier Titel gespielt hat.«

»Und zwar: ›September‹ von Earth, Wind and Fire, ›Lets Dance‹ von David Bowie, ›Locomotive Press‹ von Jethro Tull und ›Lady Bump‹ von Penny McLean. Und dann wurde ich gefeuert.«

»Warum hast du das gemacht?«

»Ich war mir sicher, daß die Hörer das lieben würden. Diese ganze Baby-Boomer-Generation ist doch scharf drauf, immer wieder Hits aus ihrer Teeniezeit zu hören. Alle sind endgeil auf die Zielgruppe Kids, aber die machen doch nur den kleinsten Teil der Hörer aus. Außerdem wollte ich zurück nach München. Meine Oma hatte einen Schlaganfall, und die kann immer auf ihren Rocky zählen. Gefeuert zu werden ist immer besser als selbst zu kündigen.«

Nachdenklich sah Marlene Rocky an. Rocky, dieser riesige Unsympath, der Frauen in der Tiefgarage zu Tode erschrecken konnte, hatte also ein Herz für seine Oma.

»Wie war das, fristlos gefeuert zu werden?« Lederlisa hatte schließlich das gleiche mit ihr vor, wenn sie die Polizei einschalten und Lederlisas Anweisungen nicht Folge leisten würde.

»Geil, äh, ich meine, super. Es macht frei, ungefähr so wie ein Lottogewinn. Es ermöglicht einem, dem Chef endlich mal zu sagen, was man wirklich über seine Arbeit denkt.«

Ein Schnalzen, das sich wie ein Peitschenknall anhörte, lenkte Marlenes Aufmerksamkeit zur Studiotür, wo Lederlisa mißbilligend den Kopf schüttelte.

»Ich habe nicht den Eindruck, Rocky, daß Sie überhaupt denken. Und wenn doch, dann möchte ich sicher nicht wissen, was Sie über mich denken.« Lederlisa zeigte angeekelt auf den Drehstuhl. »Ich hatte doch angeordnet, daß dieses Monstrum zu verschwinden hat. Sie kriegen heute noch eine Abmahnung.«

Rocky stampfte zum Mischpult, zog den Kopfhörer auf, richtete sein Mikrophon und mischte seine Stimme sanft mit der Musik. »Eine brandaktuelle Meldung zwischendurch. Auf Grund einer persönlichen Notlage muß ich meinen alteingesessenen Drehstuhl verkaufen. Er war mein bestes Stück und wurde von meinem Arsch zehn Jahre regelmäßig besessen. Er wird nur in gute Hände gegeben. Bitte sofort im Sender unter 88 880 anrufen. Wenn ihr wollt, male ich euch noch ein Autogramm drauf!«

In diesem Augenblick bewunderte Marlene Rocky. Was für eine Idee! Kaum hatte er ausgeredet, liefen die Telefone heiß. Lederlisa ging aus dem Studio, nicht ohne Marlene zu befehlen, nach der Sendung sofort in ihr Büro zu kommen.

Sobald der nächste Musiktitel lief, nutzte Marlene die Chance zu einem Gespräch mit Rocky. »Und wie denkst du über Lederlisa?«

»Daß sie mal wieder so richtig durchgenudelt werden sollte!« Rocky zeigte mit einer obszönen Geste ganz deutlich, was er meinte. Sein Gesicht verzog sich häßlich. »Ich kann warten. Manchmal lange. Aber mit mir kann man nicht so umspringen. Niemand. Und ich lass' mir auch keine mordgeilen Miezen vor die Nase setzen.« Er grinste hinterhältig. »Das ist nichts Persönliches, Marlene. Wirklich nicht. Aber das hier ist mein Job, und den lass' ich mir von einer Klugscheißerin wie dir nicht wegnehmen.«

Schade, beinahe hätte sie angefangen, so etwas wie eine Beziehung zu ihm zu entwickeln.

Rocky nahm den Hörer ab. »Okay, wie heißt du? Erich? Na prima. Bleib dran, wir gehen on air, du kriegst den Stuhl.« Er unterbrach die Musik und kündigte an, daß man nicht mehr anrufen sollte, weil der Gewinner schon feststand. »Hey, Erich, was gibst du mir für den Stuhl?«

»Dein Stuhl ist mir egal. Ich will mit Marlene sprechen. Hab' ihr was Wichtiges zu sagen.«

Marlene erkannte die Stimme erst nach ein paar Sekunden wieder. Instinktiv sah sie sich im Studio um, bis ihr klar wurde, daß der Mann nicht hiersein konnte. Es war nur seine Stimme am Telefon. Hilfesuchend wandte sie sich an Rocky. Aber dessen Gesicht spiegelte nur Abscheu. Jetzt hatte ihm Marlene auch noch seine Stuhlnummer kaputtgemacht. »Die ist nicht da. Ist für kleine Mädchen.«

»Dann sag ihr, daß es mir ernst ist. Ich bin kein Verrückter. Sag ihr, ich hab' die drei Bräute in den Himmel gebracht.

Und frag sie, ob ihr mein Geschenk gefallen hat. Sag ihr, mein nächstes Geschenk wird noch viel größer, denn das wird mein Hochzeitsgeschenk. Und dann wird sie meine Braut. Ich habe ihr noch ein viel schöneres Brautkleid gemacht als der Ratte.« Er legte auf.

Rocky feuerte den Hörer auf die Gabel. »Es ist okay, wenn du so was in deiner Nachtsendung machst, aber nicht in meiner Morning-Show! Ich hab' die Schnauze gründlich voll von dir.« Er wabbelte nach draußen und ließ Marlene zitternd im Studio zurück. Rocky war ein Idiot. Diese Aktion mit dem Stuhl war doch seine Idee, ganz spontan! Wie hätte sie denn da diesen Anruf planen können? Warum glaubten alle, daß sie sich diesen Kerl nur ausgedacht hatte? Machten die anderen denn alles für Quote? Sie riß sich zusammen, kümmerte sich um die Musik und moderierte die restliche halbe Stunde so wortkarg wie möglich. Sie übergab an die Nachrichtenredaktion, in der Klaus heute durch eine schmale, blasse junge Frau mit schwarzen Augenringen vertreten wurde, die gelangweilt in ihren Monitor starrte.

Valerie wartete schon in Marlenes Büro. »Morgen! Ich habe eure Sendung gehört. War das der Mann?«

Marlene nickte, stellte ihre »Hier säuft der Chef«-Kaffeetasse ab und fiel auf ihren Schreibtischstuhl. »Auf eine perverse Art macht der Kerl mir nicht nur angst, sondern er zerstört auch mein Berufsleben. Ich muß endlich etwas tun. Ich werde neue Schlösser in die Türen machen lassen und bei der Post eine Fangschaltung für diesen Stöhner beantragen. Vielleicht sollte ich aber einfach wieder aus München wegziehen.«

»Das ist doch Blödsinn! Laß dich bloß nicht einschüchtern. Wir machen weiter. Sieh es doch mal so, wir haben einen Mörder aus der Reserve gelockt. Und ich bin mir sicher, wir kriegen ihn.«

Dankbar registrierte Marlene das »wir«. »Aber bis jetzt denkt doch jeder, das sei alles nur ein Trick, um bessere Quoten zu machen.«

»Aber wir wissen, daß es nicht so ist. Und das ist die Hauptsache.«

Marlenes Telefon klingelte. Uschi erinnerte sie an ihr Gespräch mit Lederlisa. »Auch das noch.«

Auf dem Weg nach oben erinnerte sie sich an das, was Rocky über seine fristlose Kündigung gesagt hatte.

Sie zuckte zusammen, als der Aufzug unerwartet hielt und die Tür sich in der Tiefgarage öffnete. Dunkel dehnten sich die leeren Parkflächen vor ihr aus. Horrorfilmszenen, in denen Frauen in Parkhäusern abgeschlachtet wurden, überwältigten ihr Gehirn mit abscheulichen Bildern. Wieso war sie überhaupt in der Tiefgarage? Sie war sich ganz sicher, daß sie auf den achten Stock gedrückt hatte, weil ihr die Zahl acht unsympathisch war. Es sei unlogisch, hatte Jeff mit ihr argumentiert, Zahlen an sich könnten nicht sympathisch oder unsympathisch sein. Zahlen seien wie Buchstaben, Vehikel, die nur im Zusammenhang mit anderen Informationen einen Sinn ergäben. Warum hatte ihr Vater dann am 8. 8. Geburtstag, und wieso hatte sie Rao am 8. April – 8 geteilt durch zwei ist vier – 1988 geheiratet? Und Jeff, dachte sie, wie konntest du bloß in eine TWA-Maschine mit der Flugnummer 800 einsteigen?

»Worauf warten wir eigentlich?«

Marlene zuckte zusammen.

»Seit ich in diesen Aufzug gestiegen bin, starren Sie so merkwürdig vor sich hin.«

»Entschuldigung.« Es war das Mädchen aus der Damentoilette. Heute sah sie noch dramatischer aus, als Marlene sie in Erinnerung hatte: Ihre Augen waren schwarz umrandet, wie bei einer sterbenden Stummfilmtragödin. Ihr Mund dagegen glänzte verführerisch dunkelrot wie der von Madonna in »Evita«. Das bauchfreie Top klebte eng an den Schultern, und ihre knallblauen Plateau-Schuhe hätten im Zirkus Krone für eine gefährliche Stelzenakrobatik verwendet werden können.

»Schon okay. Tut mir übrigens leid, wenn ich letztes Mal im Klo grob gewesen sein sollte, aber ich war echt fertig. Welches Stockwerk?«

»Acht.«

»Da will ich auch hin.« Das Mädchen musterte Marlene. »Sie könnten viel besser aussehen.«

»Ja?« Marlene stellte sich vor, wie sie mit dem Make-up des Mädchens aussehen würde, und lächelte.

»Nur weil ich so gestylt bin«, das Mädchen klingelte demonstrativ mit den Glöckchen in ihrem Bauchnabel, »heißt das nicht, daß ich Potential nicht erkenne, wenn ich's sehe! Ich mache nämlich so ein bißchen Typberatung nebenbei.«

»Interessant.« Marlene fragte sich, was das Mädchen bei der Geschäfts- oder Programmleitung zu suchen hatte. War sie eine neue Moderatorin? Vielleicht für die Crazy-Night-Sendung? »Und was würden Sie mir empfehlen?«

»Orange, viel Orange, dann die Augenbrauen ausdünnen, mehr Dekolleté und Sachen mit Taille, nicht solche Säcke, in denen man schwanger aussieht.«

Die Aufzugtüren öffneten sich. Sie gingen zu Uschis Büro. Uschi hob erstaunt den Kopf, als sie das Mädchen sah. »Solveig, ich habe Ihnen doch schon am Telefon gesagt, daß Ihre Mutter heute keine Zeit für Sie hat.«

»Uschi, du bist wirklich nett, was man von Mutter nicht behaupten kann.« Mit diesen Worten ging Solveig an Uschi vorbei ins Büro von Lederlisa.

Marlenes Weltbild erlitt ein paar Risse. Lederlisa hatte ein

Kind? Unglaublich. »Uschi, hab' ich das richtig verstanden? Lederlisa, ähh, ich meine, Frau Lederer hat eine Tochter?«

Uschi lächelte, dann nickte sie langsam. »Ja, aber die beiden verstehen sich nicht besonders. Lisa will nicht, daß Solveig hier aufkreuzt, weil Solveig schon seit vielen Jahren bei ihrem Vater lebt.«

»Hat Leder ... äh, Frau Lederer noch mehr Kinder?«

»Nicht, daß ich wüßte.«

In Lederlisas Büro wurden die Stimmen immer lauter. Solveig wollte, daß sich Lederlisa um etwas kümmern sollte, was Lederlisa glatt ablehnte. »Ich habe in meinem Leben viel zu lange Versager unterstützt. Laß mich in Ruhe. Rede mit deinem Vater. Ich hab' dich nicht gebeten, herzukommen und mein Leben durcheinanderzubringen!« Ein lautes Scheppern unterbrach Lederlisas Worte. »Scher dich raus, ich will dich hier nicht mehr sehen. Wenn du noch mal kommst, lass' ich den Wachdienst rufen.«

»Aber ich bin deine Tochter!«

»Das ist mir egal.«

Lederlisas Bürotür wurde aufgerissen, und Solveig stürmte hinaus. Gar nicht mehr die bleiche Stummfilmheldin, sondern voller hektischer, roter Flecken im Gesicht und am Hals. Lederlisa brüllte durch die Tür.

»Uschi!«

Uschi wandte sich beschwichtigend zu Marlene. »Warten Sie noch einen Moment. Sie meint das alles nicht so. Sie kann nichts dafür.«

Ja, ja, dachte Marlene, so wie betrunkene Männer ihre Frauen schlagen und »nichts dafür können«.

Sie wartete fast zwanzig Minuten. Anfänglich drangen noch erregte Stimmen aus Lederlisas Büro, dann verebbte alles in sanftem Murmeln.

Gerade als Marlene sich entschlossen hatte zu gehen, kam

Uschi zurück und hielt ihr die Tür auf. Lederlisa sah kaum besser aus als ihre Tochter. Ihr strenges Turniertanz-Make-up war schuppig. Ihre Augen glasig, als ob sie geweint hätte. Gehemmt betrat Marlene den Raum. »Vielleicht verschieben wir unser Gespräch lieber auf später?«

»Auf keinen Fall, jetzt bin ich genau in der richtigen Verfassung. Also, haben Sie über meinen Vorschlag vom Samstag nachgedacht?«

»Meine Antwort ist nein. Nachdem dieser Mensch heute schon wieder angerufen hat, bin ich mir sicher, daß die Polizei sich damit beschäftigen muß.«

Lederlisas Telefon klingelte. »Uschi, ich wollte doch nicht gestört werden. Was? Na gut! Für Sie, angeblich dringend!« Lederlisa reichte Marlene den Hörer. »Popp?«

Es war Herr Reimann, ihr Hausmeister. »Sie, Frau Popp, vor Ihrer Haustür treibt sich so ein merkwürdiger Typ herum. Soll ich den wegjagen?«

Marlenes Gedanken rasten. Das war er bestimmt ihr Peiniger. »Nein, ich komme sofort. Beobachten Sie den Kerl einfach weiter. Und vielen Dank, daß Sie angerufen haben!«

Sie sprang auf. »Wir müssen später noch einmal reden. Tut mir leid.« Sie rannte an Uschi vorbei in den Aufzug und fuhr nach unten in die Tiefgarage. Sie rannte zu ihrem Auto. »Mist! Ich bin aber auch blöd!« Marlene hatte nicht nur den Autoschlüssel vergessen, sondern auch ihre Handtasche und ihr Handy. Sie rannte zurück in ihr Büro. Rocky und Valerie unterhielten sich, schon wieder in ihrem Büro, über eine neue Comedyfigur, die Rocky in die Morgensendung einführen wollte. Rocky betrachtete sehr angestrengt die Zimmerdecke, als Marlene den Raum betrat. Valerie sprang auf und ging auf Marlene zu. »Was ist denn los, du bist ja ganz außer Atem?«

»Ich glaube, jetzt kriegen wir den Kerl.«

Valerie schaltete sofort. »Wo ist er denn?«

»Ich will nicht soviel Zeit mit Reden verplempern, ich muß sofort in meine Wohnung, bevor er es sich wieder anders überlegt.«

Valerie zwang Marlene zum Stehenbleiben und legte ihr die Hand auf den Arm. »Willst du da ganz alleine hinfahren? Oder hast du die Polizei verständigt?«

Marlene packte Valeries Hand und schob sie weg. »Laß das. Nein, hab' ich nicht.«

»Was ist, wenn das eine miese Falle ist, nur um dich nach Hause zu locken?«

»Wenn ich noch länger hier herumstehe, wird er sicher schon wegsein, bevor ich komme.«

»Dann begleite ich dich.«

»Auf keinen Fall!«

Rocky, der sich gänzlich überflüssig vorkam, sah sich jetzt doch genötigt, einen säuerlichen Kommentar abzugeben. »Sagt mal, Mädels, spielen wir hier ›Das Schweigen der Lämmer, dritter Akt?«

Marlene trippelte von einem Fuß auf den anderen. »Ihr macht mich wahnsinnig. Aber Valerie, du hast recht, ich sollte jemanden anrufen. Das mach' ich vom Auto aus.« Sie nahm ihre Tasche und das Handy. Leider hatte sie die Tasche nicht richtig zugemacht, so daß der gesamte Inhalt auf den Boden kullerte.

Valerie half ihr beim Einsammeln. »Du solltest nicht Auto fahren, du bist total durcheinander. Komm, ich fahr' dich heim. Dann kannst du während der Fahrt telefonieren.« Valerie griff sich die Autoschlüssel. »Wer schneller im Auto ist, hat gewonnen!« Dann spurtete sie los. Marlene hatte keine Chance, sie einzuholen. Als sie völlig außer Atem in ihr Auto stieg, hatte Valerie längst den Motor angelassen. Marlene erschreckte der Gedanke, daß sie im Ernstfall nicht mal weglaufen könnte. Sie nahm sich vor, unbedingt etwas für ihre Fitneß zu tun.

Sie rief Simon an und erzählte ihm, was passiert war. Er versprach, sie vor ihrem Haus zu treffen.

Valerie fuhr mit Marlenes Auto genauso halsbrecherisch wie mit ihrem eigenen. »Wußte nicht, daß ein VW Golf so schnell fahren kann. Wieviel PS hat denn die Karre?«

»Keine Ahnung.« Marlene war viel zu angespannt für eine Unterhaltung. Valerie, die es nicht mochte, wenn zu lange geschwiegen wurde, schaltete den Kassettenrekorder an. Die ersten Noten von »I love your smile« erklangen. Marlene reagierte zu spät. Bevor sie den Kassettenrekorder ausschalten konnte, hörte Valerie das häßliche Stöhnen und Keuchen. Marlene kurbelte das Fenster runter und warf die Kassette im hohen Bogen aus dem Fenster. Valerie fuhr langsamer. »Das ist... widerwärtig.«

»Ich weiß, daß es verboten ist, Sachen aus dem Fenster zu werfen.«

»Ich rede nicht von der Kassette. Wer tut dir so etwas an?«

»Ich weiß es nicht.« Marlene entschloß sich, Valerie auch von den anderen »Geschenken« zu erzählen. Valerie sagte nichts, aber Marlene sah, daß Valeries Knöchel weiß wurden, als sie das Lenkrad fester umklammerte. Schließlich sah Valerie auf. »Und du glaubst, daß der Mann, der dir diese Präsente in der Wohnung hinterläßt, identisch ist mit dem Mann, der dich anruft, und daß dieser Mann der Mörder von den drei Frauen ist?«

Die Ungläubigkeit in Valeries Stimme traf Marlene völlig unerwartet. Sie fühlte sich einsamer denn je.

»Es klingt völlig idiotisch, aber es wäre doch noch unwahrscheinlicher, wenn es drei verschiedene Männer wären, oder nicht?«

»Und was, glaubst du, wer ist der Mann vor deiner Wohnung?«

»Na der, den wir suchen.«

»Aber Marlene, wenn der Mann schon zweimal in deine Wohnung eingedrungen ist, ohne daß ihn jemand dabei gesehen hat, glaubst du, daß er jetzt plötzlich so unvorsichtig wird und sich erwischen läßt?«

»Vielleicht ist ihm der Erfolg zu Kopf gestiegen?«

»Nein. Das paßt alles nicht zusammen.«

»Wir sind da.«

Sie parkten das Auto nicht direkt vor dem Haus, sondern um die Ecke, wo schon Simons Auto stand. Als sie zum Eingang kamen, sahen sie Simon mit dem Hausmeister und Petra Klein. Marlenes Hals wurde eng. Warum hatte Simon diese Polizistin mitgebracht? Schlief er mit ihr, oder war er sadistisch veranlagt? Er hatte doch gesehen, wie die Hauptkommissarin mit ihr umgegangen war. Doch sie beherrschte sich.

»Hallo, Frau Popp. Also, der Kerl schleicht seit einer halben Stunde hier auf dem Gelände rum. Er ist mir sofort aufgefallen, weil hier sowenig Ausländer wohnen.«

In Marlenes Kopf klingelten alle Alarmglocken. Sie war sicher, daß der Mann, den sie suchten, kein Ausländer war. Seine Stimme am Telefon war absolut akzentfrei gewesen.

»Und dann hab' ich ihn beobachtet, wie er versucht hat, Ihre Wohnungstür aufzukriegen. Aber wir haben hier supersichere Schlösser.«

Petra zog ihren linken Mundwinkel hoch und lächelte auf den kleinen Mann herab. »Sie als Hausmeister müßten doch eigentlich wissen, daß es keine *›sicheren Schlösser‹* gibt. Jedes Schloß kann prinzipiell geknackt werden, nur machen sich die meisten Einbrecher gar nicht die Mühe, ein Schloß zu knacken, wenn die Tür mit bloßer Gewalt schneller aufgeht.«

Herr Reimann sah Petra mit großen Augen an. Dazu mußte er seinen kahlen Kopf ziemlich weit zurücklegen.

Marlene hatte keine Lust, noch länger herumzustehen. Sie wollte jetzt endlich sehen, wer sich an ihrer Wohnungstür zu schaffen machte. Simon und Valerie nahmen den Aufzug, ganz nach oben, um von dort auf Zehenspitzen die Treppe runter zu gehen. Petra, Marlene und der Hausmeister schlichen vorsichtig die Treppe hoch. Tatsächlich, jemand stocherte in ihrem Türschloß herum.

Als Marlene um die Ecke kam und die kleine, zarte, dunkelhäutige Gestalt mit dem schwarzbraunen halblangen Haar erkannte, wurde ihr heiß vor Scham. Es war Rao, ihr Exmann. Shankar Venkata Lakshminarayana Rao, wie sein korrekter Name lautete. Petra sprach ihn an, bevor Marlene etwas sagen konnte. »Was machen Sie da?«

Rao drehte sich um. »Ich, I lost my key.« Dann erkannte er Marlene. Er ging auf sie zu und wollte sie umarmen. Marlene blieb stocksteif stehen und wehrte seine Annäherung ab. Ihre Scham verwandelte sich ganz schnell in Wut. »Rao, was machst du hier? Ich dachte, du lebst in Frankfurt?«

Simon und Valerie sahen erstaunt vom einen zum anderen. »Ihr kennt euch?«

»Marlene meine Frau ist.« Sein Gestammel machte Marlene noch wütender. Immer, wenn Rao sich in einer unangenehmen Situation befand, tat er so, als könne er kein Deutsch, dabei sprach er fast akzentfrei. Das Radebrechen gab ihm die nötige Zeit nachzudenken. Was für eine Unverschämtheit zu behaupten, sie wären noch verheiratet! Wie hatte sie nur damals so eine Idiotin sein können.

»Ihr seid verheiratet?« Simon drehte sich zu Marlene um, die heftig den Kopf schüttelte. »Rao ist mein *Ex*mann. Rao, wir haben nichts mehr miteinander zu tun. Und ich habe dir viel Geld gegeben, damit du mich in Ruhe läßt.«

Herr Reimann räusperte sich. »Dann hat also alles seine Ordnung. Ich habe noch genug zu tun, schönen Tag noch, Frau Popp.«

»Nein, auf keinen Fall, nichts ist in Ordnung. Herr Reimann, ich möchte, daß die Schlösser an meinen Türen ausgewechselt werden, so bald wie möglich.«

»Das ist schwierig, wir haben hier im Haus eine Schließanlage, das geht nicht so schnell.«

Petra mischte sich ein. »Ich bin sicher, Herr Reimann, daß so ein aufmerksamer Hausmeister wie Sie einen Weg findet, das so schnell wie möglich zu erledigen.«

»Ganz wie Sie meinen, Frau Hauptkommissarin.« Herr Reimann drehte sich um und verschwand im Treppenhaus.

Marlene holte ihren Schlüssel aus der Tasche. »Darf ich euch alle wenigstens auf einen Kaffee einladen, nach den unnötigen Aufregungen?«

»Klar, und Schnaps und Zigaretten auch.« Rao strahlte Valerie an, dabei leuchteten seine blendend weißen Zähne. Verzweifelt dachte Marlene darüber nach, wie sie Rao möglichst schnell wieder loswerden könnte, ohne allzu grausam zu wirken. Gleichzeitig bemerkte sie, wie gut das Zitronenparfüm von Valerie mit dem herben Sandelholzgeruch von Rao zusammenzupassen schien. Sie mußte Valerie unbedingt warnen. Rao hatte den exotischen Charme eines Paradiesvogels und die Moral einer Ratte. Marlene verstand selbst nicht mehr, warum sie ihn geheiratet hatte. Zuerst hatte sie dem Tamilen einfach nur helfen wollen mit einer Heirat, doch dann hatte sie sich in ihn verliebt. Und, wenn sie heute darüber nachdachte, dann hatte sich die Verliebtheit immer mehr gesteigert, je mehr ihre Eltern Rao abgelehnt hatten. War sie wirklich so einfach strukturiert? Oder waren alle Spätpubertierenden so? Maja, die Schwarzseherin, hatte mit Rao leider recht behalten. Maja mochte Rao zwar von Anfang an, weil er keinen Hehl daraus machte, was er vom Leben wollte: »Fun«. So wie Maja sich von ihrem Leben Macht erhoffte. Doch hatte Maja im Gegensatz zu Marlene klar erkannt, daß Rao für Marlene wie Nervengift war. Rao blutete Marlene eine Zeitlang aus, dann suchte er sich einen neuen Freundeskreis und wechselte seine Freundinnen so lange, bis Marlene der Kragen platzte. Aber Marlene war immer noch so anständig zu warten, bis die Dreijahresfrist ablief, damit er seine deutsche Staatsangehörigkeit behalten konnte. Und das hatte sie jetzt davon. Rao hatte sie total lächerlich gemacht. Was dachte Simon jetzt über sie? Und was eine Polizistin davon hielt, wenn man mit einem Mann verheiratet war, der nicht davor zurückschreckte, Türen zu knacken, das konnte sich Marlene lebhaft vorstellen. Am liebsten hätte sie Rao gleich rausgeworfen. Aber sie kochte Kaffee, bat Valerie, in der Bäckerei ein paar Stücke Kuchen zu kaufen, und deckte den Tisch. Rao bot Valerie an, sie zu begleiten. Die beiden verließen die Wohnung. Als die Tür hinter ihnen ins Schloß fiel, wünschte Marlene sich, daß auch Petra und Simon gehen würden. Zu ihrer Überraschung fragte Petra sie nach dem Anrufer heute morgen.

»Warum haben Sie unsere Sendung gehört?«

»Ich war neugierig, wie Sie als Moderatorin sind. Ich hatte erwartet, daß Sie schlecht sind.«

»Warum?«

»Ich dachte, daß diese Sendung aus grauenvollen Kalauern und Uralt-Stammtisch-Witzen besteht. Aber ich muß zugeben, das war ein Vorurteil. Besonders gut gefallen hat mir Ihre Kolumne von Daisy Tausendschön.«

»Du wurdest also bitterlich enttäuscht«, stellte Simon fest.

»Ja. Aber ich bin froh, daß ich drangeblieben bin, denn so hab ich den geheimnisvollen Anrufer gehört.«

»Und wie denken Sie darüber?«

Petra zog den schweren, roten Zopf über die Schulter nach vorne und knetete ihn nachdenklich. »Er war mir unheimlich.«

»Und mir erst. Ich glaube, er will mir etwas über Bräute sagen. Er hat schon beim ersten Mal dieses Wort benutzt. Die Ratte war auch wie eine Braut angezogen. Könnten Rosemarie, Sybille und Tanja Bräute gewesen sein?«

»Davon weiß ich nichts. Aber ich werde veranlassen, daß die Kollegen, die die anderen Fälle bearbeitet haben, sich mit mir treffen, und wir werden jede Gemeinsamkeit überprüfen.«

»Was ist mit dem Ferienclub?«

»Das werden wir uns auch genauer anschauen. Rosemarie hat im Fiesta-Club vom Oktober 96 bis Oktober 97 gearbeitet. Sybille hat dort im März 98 ihren Verlobten kennengelernt, und Tanja war im Januar 99 mit ihren Eltern dort. Wir suchen jemanden, der dort in diesem Zeitraum gearbeitet hat. Bis jetzt haben wir noch niemanden gefunden, der in allen drei Zeiträumen im Club war.«

»Das ist wunderbar. Endlich passiert das, worauf ich gehofft hatte. Damit bekommen die Opfer ihre Würde zurück.«

»Ein Opfer hat keine Würde mehr, die hat der Mörder für immer zerstört.«

Damit hatte Petra recht. Marlene war überrascht, wieviel besser sie heute mit Petra reden konnte als am Samstag.

»Dann kann ich meiner Chefin sagen, daß Sie sich doch für den Fall interessieren?«

»Momentan sind es für uns noch drei Fälle. Aber ungelöste Fälle. Deshalb dürfen wir keinen Hinweis außer acht lassen, selbst dann, wenn er nicht von Mitarbeitern unseres Vereins kommt.« Petra lächelte ein bißchen.

»Und wie soll ich mich verhalten? Ich will keine ›Geschenke‹ mehr in meiner Wohnung. Am liebsten würde ich umziehen. Aber ich bin ja gerade erst hier eingezogen.«

»Haben Sie denn keine Freundin in München, bei der Sie sich vorübergehend einquartieren könnten?«

»Doch, aber die ... hat keinen Platz.«

Petra schob ihren Zopf wieder nach hinten und stand auf. »Falls dieser Anrufer wirklich ein Serientäter sein sollte, wäre es nicht schlecht, wenn Sie wieder mit ihm sprechen würden. Dazu muß er anrufen. Glauben Sie, man könnte es provozieren, daß der Mann noch einmal anruft?«

Simon mischte sich ein. »Aber Marlene hat doch schon genug Ärger gehabt.«

»Nein, das ist schon in Ordnung, meine Chefin findet es bestimmt toll, so was zu machen. Das bringt Quote.«

»Gut, dann werde ich eine Fangschaltung für Ihren Sender veranlassen. Die nächsten Tage bin ich nicht da, ich muß zu einer Fortbildung, aber mein Assis ... Kollege, Herr Lagerfeldt, wird sich darum kümmern.«

Es klingelte an der Tür, Valerie und Rao hatten Kuchen für eine Fußballmannschaft gekauft. Petra verabschiedete sich.

»Nach dem Kaffee möchte ich, daß du gehst, Rao.«

»Ich dachte, ich könnte hier wohnen?«

»Auf gar keinen Fall!«

Valerie und Simon sahen sich an. »Aber es wäre doch ganz gut, wenn du hier nicht so allein wärst, meinst du nicht?«

Entschieden wehrte Marlene ab. »Nein heißt in diesem Fall ganz klar nein. Und Rao, ich habe auch kein Geld zum Verleihen. Falls du mich das noch fragen wolltest.«

»Du hast dich sehr verändert.« Rao schob beleidigt seinen Teller weg und bohrte mit der Gabel Löcher in den Kuchen. »Früher hättest du mich nicht vor anderen so bloßgestellt, das ist entwürdigend.«

»Hast du nach meiner Würde gefragt, als du versucht hast, mein Wohnungsschloß zu knacken?« Marlene ärgerte sich darüber, daß sie sich schuldig fühlte. Sie sollte lieber an alles denken, was Rao in ihrer Ehe angestellt hatte. Wie oft hatte sie andere Frauen in ihrem Bett vorgefunden, alles arme Verwandte, ganz harmlos, die nur eine Bleibe suchten. Wie oft hatte sie Spielschulden zurückgezahlt, damit Rao nicht von irgendwelchen Kerlen zusammengeschlagen wurde. Und trotzdem! Er schaffte es immer wieder, sie anzulächeln, den Mund leicht entrüstet offenstehen zu lassen und ihr das Gefühl zu geben, daß nur sie sein Glück voll in der Hand hätte. Aber das war falsch. Marlene, denk daran, er ist ein großartiger Schauspieler und nimmt dich letztlich wirklich nur aus. Atme tief durch, und bleibe stark, erinnerte sie sich selbst.

»Ich geh' am besten gleich.« Rao sah unendlich gekränkt aus.

»Warten Sie, ich komme mit.« Valerie stand auf und folgte Rao. »Dann kann ich Ihnen zeigen, wo die U-Bahn ist.«

Rao strahlte Valerie mit seinem besten »Endlich eine Frau, die mich versteht«-Lächeln an, vergewisserte sich, ob Marlene das auch mitbekommen hatte, warf sich seinen dunkelbraunen Wollumhang über und ging. Marlene preßte ihren Rücken an die Innenseite der Haustür, wie um ganz sicher zu gehen, daß Rao auch wirklich draußen war. Sie merkte erst jetzt, wie angespannt sie die ganze Zeit gewesen war. Sie hob ihre Schultern und versuchte, sie durch kleine Kreise ein wenig zu lockern.

»Hoffentlich läßt er Valerie in Ruhe.«

»Das ist nicht dein Problem. Valerie ist alt genug«, bemerkte Simon trocken.

»Ja, aber ... «

»Ganz schlecht: ja aber. Mußt du wieder ins Büro zurück?«

»Eigentlich schon.«

»Ganz schlecht: eigentlich schon! Was soll das heißen: ja oder nein?«

»Reden alle Anwälte so, oder ist das nur bei dir so?«

»Das kann ich nicht beurteilen. Also, wie sieht es aus?«

»Warum fragst du?«

Simon stöhnte auf. »Das ist ja schlimmer als bei Gericht. Frage wird mit Gegenfrage beantwortet, Antworten werden betont vage gehalten. Frau Popp, im Klartext: Haben Sie Lust, mit mir den Rest des Tages zu verbringen? Bitte um eindeutige Antwort!«

»Du machst es mir schwer, nicht schon wieder mit ›ja, aber‹ zu antworten. Also, ja, ich würde gern mit dir den Tag verbringen, aber ich muß noch für meine Frühsendung etwas vorbereiten. Außerdem bin ich mitten aus einem Gespräch mit meiner Chefin weggerannt.«

Simon kam einen Schritt näher zu Marlene, die immer noch an der Haustür lehnte. Er stützte seine Hände rechts und links neben ihrem Kopf ab, bis sein Gesicht ganz dicht vor Marlenes Gesicht war. Jetzt erkannte Marlene, daß seine Augen nicht ganz dunkelbraun waren, sondern winzige grüne Einsprengsel hatten. Um die Pupille hatte er einen kleinen gelben Ring, der wie eine Sonne seine Strahlen in die braune Iris aussendete. Er war ganz schön nah. Kurz fragte sie sich, wie sie wohl für ihn aussehen würde. Doch bevor sie eine Antwort finden konnte, lagen Simons angenehm warme und trockene Lippen auf ihren. Sie zuckte zurück.

Das war im Moment nicht das, was sie wollte. Oder wollte sie doch? Sie war durcheinander. Er zog sich sofort zurück, als er ihren leichten Widerwillen bemerkte. »Was hast du?«

»Wenn ich das wüßte. Es ist nicht, daß ich dich nicht mag. Aber ...«

Simons Augenbrauen zogen sich zusammen, so daß sich eine steile Falte über der Nase bildete. »Du hast heute deinen Aber-Tag. Aber«, er grinste wieder, »um ehrlich zu sein, kann ich das sogar nachvollziehen. Du mußt erst mal Ordnung in dein Leben bringen, bevor du den Frosch küssen kannst.« Er verlagerte das Gewicht zurück von der Tür und umarmte Marlene.

»Frösche küsse ich prinzipiell nie, die sind mir zu schleimig! Ich ziehe Märchenprinzen vor.«

»In deinem Alter solltest du aber wissen, daß es keine Märchenprinzen gibt!«

»Ich bin schon so alt, daß ich wieder an Märchenprinzen glaube!« Marlene löste sich aus der freundschaftlichen Umarmung, trat einen Schritt zurück und sah Simon in die Augen. »Ich sag' es ungern, weil es so ein Satz ist, der in jeder Seifenoper viermal auftaucht, aber – du mußt ein wenig Geduld mit mir haben.«

»Und was ist in einer Seifenoper die richtige Antwort auf diesen Satz?«

Marlene kicherte »O Baby! Ich werde immer für dich dasein!«

Simon straffte sich und wiederholte mit tiefer Baßstimme: »O Baby, ich werde immer für dich dasein.«

Lautes herrisches Klopfen an der Wohnungstür erschreckte Marlene.

»Ich kenne nur eine einzige Person, die so penetrant sein kann, und die kennst du auch!«

Marlene öffnete die Tür. »Maja! Was ist denn los?«

Maja schlängelte sich elegant in ihrem maigrünen Panné-samt-Kostüm an Marlene und Simon vorbei in die Wohnung. »Hier steckt ihr also. Ich hab' beim Sender angerufen, da hieß es, du seist nach einem geheimnisvollen Anruf verschwunden. Da hab' ich mir Sorgen gemacht. Hat dich übrigens Rao gefunden? Ich hab' ihm deine Adresse gegeben, weil er mir gesagt hat, er müßte dich wirklich ganz dringend sprechen.«

»Das war wirklich geradezu außerordentlich nett von dir. Warum hast du mir das angetan? Du bist doch diejenige, die mir immer wieder sagt, daß ich zu gutmütig bin, bla, bla, bla, und dann gibst du dieser Ratte meine Adresse! Warum?«

Marlene bemerkte trotz ihres Zorns, daß Simons Blicke über Majas nicht zu übersehende Kurven glitten. Maja sah leider wie immer großartig aus. Zu dem Kostüm passend hatte sie eine Art Käppi auf ihrer Mähne. Aber die Haare sahen gar nicht golden aus, sondern wie flüssiges Fritierfett, stellte Marlene hämisch für sich fest, und das grüne Käppi schwamm darauf wie Lauchringe. Erschrocken über ihre bösartigen Gedanken versuchte Marlene, etwas Nettes zu sagen, und haßte sich gleichzeitig für diese Unterwürfigkeit. Doch Maja kam ihr zuvor.

»Was ist denn los? Hab ich was Falsches gesagt? Bei einem Schäferstündchen gestört?«

War Maja eigentlich immer so taktlos, oder war sie heute besonders empfindlich? Marlene hätte Maja am liebsten irgendwas ins Gesicht geschleudert, aber sie beherrschte sich. Maja war schließlich ihre beste Freundin. Aber, so flüsterte ein kleiner Widersacher ganz tief unten im hintersten Winkel ihrer Seele, bist du dir da wirklich so sicher?

Simon, dem Marlenes Wortlosigkeit auffiel, erklärte kurz, was vorgefallen war. Das brachte Maja so zum Lachen, daß ihr die Tränen das Augenmakeup völlig ruinierten. Marlene kam sich sehr böse vor, aber sie wünschte sich, der Grund für Majas Tränen hätte eine richtig gemeine Ursache. »Was ist daran so komisch?«

»Ich stell' mir vor, wie Rao ausgesehen haben muß. Rao, ganz der Unschuldsengel, läßt sich von so vielen Leuten dabei erwischen, wie er eine Wohnung knackt.«

»Ha, ha, was haben wir gelacht.« Marlene reichte es jetzt. »Du hast ihm schließlich meine Adresse gegeben, über die Auskunft hätte er sie nicht gekriegt.«

Maja ignorierte Marlene und versuchte, mit einem Taschentuch die farbigen Rinnsale auf ihrem Gesicht wieder zu entfernen. »Simon, gut, daß du da bist, ich muß mit dir noch mal über die tote Polizistin reden. Hast du Zeit?«

Simon sah fragend zu Marlene, die den Kopf schüttelte. »Ich muß noch mal in den Sender.«

»Gut, dann hab' ich Zeit. Paß auf dich auf, Marlene! Maja, komm, gehen wir doch gleich.«

Marlene schloß die Tür hinter den beiden und holte tief Luft. Sie wurde momentan nicht mehr schlau aus ihren Gefühlen. Wenn Simon nicht da war, träumte sie davon, daß sie sich näherkamen. War er da, war es ihr zuviel. Und wenn er mit Maja wegging, war sie eifersüchtig. Überhaupt, was sollten diese miesen Gedanken über Maja? Und jetzt zurück ins Büro, nur um sich mit Rocky zu streiten.

Als sie die Haustür absperrte, fragte sie sich, wie lange es dauern würde, bis sie ein neues Türschloß bekäme.

»Ein schöner Tag heute, nicht?«

Marlene drehte sich um. »Nein, überhaupt nicht.« Dr. Juri ging ihr auf die Nerven. Es kam ihr so vor, als würde Dr. Juri immer dann auftauchen, wenn sie nichts als ihre Ruhe wollte. Dr. Juris Augen sahen sie traurig an. »Oh, das tut mir leid, wirklich.«

Und schon fühlte sich Marlene noch schlechter. Sie erinnerte sich daran, daß Dr. Juri ihr beim Kistenschleppen geholfen hatte. Außerdem hatte er die Ratte entsorgt, und zum Dank dafür war sie unfreundlich. Wieso war er überhaupt um diese Uhrzeit schon zu Hause? Was war Dr. Juri eigentlich für ein Doktor? Sie nahm sich vor, ein wenig mehr über ihren Nachbarn in Erfahrung zu bringen. »Dr. Juri, jetzt hab' ich keine Zeit, aber vielleicht trinken wir heute abend etwas zusammen?«

Dr. Juri war hocherfreut. Seine lange, schlaksige Gestalt geriet in Bewegung, als er in die Hände klatschte. »Das ist schön. An welche Uhrzeit hatten Sie gedacht?«

Marlene zuckte mit den Achseln. »Wenn es Ihnen nichts ausmacht, melde ich mich bei Ihnen, wenn ich zurückkomme.«

»Das ist wunderbar, ich werde ab etwa 20 Uhr zu Hause sein.«

Im Sender war die Mittagsschicht inzwischen vollständig eingetrudelt. Marlene atmete die Luft der verschiedenen Abteilungen ein und wunderte sich, wieso es trotz der Klimaanlage möglich war, daß die Räume so unterschiedlich rochen. Sie genoß das vertraute Geklapper der Tastaturen und das gedämpfte Stimmengewirr. Sie kam sich vor wie ein schreiendes Baby, das sich angesichts der Stimme seiner Mutter wieder beruhigt. Fehlt bloß noch, daß ich zufrieden gluckse, dachte Marlene. Sie lächelte, als sie ihr Büro betrat.

Auf ihrem Schreibtisch lagen eine Menge Nachrichten für sie. Mehrere von Lederlisa, die dringend mit ihr reden wollte, eine Interview-Anfrage von einer Zeitung, eine Nachricht von ihrem Vater und ein Anruf von Maja, der sich ja mittlerweile erledigt hatte. Seufzend machte sie sich auf den Weg zu Lederlisa. In Uschis Büro wurde sie aber aufgehalten. »Klaus ist gerade noch drin. Willst du einen grünen Tee?«

Marlene mochte keinen Tee, hatte aber noch nie grünen Tee probiert. Außerdem wollte sie gern ein bißchen mit Uschi plaudern. Uschi verschwand in der Teeküche auf dem Gang, um den Tee zu holen. Marlene betrachtete die Photos auf Uschis Schreibtisch, die ihr vorher noch nie aufgefallen waren. An den Kleidern sah Marlene, daß die Bilder schon mindestens 15 Jahre alt sein mußten. Uschi war vor ihrem Unfall eine schöne Frau gewesen. Ein Bild zeigte sie mit einer anderen Frau, lachend an einem Kiesstrand. Marlene sah genauer hin. Die andere Frau war Lederlisa.

»Ja, das ist schon lange her.«

Marlene zuckte zusammen und stellte das Bild wieder hin. Uschi war hereingekommen.

»Entschuldigung.«

»Aber das ist doch kein Problem, das Photo steht ja auf dem Schreibtisch und ist öffentlich. Ja, das ist Lisa, damals waren wir beide noch verheiratet, das heißt, unsere Männer waren mal befreundet. Aber bei dem Unfall sind mein Mann und mein Sohn gestorben. Ihr Mann hat es überlebt.«

»Dein Fehlen ist mein Schmerz«, flüsterte Marlene leise.

Uschi sah Marlene irritiert an. »Das drückt es sehr gut aus.«

Marlene fuhr fort, »ich erhebe die Klage, ich zähle die Tage... das ist ein Lied von Xavier Naidoo, es geht eigentlich nicht um den Verlust von dem, den man liebt, aber mir gefällt es trotzdem. Jeff, mein Mann – also wir waren nicht verheiratet, aber wir wären es heute sicher – ist bei einem Flugzeugabsturz ums Leben gekommen. Das ist jetzt drei Jahre her, und manchmal fühlt es sich an, als wäre es erst gestern passiert.«

Uschi goß Marlene Tee ein. »Honig?«

Marlene verneinte, nahm die Tasse und trank einen Schluck. »Ich habe mir oft gewünscht, ich hätte auch in dem Flugzeug gesessen.«

Uschi schüttelte den Kopf, wobei Marlene ihre Narbe sehr gut sehen konnte. »Nein, ich nicht. Obwohl, ja, ganz zu Anfang, da habe ich gewünscht, es hätte mich getroffen statt Julian. Jetzt denke ich, daß alles so seinen Sinn hat.«

Marlene haßte den Gedanken, daß der Unfall von Jeff einen Sinn gehabt haben sollte. Was für ein Sinn hätte das sein sollen? Sie zu bestrafen? Jeff zu bestrafen? Jeffs Familie leiden zu lassen? Der grüne Tee schmeckte ihr bitter und ein wenig seifig. Sie brachte keinen Ton heraus.

Uschi lächelte Marlene an. »Das klingt für dich wahrscheinlich blödsinnig. Ich fühle das ganz genau. Aber für mich war das der einzige Weg. Ich konnte nicht mit so viel Zorn leben. Irgendwann wirst du vielleicht auch ruhiger werden.«

Bevor Marlene darauf antworten mußte, wurde Lederlisas Tür aufgerissen, und Klaus kam mit hochrotem Kopf herausgestürmt. »Diese miese, verlogene ...«, brüllte er. Als er Marlene und Uschi bemerkte, wurde er noch lauter. »Am liebsten würde ich ihr den Hals umdrehen, und zwar dreimal!«

»Du bist verärgert, da sagt man leicht Sachen, die man später nicht zurücknehmen kann.« Uschi bot ihm auch einen Tee an.

»Nee, ich werde so schnell ich kann diese Umgebung hier verlassen und wohin gehen, wo ich wieder saubere Luft atmen kann. Entschuldigt mich bitte!«

»Uschi! Wo bleibt eigentlich diese Popp?« Scharf peitschte Lederlisas Stimme aus ihrem Büro. Uschi blieb ruhig und meldete Lederlisa, daß »diese Popp« jetzt da sei.

»Dann nichts wie rein mit ihr.«

»Jetzt bleiben Sie hier, und egal, was für Anrufe kommen, unser Gespräch wird zu Ende geführt, klar?« Lederlisa richtete sich hinter ihrem Schreibtisch auf und versuchte, wie ein Dompteur in Marlenes Augen zu starren. Aber Marlene starrte ihrerseits auch. Allerdings genau zehn Zentimeter über Lederlisas Scheitel. Ein alter Trick, den ihr die Kinder ihrer Au-pair-Familie in Amerika beigebracht hatten. Es hatte sie am Anfang verrückt gemacht, daß die Kinder sie nie direkt ansahen. Aber als sie dann Freunde waren, hatten die Kinder ihr verraten, daß dieser Blick die beste Methode war, unangenehme Strafpredigten auszuhalten.

»Frau Lederer, ich hatte ein sehr interessantes Gespräch mit der Polizei.«

»Die interessieren sich nicht dafür!«

»Doch, im Gegenteil, sie hätten es gern, daß wir den Anrufer noch ein bißchen mehr provozieren, damit er wieder anruft.«

»Das ist eine geniale Idee. Und die soll von *unserer* Polizei kommen?«

»Ja. Gleichzeitig wird eine Fangschaltung gelegt, und dann kriegen sie den Mann.«

»Kein Problem. Aber seit wann jagt die Polizei Phantome?«

Marlene stöhnte innerlich. »Es gibt diesen Anrufer wirklich. Er ist kein Werbetrick.«

»Egal. Na, dann ärgern Sie den Typ mal ordentlich, gleich morgen früh!« Lederlisa öffnete mit einem Ruck die oberste Schreibtischschublade und fischte einen zerquetschten Müsliriegel heraus. Sie riß das Papier auf und aß ihn in zwei Bissen auf. Marlene fragte sich, in was Lederlisa das nächste Mal ihre Zähne reinrammen würde. Vielleicht saugte sie in ihrer Freizeit ja die Mitarbeiter mit Vampirzähnen aus. Ihre Chefin hatte eindeutig zuviel Energie. Selbst wenn ihr drei

Pfähle durch die Brust gestoßen würden, die wäre imstande, auch dann noch im Sender herumzuspuken. Was für makabre Gedanken sie hatte!

»...dann viel Spaß bei Ihrer Mörderjagd!« Lederlisa sprang auf und geleitete Marlene zur Tür. Marlene überlegte verzweifelt, was Lederlisa davor zu ihr gesagt hatte. Sie war so in ihre Vampirhalluzinationen versunken gewesen, daß sie sich einfach nicht erinnern konnte. Es kam Marlene höchst verdächtig vor, daß Lederlisa mit ihr zufrieden schien. Hätte sie irgendwo protestieren sollen? Sie hoffte, daß sie Rocky noch finden würde, um mit ihm die Sendung für morgen zu besprechen.

Rocky saß in seinem Büro und lachte. Er überhörte sogar Marlenes Klopfen an der Tür. Es sah aus, als würde ein Gebirge von einem Erdbeben erschüttert.

»Was gibt's denn Komisches?«

Rocky bemerkte, daß Marlene in seinem Büro war. »Kannst du nicht anklopfen?«

»Hab' ich, aber du hast mich nicht gehört.«

»Falls du die Sendung für morgen mit mir planen willst, keine Chance! Ich hab' schon alles organisiert.« Er grinste sie an, dabei zog sich der Mund in dem rosigen Gesicht zu einem Schlitz zusammen. Wie bei einem Sparschwein, dachte Marlene, nur nicht so sympathisch. Aber bestimmt mit einem kleinen Stummelschwänzchen. Unwillkürlich mußte sie lächeln, was Rocky als Kapitulation verstand. »Du kannst also heimgehen und Nägel lackieren oder weiter Killer suchen.«

»Apropos Killer, wir müssen morgen versuchen, den anonymen Anrufer so zu provozieren, daß er sich wieder meldet.« Marlene straffte ihre Schultern und rüstete sich zum Kampf.

»Klar, und außerdem stellen wir einen Kontakt zu den kleinen, grünen Männchen vom Mars her.«

»Genau, du hast wirklich kapiert, worum es uns geht. Der Mann wird dann von uns in ein Gespräch verwickelt, damit er über die Fangschaltung erwischt werden kann.«

Rocky drehte mit dem Zeigefinger wilde Kreise auf seiner fettigen Stirn und gab laute Rennautogeräusche von sich.

Marlene überlegte, was sie tun könnte, um Rocky zum Aufhören zu bringen.

»Monza? Rallye Monte Carlo? Paris-Dakkar?« Valerie kam ins Zimmer geschwebt, räumte einen Haufen Tupperdosen zur Seite und setzte sich auf Rockys Schreibtisch.

Rocky hörte abrupt mit der Rennauto-Imitation auf und gab ein einwandfreies Kotzgeräusch zum besten. »Wir sind doch hier kein Staatstheater, wo jeder nur um seinen Bauchnabel kreist und seine eigenen kleinen Tragödien veranstaltet.«

So, dachte Marlene, und was inszenierte Rocky da gerade?

»Wer kreist um seinen Bauchnabel?« Verwirrt sah Valerie von einem zum anderen.

»Also, Mädels, entweder wir ziehen alle an derselben Leine, oder jemand zieht dieselbige!«

»Ich verstehe überhaupt nicht, um was es eigentlich geht.«

»Ich auch nicht. Rocky macht hier den Affen, weil wir morgen wieder mit dem geheimnisvollen Anrufer kommunizieren sollen.«

»Genau, und als Chefgorilla mit der meisten Erfahrung sage ich euch, daß wir unsere Hörer nicht langweilen, sondern unterhalten sollten. Kannst du mir vielleicht mal sagen, *wie* du den Kerl provozieren willst, damit er anruft?«

Darüber hatte Marlene tatsächlich noch nicht nachgedacht.

»Dazu mußt du von ihm reden, erklären, ausholen bla bla bla. Und wer will früh morgens so eine lange Moderation hören? Niemand!«

»Ja, aber es geht doch um Menschen. Der Mann hat drei Frauen auf dem Gewissen.« Valerie zeigte Rocky mit den Fingern eine Drei, als ob er Schwierigkeiten hätte zu zählen.

»Der Mann verdient einen Orden. Von mir aus kann der ruhig so weitermachen. Und ich hätte sogar ein paar Vorschläge, wen er als nächstes drannehmen sollte.« Rocky beendete seinen Satz mit einem häßlich Grinsen.

Marlene fragte sich, ob sie ihren Beruf verfehlt hatte oder ob Rocky einfach bloß außerordentlich stur war. Wieso plusterte er sich wegen ein paar Minuten so auf? Die Sendung hatte drei lange Stunden. »Das dauert doch nur ein paar Minuten. Von mir aus kannst du den ganzen Rest der Sendung reden, und es ist mir sogar egal, über was du laberst. Von mir aus kannst du sogar all die miesen frauenfeindlichen Witze, die in deinem Dinosauriergehirn vorhanden sind, senden.«

»Das klingt doch nach einem guten Kompromiß!« Valerie sah Rocky tief in die Augen. Marlene schauderte es bei der Vorstellung, Rocky so anzusehen. Aber Valerie war ziemlich abgebrüht. Rocky schrumpfte unter Valeries intensivem Blick so zusammen, daß Marlene plötzlich die Rollen vertauscht vorkamen. Valerie war der böse Fuchs, der vor dem Kaninchen steht und es gleich fressen wird. Und Rocky war ein armes, kleines Kaninchen, das den Fuchs um Gnade anbettelt. Er gab nach.

»Von mir aus. Gebongt. Wir sehen uns morgen, und keine weiteren Überraschungen.« Damit scheuchte Rocky Valerie und Marlene aus seinem Büro und schloß die Tür hinter ihnen.

»War Rocky eigentlich immer schon so liebenswürdig, oder ist er erst so, seit ich hier bin?«

Valerie betrachtete intensiv ihre Fußspitzen. »So genau kann ich das nicht sagen, weil ... wir müssen uns unterhalten.«

Marlene wunderte sich, weshalb Valerie plötzlich so unsicher wirkte. Oder bildete sie sich das nur ein?

»Was ist denn los? Willst du kündigen?«

»Nein, laß uns spazierengehen, da redet es sich besser.«

Valerie und Marlene fuhren zum Englischen Garten und gingen eine Runde um den Kleinhesseloher See. Marlene war erstaunt, wie sanftgrün die Wiesen trotz des trüben Novembertags leuchteten.

»Ich habe nicht gewußt, daß es so etwas Schönes in München gibt.« Marlene nahm sich vor, in Zukunft tagsüber nicht nur zu schlafen, sondern auch ein bißchen mehr von München zu erkunden.

»Marlene, du wirst jetzt wahrscheinlich einen Wutanfall bekommen, aber ich möchte es dir trotzdem sagen.« Valerie blieb am See stehen und sah Marlene direkt ins Gesicht. »Dein Vater hat mich engagiert, damit ich mich um dich kümmern soll.«

Marlene fühlte sich, als hätte ihr jemand in den Bauch getreten. »Was?«

»Na ja, er hatte unsere Agentur damals mit der Überwachung von Rao beauftragt, und als du dann nach München ziehen wolltest, da hat er sich eben Sorgen gemacht, und die Münchner Niederlassung um Unterstützung gebeten.«

»Ich bin doch nicht mehr 16 Jahre alt.«

»Ich weiß. Wenn ich gewußt hätte, was du für ein Mensch bist, dann hätte ich mich niemals darauf eingelassen. Du bist mein erster Job als Privatdetektivin.«

»Wie kannst du nur so einen ekelhaften Spionierjob machen?« Marlene fielen die kleinen Ungereimtheiten wieder ein. Valerie hatte gewußt, daß sie in Amerika gewesen war. Valerie schien nicht überrascht, Rao vor ihrer Tür zu finden. Sie hatte in ihrem Schreibtisch herumgeschnüffelt. »Und wieviel kriegst du für den Job? Lohnt es sich, ja?«

Valerie wurde rot. »Ich sollte dich nicht ausspionieren. Dein Vater wollte eben nur wissen, was du so treibst. Du rufst ihn ja nicht mal an!«

»Und das ist mein gutes Recht. Der Mann ist ein mieser Diktator, der die Leute bis aufs Hemd auszieht. Da lebt meine Mutter auf Mallorca ja noch ein besseres Leben. Das ist wenigstens ehrlich.«

Marlene stürzte davon. Valerie lief hinter ihr her. »Es tut mir leid. Ich werde bei *Alpha Plus* kündigen.«

Gedanken rasten durch Marlenes Kopf. Wenn Valerie kündigte, wer würde dann im Sender noch zu ihr halten? Wen hätte sie, der so schnell und gründlich recherchieren würde? Ha, kein Wunder, daß Valerie das konnte. Es war ja schließlich ihr Job. Aber wenn Valerie bei *Alpha Plus* kündigte, würde ihr Vater jemand anderen auf sie ansetzen. Der war eisern. Was für Geld zu kriegen war, das bekam er auch. Und sie würde sich bei jedem, den sie kennenlernte, fragen, ob er von ihrem Vater engagiert war. Sie blieb außer Atem stehen.

»Wir könnten einen Deal machen.«

Valerie nickte bestätigend.

»Du kündigst nicht, sondern du bleibst und erzählst meinem Vater irgendwas, nur nicht das, was wirklich hier los ist. Obwohl, woher soll ich wissen, daß ich dir trauen kann?«

»Ich weiß nicht. Was ist, wenn die von der Detektei das mitkriegen? Dann werde ich fristlos gefeuert. Ich habe so etwas wie eine Berufsehre.«

»Daß ich nicht lache, Berufsehre im Ausspionieren! Das ist ja zum Heulen! Wieso machst überhaupt so einen Scheiß? Du bist doch intelligent genug, um zu studieren oder sonst was Anständiges zu lernen.« Marlene warf einen dicken Stein in den See und sah mit Genugtuung, wie er mit einem lauten Platsch versank.

»Ich warte auf einen Studienplatz, und in der Zwischenzeit wollte ich mal was Aufregendes machen. Als Sekretärin hab' ich schon gearbeitet. Bedienung, Telefonmarketing – hab' ich alles hinter mir. Und mein Cousin hat eben die Agentur. Ich hab' ihn angebettelt, damit er mir einen Job gibt. Und jetzt hab' ich den Salat!«

»Pech, du mußt eben deine Wahl treffen.« Marlene fand sich nur ein ganz kleines bißchen fies.

»Ich denk' drüber nach. So schnell kann ich das nicht entscheiden.«

»Wir sehen uns morgen.« Damit ging Marlene davon. Valerie blieb stehen und sah ihr nach. Marlene hatte überhaupt keine Ahnung, wohin sie eigentlich ging, aber sie merkte, wie gut ihr die kalte, feuchte Luft tat. Erst als ihre Füße schmerzten, begann sie zu überlegen, wie sie zurück zu ihrem Auto kommen sollte. Sie sah sich um und mußte zu ihrem Entsetzen feststellen, daß es ganz dunkel geworden und sie völlig orientierungslos war. Seit wann waren die Laternen verschwunden? Sie suchte nach irgendeinem Hinweis, wie sie wieder aus dem Englischen Garten heraus käme, aber sie hatte sich hoffnungslos verlaufen. Sie setzte sich auf eine nachtkalte Bank und dachte über ihre Möglichkeiten nach. Ihr fiel keine ein. Sie war wirklich eine Idiotin, mit dem Zeug zur Edgar-Wallace-Heldin. Fehlte nur noch, daß Nebelschwaden aufzögen und Klaus Kinskis Glupschaugen hinter einem Baum hervorschauten. Na ja, so lustig war diese Vorstellung auch wieder nicht. Plötzlich hörte sie das Geräusch von Schritten. Marlenes Herz klopfte viel schneller als vorhin, als sie gerannt war. Die Schritte kamen schnell näher. Dazu hörte sie ein unheimliches Keuchen.

»Hallo, brauchen Sie Hilfe?« Die Schritte hörten auf. Das Keuchen nicht. Marlene sah trotzdem auf. Vor ihr stand ein kleiner, muskulöser Mann in neongelben Leggings, Sportschuhen und einem Stirnband. Ein Jogger! Marlene wußte nicht, ob sie ein Wort rausbringen würde. »Wo bin ich hier?« Na prima, sie klang original wie Dornröschen nach 100 Jahren Schlaf.

»In der Hirschau.« Der Jogger tänzelte auf der Stelle.

»Ist das hier denn nicht der Englische Garten?«

»Doch, das gehört auch dazu. Wo wollen Sie denn hin?«

»Zu meinem Auto, das steht bei dem Eingang, der zum See führt.«

»Das ist zwar nicht ganz meine Strecke, aber wenn Sie ein bißchen Gas geben, bringe ich Sie dorthin. Es ist nachts nicht ganz ungefährlich im Englischen Garten«

»Danke!« Mehr brachte Marlene nicht raus, obwohl sie den Mann am liebsten geküßt hätte aus lauter Dankbarkeit. Sie versuchte so schnell sie konnte neben dem Mann herzugehen. Den Weg zurück hätte sie allein nie gefunden.

Als sie endlich an ihrem Auto angekommen war, hatte der Jogger sich umgedreht, gewunken und »tschüs« gerufen und war in der Dunkelheit verschwunden, bevor sie ihn nach Namen oder Telefonnummer fragen konnte. Sie hätte sich so gern erkenntlich gezeigt. Wer wußte schon, was ihr noch alles hätte passieren können. Ihre Beine zitterten vor lauter Anstrengung.

Zu Hause angekommen, schaffte sie es kaum, die Treppen nach oben zu gehen. Das gab sicher Muskelkater. Als sie den

Schlüssel ins Schloß steckte, fiel ihr die Verabredung mir Dr. Juri wieder ein. Das würde sie auf keinen Fall mehr schaffen. Es war jetzt kurz nach halb acht. Sie schleppte sich hoch zu Dr. Juris Stockwerk und klingelte. Niemand öffnete die Tür. Gott sei Dank, dachte Marlene, dann kann ich mich in die Badewanne legen.

Wenigstens wurde die Wanne schnell voll. In ihrer Frankfurter Wohnung hatte es schon Stunden gedauert, bis genug Wasser heiß war, um zu duschen. Sie schüttete viel zuviel entspannendes Muskelölbad in das dampfende Wasser und legte sich hinein. Herrlich. Sofort bemerkte sie, wie sich die Beine und Füße entkrampften und sie leicht und gleichzeitig sehr schwer wurde. Was für ein Tag. Plötzlich richtete sie sich auf. Ihr Schlüssel hatte noch gepaßt, das bedeutete, daß die Schlösser noch nicht ausgewechselt waren. Was, wenn wieder ein »Geschenk« in der Wohnung war? Ach was, beruhigte sie sich, Blödsinn. Marlene du bleibst jetzt in der Wanne, und dann schläfst du bis vier Uhr wie ein Baby. Aber der Gedanke ließ ihr keine Ruhe. Sie trocknete sich ab und durchsuchte ihre Wohnung. Es sah alles so aus, wie sie es am Nachmittag verlassen hatte. Sie rief beim Hausmeister an, um ihn nach den Schlössern zu fragen, aber es meldete sich niemand. Dann erst hörte sie ihre Mailbox ab. Ein Anruf in Abwesenheit. Es war Petra. »Wegen dieser Brautsache haben wir die drei Frauen überprüft. Rosemarie hatte sich gerade von ihrem Freund, einem Mallorquiner, getrennt, bevor sie nach Deutschland zurückgekommen war, Sybille wollte ihren Verlobten heiraten, und Tanja hatte eine lesbische Beziehung. Und soweit uns bekannt ist, war sie vorher auch nicht verheiratet. Es sieht so aus, als gäbe es da keinen Zusammenhang. Trotzdem wird mein Kollege eine Fangschaltung für morgen früh veranlassen. Also viel Glück für morgen früh, und passen Sie auf sich auf.«

Marlene legte das Telefon neben ihr Bett. Genüßlich streckte sie ihre Arme und Beine aus. Wie angenehm, endlich wieder ein richtiges Bett zu haben. Sie kuschelte sich in ihre Decke und dachte nach. Sie war sicher, daß die Ratte eine Braut hatte sein sollen. Und der Mann hatte immer von Bräuten gesprochen. Beim ersten Mal hatte sie angenommen, daß er es verächtlich meinte, so wie andere Männer »Tussis« sagen. Aber warum dann die Ratte? Das Messer hatte auch eine weiße Schleife gehabt. Etwas klingelte in ihrem Kopf. Weiß?... Ja, das war es, die Polizistin, die sich umgebracht hatte, die hatte bei den ersten beiden Opfern weiße Fasern festgestellt. Marlene drückte die Decke noch fester an sich. Vielleicht verkleidete er seine Opfer erst als Bräute. Genau, wer sagte denn, daß die Frauen wirklich Bräute waren? Vielleicht wurden die Frauen erst durch ihn zur Braut. Was für ein entsetzlicher Gedanke. Marlene war so aufgeregt, weil sie plötzlich davon überzeugt war, daß genau das die Verbindung zwischen den Frauen war. Sie mußte mit jemandem reden. Sie rief Simon an. Doch bei ihm meldete sich auch nur die Mailbox. Das wirkte wie eine kalte Dusche auf Marlene. Sie legte auf und versuchte zu schlafen.

Der Polterabend

Für dich, mein Engel, mein Schneeweißchen, hab' ich ihr die Finger um den Hals gelegt und zugedrückt. Ihre Augen waren einverstanden, ihr Leben war nicht schön, sondern einsam. Ich bin sicher, sie hat diese letzte Zärtlichkeit genossen. Ihr Hals war weich, trotz aller Falten. Meine Hände sind abgerutscht, weil sie so glitschig voller Creme war. Beinahe wäre ich böse geworden, wie bei Tanja. Aber Tanja war eine Braut, sie war keine. Sie ist meine Mitgift. Doch sie wollte kein Geschenk sein und hat sich gewehrt. Sie wollte lieber meine Braut sein. Aber dazu war es zu spät. Verstehst du? Ich hab' ihr nichts getan. So einer bin ich nicht. Aber es war nicht richtig, mein Liebling, das zu tun. Denn nur Bräute sollen für immer mir gehören. Sie war keine Braut. Man sollte mitten in der Saison nicht die Choreographie ändern, niemals. Mutti, wieso hast du mich nicht daran erinnert? Allerdings, sie sollte ja mein Hochzeitsgeschenk werden. Butterdosen hast du ja schon, ha, ha. Oder war sie meine Gabe für den Polterabend? Du verwirrst mich, mein Schneeweißchen. Am Polterabend wird Geschirr zerschlagen, das bringt Glück. Sandra wollte keinen Polterabend. Ein Fehler. Dein Geschenk, ein Leben für dich, dein Leben für mich, hab' ich dir hingelegt und schön verpackt. Doch das ist noch nicht alles. Ich habe noch ein paar Überraschungen vorbereitet. Nur um ganz sicher zu sein, daß wir zusammengehören, verstehst du. Nicht, daß ich dir nicht traue, nein, mein Engel. Aber du kennst so viele Männer. Du mußt wissen, daß ich der Beste für dich bin. Ich bin schlau, ich bin zärtlich. Wenn du erst einmal bei mir bist, wirst du mich nie mehr verlassen. Doch ich bestimme den Tag der Vermählung, und ich muß noch einiges vorbereiten. Mein Schneeweißchen, du mußt nicht traurig sein, daß es noch ein kleines Weilchen dauert. Aber wir wollen doch den Anstand wahren.

Dienstag, 9. November

Es war stockdunkel, als Marlene am nächsten Morgen um vier Uhr zum Sender fuhr. Die Straßen lagen noch leer unter dem Licht der Laternen. Mittlerweile erkannte sie an den Silhouetten schon ein paar Gebäude. Den futuristischen Komplex der Hypobank, das BMW-Hochhaus und ihren Liebling, das Olympiadach. Sie bewunderte es jedes Mal wieder. War es nicht unglaublich, daß diese Vision von einem Gebäude schon fast dreißig Jahre alt war? Ein LKW überholte sie ungeduldig hupend. Lächelnd gab Marlene etwas mehr Gas, sie sollte nicht in der Gegend herumschauen, sondern sich aufs Autofahren konzentrieren!

Das Fahren in der scheinbar menschenleeren Stadt hatte etwas Berauschendes. Sie war die Königin der Nacht, »die Bestimmerin«. Im Auto fühlte sie sich wie eine Theaterbesucherin, die nach der Vorstellung traumversunken sitzenbleibt und auf einmal entdeckt, daß sie ganz allein im Raum ist. Nur sie und die pompös angestrahlten Theaterkulissen. Kulissen, in denen plötzlich alles möglich zu sein scheint. Ja, vom Auto aus wirkte die Nacht friedlich und hatte überhaupt nichts Bedrohliches.

Bedrohlich wurde es für sie erst, als sie in der Tiefgarage aussteigen mußte. Bevor Rocky sie so erschreckt hatte, waren ihr Tiefgaragen nicht wie Sammelbecken des Bösen vorgekommen. Das hatte sich seit seinem Streich geändert. Jetzt sah sie sich immer mehrmals um, bevor sie ihr Auto absperrte und so schnell wie möglich zum Aufzug ging.

Nachts war der Aufzug mit einem Code gesichert, so daß nicht jeder in den Sender fahren konnte. Sie gab ihren Code ein und fuhr erleichtert ein Stockwerk nach oben in ihr Büro. Sie hoffte, daß Rocky noch nicht da war, damit sie sich noch ein paar Gedanken darüber machen konnte, wie sie den mysteriösen Mann zum Anrufen verleiten konnte. Sie ging den Korridor zu ihrem Büro entlang an Rockys Büro vorbei. Er war nicht da. In der Teeküche am Gang schaltete sie die Kaffeemaschine ein und betrat ihr Büro.

Sie erschrak, als sie in der Dunkelheit auf ihrem Schreibtisch die Umrisse einer seltsamen Masse liegen sah. Nervös tastete sie nach dem Lichtschalter. Im hellen Neonlicht glänzte eine breite, weiße Satinschleife, die um etwas geschlungen war, das wie ein riesiger Kleidersack aussah. Ihr Herz klopfte sehr laut und warnend. »Ein Geschenk, das nächste Geschenk wird größer sein«, hatte er ihr versprochen. Was, um Gottes willen, war das? Sie würde das Ding nicht anfassen. Trotzdem trat sie einen Schritt näher und hielt die Luft an. Es war nicht nötig, es zu berühren. Unter dem durchsichtigen Cellophan sah sie in Lederlisas bleiches Gesicht. Zum ersten Mal ruhig und unbewegt. Sie war tot. Ihre Augen hatten sich grotesk nach außen gewölbt, und aus ihrem Mund wuchs ein weißes Blumenbukett wie eine besonders brutale und exotische Schmarotzerpflanze. Marlene starrte auf die Leiche und wußte nicht, was sie tun sollte. Wie gelähmt blieb sie bleischwer stehen. Sie versuchte zu atmen, aber es würgte sie nur in der Kehle. Eine Hand legte sich von hinten auf ihre Schulter. Marlene zuckte zusammen. Der Mörder war immer noch da! Sie sollte weglaufen, aber sie konnte es nicht. Sie schlug die Hände vors Gesicht, wie ein Kind, das nicht gesehen werden wollte, und sie schrie und schrie und schrie. Bis sie merkte, daß sie geschüttelt wurde.

»Ich bin's, blöde Gans, Rocky! Hör endlich auf, hier rumzubrüllen wie eine Verrückte!« Rocky packte sie an beiden Schultern und sah ihr voll ins Gesicht. Marlene verstummte. Jetzt arbeitete ihr Gehirn endlich wieder. Gedanken rasten durch ihren Kopf. Rocky hatte Lederlisa gemeuchelt, und jetzt war sie dran. Hatte er nicht gestern gesagt, er hätte ein paar gute Ideen für den Killer? Sie mußte weg von ihm, raus hier. Sie wollte etwas sagen, aber es kam kein Ton aus ihrer vom Schreien heiseren Kehle. »Ich«, sie räusperte sich, »ich glaube, ich muß mich übergeben.«

Rocky ließ sie los. Sie lief so schnell sie konnte aufs Damenklo. »Aber warte doch mal!« Rocky kam schwerfällig hinter ihr her. Sie rannte schneller. Sie wollte nicht als Leiche auf ihrem Schreibtisch enden. Lauf, Marlene, lauf so schnell du kannst! Atemlos riß sie die Tür auf und schloß sie sofort wieder.

Dann drehte sie den kalten Wasserhahn auf und spritzte sich Wasser ins Gesicht. Denk nach, Marlene, denk nach, feuerte sie sich selbst an, doch zu spät, hinter ihr ging die Tür auf. Rocky kam in die Toilette. Das war ihr Ende. Wie hatte sie auch so blöd sein können? Sie hätte sich in einem der Klos verbarrikadieren und mit ihrem Handy die Polizei rufen sollen.

»Jetzt hör auf, vor mir wegzurennen. Ich bin kein Killer. Ich hab' Lederlisa nichts getan. Beruhige dich endlich!«

Ja, genau, beruhige dich, damit ich dich besser töten kann! Nein, so blöd war Marlene nicht. Sie fragte sich, was einen Killer wie Rocky beruhigen würde. Sie mußte Zeit gewinnen. Das Beste wäre vielleicht wirklich, so zu tun, als ob sie Rocky glauben würde. Ja, so würde sie es machen. Ihn in Sicherheit wiegen und dann die Polizei holen.

»Tut mir leid. Ich war so erschrocken.«

»Und ich erst. Du hast mir fast mein Trommelfell gesprengt mit deinem Gebrüll! Los, komm, wir müssen die Polizei rufen.«

Supertrick, dachte Marlene, der war aber auch mit allen Wassern gewaschen. »Ja. Okay.« Sie ging mit ihm zurück in sein Büro. Immer wieder schaute sie über die Schulter und sah nach Rocky, bis er so genervt war, daß er ihr anbot, vor ihr her zu gehen. Er rief tatsächlich die Polizei an und sagte, sie hätten eine Leiche gefunden. Marlene war so durcheinander, daß sie nicht daran dachte, nach Petra zu fragen oder ihrem Assistenten. Während sie warteten, fragte sich Marlene, was sie eigentlich über Rocky wußte. Nichts. Nur daß er einen merkwürdigen Sinn für Humor hatte und offensichtlich seine Oma liebte. Er wohnte bei seiner Oma, was ihr komisch vorkam. Warum hatte Rocky keine Freunde, mit denen er zusammenleben wollte? Ein Mann in diesem Alter, der mit seiner Oma die Wohnung teilte. Von »Hotel Mama« hatte sie schon viel gehört, aber »Hotel Oma«? Allerdings, überlegte sie sich dann, hatte sie ihre Großeltern nie kennengelernt, weil sie lange vor ihrer Geburt gestorben waren. Vielleicht wäre alles anders, wenn sie eine liebevolle Oma gehabt hätte.

Endlich hörten die beiden das näher kommende Martinshorn. Rocky ließ die Polizisten herein. Marlene sackte völlig erschöpft auf Rockys Schreibtischstuhl zusammen und legte den Kopf auf ihre Arme. Sie hätte gerne geheult vor Erleichterung, aber sie konnte nicht. Sie fühlte nur ein Brennen in der Kehle. Rocky war kein Mörder, er hatte sie nicht umbringen wollen. Sie war in Sicherheit. Die Sendung fiel ihr ein. Es war schon kurz vor fünf. Dann fühlte sie sich beschämt und kleinherzig, daß sie angesichts von Lederlisas Leiche nur an sich selbst und an die Sendung dachte. Sie fragte sich, wer ab jetzt im Sender die Entscheidungen treffen würde.

Was sollte sie tun, wenn der Mann wieder anrufen würde? Sie war sicher, daß ihr »Freund« sich melden würde, um zu fragen, wie ihr sein Geschenk gefallen hatte. Die Fangschaltung! Sie mußte unbedingt mit Petra sprechen.

Sie ging in den Flur, um mit einem der Polizisten zu sprechen, und stellte fest, daß Petras Assistent, Uwe Lagerfeldt, die Ermittlungen leitete. Zumindest gebärdete er sich so. Als er sie sah, grinste er. »Sie haben also die Leiche gefunden? Haben Sie etwas berührt?«

Marlene verneinte. Nach den Erfahrungen, die sie mit ihm gemacht hatte, bezweifelte sie, daß er ihr überhaupt zuhören würde. Sie fragte nach Petra, mit der konnte sie wenigstens reden. Doch Herr Lagerfeldt ging auf ihre Frage nicht ein, sondern bat sie nur dazubleiben, bis er alle Fragen gestellt hätte. Und, ja, sie dürfte jetzt auf Sendung gehen.

Erleichtert, etwas ganz »Normales« tun zu können, verschanzte Marlene sich im Studio. Und überprüfte, ob alle CDs von der Playliste auch wirklich im Studio waren. Das beruhigte sie. Als sie fertig war, wälzte sich Rocky herein. Vor sich her schob er den Lederdrehstuhl, den er gestern beinahe verkauft hätte. Aufatmend ließ er sich in den Sessel fallen, setzte Kopfhörer auf und richtete sein Mikrophon ein. Dann begrüßte er mit seiner schmeicheltiefen Stimme die Hörer, als wäre heute ein ganz besonderer Glückstag. Über Marlenes Rücken kroch eine Gänsehaut. Wenn er nicht der Mörder von Lederlisa war, dann war er ein asoziales Monster. »Die Königin ist tot, lang lebe Rocky!« Wenn er aber doch der Mörder war, warum hatte er sie dann nicht gleich mitgemeuchelt? Und vor allem, wieso hatte er Lederlisa einen Brautstrauß in den Mund gestopft? Denn daß dieses weiße Bukett ein Brautstrauß sein sollte, daran hatte Marlene keinen Zweifel. Jetzt schäkerte Rocky mit einer Stammhörerin, die jeden Morgen anrief, um irgendwelche Blitzer durchzugeben. Andererseits, was warf sie Rocky eigentlich vor? Sie arbeitete auch professionell weiter und wirkte nach außen vielleicht genauso gefühlskalt. Oder war es normal, angesichts eines Todesfalls zu frohlocken, einfach nur deshalb, weil es einen selbst nicht erwischt hatte?

Als sie um fünf vor sechs an die Nachrichtenredaktion übergab, stellte sie fest, daß Klaus anwesend war. Das bedeutete, er wußte bereits, was passiert war. Denn Klaus war sonst nie vor acht Uhr im Sender. Lederlisa war also tot. Wie wohl ihre Tochter damit fertig werden würde? Es war sicher schrecklich, wenn jemand starb, mit dem man sich nicht ausgesöhnt hatte. Aber vielleicht hatten sie noch Gelegenheit dazu gehabt. Rocky, der in bester Stimmung war, forderte die Hörer auf, anzurufen und einen Satz zu sagen, der jemanden glücklich machen würde. »Zum Beispiel«, so Rocky: »Zuckerschneuzchen, ich werde dich nach 10 Jahren endlich...«, hier machte er eine Kunstpause, in der man das Wort »heiraten« vermuten sollte, und fuhr dann hämisch fort, »...verlassen und meine Geliebte, die scharfe Gaby, heiraten, alles Gute, dein Bärli!«

Marlene beobachtete Rocky, der sich dabei auf seine vollen Schenkel klopfte. Wo da der Witz sein sollte, fragte sich Marlene. Vor allem würden sowieso nur Hörer anrufen, die Sätze mit noch weniger Pointe absondern würden. Prompt hatte Rocky eine Gerti an der Strippe, die ihrem Klausimausi versprach, daß sie heute abend ganz bestimmt »kommen« würde. Mit einem peinlich zweideutigen Unterton. Der nächste, den er dran hatte, war ein Georg, der sich bei seiner Mama entschuldigte, weil er gestern abend nicht zum Essen kam. Man sollte diese Anrufe besser checken, bevor sie on air gingen. Marlene fand, daß nur in ganz wenigen Ausnahmefällen eine Sendung mit Live-Anrufern Spaß machte. Der nächste Anrufer sagte: »Ich möchte Marlene sagen, daß wir in drei Tagen heiraten werden.« Marlene zuckte zusammen. Das war *er*. Sie gab Rocky ein Zeichen, daß er ihr den Hörer geben sollte, aber nicht on-air. Die Fangschaltung! Jetzt konnten sie den Kerl kriegen. Marlene nahm den Hörer und konzentrierte sich gegen ihre rauschenden Ohren auf die Stimme des Anrufers. »Popp.«

»Ich habe dir schon ein wunderbares Kleid besorgt. Diesmal will ich alles besonders schön haben.«

Marlene kam die Stimme nicht mehr so fremd vor. Kannte sie den Mann, oder war das nur der Wiedererkennungseffekt?

»Woher wissen Sie meine Kleidergröße?«

»Aber Marlene, ich weiß alles über dich. Bist du nicht glücklich über mein Geschenk? Es war gar nicht so leicht auf deinen Schreibtisch zu kriegen. Ein Leben für dich, etwas Kostbareres kann ich dir nicht schenken.« Marlene umkrampfte den Hörer. Denk nicht dran, wie Lederlisa ausgesehen hat, rede, bring ihn zum Reden, Marlene. »Der Blumenstrauß...«, Marlene schluckte, »war sehr schön.«

»Freut mich, daß er dir gefallen hat. Aber dein Brautstrauß wird noch schöner und größer werden.«

»Ehrlich gesagt, das ist ja sehr freundlich, aber ich möchte noch nicht heiraten.«

»Du und ich, wir sind füreinander geschaffen. Du wirst es sehen, wenn es soweit ist. Und denk daran, eine Hochzeit ist für die Ewigkeit. Ich werde mich nie wieder von dir trennen.«

Zitternd warf Marlene den Hörer auf die Gabel. Das mußte langen. Sie stand auf und hetzte zur Damentoilette, wo sie sich immer wieder den Mund spülte, als wäre er verätzt. Als sie sich im Spiegel sah, brach sie in hohl klingendes Gelächter aus. Ein »Nasentag« war nichts gegen das, was ihr da entgegenstarrte. Die schwarzen Ringe um ihre Augen wirkten wie eine merkwürdige Sonnenbrille in ihrem recyclingpapiergrauen Gesicht. Ihre Augen waren so gerötet, als ob sie vier Tage Heuschnupfen gehabt hätte, und ihre Haare lagen schweißigsträhnig, wie nie gekämmt, auf ihrem Schädel. Sie sah wirklich nicht wie eine Braut aus! Nicht mal der völlig verdurstete Graf Dracula hätte an ihr genippt. Sie ließ kaltes Wasser über ihre Handgelenke laufen, trocknete sich ab und ging zurück ins Studio. Auf dem Weg dorthin traf sie Kommissar Lagerfeldt.

»War die Fangschaltung erfolgreich? Konnten Sie rausfinden, von wo der Mann angerufen hat?«

Er sah sie irritiert an, so als hätte er gerade einen Wurm in seinem Kaviarhäppchen entdeckt. »Fangschaltung? Was für eine Fangschaltung?«

»Aber Hauptkommissarin Petra Klein hat doch für den Sender eine Fangschaltung beantragt, oder nicht?«

»Davon weiß ich nichts. Vielleicht hatte sie das vor, aber leider nicht mehr geschafft vor ihrem Urlaub.«

Urlaub? Petra hatte gesagt, sie wäre auf einer Fortbildung. Und Marlene vertraute Petra mittlerweile mehr als ihm. Warum log er in so nebensächlichen Dingen? Wollte er, daß sie Petra für unfähig hielt?

»Soll das heißen, ich habe völlig umsonst so lange mit diesem Kerl geredet?«

»Was für ein Kerl?«

Marlene drehte sich um und ließ Lagerfeldt einfach stehen. Sie konnte und wollte dem Mann nicht schon wieder die ganze Geschichte erzählen. Offensichtlich gab es zwischen Petra und ihm ein Kommunikationsproblem, das jetzt leider auch ihr Problem geworden war. Sie begriff plötzlich, daß sie allein diesen Killer ausfindig machen mußte. Sie setzte sich im Studio auf ihre Stehhilfe und überlegte, was sie tun könnte.

Das Produzententelefon blinkte hektisch. Es war Martini, der Geschäftsführer, der sie eingestellt hatte. »Ich habe hier jemanden von *Seventy-Seven*, der ein Interview mit Rocky und Ihnen machen möchte. Ich habe meine Zustimmung gegeben.«

»Danke, aber ich will nicht.« Müde wollte Marlene wieder auflegen.

»Das ist okay, dann fragen Sie Rocky, ob er einverstanden ist... bitte.«

Rocky war nicht nur einverstanden, er war richtig scharf darauf, seine Pappnase ins Fernsehen zu halten.

Kaum hatte Marlene den Hörer aufgelegt, stand Maja schon fröhlich winkend vor den Glasscheiben des Studios. Marlene konnte sich zum ersten Mal richtig vorstellen, wie Menschen, die etwas Schreckliches erlebt hatten, sich fühlen mußten, wenn plötzlich die penibel-schicke lachende Maja vor ihnen stand und ein Interview machen wollte.

Rocky warf einen abschätzenden Blick auf Maja. »Kennst du die?«

»Ja, wir sind Freundinnen.«

»Warum willst du dann nicht mit ihr reden?«

»Ich will nicht ins Fernsehen. Ich bin müde.«

»Um so besser. Stellst du mich vor?«

»Klar.« Marlene verließ das Studio und begrüßte Maja. Maja wollte ihr die obligaten Bussis rechts und links auf die Wange geben, aber Marlene wehrte erschrocken ab.

»Was ist denn los?« Maja gab ihrem EB-Team einen Wink. Der Kameramann und sein Tonassistent verschwanden daraufhin im Flur.

»Und wie siehst du überhaupt aus? Man könnte beinahe glauben, du wärst die Leiche.«

Marlene grinste matt. »Wie immer triffst du den Nagel fast auf den Kopf.«

Maja breitete ihre Arme aus und machte Anstalten, Marlene zu umarmen.

»Du Ärmste, es muß schrecklich sein, eine Leiche zu finden, noch dazu vor dem Frühstück!« Obwohl Maja ein hellbeiges Wollkostüm anhatte, drückte sie Marlene fest an sich. Wie selbstlos von ihr, dachte Marlene und spürte, wie in ihrem Inneren etwas gefährlich weich wurde.

»Jemand hat ihr einen Blumenstrauß in den Mund gestopft. Ich werde nie wieder Blumen kaufen können, ohne daran zu denken.«

Maja löste die Umarmung, zupfte, ohne es zu merken, ihren Rock wieder glatt und sah Marlene voll ins Gesicht. »Willst du das nicht lieber gleich vor der Kamera erzählen, dann haben wir das im Kasten, und du mußt es nicht zweimal durchleben.«

»Nein, Maja, ich möchte das nicht. Aber Rocky, mein Kollege, möchte sehr gern.«

»Marlene, reiß dich doch ein bißchen zusammen, du hast die Leiche gefunden. Die Leute möchten dich sehen, nicht deinen Kollegen.«

»Auf gar keinen Fall. Der Anrufer, du weißt schon, der von der ersten Sendung, hat sich wieder bei mir gemeldet und mich gefragt, was ich von seinem Geschenk halte. Verstehst du denn nicht? Ich habe Angst!«

»Aber das ist ja großartig. Darüber können wir doch die Öffentlichkeit informieren. Die Öffentlichkeit hat ein Recht auf Information.« Maja warf einen Blick auf ihre Armbanduhr. »Wenn wir uns beeilen, können wir noch im Morgenmagazin einen ausführlichen Beitrag senden. Und abends in meiner Sendung machen wir dann ein Special. Los, Marlene, sei kein Frosch!«

»Nein. Ich stell' dir jetzt Rocky vor. Den wolltest du ja sowieso mal kennenlernen.« Marlene erinnerte sich an den Abend, als sie Maja zum ersten Mal von Rocky erzählt hatte. Das kam ihr vor, als wäre es in einem anderen Leben gewesen. Sie winkte Rocky durch die Glastür nach draußen. Marlene war so müde, daß sie sich nicht mal an Majas Überraschung angesichts von Rockys Gestalt freuen konnte. Maja zuckte zurück, als Rocky ihr seine fleischigen Hände reichte. Marlene ertrug das alles nicht mehr. Sie wollte nur weg von hier. Irgendwohin, wo sie sich sicher fühlen konnte. Sie fragte sich, wie sie an ihre Handtasche kommen sollte. Sie hatte ihre Tasche bei Lederlisas Leiche fallen gelassen. Sie blieb auf dem Weg in ihr Büro stehen und ließ Majas Kamerateam an sich vorbei. Plötzlich stand Valerie vor ihr. »Du siehst aus wie…«

»…wie eine Leiche, ich weiß.« Marlene versuchte ein Grinsen.

»…wie jemand, der dringend einen Kaffee und was zu essen braucht.« Valerie nahm Marlene am Ärmel und zerrte sie in Richtung Cafeteria. »Jetzt setzt du dich hier hin. Ich hol' dir was zu trinken. Was willst du essen?«

»Ich will nichts, ich habe keinen Hunger.« Marlene würgte es bei dem Gedanken, sich etwas in den Mund zu stecken.

Valerie kam mit einem Tablett zurück und baute Kaffee und Wasser vor Marlene auf. Dann legte sie ein Croissant vor sie. »Du nimmst jetzt ein Stückchen und tunkst es in den Kaffee, dann ißt du es. Du wirst sehen, es geht viel besser, als du denkst.«

Nur um Valerie nicht zu enttäuschen, tat Marlene, was sie verlangte. Beim ersten Bissen bemühte sie sich angestrengt, nicht an Lederlisa zu denken. Es würgte sie. Valerie hörte auf, Joghurt und Milch in ihr Müsli zu schütten. »Denk ruhig an Lederlisa. Du kannst nicht nicht an sie denken. Es ist wie in diesem Psychiaterwitz: Denken Sie jetzt nicht an einen rosa Elefanten, und obwohl man nicht vorgehabt hatte, je an einen rosa Elefanten zu denken, denkt man plötzlich an ihn.«

Komischerweise hatte Valerie in allem recht. Kaum war der erste Bissen im Magen angekommen, fühlte Marlene sich nicht mehr so wacklig. Sie aß Stück für Stück das ganze Croissant auf. Valerie sah ihr dabei die ganze Zeit zu und sagte nichts. Marlene fragte sich, woher Valerie diese mütterliche Ader hatte. Schließlich war Valerie gerade mal Anfang zwanzig.

»Möchtest du noch eines?«

Marlene schüttelte den Kopf. »Danke, das war sehr lieb von dir.«

Valerie freute sich. »Wegen gestern abend...«

Marlene begriff nicht.

»Gestern abend?«

Valerie wurde rot. »Weißt du denn nicht mehr, wir haben uns gestritten. Ich hab' dir erzählt, womit ich meine Brötchen verdiene.«

»Ach das.« Marlene verstand nicht mehr, worüber sie sich gestern abend so aufgeregt hatte. »Ist schon okay.«

»Nein, ist es nicht. Ich habe mich entschieden, es so zu machen, wie du vorgeschlagen hast.«

»Schön.« Marlene spielte mit einem leeren Milchplastikdöschen. Sie mußte mit Petra reden.

»Dann sind wir also wieder Freunde?« Valerie beugte sich vor und versuchte, Marlene in die Augen zu sehen. Aber Marlene sah unruhig in der Cafeteria herum.

»Ja, ja. Warum ist hier so eine merkwürdige Stimmung? Oder kommt mir das nur so vor?«

Valerie trank den letzten Rest Milch aus ihrer Müslischale.

»Ich glaube, die meisten sind froh, daß Lederlisa tot ist. Gute Nachrichten verbreiten sich schnell.«

»Aber das ist ekelhaft. Lederlisa wurde ermordet!«

»Nur weil sie tot ist, wird sie noch nicht zur Heiligen. Fast jeder hatte schon mal eine Auseinandersetzung mit ihr. Du doch auch, und du bist noch nicht jahrelang bei dem Sender.«

»Aber wenn man sich freut, daß jemand tot ist, dann ist das Haß.«

»Du sagst es. Es gibt eine Menge Leute, die Lederlisa gern umgebracht hätten. Da bin ich sicher.«

»Meinst du, es könnte sein, daß es gar nicht der Anrufer war, der Lederlisa umgebracht hat, also ich meine, war vielleicht diese ganze Anrufaktion nur dazu da, Lederlisa ins Jenseits zu befördern?«

Valerie schob die leeren Teller auf dem Tablett hin und her. »Wer weiß. Manche Leute tun total verrückte Dinge.«

»Ich weiß gar nichts mehr. Ich möchte über alles mal in Ruhe nachdenken. Ich fahre nach Hause.«

Uschi kam mit hängendem Kopf auf Valerie und Marlene zu. Sie hatte verweinte, rote Augen. »Ich habe euch gesucht. Martini will mit Marlene sprechen.«

Valerie erhob sich. »Dann bis später.« Marlene und Uschi gingen zum Aufzug und fuhren in den achten Stock. Die ganze Zeit überlegte Marlene, ob sie etwas sagen könnte, um Uschi zu trösten. Doch ihr fiel nichts ein. Manchmal fand sie sich selbst nicht besonders sympathisch.

Martini hatte Rocky, Klaus, die junge Frau, die sie neulich im Newsroom gesehen hatte, und Marlene zu sich gebeten. Souverän saß Martini auf Lederlisas Sessel und forderte alle auf, sich zu setzen. »Diese Tragödie sollte unseren Sender nicht davon abhalten, ein ansprechendes Programm zu machen. Wenn es mir auch gefallen hat, uns auf den Titelseiten der Printmedien zu sehen, so wünsche ich in Zukunft doch mehr positive Reklame. Deshalb möchte ich nicht, daß Interna nach draußen gelangen. Ich bin mir bewußt, daß Frau Lederer nicht sehr beliebt war. Trotzdem möchte ich, daß Sie dafür sorgen, daß hier keine blödsinnigen Gerüchte aufkommen. Im übrigen kommen Todesfälle in den besten Familien vor.«

Beifallsheischend sah Martini Marlene an, die sich fragte, ob in Martinis Familie die Leichen auch in Cellophan verpackt mit Blumensträußen im Mund aufgefunden wurden.

»Außerdem möchte ich klarstellen, daß Frau Lederers Posten vorerst nicht besetzt wird.«

Klaus wurde rot im Gesicht. »Moment, Herr Martini, könnte ich Sie vielleicht gleich im Anschluß unter vier Augen sprechen?«

Martini strich über seine grauen Haare und grinste Klaus an. »Nein, wir werden hier alles offen diskutieren. Herr Neumann, ich weiß, Sie machen sich Hoffnungen auf diesen Posten, aber ich weiß nicht, ob Ihre Erfahrungen dafür ausreichen.«

Marlene bemerkte, wie die blonde Frau und Martini einen kurzen, aber intensiven Blick austauschten. Armer Klaus, da hatte er etwas übersehen. »Und jetzt zu Ihnen, Frau Popp. Da wir momentan ohne Programmleitung sind, werden Sie die Leitung für die Frühsendungen übernehmen. In Ihrer Nachtsendung möchte ich mehr Entertainment als bisher. Rocky, Sie werden ab sofort außerdem verantwortlich bei der Drive-Time mitarbeiten.«

Die Temperatur im Raum erhitzte sich zusehends. Marlene wagte es nicht, Rocky und Klaus anzusehen, die sich gedemütigt fühlen mußten. »Aber ich kann keine Morgensendung ohne Rocky machen.«

»Das ist mir klar. Rocky, Sie übernehmen die Drive-Time zusätzlich.«

»Aber da ist schon fast meine Bettgehzeit. Wie soll ich denn morgens fit sein, wenn ich an der Nachmittagsschiene arbeiten muß, das ist doch Blödsinn!« Rockys Körper wackelte vor Zorn.

Martini schien amüsiert. »Ist ja nur für eine Woche, dann sollten wir unser Schiff wieder flottgekriegt haben.«

Marlene fragte sich, wann die blonde Frau endlich mal ihren Mund aufmachen würde.

»Unter diesen Umständen erwäge ich eine fristlose Kündigung. Ich habe mich doch nicht jahrelang von dieser... schikanieren lassen, um jetzt in der letzten Reihe zu stehen.« Klaus war immer noch zornrot.

Marlene dachte an Klaus' Familie, wie die wohl zu einer fristlosen Kündigung stehen würde mit drei Kindern. Aber sie bewunderte ihn auch. Er war ehrlich. Martini nestelte an seiner Krawatte, was ihm irgendwie einen Vorteil zu verleihen schien, denn er war der einzige im Raum mit Krawatte. »Ruhig Blut, meine Herren. Wir werden das alles noch klären. Nur keine übereilten Entschlüsse fassen. Wir sind hier nicht auf der Titanic, wir rammen den Eisberg nicht, vielmehr ist der Eisberg gerade gesunken, und wir müssen das Schiff navigieren.« Glücklich über seinen originellen Vergleich strahlte er die blonde Frau an. Marlene ging zur Tür. »Ich finde das geschmacklos. Ein Mensch ist gestorben, kein Eisberg.« Sie knallte die Tür hinter sich nicht so laut zu, wie sie es gerne getan hätte, weil sie Uschis Gefühle nicht verletzen wollte, und eilte zum Aufzug. Klaus kam hinter ihr her und quetschte sich gerade noch zwischen die Türen.

»Klugscheißer, Arschloch, Wichser.« Er hatte Schweißperlen auf der Stirn.

»Na wirklich. Jetzt reicht's aber, Klaus. Ich verstehe, daß

du sauer bist. Aber so kommst du auch nicht weiter. Wer ist eigentlich diese blonde Frau?«

»Das ist Katja Schwarzhammer, die Schlampe.«

»Und?«

Klaus drückte auf den Nothaltknopf des Aufzugs und nahm Marlene in die Arme. »Ahh, das tut gut.«

Marlene schob Klaus mit aller Kraft von sich weg. »Sag mal, spinnst du? Was soll denn das? Ich will bloß mit dir reden!«

Er grinste mit rotem Gesicht. »Okay, zieh dich aus, ich will auch mit dir reden!« Er öffnete seine Gürtelschnalle. Und zog den Reißverschluß runter.

Marlene überlegte, was zur Hölle sie tun könnte, um dem Ganzen ein Ende zu machen. Sollte sie in seine besten Teile reintreten? Hatte er einen Schock, oder vergewaltigte er prinzipiell Frauen, wenn er frustriert war? Er war völlig verändert, nicht mehr der liebe Familienpapi, der ihr beim Umzug geholfen hatte. Schon eher der Mann, der in seiner Ehe seit langem sexuell nicht befriedigt wurde. Ein widerlicher, schwitzender Kotzbrocken umklammerte sie mit einer Hand, und mit der anderen fummelte er in seiner Unterhose herum.

»Wenn du nicht sofort damit aufhörst, dann schreie ich.«

Mit Entsetzen mußte Marlene mit ansehen, wie Klaus seinen Penis auspackte. »Na, da hab' ich doch echt was zu bieten. Los, komm, zier dich nicht so. Du hattest doch schon ewig keinen Lover mehr.«

Klaus mußte verrückt sein. Wer wußte schon, was er noch alles tat, wenn er die Kontrolle über sich verlor. Okay, Marlene, du kannst jetzt nur eine Sache machen. Reintreten, und zwar richtig fest, und dann diesen verdammten Aufzug wieder in Bewegung setzen. Sie zog ihr Knie so fest an, wie sie konnte, und rammte es in seinen Unterleib. Er schrie auf und krümmte sich. Dann trat Marlene noch mal zu, diesmal von hinten. Ungläubig sah er sie an und sackte auf dem Boden des Aufzugs zusammen. Marlene drückte alle Knöpfe und trommelte gegen die Aufzugtüren. Nach einer Ewigkeit setzte sich der Aufzug in Bewegung. Endlich gingen die Türen auf, Marlene rannte aus dem Aufzug in ihr Büro. Als sie völlig außer Atem ankam, blockierte ein weißrotes Absperrband ihre Tür. Sie hatte tatsächlich für ein paar Minuten vergessen, was sie heute morgen hier gefunden hatte. Was für eine Irrenanstalt. Sie benötigte ihre Handtasche, um nach Hause zu fahren, dem einzigen Ort, der ihr plötzlich einigermaßen sicher vorkam. Wo könnte ihre Handtasche bloß sein? Ihr Atem wurde ruhiger, aber gleichzeitig merkte sie, wie ihre Beine immer stärker zitterten. Wie schlau von mir, dachte sie, daß ich heute morgen keinen Rock angezogen habe, der würde jetzt ganz schön hin und her schwingen. Langsam ging sie den Korridor entlang, zu einem Telefon. Lagerfeldt würde wissen, wo ihre Tasche wäre. »Lagerfeldt weiß es, Lagerfeldt weiß es, Lagerfeldt weiß es«, murmelte sie vor sich hin und konzentrierte sich auf ihre Worte, die ihr wie die Osterbotschaft des Papstes vorkamen. Heilbringend.

»Lagerfeldt weiß was?« Sie war fast mit Petra zusammengestoßen.

»Das Parfümdeo. Ha ha ha.« Marlene lachte lautlos und fiel dann zu ihrer größten Bestürzung immer noch zitternd in Petras Arme. Petra hielt sie fest. Da Petra fast einen Kopf größer war als Marlene, konnte sie ihre Wange auf Marlenes Haar legen. Sie flüsterte auf Marlene ein, als wäre sie ein krankes Kind.

»Alles wird gut. Du wirst schon sehen, alles wird wieder gut.«

Marlene beruhigte sich nur langsam. Als sie endlich ihre Beherrschung wieder hatte, trat sie peinlich berührt einen Schritt zurück. »Entschuldigen Sie, tut mir leid.«

Petra zuckte mit den Achseln. »Ist schon okay. Schließlich findet man nicht jeden Tag eine Leiche. Nicht mal ich.« Ihr bleiches Gesicht schien Marlene heute besonders blaß zu sein.

»Wo kommen Sie überhaupt her? Ich dachte Sie sind auf Fortbildung?«

»Man hat mich zurückbeordert, wegen dieses Mordfalls.«

»Das ist gut. Wir müssen reden.«

Petra nickte zustimmend und sah Marlene noch einmal prüfend an. »Ich glaube, wir gehen nicht aufs Revier und auch nicht zu Ihnen nach Hause. Wer weiß, was dort auf Sie wartet. Wir gehen zu mir. Da ist es ruhig.«

Und niemand hört mich, wenn ich schreie. Marlene hatte eine Vision, wie Petra ihre Hose aufknöpfen, die roten Haare nach hinten schleudern und über sie herfallen würde. Woher sollte sie in Zukunft noch wissen, wem sie vertrauen konnte? Aber Petra war nicht wie Klaus. Sie war Polizeibeamtin! Petra stand immer noch vor ihr. Trotzdem wollte sie jemanden dabeihaben, den sie schon etwas besser kannte. Valerie! Das war eine gute Idee.

»Was würden Sie davon halten, wenn wir zu Valerie gingen? Dort befinden sich auch die meisten unserer Recherchen.«

Petra war einverstanden. Sie fuhren zu dritt in Valeries Wohnung, die ganz anders aussah, als Marlene sie sich vorgestellt hatte. Es gab alte abgebeizte Schränke, die einladend offenstanden und den Blick auf buntes Geschirr und Gläser freigaben. An den Wänden hingen Farbbilder. Marlene konnte keine Formen erkennen, nur Farbschattierungen,

Farbexplosionen. Solche Bilder hatte sie noch nie gesehen. Inmitten der liebevoll restaurierten Möbel wirkten diese Bilder futuristisch. Marlene hatte erwartet, daß Valerie wenige, aber coole High-tech-Möbel in ihrer Wohnung hatte. Warum, wußte sie selbst nicht so genau. Ihre Fähigkeit, Menschen einzuschätzen, schien ihr in letzter Zeit abhanden gekommen zu sein. Klaus' Gesicht drängte sich ihr wieder auf. Sie setzte sich in einen alten Sessel, über dem eine warme, gewebte Rosendecke hing. Das Rosa und Orange der Blumen hatte etwas Friedliches. Sie wünschte sich, daß sie sehr lange einfach nur hier sitzen könnte. Petra setzte sich auf einen Schaukelstuhl aus Bambus, und Valerie räumte das mit Büchern übersäte Sofa frei. Valerie fragte, ob jemand etwas zu trinken haben wollte. Dann brachte sie Wasser für Marlene und Petra und einen Tee für sich selbst. Petra wartete, bis alle etwas getrunken hatten. Dann bat sie Marlene, die Geschichte von Anfang an zu erzählen und nichts wegzulassen.

Marlene kam es vor, als würde es Stunden dauern, alles zu erzählen. Nachdem sie die reinen Fakten berichtet hatte, fügte sie ihre Vermutung hinzu, daß erst der Mörder die Frauen zu seinen Bräuten gemacht hatte. Vielleicht war das sein Tick? Ab und zu unterbrach Valerie Marlene, um das ein oder andere zu ergänzen. Marlene endete mit dem Martini-Gespräch. Petra betrachtete sie die ganze Zeit über sehr aufmerksam. »Haben Sie mir jetzt auch wirklich alles berichtet. Fehlt nicht noch irgend etwas?«

Unbehaglich rutschte Marlene auf ihrem Sessel herum. Hatte die Geschichte mit Klaus mit Lederlisas Ermordung zu tun? Dann erinnerte sie sich, wie er aus dem Büro gestürmt war, neulich, als sie bei Uschi gewartet hatte. Sie senkte den Kopf und nuschelte mehr, als sie sprach, von ihrem Erlebnis im Aufzug. Sie war dankbar, daß weder

Valerie noch Petra aufsprangen und Entsetzensschreie ausstießen. Sie trank ihr Wasser aus. Als sie ihr Glas absetzte, merkte sie, wie müde und schwer sie jetzt war. Sie hatte die Verantwortung für das alles an Hauptkommissarin Petra abgegeben, die würde sicher wissen, was zu tun war. Jetzt wollte sie nur noch nach Hause. Baden, duschen, andere Kleider anziehen, an etwas Schönes denken.

Petra sah sie merkwürdig an. Sie räusperte sich. »Mein Kollege ist davon überzeugt, daß Sie etwas mit Frau Lederers Tod zu tun haben.«

Marlene sank wieder in sich zurück. »Aber das ist doch Blödsinn. Welchen Grund hätte ich denn gehabt?«

»Es gibt Zeugen dafür, daß Sie sich gestritten haben.«

»Aber viele haben sich mit ihr gestritten.«

»An Frau Lederers Leiche haben wir Haare von Ihnen gefunden.«

»Was weiß ich, wie die dahin gekommen sind?« Empörung verdrängte ihre Müdigkeit. »Wie hätte ich denn die Leiche in diesen Sack kriegen sollen? Sind Leichen nicht sehr schwer? Außerdem wäre ich doch nicht so dämlich, die Leiche dann auf meinen Schreibtisch zu legen.«

»Mein Kollege sieht das nicht so, das könnte auch ein Zeichen von besonderer Intelligenz sein.«

»Und glauben Sie das auch, daß ich Frau Lederer auf dem Gewissen habe?«

Wo waren Sie denn gestern abend zwischen ca. 18.30 und 20.30 Uhr?«

»Wurde sie da ermordet?«

»Beantworten Sie meine Frage?«

»Ich, ja, ich weiß nicht, wo ich war.«

»Das würde meinem Kollegen nicht sehr gut gefallen. Waren Sie auf Drogen, oder warum wissen Sie nicht, wo Sie waren?«

»Weil ich mich verlaufen habe. Im Englischen Garten.«

»Was machen Sie nach Einbruch der Dunkelheit im Englischen Garten? Ich hätte Sie für klüger gehalten!«

Valerie mischte sich ein. »Das ist alles meine Schuld. Wir beide waren spazieren, und dann haben wir uns gestritten. Hätte ich doch bloß nicht vorgeschlagen, in den Englischen Garten zu gehen. Tut mir leid, Marlene.«

Marlene schüttelte den Kopf. »Also, das ist doch nicht deine Schuld. Woher hättest du denn wissen sollen, daß Lederlisa ermordet wird?«

»Hat Sie jemand gesehen, oder haben Sie jemanden gesehen?«

Marlene schüttelte schon den Kopf, als ihr der Jogger einfiel. »Ja, ein sehr netter Mann hat mir den Weg aus dem Englischen Garten gezeigt. Reicht das aus?«

»Wenn man den Mann finden kann, wäre das nicht schlecht. Aber um ehrlich zu sein, ich glaube nicht, daß Sie Frau Lederer getötet haben. Sie hätten sicher das ein oder andere Motiv gehabt. Aber der Täter hat etwas getan, das weibliche Täter so gut wie niemals tun. Der Mörder von Frau Lederer hat eine Trophäe mitgenommen.«

Valeries blaue Augen wurden kugelrund. »Was bedeutet das?«

»Der Täter hat sich ein Andenken mitgenommen. Ich möchte Ihnen aber nicht sagen, was es war, aus ermittlungstechnischen Gründen.«

»Warum macht ein Täter so was?«

»Dafür gibt es verschiedene Gründe, manchmal wird es als Fetisch benutzt, manchmal erinnert es ihn an die Macht, die er über sein Opfer hatte, manchmal schickt er es der Polizei oder den Angehörigen, um ihnen zu zeigen, wie schlau er ist. Und ganz selten gibt es auch Fälle von Kannibalismus.«

Valerie starrte Petra an. »Aber ich dachte, so was gibt's bloß in Hollywoodfilmen?«

»Weit gefehlt. Viele Hollywoodfilme basieren ja auf wahren Geschichten, wie *Das Schweigen der Lämmer* zum Beispiel.«

»So einen Kerl hat es wirklich gegeben?«

»Ja.« Petra stand auf und ging auf dem hellbeigen Wollteppichboden von Valerie hin und her. »Allerdings hat es in Deutschland bisher keine Kannibalismusfälle gegeben. Und natürlich gibt es in Deutschland auch nicht so viele Serienkiller wie in den USA. Zum Glück. Aber nachdem ich mir Ihre Geschichten angehört habe, bin ich mir nicht mehr so sicher. Der Strauß in Frau Lederers Mund war tatsächlich als Brautstrauß bestellt. Übrigens von Ihrem Handy aus, Marlene. Ein weiterer Punkt, der meinen Kollegen davon überzeugt hat, daß Sie irgendwie darin verwickelt sind.«

»Aber ich habe keinen Blumenstrauß bestellt.«

»Das denke ich mir, so blöde können selbst Sie nicht sein. Aber Ihr Handy ist doch nicht den ganzen Tag unter Aufsicht«, versuchte sie einen Scherz, »oder?«

Marlene schüttelte den Kopf. »Wieso reden Sie eigentlich immer so freundlich über Ihren Kollegen Lagerfeldt? Der hat das mit der Fangschaltung versiebt und verdächtigt mich, ohne mich anzuhören.«

Petra blieb vor Marlene stehen. »Das nennt man Loyalität. Ich weiß nicht, wie Sie das beim Radio halten, aber wir stehen hinter unseren Kollegen. Außerdem ist er noch jung, und das ist ein Grund mehr, ihm den Rücken zu stärken.«

»Ihr seid echt toll bei der Polizei.« Marlene konnte sich den Kommentar nicht verkneifen. So toll, daß sich manche vor lauter Begeisterung das Leben nahmen. Simon hatte ihr eine ganz andere Geschichte über Mobbing und sexuelle Belästigung erzählt.

Valerie lächelte von Petra zu Marlene. »Hey, wir sollten unsere Energien nicht sinnlos verschleudern. Wenn ich das mal zusammenfasse, dann gibt es in jedem Fall einen Mörder, der Lederlisa auf dem Gewissen hat. Trotzdem wissen wir immer noch nicht, wer die drei anderen Frauen umgebracht hat. Vielleicht hängen auch alle zusammen. Dann gibt es den Mann, der die Stöhnanrufe bei Marlene macht und die ›Geschenke‹ in ihre Wohnung legt.«

»Auf den Punkt gebracht, Valerie.« Marlene applaudierte. »Und wenn ihr mich fragt, ist das alles ein und derselbe Kerl. So viele Zufälle gibt's doch überhaupt nicht! Und ich will jetzt nach Hause.« Sie hatte das Gefühl, daß ihre Kleider nach Klaus stanken ... und nach Verwesung.

»Das habe ich befürchtet.« Grinsend zog Petra Marlenes Handtasche aus ihrem Aktenkoffer und überreichte sie ihr. Valerie kam Marlene zuvor.

»Wartet, ich hab' noch eine Idee. Laßt uns doch noch mal mit Tanjas Freundin Sabine reden. Ich glaube einfach nicht, daß der Mann Frauen einfach nur so zu Bräuten macht. Es muß einen Grund geben, weshalb er sich nun gerade die aussucht.«

Petra ließ das Schloß an ihrem Aktenkoffer wieder einschnappen. »Das ist leider nicht wahr. Wenn wir es mit einem Soziopathen zu tun haben, dann trifft das nicht zu. Soziopathen töten ohne einen erkennbaren Grund, ihr Angriff richtet sich nicht gegen eine bestimmte Person oder Personengruppe. Bei Psychopathen dagegen richten sich die Angriffe meistens auf Menschen, die sie kennen und von denen sie sich provoziert fühlen. Aber auch hier ist die Motivation nicht immer nachzuvollziehen. In beiden Fällen leben die meisten äußerlich ein ganz normales, angepaßtes Leben.«

Petra stand auf. »Ich muß jetzt gehen. Falls Sie etwas in

Erfahrung bringen, dann melden Sie sich bitte bei mir. Ich finde allein raus.« Sie verließ Valeries Wohnung und ließ Marlene und Valerie in Schweigen versunken zurück. Nach einer Weile wagte Valerie mit ganz wackliger Stimme schüchtern eine Frage. »Hat Klaus dir weh getan?« Sie sah Marlene nicht an, sondern starrte auf den Sofatisch.

Marlene wußte nicht, was sie antworten sollte. Körperlich hatte sie ihm bestimmt vielmehr weh getan als er ihr. Aber in ihrer Seele hatte er erhebliches Durcheinander verursacht. Sie wollte aber nicht darüber reden. Sie wollte endlich in ihre Wohnung. Sie stand auf. Valerie gab ihr die Handtasche zurück. Marlene beschloß, nicht mal mehr zum Sender zurückzufahren, sondern gleich mit dem Taxi nach Hause.

Endlich. Marlene steckte den Schlüssel ins Schloß. Er paßte nicht. Sie probierte es noch einmal, aber er ging nicht mal mit der Spitze in den Zylinder. Ihr fiel wieder ein, daß sie den Hausmeister gebeten hatte, die Schlösser auszuwechseln. Sie fragte sich gerade, wo die Wohnung des Hausmeisters war, als er aus der gegenüberliegenden Wohnung herauskam. Er verabschiedete sich von einem jungen Ehepaar, das aussah, als könnte es ohne Whirlpool auf der Terrasse nicht leben.

»Herr Reimann, ich brauche Ihre Hilfe!«

»Sie, Frau Popp, alles zu seiner Zeit. Warten ist eine Kunst.« Er übergab dem Ehepaar einen Schlüssel, ließ sich etwas unterschreiben, und wandte sich dann, als die beiden gegangen waren, an Marlene. »Was für ein Problem haben Sie denn?«

Ungeduldig hielt Marlene ihm ihre Schlüssel vor die Nase. Heute hatte sie keine Lust, darauf Rücksicht zu nehmen, daß er so klein war. »Was ist mit den Schlüsseln?«

Herr Reimann zuckte mit seinen muskulösen Schultern. »Sie haben mich doch gebeten, mich darum zu kümmern. Jetzt haben Sie ein neues Schloß und sogar noch ein Sicherheitsschloß.« Er holte aus seiner Tasche einen riesigen Bund mit verschiedenen Schlüsseln und schloß ihr die Tür auf. Gerade als sie in die Wohnung hineingehen wollten, räusperte sich Dr. Juri. Marlene drehte sich zu ihm um. Aber Dr. Juri sah sie nicht an, sondern blieb mit gesenktem Kopf vor ihr stehen. »Fräulein Popp, ich muß mich entschuldigen, gestern, das war unverzeihlich von mir. Ich bin eingeschlafen und habe unsere Verabredung ganz vergessen. Glauben Sie, daß Sie mir verzeihen können?«

Gestern, überlegte Marlene, gestern, war sie gestern mit Dr. Juri verabredet gewesen? Sie starrte Dr. Juri an, als hätte sie ihn noch nie gesehen, und ihr fiel keine Antwort ein. Da er beharrlich die Fußmatte anstarrte, standen alle drei in totaler Stille.

Endlich unterbrach der Hausmeister, noch mürrischer als sonst, das Schweigen. »Also, hier sind die Schlüssel, Frau Popp. Die Rechnung kriegen Sie mit der Post. Ich habe noch einiges zu tun.« Er drückte ihr die Schlüssel grob in die Hand und eilte die Treppen hinunter.

Marlene nahm automatisch die Schlüssel. Dann erinnerte sie sich wieder. Gestern abend, der Jogger... Ja, natürlich, sie war mit Dr. Juri verabredet gewesen. »Es tut mir auch leid, Dr. Juri, ein andermal.«

Dr. Juri löste den Kopf aus seiner gebeugten Starre. »Dann vergeben Sie mir?«

»Ja, ja. Bitte, ich möchte jetzt...« Ihr Handy klingelte. Ausnahmsweise war sie dankbar für die Unterbrechung. Sie hob entschuldigend die Hände, winkte Dr. Juri zu und schloß die Haustür von innen.

Der Anrufer war Simon, der sie bat, in seine Wohnung zu

kommen. Er müßte etwas mit ihr besprechen. Dringend. Es sei wichtig. Und er könnte nicht weg, weil er versprochen hätte, mit dem Babyphon auf die Jungs der Nachbarin aufzupassen. Eine ganz neue Seite an Simon, dachte Marlene. Daß er sich um Kinder kümmerte, um Nachbarn. Bisher hatte sie den Eindruck gehabt, daß er geheimnisvoll in einer einsamen Muschel hauste. Na ja, verbesserte sie sich, so viel Eindruck hatte sie bis jetzt nicht gewinnen können. Sollte sie die Gelegenheit nutzen, ihn besser kennenzulernen? Immerhin konnte sie dann herausfinden, ob er mit einer Frau zusammenlebte, Kinder hatte und so weiter. Sie sehnte sich zwar nach einer Dusche und Ruhe. Aber Simon hatte sie neugierig gemacht.

Er wohnte in einem winzigen Häuschen mit einem alten Garten drumherum. Etwas, das Marlene niemals mitten in der Stadt vermutet hätte. Noch dazu hatte sie sich Simons Behausung ganz anders vorgestellt, eher eine Penthousewohnung mit Dachterrasse. Daß er in so einem Hexenhäuschen wohnte, verwirrte sie. Er erwartete sie mit einem Babyphon in der Hand.

»Seit diese Dinger eine Reichweite von fast 400 Metern haben, muß ich öfter mal dran glauben. Thea, meine Nachbarin, mußte zum Arzt.«

»Wie alt ist denn das Kind, das sie dir anvertraut hat?«

Simon grinste. »Es sind drei Jungs. Drillinge.«

München schien eine Stadt mit erstaunlich vielen Mehrlingsgeburten zu sein. Marlene konnte sich nicht erinnern, jemals vorher Zwillingen oder gar Drillingen begegnet zu sein. »Wie alt sind die drei?«

»Zwölf Monate, und sie sind unglaublich energiegeladen. Sie dürfen in meinem Garten spielen. Seit sie einigermaßen laufen können, ist nichts mehr vor ihnen sicher. Ich habe meinen Teich sogar eingezäunt, damit sie nicht reinfallen können.«

»Das ist ziemlich nett von dir.«

»Ich mag die drei einfach gern. Ich hatte nie Geschwister. Aber jetzt komm doch endlich rein, bevor du dich erkältest.«

Marlene gab Simon ihren Mantel und registrierte, wie liebevoll die Wohnung eingerichtet war. Der enge, terrakottafarbene Flur öffnete sich zu einem großen Wohn-Eßraum, der alte Holzbohlenbeläge hatte. Die Wände waren cremefarben lasiert. Unter den hohen Sprossenfenstern stand nur ein altes, dunkles Ledersofa und ein heller Sessel. Dazwischen war nur ein dunkles Serviertablett auf einem Holzgestell. Sie schnupperte, es lag ein Duft nach Apfelkuchen in der Luft. Sie fühlte sich wie in eine andere Welt gezaubert. Schon in Valeries Wohnung hatte sie sich wie zu Hause gefühlt, und jetzt bei Simon war das Gefühl noch viel stärker. Es war um so idiotischer, als sie ihr eigenes Zuhause nie besonders gemocht hatte. Nichts in Valeries oder Simons Wohnung erinnerte sie an das Haus ihrer Eltern. Nein, es war die Stimmung, die zwischen den Wänden herumwaberte und sie rührte. Oder war sie nur so anfällig dafür, weil sie in letzter Zeit soviel Grauenhaftes erlebt hatte? Sie setzte sich auf das Ledersofa, das eine Art Willkommensgruß knarzte. Simon kam aus der Küche mit einer Teekanne, zwei Tassen, Zucker und Milch. »Möchtest du einen Tee?« Marlene mochte keinen Tee, sie bekam Bauchweh davon. Während sie zögerte, hatte Simon schon verstanden. »Kein Problem, dann koche ich dir einen Kaffee.«

»Mach dir keine Umstände, ich brauche gar nichts.«

Aber Simon war schon verschwunden. Marlene wäre gern herumgegangen und hätte sich die Wohnung genauer angeschaut, aber sie traute sich nicht. Das kam später. Wann später? fragte sie sich. Seit wann erlaubte sie sich, an eine Zukunft zu denken? Simon kam zurück und stellte einen Kaffeebecher vor ihr ab.

»Was duftet hier eigentlich so lecker?« Marlene hatte keinen Hunger, aber sie wollte doch wissen, ob dieser Mann backen konnte oder ob er eine begnadete Haushälterin hatte. Simon strahlte. »Was du da riechst, sind Bratäpfel. Mit Äpfeln aus meinem Garten! Meine Spezialität. Na ja, eigentlich hab' ich das Rezept von meiner Mutti. Sie war eine begnadete Köchin. Du erinnerst mich ein ganz kleines bißchen an sie. Aber das macht nichts.«

Marlene war sich nicht sicher, ob das als Kompliment gemeint war, oder nicht. Aber es war ihr auch egal. Denn sie kam sich immer mehr vor, als würde sie einen kitschigen Hollywoodfilm sehen. Das gab's doch gar nicht. Ein Anwalt, der in so einer schönen Behausung freiwillig babysittete, Bratäpfel backen konnte und auch noch stolz drauf war, daß die Äpfel aus seinem Garten waren. Marlene hatte in ihrem ganzen Leben noch nie einen Bratapfel gegessen, geschweige denn gerochen. Ihre Mutter hatte sich geweigert zu kochen. Eine Köchin, die ihr Vater immer wieder einstellen wollte, hatte sie abgelehnt. Deshalb gab es warme Mahlzeiten für Marlene nur im Restaurant oder über den Pizzaservice. Selten wurde etwas Tiefgekühltes aufgetaut. Bratäpfel! Unglaublich. Marlene schmolz dahin wie Schokolade im Heißwasserbad... Es fehlte nur noch ein loderndes Kaminfeuer mit einem Bärenfell davor.

Erwartungsvoll sah Simon auf sie herunter. »Möchtest du einen probieren?« Marlene konnte nur noch nicken. Simon verschwand wieder hinter einer Tür und war in Rekordzeit zurück. Vor Marlene lag ein perfekt geformter Bratapfel mit einem Häubchen aus karamelisiertem Zucker, Nüssen und Rosinen. Daneben türmte sich ein Berg aus Sahne. »Du bist unglaublich!«

Simon setzte sich neben sie auf das alte Ledersofa. »Na, du bist ja leicht zu beeindrucken!«

»Nach diesem Tag heute hätte mich auch ein Portionsteller Sheba mit Petersiliendekoration umgehauen.«

»Wenn ich das bloß früher gewußt hätte!« Simon zog beim Grinsen den rechten Mundwinkel höher als den linken, was ihn spöttisch wirken ließ. Marlene aß den Bratapfel mit Genuß auf. Simon nippte an seinem Tee und sah ihr zu. Marlene haßte es sonst, wenn ihr jemand beim Essen zusah. Aber bei Simon fand sie es gemütlich. Sie stellte den Teller auf dem Tablettisch ab.

»Nachschlag?«

»Auf keinen Fall, ich bin sehr satt.«

Ein seltsames Geräusch, ein Kratzen, dann ein Quäken, wie von jungen Tieren, drang an Marlenes Ohren. »Was ist denn das?«

Simon schwang das Babyphon. »Das hier! Ich muß schnell rüberschauen und nachsehen, ob diese Rasselbande wirklich schon wach ist oder ob bloß einer den Schnuller verloren hat. Möchtest du mitkommen oder hier warten?«

Erwartungsvoll sah Simon auf Marlene. Ihr war klar, daß er ihr sehr gerne auch noch die Rolle des kinderlieben Papis vorgespielt hätte. Aber der Gedanke an drei brüllende Kinder reichte aus, um sich für die paradiesische Stille in Simons Wohnung zu entscheiden. Sie winkte ihm nach und sank wieder auf das Sofa. Am liebsten hätte sie ein Nickerchen gemacht, aber sie war viel zu neugierig auf das, was Simon ihr eigentlich zu sagen hatte. Sie stand auf, um ihren Teller in den Raum zu bringen, in dem Simon immer verschwunden war. Der Kontrast hätte größer nicht sein können. Hier war alles aus Edelstahl. Die Küche wirkte wie der OP eines Gesichtschirurgen. Unsicher sah sie sich um, wo sie den Teller hinstellen sollte. Wie kam es nur, daß Simon und Valerie in ihren Autos ganze Dreckhalden spazieren fuhren, während es bei ihnen zu Hause so ordentlich war, wie geleckt. Vielleicht hatten die beiden eine Putzfrau, und im übrigen ging es sie ja auch nicht das mindeste an. Sie verließ die Küche und schlenderte vom Wohnzimmer in einen Nebenraum. Offensichtlich Simons Arbeitszimmer. Neugierig betrachtete Marlene die Bücherregale. Juristische Schinken und, es war kaum zu fassen, viele Bände Lyrik. Vor dem Fenster stand ein alter Eichenrollschreibtisch. Etwas auf dem Schreibtisch erregte Marlenes Aufmerksamkeit. Sie ging näher an den Tisch. Neben dem Anrufbeantworter lagen Rollen mit durchsichtigem Cellophan und breite, weiße Satinschleifen. Marlene atmete schneller. Und dann sah sie es. Neben dem Telefon lag ein Discman und die CD von Shanice »I love your smile«. Sie fror, als wäre plötzlich ein eiskalter Wind über ihren Rücken gefahren. Konnte Simon der Mann sein, den sie suchten? Hatte Simon sie hierher gelockt, um sie zu seiner nächsten Braut zu machen? Und sie dumme Gans war auf dieses blöde Bratapfel-Getue reingefallen. Wußte sie eigentlich, ob es hier überhaupt Nachbarn gab? Vielleicht war das Quäken im Babyphon in Wirklichkeit das gequälte Schreien ihres nächsten »Geschenks«? Sie mußte hier weg, bevor Simon zurückkam. Sie bildete sich ein, Schritte zu hören. Nur deine überreizte Phantasie, Marlene. Sie klaubte ihre Handtasche vom Ledersofa, rannte so schnell sie konnte zu ihrem Auto und fuhr los. Im Auto wurde sie ganz ruhig. Sie wunderte sich, daß sie nicht zittern mußte, nicht weinen oder schreien. Sie war ganz ruhig. Sie fuhr vielleicht ein wenig zu langsam, aber sie war ganz ruhig. Überlege mal, Marlene, wo war Simon gestern abend, als Lederlisa umgebracht wurde? Wo war er gestern abend gewesen? Jedenfalls nicht in der Nähe seines Handys. Das konnte viele Gründe haben. Genau, und dann hat er auch noch zufällig solche Satinschleifen und Cellophan zu Hause und diese CD. Sie mußte Maja anrufen, die kannte doch Simon. Vielleicht konnte ihr Maja sagen, daß Simon niemals so etwas tun würde. Nein, sie würde Petra anrufen und ihr sagen, wer Lederlisa umgebracht hatte. Marlene spuckte ein Lachen aus wie alten Kaugummi, ha ha ha. Sie war eine Spitzenkriminalistin. Wie hatte sie sich nur einbilden können, einen Fall zu lösen, den die Polizei nicht lösen konnte? Es war nur gerecht, daß sie jetzt von einer Scheiße in die nächste trat. Ordinär wirst du auch noch, Marlene. Es schien fast so, als würde alles auf der Strecke bleiben. Seit ihrem ersten Tag in München ging doch alles nur immer mehr den Bach runter. Was für eine nette Beschreibung für Mord, Marlene. Sie wußte rein gar nichts. Heute morgen war Rocky ihr Verdächtiger Nummer eins. Wenige Stunden später kam ihr Klaus nicht mehr so ganz astrein vor, und jetzt war es Simon. Nein, Simon konnte das nicht getan haben. Verzweifelt überlegte Marlene, was dafür sprach, daß Simon es nicht gewesen sein konnte. Eine entsetzliche Idee zog ihr den Magen zusammen. Sie mußte kurz anhalten. Hinter ihr hupten die anderen Autofahrer ungehalten, als sie mitten auf dem Ring zum Seitenstreifen ausscherte. Was, wenn diese Polizistin ihm auf die Schliche gekommen war, und ihr Selbstmord war überhaupt keiner? Was, wenn er Franziska, so war doch ihr Name, auch auf dem Gewissen hatte? Was für ein blöder Ausdruck. Der hatte gar kein Gewissen. Sie durfte auf keinen Fall nach Hause fahren, weil er sie dort finden konnte. Er würde wieder zurückkommen und sich zusammenreimen, was passiert war. Maja kannte er auch. Ob sie vielleicht eine Nacht bei Valerie schlafen könnte? Sie versuchte, Valerie anzurufen. Sie tippte ihre Nummer ein, aber es passierte überhaupt nichts. Was war denn jetzt wieder los? Sie schüttelte das Telefon, aber das Ding blieb tot. Endlich dämmerte ihr, daß sie die Akkus hätte aufladen müssen. Unangemeldet wollte sie nicht zu Valerie fahren. Sie wußte ja nicht mal, ob sie zu Hause war. Immerhin hatte sie doch neue Schlösser für ihre Wohnung bekommen. Da war sie bestimmt einigermaßen sicher. Sie fuhr nach Hause.

In ihrer Wohnung schleuderte sie die Schuhe von sich und ging sofort unter eine kochend heiße Dusche, um endlich diesen entsetzlichen Tag von sich abzuspülen. Danach ging es ihr besser. Sie hatte darauf verzichtet, den zugedampften Spiegel freizuwischen, und beschlossen, sich lieber blind einzucremen. Ihr Anblick war heute mittag schon gespenstisch genug gewesen. Er war sicher nicht besser geworden. Sie zog den nilgrünen Seidenkimono an, legte die »Vier Jahreszeiten« von Vivaldi auf, um sich auf andere Gedanken zu bringen, und räumte ihre Kleider in den Kleiderschrank. Sie tappte barfuß über den Holzboden und wünschte sich einen richtig dicken flauschigen Teppich, auf dem man auch mal herumlümmeln konnte. Dem Dr. Juri würde so ein schalldämmender Teppich auch nichts schaden, dachte sie, als über ihr wieder dieses merkwürdige Gepolter einsetzte. Teppiche, Vorhänge, Regale, es gab noch so viel zu tun, bevor diese Wohnung richtig zu ihrem Zuhause werden konnte. Sie suchte nach ihrem Ladegerät für das Handy, aber sie konnte es nicht finden. Sie war ganz sicher, daß sie es an einen sicheren Ort getan hatte. Nur wollte ihr der gerade nicht einfallen. Sie bedauerte, daß ihr Fernseher noch nicht angeschlossen war. Heute hätte sie gerne was richtig Komisches gesehen. Bloß keinen Thriller.

Sie hatte immer noch keinen Hunger. Der Bratapfel lag ihr schwer wie Schneewittchens Apfel im Magen, aber einen Schluck Wein hatte sie sich wirklich verdient. Sie holte den Flaschenöffner aus der Besteckschublade und öffnete die Kühlschranktür, um den eisgekühlten Chardonnay herauszunehmen. Sie nahm die Flasche aus dem Seitenfach des Kühlschranks, und gerade, als sie den Kühlschrank zumachen wollte, da sah sie es. Auf einem Teller. Es war eine Zunge. Ein roter widerlicher Lappen Fleisch auf einem ihrer weißen Teller in ihrem Kühlschrank. Die Flasche glitt aus ihrer Hand und zersplitterte auf den Fliesen des Küchenbodens. Sie wußte sofort, was das war. Es war Lederlisas Zunge, deshalb hatte der Brautstrauß in ihrem Mund gesteckt. Das war die Trophäe, die der Irre ihr abgenommen, nein, abgeschnitten haben mußte. Marlene übergab sich auf den Küchenboden. Nichts wie raus hier! Weg von hier! Nie wieder hierher! Sie rannte über die Scherben durch die Küche in den Flur und aus ihrer Wohnung. Sie klingelte an der Tür gegenüber. Niemand öffnete. Sie wußte immer noch nicht, wo der Hausmeister wohnte, dann fiel ihr Dr. Juri ein. Ja, Dr. Juri hatte bestimmt ein Telefon. Sie tappte, so schnell sie konnte, nach oben und klingelte Sturm. Sie würde diesen Klingelknopf nie wieder los lassen. Dr. Juri mußte zu Hause sein, sie hatte ihn doch ganz deutlich gehört. Würde er denn niemals aufmachen? Marlene hämmerte an seine Tür. »Aufmachen, aufmachen!! So machen Sie doch endlich die Tür auf, das ist ein Notfall.«

Endlich öffnete Dr. Juri schweißgebadet die Tür. »Ja, was ist denn los? Fräulein Popp, mein Gott, wie sehen Sie denn aus? Haben Sie sich verletzt?«

Erst jetzt registrierte Marlene, daß sie blutige Fußspuren auf der Treppe hinterlassen hatte. »Nein, nein, bitte rufen Sie sofort die Polizei!«

»Jetzt kommen Sie erst mal rein, und setzen Sie sich, Sie sehen ja fürchterlich aus.« Dr. Juri zog sie über die Schwelle in seine Wohnung.

Mittwoch, 10. November

Über ihrem Kopf nahm Marlene eine verschwommene schwarze Gestalt wahr. Sie kniff die Augen zusammen, um zu erkennen, was es war. Nach ein paar Sekunden wurden die Umrisse schärfer. Es waren Fußsohlen mit Nägeln drin. So etwas hatte sie schon mal gesehen. Genau, das war ein Kruzifix. Ein Kruzifix? Wo war sie? Durch das Fenster kam nur ein trübes, graues Licht in den Raum. Marlene setzte sich langsam auf. Sofort spürte sie einen scharfen Schmerz in ihrem linken Fuß. Sie hatte den grünen Kimono an, aber sie lag nicht in ihrem eigenen Bett. Denn das war aus Holz, und ihre Decken waren mit orangefarbener Blumenbettwäsche bezogen. Dieses Bett war aus Eisen, und die Bettwäsche war aus edlem Leinen in Moosgrün und Kitt. Sie schlug die Decke zurück und sah nach, was mit ihrem Fuß passiert war. Am rechten Fuß war nur ein Pflaster, aber der linke war komplett bandagiert. Sie versuchte, ihre Fußzehen zu bewegen. Sie fühlte sofort ein Stechen. Sie sackte wieder auf das Bett. Wunderbar fühlten sich die Kissen an, kühl und schön weich. Merkwürdig, dachte, sie, wieso bin ich so ruhig? Ach, egal. Wieder auf dem Rücken liegend, betrachtete sie das Zimmer, in dem sie sich befand. Es war sehr sparsam, fast mönchisch eingerichtet. Außer dem Kruzifix über ihrem Bett hing noch eine Mariendarstellung über einer dunklen Kommode, die vor einer weißgekalkten Wand stand. Das hätte Jeff gefallen. Jeff war ganz wild darauf gewesen, nach Europa zu kommen und mit ihr Renaissance-Kirchen zu besuchen. Sie versuchte, sich an sein Gesicht zu erinnern, aber es lief auseinander wie ein Aquarell, über dem man einen Becher Wasser ausgeschüttet hat. An Jeff zu denken verursachte gar keinen Schmerz mehr. War sie etwa tot? Marlene lächelte, auch das wäre nicht so schlimm, alles war im Gleichgewicht. Nein, sie war nicht tot, nur glücklich, oder war das etwa das gleiche? Ihr Blick fiel auf einen hölzernen dreibeinigen Stuhl, über dem ein nasses, rotes Handtuch hing, seltsam verwrungen. Und da fiel es ihr plötzlich wieder ein. Die Zunge in ihrem Kühlschrank. Oder hatte sie das nur geträumt? Aufgeregt schlug sie die Decke noch einmal zurück und betrachtete ihre lädierten Füße. Nein, sie erinnerte sich jetzt ganz deutlich. Sie hatte die Weinflasche fallen lassen, als sie die Zunge entdeckt hatte. Aber was war dann passiert? Marlene hätte am liebsten ihren Kopf gegen die Wand geschlagen, um ihn klarzukriegen. Es gelang ihr einfach nicht zu denken. Wo war sie dann jetzt?

Die Zimmertür öffnete sich. Dr. Juri kam mit einem Tablett herein. »Hier, ich habe eine Brühe für Sie gekocht, das wird Ihnen guttun.«

Marlene zog die Decke schnell so hoch sie konnte. Was machte Dr. Juri hier?

»Ich will nichts, gehen Sie weg!«

»Entschuldigen Sie, aber das kann ich nicht, Sie liegen in meinem Bett.«

»Aber das ist ja entsetzlich!«

Dr. Juri schüttelte bekümmert seinen Kopf. »Machen Sie sich keine Sorgen, das geht schon in Ordnung.«

»Bitte gehen Sie raus. Ich will Sie nicht sehen.«

Dr. Juri ließ seinen bärtigen Kopf noch mehr als sonst

hängen und schlich zur Tür. »Es tut mir leid, was passiert ist, Fräulein Popp, aber was hätte ich denn anderes tun sollen?«

Was meinte er damit? Konnte dieser Mann auch mal was sagen, das sich nicht völlig kryptisch anhörte? Marlene entspannte sich ein wenig und versuchte wieder, ihre Füße zu bewegen.

Die Zimmertür wurde aufgerissen. Petra kam herein und setzte sich neben Marlenes Bett. »Ihr Nachbar, Dr. Juri, meint, Sie könnten sich nicht daran erinnern, was passiert ist. Da will ich Ihnen gern auf die Sprünge helfen. Erstens, Sie haben eine Megadosis Beruhigungsmittel von unserem Polizeiarzt bekommen, weil Sie völlig hysterisch waren. Was sicher auch auf die Schmerzen und den Blutverlust zurückgeführt werden kann. Außerdem mußte die Wunde an ihrem linken Fuß genäht werden. Sie haben Glück gehabt, daß Sie sich nicht die Zehenbänder durchtrennt haben.«

Marlene seufzte erleichtert. Sie war weder tot noch glücklich, sie hatte bloß eine »Scheißegal-Spritze«. Marlene kicherte leise vor sich hin.

Petra schlug mit der flachen Hand auf ihr Bett. »Die Zunge in Ihrem Kühlschrank gehört eindeutig zu Frau Lederer. Vielleicht haben Sie eine Idee, wie die dorthin kommen konnte?«

»Keine Ahnung.«

»Das ist mir ein bißchen zuwenig. Haben Sie die Zunge abgeschnitten?«

Marlene befühlte ihre eigene Zunge. Zwickte sie ein bißchen zwischen zwei Fingern ein und rollte sie mit der Hand zurück in ihren Mund. Beifallsheischend sah sie Petra an. »Das wär ja gemein, das könnte ich nicht.«

»Dann sagen Sie mir, wer alles Zugang zu Ihrer Wohnung hat!«

Marlene grinste breit. »Keine Ahnung, eine Menge Leute, wie es scheint, die mir immer wieder gerne ein Geschenk hinterlassen. Prima Kumpels hab' ich, oder?«

Petra stand auf und ging vor Marlenes Bett auf und ab. »Jetzt reißen Sie sich mal ein bißchen zusammen und beantworten meine Fragen.«

Erstaunt sah Marlene Petra zu. »Aber ich weiß es doch wirklich nicht. Jedenfalls geh' ich nicht in meine Wohnung zurück. Auf keinen Fall.«

»Also wer?«

»Gestern wurden alle Schlösser ausgetauscht, das sollte meine Wohnung sicherer machen. Witz!«

»Wer hat sich darum gekümmert?«

»Der Hausmeister, Herr Reimann.«

»Um den kümmere ich mich später. Mein Kollege glaubt, daß Sie dieses Affentheater hier veranstalten, um zu verschleiern, daß Sie dick mit drin hängen.«

»Immer schieben Sie Ihren Kollegen vor, wenn Sie was Unangenehmes sagen.«

»Ich denke, Sie haben die Zunge nicht abgeschnitten, da bin ich mir sicher. Sie hätten sonst anders reagiert, als ich von den Trophäen erzählt habe. Aber ich frage mich, was hier gespielt wird. Wieso hat der Kerl an Ihnen so ein Interesse. Was macht Sie so spannend für ihn?«

»Meine blauen Augen?«

Petra baute sich direkt vor Marlene auf. »Ich hole Ihnen einen Kaffee. Vielleicht kann ich dann vernünftig mit Ihnen reden.« Sie warf die Tür so heftig ins Schloß, daß das Kruzifix über Marlenes Kopf verrutschte. Gelassen betrachtete Marlene ihre Hände.

Der Kaffee schmeckte bitter. Noch bitterer war das langsame Zurückkehren ihres Erinnerungsvermögens.

Petra hatte das rote Handtuch von dem Stuhl entfernt und sich neben Marlene gesetzt. »Können wir jetzt reden?«

Marlene nickte und nahm noch einen Schluck Kaffee.

»Gut, also, an der Zunge und am Teller waren keinerlei Fingerabdrücke, außer Ihren.«

Marlene verschluckte Kaffee. Ein feiner Sprühregen brauner Tropfen sank auf der Leinenbettwäsche nieder. »Meine Fingerabdrücke an dieser Zunge?«

»Nein, am Teller, und es war Ihr Teller, also ist das noch kein Hinweis. Und kein Täter ist heute, dank der wunderbaren Aufklärungsarbeit der Medien, so blöd und hinterläßt seine Fingerabdrücke. An der Haustür jede Menge Abdrücke, aber die sagen auch nichts. Zurück zu meiner Frage, was interessiert den Kerl an Ihnen?«

»Wenn ich das nur wüßte.« Simons Schreibtisch drängte sich auf. War Simon der Täter? Aber würde er eine Zunge abschneiden? Nein, das konnte sie sich nicht vorstellen. Simon, der schon beim Anblick einer Ratte kotzen mußte. Das war unmöglich. Plötzlich strahlte Marlene. Wenn Simon eine Nagerphobie hatte, wie hatte er dann der Ratte das Brautkleid angezogen? Er konnte es überhaupt nicht gewesen sein. Unmöglich!

»Was macht Sie so glücklich?« Petra zog an ihrem Pferdeschwanz, wie um sich unter Kontrolle zu halten.

»Nichts. Es ist nur, daß ich dachte, ich wüßte, wer der Mörder ist, aber der kann's ja gar nicht sein.«

»Ich wünschte, wir von der Polizei könnten auch so arbeiten. Es würde einiges erleichtern. Ich denke, wir verschieben unser Gespräch auf später, wenn ich noch ein paar Fakten im Revier geklärt habe.«

»Später ... wie spät ist es denn?«

Petra sah auf die große Männeruhr an ihrem Handgelenk. »Fast halb zehn.«

»Aber das kann doch nicht wahr sein. Ich habe meine Frühsendung verpaßt. Das ist mir noch nie passiert. Weiß Rocky Bescheid?«

Petra winkte ab. »Kein Grund zur Panik. Nachdem der Polizeiarzt die Wunde an Ihrem Fuß genäht und Sie die Beruhigungsspritze bekommen hatten, haben wir im Sender Bescheid gesagt. Das haben Sie allerdings Dr. Juri zu verdanken, der hat uns daran erinnert. Eigentlich sollten Sie froh sein, daß Sie diesen Rummel in Ihrer Wohnung verschlafen haben.«

»Kann ich denn jetzt in meine Wohnung?«

»Noch nicht, erst wenn die Kollegen fertig sind.«

»Aber ich kann doch nicht den ganzen Tag so herumlaufen?« Marlene zeigte auf ihren Kimono.

»Im Gegenteil, der Arzt hat gesagt, daß Sie heute unbedingt liegen bleiben sollen, um Ihren Fuß zu schonen.«

»Könnten Sie mir bitte wenigstens meine Handtasche aus der Wohnung holen, ich brauche mein Telefon, die Autoschlüssel und Geld. Hier kann ich auf keinen Fall bleiben.«

Petra stand auf und stellte den Stuhl wieder zurück. Sie zog ihre Jeans in der Taille gerade, wie es Menschen tun, die nach langer Fahrt aus dem Auto aussteigen, und beugte sich über Marlene. Ihr rotes Haar fiel auf die Bettdecke. Petras mintgelblaue Augen suchten Marlenes Blick. Unbehaglich versuchte Marlene, ihr auszuweichen. Warum kam ihr Petra so nahe? Sie fragte sich, was um Gottes willen als nächstes passieren würde. Petra verzog ihren Mund zu einem breiten Lächeln, das ihr ganzes Gesicht veränderte. Es schien nicht mehr so blaß und hart, sondern weich und verständnisvoll. »Parfümduo«, sagte sie, gluckste vor sich hin und ging nach draußen.

Marlene war zu matt, um Petras Verhalten zu ergründen.

Sie knüllte das Kopfkissen zusammen, so daß sie besser liegen konnte, räkelte sich unter der edlen Bettwäsche und gähnte ausgiebig. Dr. Juri kam herein. Schüchtern blieb er vor dem Bett stehen. »Wie geht es Ihnen jetzt?«

»Tut mir leid, daß ich Ihnen so viele Umstände gemacht habe.«

Dr. Juri verneigte sich leicht. »Aber ich bitte Sie, Fräulein Popp, wirklich, es war mir eine Ehre.« Unschlüssig sah er sich im Zimmer um. »Darf ich mich einen Moment zu Ihnen setzen?«

Was sollte Marlene dazu sagen, der Mann befand sich in seinem eigenen Zimmer. »Natürlich.«

»Fräulein Popp, so wie ich den Arzt verstanden habe, sollen Sie heute liegen bleiben. Bitte seien Sie mein Gast. Ich werde mich um Sie kümmern, ohne Sie zu...«, verlegen betrachtete er seine schwarzen Schuhspitzen, »äh belästigen.«

Wie kam es, daß der Mann am hellichten Tag zu Hause war? Hatte er denn keinen Job, war er vielleicht arbeitslos?

»Nein, das ist sehr freundlich, aber es kommt gar nicht in Frage, ich werde eine Freundin anrufen. Hauptkommissarin Klein bringt mir mein Telefon, und dann bin ich auch schon weg.«

Dr. Juri war traurig. »Schade. Ich habe so gern Gäste.«

Ob es seine Gäste waren, die nachts durch die Wohnung rumpelten? Marlene dachte daran, daß sie gestern abend wieder diese merkwürdigen Geräusche aus seiner Wohnung gehört hatte.

»Dr. Juri, ich höre immer wieder so seltsame Geräusche aus Ihrer Wohnung, auch gestern abend, was ist das?«

Dr. Juri schrumpfte zusammen. »Das tut mir leid. Wissen Sie, Fräulein Popp, es ist mir ein wenig peinlich, es Ihnen zu sagen.«

Marlene zupfte an der Bettdecke. Was konnte Dr. Juri schon Peinliches machen? Dr. Juri stand auf und ging ins Wohnzimmer. Marlene hörte wieder diese Rumms-Geräusch mit dem anschließenden Schleifen. Dr. Juri zog eine Fitneßmaschine mit verschiedenen Stationen zur Schlafzimmertür. Auf seiner Stirn wölbten sich zwei Adern klopfend nach außen. Er sah sie an, als hätte sie ihn beim öffentlichen Onanieren erwischt. »Es ist so, Fräulein Popp, daß ich sehr unglücklich bin über meinen Körper. Sehen Sie, ich bin so lang und dabei so dünn. Das geniert mich entsetzlich. Und deshalb trainiere ich jeden Abend zu Hause. Manchmal fällt das Gerät einfach um. Es ist so schwer, und ich habe noch nicht soviel Kraft.«

Gerührt betrachtete Marlene den Mann neben seinem Traum aus Stahl. »Warum gehen Sie denn nicht in ein Fitneßstudio?«

»Das habe ich versucht. Der Herr Reimann arbeitet ja in einem, und ich dachte, wenn er dort ist, fühle ich mich vielleicht nicht so lächerlich. Aber es war eine Katastrophe. So viele gestählte Männer und Frauen, und dazwischen ich mit dieser Don-Quichotte-Figur.« Dr. Juri redete gehetzt, wie jemand, der Angst vor einer Gesprächspause hat, weil jede Pause das Ende der Unterhaltung werden könnte. »Herr Reimann hat mir dann geholfen, hier zu Hause zu trainieren. Das war wirklich sehr freundlich von ihm, obwohl er das gar nicht nötig gehabt hätte. Er ist jeden Abend von seiner Dachwohnung hier oben«, er deutete auf die Decke des Zimmers, »heruntergestiegen, um mit mir zu trainieren.«

Marlene war irritiert. »Wieso hat Herr Reimann eine Dachwohnung, ich dachte, Hausmeister wohnen immer im Erdgeschoß? Sind denn die Dachwohnungen nicht die teuersten?« Dr. Juri war entzückt, das Thema wechseln zu können. »Wissen Sie, der Herr Reimann war nicht immer Hausmeister, er war mal ein berühmter Sportler. Warten Sie, ich glaube irgendwas mit Wintersport, ich komme bestimmt gleich drauf. Er weiß, was er sich wert ist. Hausmeister wachsen nicht auf den Bäumen. Und dann hat er da natürlich diesen Dachgarten, in dem er die Setzlinge für die gesamte Anlage zieht. Er hat das, was man einen grünen Daumen nennt.«

Petra Klein kam herein und schwenkte die Handtasche von Marlene. An dem Fitneßgerät blieb sie stehen und zog an einer Seilbefestigung. Mit einem lauten Knall fiel das Gerät um. Erschrocken sprang Petra einen Schritt zur Seite. Dr. Juri und Marlene lachten.

»Echtes Mordgerät, dieses Teil! Hier, die Kollegen haben Ihre Handtasche freigegeben.« Marlene nahm sie und holte ihr Handy heraus. Mist, es war immer noch nicht geladen. Sie bat Dr. Juri um ein Telefon und rief Maja an, um sie zu fragen, ob sie für eine Nacht zu ihr ziehen könnte. Aber Maja war nicht da. Kurz entschlossen rief sie bei Valerie an, die es eine großartige Idee fand, daß Marlene sich bei ihr einquartieren wollte.

Valerie kümmerte sich rührend um sie. Sie hatte Marlene eine Gehhilfe besorgt und ihr ein paar Kleider geliehen, damit sie nicht den ganzen Tag im Kimono bleiben mußte. Allerdings paßte Marlene nur in Valeries hellgrauen Jogginganzug, und der war ihr an den Beinen zu lang. Damit sah sie aus wie eine schwangere Seerobbe, aber sie fühlte sich trotzdem wohler als vorher. Außerdem hatte Valerie sie mit reichlichen Informationen über die heutige Frühsendung versorgt. Rocky war sehr glücklich gewesen, als Marlene nicht erschienen war, und hatte einen Kalauer nach dem anderen in den Äther geschickt. Er hatte weder eine ihrer vorproduzierten Daisy-Tausendschön-Kolumnen gesendet, noch eine der Candid Phones, die sie aufgezeichnet hatten. Dabei hätte die Daisy-Kolumne heute so schön zum Wetter gepaßt: »Schnupfenmärtyrerinnen«, die sich aufopferten und ihre Bazillen überall verteilten. Nein, die Sendung hatte genau Rockys Lebensmotto entsprochen »La radio, c'est moi«. Danach hatte ihn Martini scharf abgemahnt, und Rocky war beleidigt heimgefahren.

Klaus hatte sich krank gemeldet. Marlene hoffte von ganzem Herzen, daß ihm die Hoden komplett abgefallen waren. Aber wahrscheinlich blieb er einfach zu Hause, weil er wütend war. Hoffentlich behandelte er seine Frau besser als sie im Aufzug.

Valerie hatte ihr zur Aufheiterung ein paar Hörerfaxe mitgebracht. Alle wollten wissen, warum Marlene nicht auf Sendung gewesen war. Befriedigt las sich Marlene ein paar davon durch. Sie erinnerte sich daran, daß Valerie das gleiche Handy hatte wie sie, und bat Valerie, ihre Ladestation für das Handy benutzen zu dürfen. Sie wollte damit wieder erreichbar sein. Marlene bewunderte Valeries Geschick im Umgang mit ihr. Valerie erwähnte mit keiner Silbe den gestrigen Abend, obwohl Marlene sicher war, daß es Valerie sehr interessierte, was genau passiert war. Schließlich wollte sie Valerie nicht länger auf die Folter spannen und erzählte ihr, was sie in ihrem Kühlschrank gefunden hatte. Es kam ihr so vor, als würde sie Valerie einen makaberen Film schildern. War das wirklich *ihr* passiert? Und warum war es in ihrer Erinnerung weitaus schrecklicher, eine Zunge zu finden, als eine Leiche? Valeries Reaktion überraschte Marlene. Valerie sprang von ihrem Sessel auf und ging in der Wohnung hin und her. »Wir müssen etwas tun. Ich denke, wir haben das alles aufgerührt, und jetzt sollten wir etwas dagegen tun. Wir müssen den Mann finden, der ist doch verrückt. Ein Mann, der eine Zunge in deinen Kühlschrank stellen kann, der schreckt doch vor nichts mehr zurück. Wir müssen bei den drei Frauen ansetzen, die er zuerst getötet hat. Bestimmt gibt es irgend etwas, das wir übersehen haben. Vielleicht ist es nur eine Kleinigkeit, aber wir müssen etwas machen.« Marlene fühlte sich viel zu wackelig auf den Beinen, um etwas zu tun, aber Valerie hatte so etwas Überzeugendes, Dynamisches, daß Marlene sich anstecken ließ.

Als sie kurz darauf eingequetscht in Valeries fahrender Müllhalde saß, fragte sie sich allerdings, ob das wirklich so eine gute Idee von ihr gewesen war. Valerie summte vor sich hin und war voller Elan.

Sie wollten noch einmal mit der Freundin des ersten Opfers reden. Aber vorher besuchten sie Tanjas Freundin Sabine Schwarz. Valerie hatte so lange am Telefon auf sie eingeredet, bis Sabine einwilligte, sie zu empfangen. Mühsam humpelte Marlene die Stufen zu einem kleinen Reihenhäuschen hinauf. Sabine war die Lebensgefährtin von Tanja gewesen. Marlene hatte nur ein Zeitungsphoto von Tanja gesehen. Tanja war eine klassische Schönheit gewesen, ein Typ wie Catherine Deneuve mit vollendeten Gesichtsproportionen. Sabine, die Frau, die vor ihnen stand, war nicht schön oder hübsch, sie war häßlich. Ihre Augen standen zu eng zusammen und waren von einem Fadenwasserblau. Ihre Nase war zu lang, und der Mund, der eigentlich eine schöne Herzform hatte, war häßlich verzogen, so als ob sie immer alles abfällig beurteilen würde. Sie trug kurze Haare wie Marlene, aber bei ihr wirkten sie so, als hätte sie jemand mit einer Nagelschere angegriffen. Sabine war sehr schlank und trug eine Lederhose, die an der Seite von gekreuzten Lederbändern gehalten wurde. Sie sah aus, als ob sie seit Tanjas Tod darin geschlafen hätte.

Valerie meisterte die Begrüßung, indem sie auf Beileidsbekundungen verzichtete und ganz klar sagte, was sie von ihr wollten. Sabine ließ sie in eine helle Wohnung. Der gesamte untere Stock bestand aus einem großen Raum, in dem ein paar Sessel verteilt waren. Sie setzten sich. Marlene war froh, ihren linken Fuß wieder hochlegen zu können, es pochte schmerzhaft in der Wunde. Sabine bot ihnen weder Kaffee noch Tee an. Unfreundlich erklärte sie ihnen: »Seit Tanja weg ist, war ich nicht mehr einkaufen. Ich habe keinen Hunger.«

Plötzlich hatte Marlene das Gefühl, eine Zeitreise in die Vergangenheit zu machen. Sie sah sich selbst, nach Jeffs Tod. Sie hatte sich in der dunklen Wohnung vergraben, nichts mehr gegessen und gerade noch den Gang aufs Klo geschafft. Der stechende Schmerz verlagerte sich von ihren Füßen in ihren Magen. All diese Beileidsbekundungen, all diese Sprüche wie »die Zeit wird alle Wunden heilen«, erschienen einem in diesem Zustand als blödes Gerede. Damals hätte sie am liebsten geschrien, wenn ihr jemand mit diesen hilflosen, abgelutschten Formeln gekommen war. Aber natürlich hatte sie sich zusammengerissen und tapfer gelächelt. Obwohl ihr Sabine nicht besonders sympathisch war, konnte sie nachvollziehen, wie sie sich fühlen mußte.

»Sie haben sie geliebt. Und jetzt ist sie weg. Das ist unvorstellbar.«

Sabine sah Marlene erstaunt an. »Wie meinen Sie das?«

»Es ist unvorstellbar, daß man all diese Dinge, die man gemeinsam erlebt hat, diese beschissenen Kleinigkeiten, nie mehr erleben wird. Alles wird *anders.*«

Sabine und Valerie starrten Marlene an. »Das ist nicht, als wäre ein Stück von einem abgeschnitten. Nein, man wird zu einem toten Ast, der in einem kalten Nebelwald herumhängt, und nicht mal mehr eine Krähe hockt sich drauf. Und wenn doch, dann nicht für lange.«

Sabine fing an zu weinen. Marlene machte sich Vorwürfe,

weil sie so heftig geworden war. Valerie ging einen Schritt auf Sabine zu, aber sie versteifte sich sofort, so daß Valerie sich wieder hinsetzte. Unsicher sah sie zu Marlene. »Sollen wir ein andermal wiederkommen?« fragte sie.

Sabine zog die Nase hoch und wischte mit dem Handrücken über ihre Augen. »Auf keinen Fall. Toter Ast! Ich fühl' mich nicht wie ein toter Ast. Bullshit. Ich lebe, und sie ist tot. Sie ist der tote Ast! Und ihr seid die Nebelkrähen.« Ein zynisches Lachen verzog ihren Mund nach links. »Also, ihr Nebelkrähen, was wollt ihr wissen?«

Marlene erklärte ihre Theorie, daß die Morde mit »Braut sein« zu tun hatten, und kam sich angesichts von Sabines Leid total geschmacklos vor. Doch zu ihrer großen Überraschung ging Sabine wortlos zu einem Regal und nahm einen Schuhkarton heraus. Sie drehte den Karton einfach um. Photos regneten auf den Boden. Unbewegt sah Sabine zu, kniete sich dann daneben und betrachtete die Bilder. Offensichtlich suchte sie etwas. Valerie und Marlene blieben fasziniert sitzen und beobachteten Sabine. Immer wieder nahm sie ein Photo in die Hand, betrachtete es, murmelte etwas vor sich hin, und dann zerriß sie es. Endlich hatte sie gefunden, was sie gesucht hatte. Sie reichte die Bilder Valerie und Marlene. Marlene zuckte zusammen, als sie die Photos sah. Es war Tanja in verschiedenen Brautkleidern. Einmal strahlte sie in einem Zwanziger-Jahre-Kleid mit breiter Schärpe, dann wieder hatte sie ein spießiges, gebauschtes Tüllkleid an. Besonders lebendig wirkte sie in einem cremefarbenen Empirekleid mit einer kleinen Tiara. Marlene verschlug es die Sprache. Wieso hatte Tanja Brautkleider angezogen, hatte sie als Modell gearbeitet?

»Warum hat Tanja diese Kleider an?«

»Sie Nebelkrähe«, Sabine schien dieses Wort wirklich sehr lustig zu finden, »Sie werden es eh nicht verstehen.

Aber auch wir Lesben haben so was wie romantische Gefühle. Wir haben manchmal gesponnen und uns ausgemalt, wie es wäre, wenn wir heiraten könnten, wohin wir in die Flitterwochen fahren würden und dergleichen Albernheiten mehr. Aber das mit den Brautkleidern haben wir nur einmal gemacht. Es war zu traurig.«

Dabei sah Tanja auf den Bildern so glücklich aus. Kaum zu glauben, daß sie beim Sender nicht viele Freunde gehabt haben sollte. Oder hatten die anderen Frauen sie nicht gemocht, weil sie so schön war? »Und in welchem Brautladen haben Sie diese Bilder gemacht?«

»Das war irgendwo im Osten, ja genau, damals hat Tanja bei einer Zeitung gearbeitet. Das war im Arabellapark. Da gibt es so einen Braut- und Abendkleidladen. Ziemlich vornehmer Schuppen mit hochnäsigen Verkäuferinnen. Wenn die gewußt hätten, was wir in der Umkleidekabine getrieben haben, hätten die uns sofort rausgeworfen. Aber das ist vorbei.« Sie zerriß die Bilder in kleine Stücke und warf sie wie dicke Schneeflocken in die Luft. Marlenes rechtes Augenlid flatterte, wie immer, wenn ihr Unterbewußtsein mehr wußte als sie. Valerie suchte wieder Blickkontakt mit ihr. Marlene nickte und humpelte zur Tür, Valerie folgte ihr. Sabine nahm von ihnen überhaupt keine Notiz mehr. Tränen liefen ihr über das Gesicht, während sie wütend immer mehr Fotos zerfetzte.

In Valeries Auto atmete Marlene tief durch. »Sie tut mir unendlich leid. Sie ist zornig, weil Tanja sie allein gelassen hat, und muß sich irgendwie Luft machen. Aber sie wird es bereuen, all diese Bilder zerstört zu haben.«

Valerie zuckte mit den Schultern. »Ich weiß noch nichts über Tod. In meiner Familie ist noch niemand gestorben, der mir am Herzen liegt. Fahren wir noch zu Rosemaries Freundin, Katja, oder hast du genug?«

Marlene registrierte Valeries Kaltschnäuzigkeit. Es war das erste Mal, daß ihr Valerie wesentlich jünger vorkam als sie selbst. »Ich weiß nicht. Warte mal. Laß mich mal meine Anrufe abhören, dann sehen wir weiter.«

Marlene hatte drei Anrufe erhalten. Als sie ihre Mailbox abhörte, dröhnte ihr als erstes der »I love your smile-Stöhner« entgegen. Sie hielt den Hörer weit weg von ihrem Ohr und wunderte sich, wie wenig der Stöhner sie noch aufregte. Dann hörte sie die zweite Nachricht ab, sie war von Simon. Er klang aufgeregt, warum sie gestern einfach weggerannt sei, und sich dann nicht melde? Was zur Hölle eigentlich los sei? Fast den gleichen Tenor hatte der dritte Anruf. Es war Maja, die dringend mit ihr sprechen wollte. Sie hätte gehört, daß sie bei der Polizei als Verdächtige gelten würde. Ratlos ließ Marlene ihr Handy in den Schoß fallen. Immerhin, den Stöhner hatte sie jetzt auf Band. Diese Nachricht würde sie nicht löschen. Vielleicht gab es Hintergrundgeräusche, die den Mann entlarven könnten. Simon wollte sie unbedingt sehen. Aber was sollte sie als Grund für ihr Weglaufen angeben? Daß sie ihn für einen Serienkiller gehalten hatte? Ihr linker Fuß pochte heftig. Was hatte der Besuch bei Sabine eigentlich gebracht? Die Bestätigung, daß auch Tanja mal ein Brautkleid anhatte. War das überhaupt noch wichtig?

»Valerie, hast du das Gefühl, wir haben gerade etwas wirklich Wichtiges erfahren?« Valerie nickte, ohne den Kopf zu Marlene zu drehen. Sie überholte gerade einen Riesenlaster mit der Aufschrift »Sorry, meine Damen, meiner ist 18 Meter lang«. Flüchtig ging Marlene durch den Kopf, daß diese ätzenden Aufkleber dringend ein Thema für einen Sketch in der Morgensendung werden sollten. »Ich bin sicher, die anderen beiden waren auch schon mal in einem Brautladen.«

»Stell dir vor, Valerie, sogar ich war schon mal in einem Brautgeschäft.«

»In Frankfurt, als du Rao geheiratet hast?«

»Nein, da haben wir ganz unspektakulär auf dem Standesamt geheiratet. Man muß doch Christ sein, um kirchlich zu heiraten. Nein, das war hier in München.«

»Und wo?«

»Da bei mir im Arabellapark, allerdings hab' ich damals noch nicht dort gewohnt.«

Valerie bremste scharf ab und hielt das Auto auf dem Seitenstreifen an. »Marlene, da gibt es doch bloß diesen einen Laden. Das ist der gleiche Laden, in dem Tanja war.«

Marlene und Valerie sahen sich an. »Was hast du denn dort gemacht?«

»Maja hat eine Reportage gedreht über Leute, die sich bei den Hochzeiten ihrer Töchter total verschulden. Aber leider wollte keine der Töchter, deren Eltern sich verschuldet hatten, im Brautkleid posieren. Deshalb hatte sie mich gebeten, in dem Geschäft so zu tun als ob. Und dieser Laden war der einzige, der ihr eine Drehgenehmigung erteilt hatte.«

»Aber damit ist doch alles klar! Der Mörder hat dich in dem Laden gesehen, genauso, wie er Tanja dort gesehen hat. Wir müssen sofort rauskriegen, ob Rosemarie und Sybille dort auch Brautkleider anprobiert haben.«

Marlene vergaß den Schmerz in ihrem Fuß. »Wie gut, daß wir schon auf dem Weg zu Rosemaries Freundin sind. Ist es noch weit?«

Valerie schüttelte den Kopf. »Könntest du in einer Wohnung wohnen bleiben, in der deine beste Freundin getötet wurde?«

»Ich kann mir nicht mal vorstellen, daß ich in einer Wohnung bleibe, in der ich ein Stück Zunge gefunden habe.«

»Da drüben muß es sein.«

»Was für imposante Bauten hier stehen.« Staunend stieg Marlene aus Valeries Auto und humpelte auf die andere

Straßenseite. Das Haus, das sie suchten, war allerdings keines von den alten Jugendstilvillen, sondern ein winziges Gartenhäuschen im Innenhof. »Na ja, Marlene, wenn das meine Wohnung wäre, ich weiß nicht, dann würde ich vielleicht auch nie wieder wegwollen.«

Katja Braun öffnete ihnen die Tür, bevor sie klingeln konnten. Sie war klein und sah aus, als ob sie niemals schwitzen würde. Die ganze Frau wirkte gebügelt und gestärkt. Sie verströmte den Duft eines leichten aldehydigen Parfüms. Einladend deutete sie in ein winziges Wohnzimmer und bot ihnen Kaffee oder Tee an. Mit flinken Schritten holte sie in der Küche Kaffee für beide, stellte einen Hocker für Marlenes Bein bereit und setzte sich dann auf die Kante eines zitronengelben, tadellos sauberen Sofas, das den kleinen Raum aufhellte wie ein Scheinwerfer. »Was möchten Sie wissen?«

»Rosemarie war Ihre Freundin?«

»Sagen wir mal so, ich habe sie auf Mallorca kennengelernt. Sie war dort Kinderanimateurin und ich Ernährungsberaterin. Man hat in den Clubs keine Zeit für wirkliche Freundschaften, aber man erfährt schon das ein oder andere. Als ich hörte, daß sie nach München zurückgehen will, weil sie einen Ausbildungsplatz als Erzieherin gekriegt hatte, da hab' ich ihr meine Wohnung angeboten. Die stand sowieso leer.«

»Können Sie uns sagen, ob Rosemarie vorhatte zu heiraten?«

»Das tut mir leid. Nein, darüber weiß ich nichts. Aber das heißt nichts. Warten Sie mal. Rosy hatte eine Kollegin, mit der hat sie sich sehr gut verstanden. Jill hieß sie, glaube ich. Sie ist Aerobic-Instructerin und lebt in New York. Wollen Sie ihre Telefonnummer?«

»Gerne.« Marlene trank einen Schluck Kaffee. »Sie haben die Leiche gefunden, damals?«

Katjas Gesicht verzerrte sich. »Ja, sie hatte schon vier Wochen hier in der Wohnung gelegen. Es war fürchterlich. Ich dachte immer, das mit den Würmern, die einen im Grabe fressen, wäre nur so eine Redewendung. Aber Rosy war schon ziemlich von Maden zerfressen, als ich sie fand. Ich habe daraufhin beschlossen, mich nach meinem Tod verbrennen zu lassen.«

»Aber wie können Sie dann hier weiter leben bleiben?«

»Es ist mein Haus. Ich gehe hier nur weg, wenn ich es will.« Mit energischen Schritten verließ sie den Raum. So viel Entschiedenheit hätte Marlene der kleinen zierlichen Gestalt nicht zugetraut. Sie konnte sich vorstellen, wie Katja ihre Patientinnen ernährungstechnisch auf Trab hielt. Ihre Götter hießen sicher Disziplin, Disziplin, Disziplin.

Als Katja zurückkam, überreichte sie ihnen ein Kärtchen, auf das sie mit akkurater, sauberer Handschrift eine Telefonnummer aufgeschrieben hatte. Marlene und Valerie dankten ihr und verabschiedeten sich.

»Schade! Ich habe so gehofft, daß wir hier weiterkommen.« Valerie ließ den Motor an. »Fahren wir jetzt zu dem früheren Freund von Sybille?«

»Wir sind dort nicht angemeldet.«

»Vielleicht macht er uns trotzdem die Tür auf.«

»Vielleicht arbeitet er auch.«

»Ach komm, er wohnt nicht weit weg von hier.« Valerie sah sie mit ihren blauen Augen so intensiv an, daß Marlene sich wieder fragte, ob Valerie farbige Kontaktlinsen trug. Sie war zu schlapp, um Valeries Charme zu widerstehen.

Gegen jede Wahrscheinlichkeit war Peter Schmittbauer, der frühere Verlobte von Sybille, dem Opfer Nummer zwei, doch zu Hause. Nachdem sie geklingelt hatten, war der ohrenbetäubende Lärm von Hundegebell zu hören, vermischt mit Rufen: »Rocket, komm sofort her, so geht das nicht, Rocket. Hör jetzt auf.« Als dann die Haustür aufging, stürmte als erstes ein hüfthoher, dunkler Rottweiler aus der Tür und blieb sabbernd vor Valerie stehen, als wäre sie sein Frauchen. Marlene wäre beinahe die Treppe hinuntergefallen, weil der Hund an ihre Gehhilfe gestoßen war und sie aus dem Gleichgewicht gebracht hatte. Valerie sprach mit ruhiger, ganz fester Stimme auf den Hund ein. Marlene sah staunend zu. Valerie bezauberte nicht nur Menschen, nein, auch noch Rottweiler. Ein Mann stand im Türrahmen. Er war groß und schlaksig, mit langem schwarzen Haar, das ihm auf die Schulter fiel. Sein riesiger Schnauzbart war fast genauso lang. Der Bart in seinem Gesicht sah aus wie ein umgedrehter Henkel. Obwohl es ein kalter Novembertag war, trug er nur ein ärmelloses T-Shirt und kurze Hosen. »Was wollen Sie? Wenn Sie von den Zeugen Jehovas sind, dann schauen Sie am besten gleich, daß Sie Land gewinnen. Das sind doch alles Verbrecher. Man darf es nur nicht laut sagen. Oder, Rocket?«

Der Hund drehte seinen Kopf nicht von Valerie weg, dafür produzierte er noch mehr dicklichen, weißen Speichelschaum. Marlene hatte nicht die geringste Lust, in die Wohnung von diesem Mann zu gehen, aber Valerie hatte ihn mit ihrem Lächeln schon entwaffnet: »Wir kommen wegen Sybille.« Sie folgten ihm durch den schummrigen Flur in ein dunkles, überheiztes Wohnzimmer, das nach Hund und feuchtem Leder stank.

»Wegen Sybille kommen Sie? Aber das ist doch jetzt schon so lange her, zwei Jahre schon. Damals hab' ich mir den Rocket angeschafft. Wenn wir ihn nur schon damals gehabt hätten. Heute würde Rocket so einen Kriminellen zum Frühstück fressen, gell, Rocket?« Er tätschelte den Hund.

»Sybille war Ihre Verlobte?«

»Sind Sie von der Polizei? Zeigen Sie mir doch mal Ihre Marken. Wollt' schon immer mal zwei Polizistenweiber kennenlernen. Legt ihr zwei auch öfter mal ein paar schwere Jungs aufs Kreuz?« Er lachte zweideutig, Rocket winselte dazu. Ein schauriges Duo, dachte Marlene.

»Wir sind von der Presse.« Valerie sah Peter Schmittbauer liebenswürdig an.

»Geil, Presse heißt Kohle! Ohne Kohle kriegen Sie keine Silbe mehr aus mir raus!«

Marlene wandte sich zur Flurtür. »Komm, Valerie, das ist doch zwecklos.«

Aber Valerie wollte noch nicht so schnell aufgeben. »Wir haben keine Kohle, aber vielleicht können wir ein Fernsehinterview für Sie arrangieren, wenn wir finden, daß Sie dafür geeignet sind. Sie wissen ja, es gibt so viele Spinner heutzutage, da muß man sich erst mal vergewissern, daß jemand tatsächlich etwas zu sagen hat.«

Unschlüssig rieb Herr Schmittbauer seine nackten Achselhöhlen. »Na, Rocket, was meinst du, kann ich den beiden Ladys hier trauen oder nicht?«

Marlene war gespannt, wie der Hund eine »Entweder-oder-Frage« beantworten würde. Er sabberte. Peter Schmittbauer interpretierte das als Zustimmung.

»Na gut, aber keine Tricks. Ich bin nicht auf der Brennsuppen dahergeschwommen.«

»Könnten wir uns vielleicht setzen?« Valerie wies auf Marlenes verletztes Bein. Peter nickte zum Sofa, das mit feuchten Flecken, wahrscheinlich Hundespeichel, übersät war.

»Ich hol' mir noch was zu trinken. Wollen Sie auch'n Bier?«

Valerie strahlte, als ob ein Bier ihr jetzt das Leben retten würde. Marlene lehnte dankend ab.

Nachdem Peter Valeries und seine Bierflasche mit einem Feuerzeug geöffnet hatte, schien er in der Lage, ihre Fragen zu beantworten.

»Ja, die Sybille war keine einfache Frau. Die hatte echt Grütze im Kopf.«

Und wieso hatte sie dann ausgerechnet ihn heiraten wollen? Marlene konnte sich überhaupt nicht vorstellen, was für ein Mensch Sybille gewesen war.

»Wir wollten heiraten, also, sie wollte heiraten. Ich brauch' ja so 'n Trauschein und so 'n Zeug überhaupt nicht. Ja, und sie wollte unbedingt 'ne weiße Hochzeit. Muß man sich mal vorstellen in ihrem Alter, wer ist denn da noch Jungfrau?« Er lächelte Valerie schmierig an und leckte sich demonstrativ den Schaum von den Lippen. Marlene verstand sehr gut, wieso die Polizei zuerst ihn in Verdacht gehabt hatte. Bestimmt hatte er sich von ihr aushalten lassen. Doch wer schlachtete schon die goldene Gans, die die Eier legt? Vielleicht hatte er aber auch Geld von ihr geerbt?

Valerie grinste verständnisvoll. »Wir Frauen haben so unseren Kopf. Wissen Sie denn noch, ob sie schon ein Brautkleid gekauft hatte?«

»Da treffen Sie mich mitten ins Herz, Gnädigste, weil das war unser letzter Streit. Mal ehrlich, wer braucht 'n Hochzeitskleid für zweieinhalb Mille? Sie würden doch auch nicht soviel Geld aus 'm Fenster schmeißen, oder?«

Valerie schüttelte den Kopf. »Wenn mein Märchenprinz mir das bezahlen würde, dann schon.«

Das gefiel Peter nicht. Er klatschte mit der flachen Hand auf den Rücken des Rottweilers. Der fletschte nur die Zähne, blieb aber ruhig. »Mal langsam, ja! Das hat Sybille sich selber gekauft. Ich bin Frührentner, da kann man sich solche Fiesimatenten nicht leisten. Ja, als ich Sybille kennengelernt hab', da im Fiesta-Club, da war ich noch LKW-Fahrer. Aber dann, na ja, das wird Sie nicht interessieren. Frührentner heißt nicht, daß ich schon ein Viagra-Fall bin, wenn Sie verstehen...«

Marlene stellte sich vor, daß Sybille eine sehr einsame Frau gewesen sein mußte, wenn sie die Gesellschaft dieses halbseidenen Kerls dem Alleinsein vorzog. Sie wollte gehen. Aber Valerie hatte noch eine glänzende Idee.

»Was haben Sie denn mit dem Brautkleid gemacht, nachdem Ihre Verlobte gestorben war?«

Peter rutschte so auf seinem Ledersessel hin und her, daß das Leder quatschende Töne von sich gab. »Ich wollte es behalten, zur Erinnerung. Ehrlich. Aber dann, dann hab' ich in dem Geschäft angerufen und gefragt, ob ich es zurückgeben kann. Hat ja niemand je getragen.«

»Und konnten Sie es zurückgeben?«

»Das waren total miese, eingebildete Tussis in dem Laden, haben so getan, als ob das Kleid beschmutzt worden wäre. Ja, sie haben es zurückgenommen, aber zum halben Preis.«

»Den Laden sollten wir uns merken, damit wir dort auf keinen Fall ein Kleid kaufen. Wissen Sie noch, wo der Laden war?« Valerie hatte empört ihre Lippen zusammengezogen und sah Marlene eindringlich an.

»Keine Ahnung, irgendwo im Arabellapark.« Bingo, das war's. Marlene bewunderte Valeries Geschick, aber sie wollte dringend weg aus dieser Wohnung, weg von dem Hund. Raus! Und dann wollte sie Simon anrufen und ihm erklären, warum sie gestern weggerannt war.

Marlene sah zu, wie Valerie die Pommes frites und fritierten Zwiebelringe in sich reinstopfte, als wären es Diätpillen. Dazu trank sie eine Cola.

»Du bist wirklich erstaunlich, eine lügende Vegetarierin, eine intelligente Schönheit...«

»Ist das ein Heiratsantrag?« Es klang wie »Ös dsch ein Heirtsanschrtag?«, und dabei quoll Ketchup rechts aus Valeries Mundwinkel.

»Nein, ich frage mich nur, was du für dunkle Seiten hast, es kann doch nicht sein, daß es überhaupt keine gibt?«

»Iß lieber, sonst wird dein totes Tier kalt!« Valerie deutete auf den Doppelwhopper, der vor Marlene noch in der Verpackung lag. Seufzend wickelte Marlene ihren Burger aus und machte sich über ihn her.

»Schade, daß wir keine Milchshakes mitgenommen haben!« Valerie hatte bereits ihre Kingsize-Portionen aufgegessen. Flüchtig fragte sich Marlene, ob Valerie vielleicht Eßstörungen hatte.

»Ich finde, die schmecken wie flüssiges Gummi. Laß uns lieber überlegen, was wir mit unseren Informationen anfangen. Was haben wir davon zu wissen, daß alle Opfer in dem Brautladen waren?«

»Einiges. Erstens: Der Mann kennt den Laden. Zweitens: Er muß dort herumlungern, um die Frauen drinnen zu sehen. Drittens stellt sich die Frage: Wer kann das sein? Wahrscheinlich jemand, der dort in der Nähe wohnt.«

Marlene spülte den Rest ihres Burgers mit einer Fanta runter. »Das sehe ich nicht so. Das wäre doch dumm. Ich würde nicht vor meiner eigenen Haustür morden!«

»Ja du, Marlene, aber bist du eine Mörderin?«

»Wenn ich öfter mit dir im Auto fahren müßte, könnte ich eine werden.«

»Mal im Ernst, ich glaube wirklich, daß der Mann dort wohnen muß...oder«, überlegte sie, »er arbeitet dort. Ja, vielleicht arbeitet er dort.«

»Wir sollten mit dem Parfümduo darüber reden.«

Valerie leckte ihre Finger ab. »Mit wem?«

»Petra Klein und Uwe Lagerfeldt.«

Valerie grinste. »Von mir aus. Hauptsache, du bleibst jetzt erst mal ruhig hier liegen. Sonst heilen deine Wunden am Bein sicher nicht.«

Es klingelte an Valeries Haustür. Es war Maja.

»Mädels, es hat mich eine Menge Arbeit gekostet, rauszukriegen, wo Marlene steckt, aber jetzt bin ich hier. Du hättest mir wirklich Bescheid sagen können.«

Maja setzte sich. Sie war nicht geschminkt, die Haare hingen schlaff und ungekämmt auf ihren Schultern. Sie sah aus, als hätte sie in ihrem hellgrauen Cashmere-Hosenanzug geschlafen. Marlene war entsetzt. In all den Jahren ihrer Freundschaft hatte sie Maja nicht ein einziges Mal in einem solchen Zustand gesehen. Selbst als sie zusammengewohnt hatten, war Maja nie ungewaschen oder zerknittert zum Frühstück aufgekreuzt. Es mußte etwas Grauenvolles passiert sein.

»Was ist passiert?«

Maja lächelte spöttisch. »Genau dasselbe wollte ich dich auch fragen, was ist mit deinem Bein los?«

»Nein, du zuerst.«

Maja zuckte mit den Achseln. »Ich wurde...«, sie schluckte einen dicken Kloß in ihrem Hals weg, »gefeuert.«

Valerie und Marlene starrten sie an. »Ja, aber wie kann denn das sein?«

Maja spielte mit den Knöpfen an ihrem Jackett. »Ich habe ein paar Fehler gemacht. Ich hätte niemals einen Bericht über die Polizistin, die Selbstmord begangen hat, drehen dürfen. Und erst recht nicht noch einen hinterherschieben, in dem es um diesen Serienkiller geht, den Marlene aufgescheucht hat.«

»Ja, aber warum denn nicht? Du hast doch alles ordentlich recherchiert, oder nicht?«

»Hab' ich in der Tat.«

»Ja, wo ist dann das Problem? Und ab wann bist du gefeuert?«

»Ich wollte daß meine beiden Reportagen gesendet werden, weil ich wußte, daß sie wirklich gut sind. Aber mein Chef, Tobias Kübler, ich nenne ihn ab sofort nur noch ›Scheißkübel‹, hat anders entschieden. Er wollte nicht, daß die Berichte gesendet werden. Er hat gesagt, wir warten noch ein Weilchen, bis sich alles beruhigt hat. Das hat mich schon ziemlich gewundert. Normalerweise verlangt er, daß wir vom Supergau berichten, wenn bloß ein Regenwurm tot neben dem Kernkraftwerk gefunden wurde. Egal, ich habe mich über seine Entscheidung hinweggesetzt und die MAZ-Bänder vertauscht, so daß meine Berichte doch gesendet wurden. Und die Zuschauer haben super darauf reagiert. Viele Menschen haben angerufen, Faxe geschickt. Sie fanden es gut, daß wir mal zeigen, wie es wirklich bei dieser ach so gottverdammt heilen bayerisch weiß-blauen Polizei zugeht. Aber natürlich fand der Scheißkübel das nicht lustig. Erstens, weil seine Kompetenz als Schwanz- und Entscheidungsträger in Frage gestellt wurde. Und zweitens, leider wußte ich das nicht schon vorher, ist er im selben Freimaurerclub wie der Herr Polizeipräsident. Tja, es rächt sich immer, wenn man als Journalist seine Hausaufgaben nicht macht.«

Valerie hatte Marlene ein großes Glas Raki eingeschenkt. »Hier trink, das tut gut.«

Maja roch daran und stellte es dann auf den Sofatisch. »Wenn ich das jetzt trinke, verliere ich meine Beherrschung. Und das wäre das allerletzte, was mir momentan noch fehlt! Aber trotzdem danke!«

»Wurdest du fristlos gefeuert?« Marlene wußte, daß der Job bei *Seventy-Seven* für Maja alles bedeutet hatte. Maja schüttelte den Kopf. »Sie werden sich schon an die Vorschriften halten, aber bis auf weiteres bin ich auf ›Urlaub‹. Aber ich werde mich nicht kampflos ergeben. Denen werde ich es noch zeigen. Ich bleibe an deinem Mörder dran, Marlene.«

»Das ist nicht *mein* Mörder!«

»Na, hoffentlich nicht«, versuchte Valerie einen Scherz zu machen.

»Ich möchte jedenfalls nicht als Zunge in deinem Kühlschrank landen!«

Maja sah von einer zur anderen. »Was ist hier überhaupt los? Hat die Zunge was mit deinem Fuß zu tun?«

Marlene erzählte Maja, was passiert war. Während Marlene schilderte, wie sie die Zunge in ihrem Kühlschrank gefunden hatte, sprang Maja wieder aus dem Sessel, strich ihr Jackett glatt und lief aufgeregt im Zimmer hin und her. »Ich wußte es! Ich wußte, der Kerl ist wahnsinnig. Was für eine gute Story, und dieser Scheißkübel-Idiot läßt mich nicht weiter an ihr arbeiten. Wißt ihr, was ich machen werde? Mit deiner Hilfe, Marlene und ihrer Valerie, und ein paar Kameraleuten, die mir noch was schulden, werden wir die Reportage des Jahrhunderts machen ... Und die verkaufe ich dann an *Star-TV*, und *Seventy-Seven* ärgert sich den Arsch ab!«

»Mitgefühl war noch nie Majas starke Seite. Marlenes Fuß pochte. Sie hatte nicht die geringste Lust, so ein Projekt mit Maja durchzuziehen. Sie war müde und wollte endlich mit Simon sprechen. Andererseits mochte sie Maja auch nicht im Stich lassen. Nach Jeffs Absturz hatte Maja mit ihrer praktischen Art dafür gesorgt, daß sie langsam wieder zu einem Mensch wurde. Nicht, daß Maja die Taschentücher mit ihr durchgeheult hätte, nein. Maja hatte immer wieder betont, daß das Leben weiterginge. Solange Marlene sich als »toter Ast« gefühlt hatte, war ihr das total egal. Aber nach über einem Jahr voller Trauer, ging sie mehr und mehr auf die Angebote ein, die ihr Maja immer wieder unterbreitete. Sie hatte es Maja zu verdanken, daß sie beim Radio gelandet war – Maja und natürlich ihrer Stimme. Als erstes mußte sie mit Simon reden. Was sprach dagegen, dann mit Valerie und Marlene weiter zu forschen, wer der Täter sein könnte? Aber dazu mußte sie die beiden jetzt erst mal loswerden. »Maja, das hört sich ganz gut an. Ich schlage vor, du suchst dir erst mal dein Kamerateam zusammen, und dann treffen wir uns wieder hier, natürlich nur, wenn Valerie nichts dagegen hat.«

Valerie glühte vor Aufregung. Das alles war sehr nach ihrem Geschmack. »Kein Problem damit.«

Maja nahm ihre Schultern zurück. »Danke, Marlene, jetzt fühle ich mich schon viel besser. Ich bin eben nicht zum Hiob geboren. Ich will mich lieber rächen als leiden.« Sie hätte eine gute Judith abgegeben, dachte Marlene und stellte sich vor, wie Maja den Kopf von »Scheißkübel« auf einem Silbertablett in einer Talkshow präsentierte. Valerie begleitete Maja zur Tür und kam allein zurück. Nur noch eine, die sie loswerden mußte. Sie hatte auch schon eine Idee. Sie würde Valerie mit einem wichtigen Auftrag in den Sender schicken und dann mit dem Taxi zu Simon fahren. »Valerie, glaubst du, daß sich im Sender jemand um einen Kranz für Lederlisas Beerdigung kümmern wird?«

Valerie kam aus der Küche und setzte sich zu Marlene. »Uschi kümmert sich darum. Die anderen würden am liebsten Freudenfeuer anzünden.«

»Valerie, hast du heute eigentlich frei, oder wie kommt es, daß du den ganzen Tag zu Hause sein kannst?«

»Ich habe mir frei genommen. Rocky war ziemlich sauer. Er wollte einige Gags mit mir vorproduzieren und wollte unbedingt wissen, wo ich denn so dringend hin müßte. Dann bin ich ganz nah an sein Ohr gegangen ...« Valerie sah Marlene vergnügt an und machte eine dramatische Pause. Marlene schüttelte sich bei der Vorstellung, so nah an Rocky hinzugehen.

»›Rocky‹, hab' ich vertraulich zu ihm gesagt, ›du, ich hab' ein, äh, gynäkologisches Problem, du weißt schon.‹ Und stell dir vor, er ist rot geworden. Na, das kommt davon, wenn man in dem Alter noch mit seiner Oma zusammenwohnt!« Sie grinste Marlene so verschwörerisch an, daß ihr Rocky fast leid tat.

»Könntest du für mich etwas erledigen?« Marlene kam sich schäbig vor, daß sie Valerie nicht die Wahrheit sagte. Aber sie war sicher, daß Valerie sonst keinen Zentimeter von ihrer Seite weichen würde. »Ich brauche dringend einen Umschlag, der in meinem Schreibtisch liegt. Warte, hier sind die Schlüssel.« Marlene schwenkte die Schlüssel vor Valerie hin und her, als wollte sie sie hypnotisieren.

»Muß das sein?«

»Nein, natürlich nicht. Es wäre nur eine große Erleichterung für mich.« Marlene hoffte, daß Valerie nicht fragen würde, was in dem Umschlag war. Es gab keinen Umschlag, und Marlene hatte nicht die leiseste Idee, was in einem solchen Umschlag drin sein könnte. Aber Valerie war wie immer ein Muster an Diskretion. »Okay, aber du bleibst schön liegen und ruhst dich ein bißchen aus. Abgemacht?«

Marlene starrte den Boden an und verkreuzte hinter ihrem Rücken zwei Finger miteinander. Sie war abergläubisch und wollte keinesfalls irgendwelche Götter herausfordern. »Ja, abgemacht. Wahrscheinlich bin ich schon eingeschlafen, wenn du zurückkommst.«

Valerie zog sich ihren Mantel an und versprach, so schnell

wie möglich zurück zu sein. Marlene wartete, bis sie sicher sein konnte, daß Valerie nichts vergessen hatte, und rief Simon an, um ihm zu sagen, daß sie in einer halben Stunde bei ihm sein könnte. Simon war begeistert. Marlene bestellte ein Taxi und stemmte sich mühsam vom Sofa hoch. Sie humpelte zur Haustür. Neben der Haustür befand sich ein Spiegel. Sie erkannte sich zuerst gar nicht. Sie sah nicht nur aus wie eine schwangere Seerobbe, sie hatte dazu auch noch die Gesichtsfarbe eines kranken Aals. So konnte und wollte sie nicht zu Simon. Sie brauchte etwas zum Anziehen. Was sprach dagegen, auf dem Weg zu Simon an ihrer Wohnung vorbeizufahren und sich dort schnell etwas anderes anzuziehen? Und ein bißchen Make-up vielleicht.

Der Taxifahrer klingelte ungeduldig. Als er ihre Gehhilfe sah, wurde er sauer. »Fahren Sie mit Berechtigungsschein, da san 's bei mir falsch!« Marlene hatte keine Ahnung, was ein Berechtigungsschein war. »Ich zahle bar!«

»Und wohin soll die Fahrt denn gehen, wenn ich frogn derf?«

Marlene war sprachlos. In Frankfurt wurde man nicht schon vor dem Einsteigen nach dem Fahrtziel gefragt. Na ja, andere Länder andere Sitten. Sie erklärte ihm, wo sie hinwollte, das befriedigte ihn soweit, daß er in sein Auto einstieg. Er überließ es Marlene trotz ihrer Gehhilfe, die Tür aufzumachen und einzusteigen. Je näher sie dem Arabellapark kamen, desto gruseliger erschien ihr plötzlich der Gedanke, allein in ihre Wohnung zu gehen. Sie sollte den Taxifahrer bitten, mit hochzukommen. Nein, der war nicht sehr nett. Der würde bestimmt nicht mitkommen. Dr. Juri? Nein, den konnte sie auch nicht schon wieder belästigen. Er war ja schließlich nicht ihr Kindermädchen. Den Hausmeister, den könnte sie fragen. Genau, und dann würde sie ihm ein dickes Trinkgeld geben. Der Taxifahrer wollte nicht auf sie warten, auch nicht für viel Geld. »Sie, da hab' ich schon die dicksten Dinger erlebt, nix für ungut, aber man wird halt vorsichtig, gell! Und außerdem, da drüben, beim Krankenhaus, ist ein Taxistand.« Damit brauste er ab. Marlene ärgerte sich über ihre Blödheit. Diesem unfreundlichen Scheusal hatte sie auch noch Trinkgeld gegeben, weil es »sich so gehört«. Sie suchte auf dem Klingelschild den Namen von Herrn Reimann. Tatsächlich, wie Dr. Juri gesagt hatte, er wohnte ganz oben im achten Stock. Sie hatte Glück, Herr Reimann war zu Hause. Er bat sie, kurz zu ihm heraufzukommen, weil er noch etwas zu erledigen hätte. Dann könnte er sie in ihre Wohnung begleiten, aber viel Zeit hätte er nicht. Sie fuhr mit dem Aufzug in den achten Stock. Als sie aus dem Aufzug ausstieg, bemerkte sie, wie hell es hier oben war. Sie blieb am Flurfenster stehen und sah in den trüben Novembertag hinaus. Sie fragte sich, wie es im Sommer in München war. Alle, die schon mal in München gewesen waren, hatten davon geschwärmt, wie herrlich die Biergärten seien, die Kastanien, die Isar und dergleichen. Aber heute war davon noch nicht einmal etwas zu ahnen. Die kahlen Baumgerippe streckten hilflos ihre Äste in den salzgrauen Himmel.

»Sie, Frau Popp!«

Marlene fuhr zusammen. Herr Reimann hatte sie ziemlich laut gerufen. Er stand mit seinem Telefon in der Haustür und winkte ihr ungeduldig, näher zu kommen. Marlene humpelte in seine Wohnung. Als er ihre Fußverletzung registrierte, unterbrach er kurz sein Gespräch, um ihr seine Betroffenheit darüber auszudrücken. Er rückte ihr in der Küche einen Stuhl so hin, daß sie sich bequem daraufsetzen konnte. Marlene sah sich in dem Raum um. Die Wände waren blendend weiß gestrichen. Es erstaunte sie, daß ein Junggeselle seine Wohnung so einrichtete. Auf dem Tisch lag eine schneeweiße Tischdecke. Die Schränke und die Anrichte waren ebenfalls weiß. Nichts stand herum. Ein wenig erinnerte sie das Ganze an einen Operationssaal. Eigentlich ganz ähnlich wie Simons Küche. Nur, daß der Boden nicht aus abspritzbarem Edelstahl war, sondern aus weißem Linoleum. Herr Reimann hatte sein Gespräch beendet und bot ihr einen Kaffee an. Marlene wollte mit Herrn Reimann keinen Kaffee trinken, denn Simon wartete ja auf sie. Aber sie war schrecklich neugierig, wie Herr Reimann Kaffee kochen würde, ohne die weiße Ordnung seiner Küche zu zerstören. Außerdem wollte sie ihn schließlich um einen Gefallen bitten. Fasziniert beobachtete sie, wie er aus einem Schrank einen weißen Wasserkocher herausholte und in eine weiße Tasse etwas Instant-Kaffeepulver gab, das in einem weißen Keramikbehälter im Kühlschrank aufbewahrt wurde. Er schien sehr zufrieden mit dem Ergebnis und stellte die Tasse vor sie hin.

»Und Sie, Herr Reimann, trinken Sie keinen Kaffee?«

»Ich muß aufpassen mit meinem Magen, ich trinke nur Kamillentee.« Er entnahm einem Sideboard eine weiße Thermoskanne und schüttete sich ein wenig dampfenden Tee ein. Marlene überlegte, wie sie ein Gespräch in Gang bringen könnte, aber ihr fiel nichts ein.

»Wie ist das mit Ihrem Fuß passiert?« Reimann klang ärgerlich, als sei etwas, das ihm gehört, von ihr kaputt gemacht worden.

Marlene wollte antworten, aber ihre Zunge fühlte sich seltsam an. Wie ein nasser, viel zu dicker Lappen, wie ein Knebel. Sie schaffte es nicht, etwas zu sagen. Reimanns Augen sahen sie fragend an. Sie bemühte sich weiter, aber es gelang ihr nicht. Ganz entfernt hörte sie, wie sie ein Röcheln hervorbrachte. Sie war so müde. Valerie hatte doch recht gehabt, das alles war zuviel für sie. Wie peinlich, und jetzt brach sie vor dem Hausmeister zusammen. Wenn es wenigstens Simon gewesen wäre. Sie legte den Kopf auf den Tisch. Das letzte, was sie sah, war ein Aufblitzen in Reimanns Augen.

Die Vermählung

Du bist da, mein Schneeweißchen. Du hältst es nicht mehr ohne mich aus. Ich möchte deinen Hals küssen. Noch ist es ein wenig zu früh, doch du darfst hereinkommen. Wenn die Tür hinter dir geschlossen ist, gibt es kein Zurück mehr. Du und ich werden das vollkommene Paar sein. Du kommst herein und brauchst meine Hilfe. Natürlich helfe ich dir, doch zuerst trinken wir einen Kaffee. Du sollst den besten Kaffee bekommen, den ich kochen kann. Zur Beruhigung werde ich ein paar Transilium hineingeben, seit meinem Abgang vom Eis bekomme ich Betäubungsmittelchen, soviel ich will. Der Schmerz in meinem Becken hört nie auf. Du trinkst den Kaffee und schaust dich um, in deinem neuen Zuhause. Ob dir die Möbel gefallen, verrätst du nicht. So viele Geheimnisse in deinem Kopf, doch wenn wir vereint sind, werden wir keine Geheimnisse mehr voreinander haben. Dein schöner Kopf sinkt schon auf die Wachstuchdecke. Mutti würde das nicht mögen. Doch ich hebe dich auf und trage dich auf mein Himmelbett. Schade, daß du es nicht sehen kannst. Es ist ein Brautbett. Auf der weißen Steppdecke mit den Satinkissen siehst du aus wie eine Blume. Jetzt, während du schläfst, werde ich dich schönmachen. Ich habe ein wunderbares Kleid für dich genäht. Es ist schöner als alles, was du je gesehen hast. Schöner als alle

Trikots, die Sandra oder ich je hatten. Schau nur, die Pailletten, die ich dir am Dekolleté aufgestickt habe. Die Schwanenfedern am Ärmel, und alles in reinstem Weiß. Ich habe dir auch Unterwäsche besorgt, ein weißes Höschen aus Baumwollspitze und ein Korselett, damit siehst du dann anständiger aus. Du bist schwer, wenn du schläfst. Doch es macht Freude, dir die Unterwäsche auszuziehen. Deine Haut ist vollkommen. Niemals sollte man in sie hineinschneiden. Es wäre nicht schön. Ich werde sie nicht verletzen. Ich verspreche es dir. Ich lege ein wenig Musik auf. Ich habe gelesen, daß die Ärzte das bei Operationen auch tun, dann schläft der Patient besser. Und du, mein kleines Schneeweißchen, sollst glücklich sein. Die Haare hier zwischen deinen Schenkeln sind ein wenig zu üppig. Du wirst mir verzeihen, daß ich sie wegrasiere. Mit Schaum natürlich. Ein Sprühschaum. Der sanfte, weiße Schaum auf deiner goldenen Haut ist wunderschön. Das Rasiermesser ist noch von meinem Opa. Mütterlicherseits. Ha, väterlicherseits hatte ich ja nie die Ehre. Ich hab' es gut geschärft, damit es nicht ziept. Das kalte Eisen gleitet wie Kufen über sahniges Eis. Ein vollkommener Kreis, und jetzt eine Acht. Die Preisrichter wären entzückt. Du machst mir so viel Freude, Marlene, mein Schneeweißchen. Ich möchte dich nicht schneiden. Aber es wäre schön, wenn die Rasier-Kufen in dir verschwinden könnten, ein Jux für die Jury. Aber nicht jetzt. Fast tut es mir leid, den Schaum abzuwischen. Doch du bist jetzt viel schöner als vorher. Deine Scham liegt jetzt offen, glatt und rund, ohne diesen obszönen Dschungel. Ich schiebe das weiße Spitzenhöschen von deinen Fesseln ganz nach oben. Es sitzt wie angegossen. Nein, du gefällst mir immer noch nicht ganz, deine Brust hängt ohne den BH ein bißchen sehr nach links und rechts außen. Das ist nicht schön, auch die Brustwarzen sind für meinen Geschmack zu dunkel.

Was könnten wir da tun? Chlorbleiche riecht so unangenehm. Ich werde ein Pflaster darüberkleben und dir dann das Korselett anziehen. Deine Brust liegt viel schwerer in meiner Hand, als ich dachte. Sie schmiegt sich an meine Hand, will in ihr verweilen, doch das geht jetzt nicht. Ich stopfe sie in das Korselett. Wie wunderbar dabei deine Figur zur Geltung kommt. Du bist sehr entspannt und deshalb schwer. Es ist gar nicht so leicht, dich umzudrehen, um die Häkchen des Korseletts zu schließen. Die Seidenstrümpfe passen dir wie eine zweite Haut. Trotz dieser häßlichen Verletzung an deinem linken Fuß. Ab jetzt werde ich auf dich aufpassen, Schneeweißchen. Dann wird so etwas nicht wieder vorkommen. Du seufzt im Schlaf, als ich dich aufsetze, um dir dein Kleid überzustreifen. Es ist aus einem wunderbaren Stoff. Kühl und glatt. Fast bedauere ich, keinen Fotoapparat dazuhaben. Man soll die Braut niemals vor der Hochzeit im Kleid sehen, das stimmt. Ich hätte nie mit Sandra zusammen das Kleid aussuchen sollen. Doch sie hatte keinen Geschmack. Ich mußte ihr helfen. Was hätte Mutti gesagt, wenn sie wie eine Nutte dahergekommen wäre? Trotzdem, es war ein Fehler. Mein einziger Fehler. Doch Sandra ist längst vergessen. Immer wieder habe ich die vollendete Braut gesucht, eine, die mich wirklich liebt, die vollkommen ist. Und jetzt habe ich sie endlich gefunden. Ich ziehe meinen Frack an und lege mich neben dich ins Bett. Ich streichle deine Haare. Oh, beinahe hätte ich vergessen, du brauchst ja noch den Schleier mit dem Krönchen. Und deine Augen werde ich verbinden, dann ist die Überraschung größer, wenn der Schleier gelüftet wird. Verzeih, mein geliebtes Schneeweißchen, ich tue das nicht gern. Ich küsse deinen Mund. Er ist so warm und süß, er schmeckt nach Honig. Bevor du aufwachst, muß ich noch deine Beine an das Himmelbett binden. Ich tue das nicht gern, aber ihr Frauen seid manchmal unberechenbar. Wenn ich Mutti nicht festgebunden hätte, bevor ich sie mit dem Parade-Kissen von ihren Qualen erlöst habe, hätte sie mich glatt vom Bett gestoßen. Ein Bein an den linken und eins an den rechten Pfosten. Immerhin verwende ich keine gewöhnlichen Fesseln, sondern Bänder aus Seide, so paßt alles gut zusammen. Wie gut, daß dein Kleid so bauschig ist, so können wir es zwischen deine Beine breiten, und du mußt dich nicht schämen, wenn du wieder aufwachst. Auch deine Hände binde ich lieber zusammen, so kommst du nicht in Versuchung... Ach, Schneeweißchen, wie schön, daß du zu mir gekommen bist. Wir sind jetzt fertig. Vielleicht wirst du meine erste richtige Braut sein? Wir werden sehen. O mein Gott, wo hab' ich nur die Ringe hingetan? Wir brauchen die Ringe.

Mittwoch nacht, 10. November

Es war dunkel, als Marlene ihre Augen aufschlug. Sie fühlte sich benommen. War sie wach, oder war das ein schrecklicher Traum? Sie wollte sich strecken, wie sie sich immer streckte, wenn sie lange in einer seltsamen Haltung geschlafen hatte, doch sie konnte sich nicht bewegen. Sie strampelte mit den Beinen, aber ihre Lage veränderte sich nicht. Jäh kam sie zu sich. Das war kein Traum mehr. Sie war aufgewacht und mit weit gespreizten Beinen an etwas gefesselt, und die Dunkelheit vor ihren Augen war eine Augenbinde. Sie versuchte mit ihren Händen, die Augenbinde abzureißen, aber auch die waren mit einem kühlen weichen Schal oder Stoff aneinandergefesselt. Aber wenigstens waren ihre Hände nicht auf den Rücken gebunden. Sie tastete mit ihrer Zunge ihre Mundhöhle ab. Ah, sie war wenigstens nicht geknebelt. Was war passiert? Hatte man sie entführt, um von ihrem Vater ein Lösegeld zu erpressen? Marlene schrie, so laut sie konnte.

»Sch, sch …!« Fast mütterlich, sogar zärtlich, wisperte ihr eine Männerstimme ins Ohr. Wessen Stimme war das? »Es hat keinen Sinn, sich die schöne Stimme zu ruinieren, Marlene! Du bist jetzt bei mir, und hier holt dich keiner mehr weg.«

Marlene erkannte die Stimme. Es war Herr Reimann, ihr

Hausmeister. Und jetzt, wo sie blind ins Dunkle starren mußte, fragte sie sich, wieso sie nicht schon früher bemerkt hatte, daß seine Stimme die Stimme des Anrufers war. Kalter Schweiß rann ihr den Rücken herunter. Sie hatte ihn einfach nicht beachtet. Er hatte sie nicht besonders interessiert. Und dabei hatte sie Maja damals an ihrem ersten Abend in München gewarnt. Maja hatte gesagt, irgend etwas an diesem Mann sei nicht ganz normal. War Reimann also der Mann, der all diese armen Frauen umgebracht hatte? Dieser unauffällige, meistens schlechtgelaunte Mann war ein Mörder? Was hatte er mit ihr getan, während sie schlief? Sie spannte ihren Beckenboden an. Nein, das fühlte sich an wie immer. Er hatte sie nicht vergewaltigt. Aber diese merkwürdigen Kleider, die sie anhatte, sie lagen so kalt auf ihrer Haut. Um die Brust war sie so eingeschnürt, daß sie kaum atmen konnte. Und ihre Scham fühlte sich komisch an. Die Unterhose lag so kalt auf ihrer Haut. Sie würgte. Er hatte ihre Schamhaare abrasiert. Sie würgte noch einmal.

»Na, na, wir wollen doch nicht dieses schöne Kleid vollkotzen? Mein kleines Schneeweißchen, wenn du versprichst, daß du brav bist, werde ich dir die Augenbinde abnehmen.«

»Schneeweißchen«? Der Mann war total verrückt! Wie schaffte er es nur, tagsüber so normal zu wirken, so unauffällig? »Ja Frau Popp, nein Frau Popp ...« Sie hatte niemals das geringste bemerkt.

Was für Möglichkeiten hatte sie, hier mit heiler Haut davonzukommen? Sie wollte unbedingt aus ihrer Dunkelheit erlöst werden. Sehen bedeutete, etwas mehr Kontrolle über ihre Lage zu bekommen. Sehen war in jedem Fall besser als diese Dunkelheit. Sie mußte auf sein Angebot eingehen. »Ja, ich werde ganz brav sein. Bitte nehmen Sie mir die Augenbinde ab.«

»Das ist gut, ich sehe auch lieber deine schönen Augen als das Taschentuch.« Sie roch Reimann, als er sich über sie beugte. Er duftete nicht unangenehm nach einem herben Männerrasierwasser mit einer süßlichen Komponente. Aber Marlene war sicher, wenn sie je wieder einen Mann träfe, der dieses Parfüm benutzte, müßte sie sich übergeben. Wie konnte sie in ihrer Lage über Gerüche nachdenken? Oder rettete ihr das den Verstand?

Behutsam nahm er ihre Augenbinde ab.

Sie konnte Reimann nicht gleich sehen, denn er war in einen seltsamen Nebel getaucht. Dann erkannte sie, daß sie einen Spitzenschleier vor den Augen hängen hatte. Ihre Augen gewöhnten sich daran und konnten nach und nach ihre Umgebung wahrnehmen. Sie war in einem Schlafzimmer. Reimann hatte einen Frack angezogen. Seine Augen glänzten genauso feucht wie seine Glatze.

»Na, Schneeweißchen, wie fühlst du dich heute vor dem großen Tag?«

»Was für ein Tag?« »Schneeweißchen« nannte er sie, ja genau, und er war der böse Wolf oder das Biest! Nie wieder würden Grimms Märchen die gleichen sein.

»Unser Hochzeitstag. Und dieses Mal wird mir meine Braut nicht davonlaufen.«

»Was ist mit den anderen Frauen? Waren die nicht auch alle Ihre Bräute?«

»Darüber wollen wir jetzt nicht sprechen, Schneeweißchen. Jetzt gibt es nur dich und mich.«

»Aber wir können nicht heiraten. Ich will Sie nicht heiraten. Schon gar nicht, wenn ich an ein Bett gefesselt bin.« Marlene wunderte sich, daß sie überhaupt einen Satz klar herausbringen konnte, am liebsten hätte sie nur unkontrolliert geschrien. Fieberhaft überlegte sie, was sie tun könnte, um ihre Lage zu verbessern. Ihr war überhaupt nicht klar, was er damit meinte, daß sie seine Braut werden würde. Wollte er sie vergewaltigen? Das hatte er bei den anderen Frauen nicht gemacht. Wollte er sie ermorden? Genau das hatte er mit den anderen Frauen getan, und er ließ keinen Zweifel daran, daß er mit ihr etwas ganz Besonderes vorhatte. Marlene hatte eisige Füße, eine Gänsehaut am Rücken, und gleichzeitig rann ihr kühlklebriger Schweiß die Achselhöhlen herunter.

»Wir werden heiraten. Daran besteht keine Zweifel, mein Engel. Es wird nicht mehr lange dauern, auch wenn du eine Spur zu früh gekommen bist!«

»Und wo sind die Gäste? Zu einer Hochzeit gehören doch Gäste und Trauzeugen?«

Er schüttelte den Kopf und kam ihr ganz nahe. »Du solltest mich nicht wütend machen. Wenn ich wütend werde, dann tue ich Dinge, die ich besser nicht tun würde. Hast du verstanden, Schneeweißchen?«

Marlene sah zum ersten Mal, daß sein Augen dunkelblau waren. Sie hatte Reimann nie so intensiv angesehen. Sie nickte und haßte sich sofort für dieses demütige Kopfbeugen.

»Wie gefällt dir dein Brautkleid? Habe ich das richtige für dich ausgesucht?« Er streichelte in der Luft über die Federn an den Ärmeln. Der Luftzug setzte die Federn in Bewegung. Sie kribbelten auf ihrer Haut wie die Bisse von Feuerameisen.

»Ich habe mir große Mühe gegeben. Als ich dich im Brautladen sah, damals, wußte ich, daß du die perfekte Braut sein würdest. Ich war sehr traurig, als ich dich verlor. Doch dann wurdest du in meine Hände gelegt, ganz von allein. Und habe ich nicht gut auf dich aufgepaßt? War ich dir nicht ein guter Beschützer?« Er hatte sich neben das Bett gekniet, auf dem sie lag, und sprach mit leiser Stimme. Marlene wünschte sich, sie hätte magische Kräfte, eine Geheimwaffe, irgend etwas, das sie befreien würde. Niemand wußte, wo sie war. Wann würde sie vermißt werden? Und wenn sie nach ihr suchten, würde sich dann dieser bösartige Taxifahrer bei der Polizei melden? Und vor allem, wie lange konnte das dauern? Würde sie dann noch leben? Immerhin schien er sie nicht quälen zu wollen. Oder wiegte er sie vielleicht erst in Sicherheit, um dann um so brutaler seinen Spaß zu haben? Was für ein Mann war er eigentlich? Was hatte Dr. Juri ihr über ihn erzählt? Sie versuchte, sich zu erinnern. Verdammt, Marlene, streng dich an. Wer wußte, wie lange Reimann noch in Laberstimmung bleiben würde. Bring ihn zum Erzählen, mach es wie Scheherazade! Rette deinen Kopf mit Reden.

»Mein Schneeweißchen, ich hatte dich etwas gefragt! Willst du mir nicht antworten?« Er riß ein paar Federn vom Ärmel ab. »Böses Mädchen, so solltest du nicht mit deinem Brautkleid umspringen.« Er schüttelte den Kopf und sah sie an, wie ein Kind, das unartig war. »Dafür mußt du bestraft werden.«

»Ich, ich, ich, es tut mir leid... «Marlene hörte ihre Stimme durch das Rauschen in ihren Ohren nur ganz entfernt. Reimann nahm aus einer alten Lederschatulle ein Rasiermesser und schärfte es an einem Lederstreifen, dabei schüttelte er immer noch den Kopf, was seltsame Lichtreflexe auf seiner Glatze hinterließ. Marlenes Herz klopfte noch schneller, als sie das Rasiermesser sah. Werd jetzt nicht hysterisch, mit dem Ding hat er sich vorhin schon an dir vergriffen, ohne dich zu verletzen, vielleicht tut er dir nichts. Bring ihn zum Reden!

Bedächtig schlug Reimann mit einem Pinsel Schaum auf. »Es gibt Religionen, die machen es auch so, es ist also eher eine Art Hochzeitsbrauch als eine Strafe. Ich habe auch schon alles Nötige für dich organisiert. Denn es beruhigt mich sehr zu wissen, daß alles seine Richtigkeit hat.«

»Welche Religion ist denn die Ihre?« Marlene fragte sich, was andere Völker anläßlich der Hochzeit mit Rasierzeug taten? Beschneidungen wurden doch schon an ganz kleinen Kindern vorgenommen. Aber nicht an erwachsenen Frauen. Was zur Hölle hatte er vor? Wozu das Rasiermesser?

»Religion ist Scheiße. Ich glaube nicht an Religionen. Aber sie haben auf der ganzen Welt ein paar ganz nette Rituale hervorgebracht, das weiße Brautkleid zum Beispiel. Oder nimm Indien, Schneeweißchen, wo die Witwen gleich mit verbrannt wurden!« Seine Augen strahlten. Marlene wünschte sich, sie wäre damals, als Jeff abgestürzt war, gleich mit ihm im Flugzeug umgekommen. Dann wäre ihr das hier wenigstens erspart geblieben.

»So, dazu ziehen wir den Schleier aus.« Er beugte sich über sie und entfernte behutsam den Schleier und das Krönchen und ging aus dem Zimmer. Endlich hatte sie freie Sicht auf das Zimmer, in dem sie sich befand. Es hatte eine Fototapete an allen vier Wänden. Eine Winterlandschaft. An der Stirnseite gegenüber dem Himmelbett, stand ein verspiegelter Kleiderschrank, in dem Marlene sich selbst sehen mußte. Sie sah grotesk aus. Wie eine mißhandelte Puppe saß sie mit weit gespreizten Beinen auf dem weißen, spitzenumsäumten Himmelbett. An der anderen Wandseite saßen aufgereiht wie Schaufensterfiguren Eisbären in allen Größen und aus verschiedenen Materialien. Neben dem Bett rechts und links stand jeweils ein passendes Nachttischchen. Auf einem der beiden hatte Reimann den Rasierschaum fertig gemischt. Er kam mit einem Handtuch zurück. »So, jetzt wollen wir mal den Kopf beugen.« Liebevoll begutachtete er die Schärfe des Messers und machte sich daran, Marlene die Kopfhaare zu rasieren. Entsetzt starrte Marlene in den Spiegel. Sie hatte zwar kurzes Haar, aber trotzdem hatte sie sich noch nie mit Glatze gesehen. Ein Büschel nach dem anderen fiel dem Rasiermesser zum Opfer. Reimann summte dabei fröhlich den Barbier von Sevilla vor sich hin. Marlene mußte etwas tun, bevor sie durchdrehte. Wer wußte schon, für was das alles hier der Auftakt war? Angestrengt hielt sie den Kopf gerade. Was, wenn er ihr zum Abschluß die Kehle durchschneiden würde? Sie riß die Augen auf. Ihr kam ein schrecklicher Gedanke. War dies das gleiche Messer, mit dem er Lederlisa die Zunge herausgeschnitten hatte? Sie schluckte bitteren Magensaft herunter und biß sich auf die Zunge, um nicht zu würgen und einen Ausrutscher des Rasiermessers zu verhindern. Er hatte schon vier Frauen umgebracht. Oder gab es vielleicht noch mehr? Plötzlich fiel ihr wieder ein, was Dr. Juri ihr erzählt hatte. Reimann war einmal ein berühmter Sportler gewesen. Das könnte sie vielleicht ins Gespräch bringen. Aber vielleicht war es auch genau das Falsche, denn wenn er berühmt gewesen war und jetzt nur noch Hausmeister, dann haßte er sicher jede Frage nach seiner Vergangenheit. Trotzdem, irgend etwas mußte sie tun.

Reimann betrachtete ihren kahlen Schädel. »So schön wie meiner ist er nicht gerade, Schneeweißchen. Aber ich habe ja eine Perücke mitgebracht, mit der gefällst du mir sowieso viel besser. Kurze Haare sind doch was für Jungs, nicht wahr?«

Marlene kam sich nackt vor, häßlich und gedemütigt. Sie verstand jetzt viel besser, warum Gefangenen in Kriegslagern erst mal der Schädel kahl geschoren wurden. Sicher nicht wegen der Läuse, sondern wegen der Demütigung, die damit verbunden war. Sie erkannte sich selbst kaum wieder. Nie war ihr klargewesen, was für einen Quadratschädel sie hatte. Ihre Augen wirkten jetzt unnatürlich groß. Sie dachte an Maja. Wenn die ihre Lockenpracht abschneiden müßte, ob sie dann so ruhig bleiben könnte? Unmerklich nickte Marlene. Ja, Maja würde kaltblütig bleiben, solange nicht ihre Klamotten ruiniert würden. Was denkst du über Maja nach, Marlene, denk lieber daran, wie du hier rauskommst! Als erstes mußte sie die Handfesseln wegkriegen, dann die Beinfesseln. Dann raus hier. Aber wie würde sie ihn dazu kriegen, die Fesseln abzumachen? Vielleicht, wenn sie mal aufs Klo müßte. Das schien ihr eine gute Idee. Genau.

Reimann polierte noch einmal ihren glatten Schädel und ging dann mit dem nassen Handtuch und dem Rasiermesser aus dem Zimmer. Marlene versuchte, so tief und ruhig zu atmen, wie möglich. Schade, daß sie nie einen Geburtsvorbereitungskurs besucht hatte, wo man mit Hecheln den Schmerz ertragen lernt. Oder wenn sie wenigstens Yoga gemacht hätte. Die Beinfesseln schnitten sich immer tiefer in ihre Knöchel. Durch ihre unnatürliche Lage waren ihre Beine eingeschlafen. Sie zerrte an den seidenen Handgelenkfesseln, um sie zu lockern, aber Reimann hatte erstklassige Knoten geknüpft. Was, wenn es ihn anturnte, daß sie aufs Klo mußte? Vielleicht stand er auf Fäkalienspiele. Was wußte sie schon über ihn? Vielleicht war es doch keine so gute Idee zu behaupten, daß sie aufs Klo müßte. Reimann kam zurück. Das Rasiermesser blinkte in seiner Hand. »Willst du mal fühlen, wie scharf es ist?«

»Nein!« Marlene wollte dieses Messer weder sehen noch berühren.

Reimann lächelte. »Ihr Frauen seid schon komisch. Es ist doch nur ein Messer. Ein Werkzeug. So, dann wollen wir mal die Perücke aufsetzen, Schneeweißchen. Ich denke, dann bist du fertig fürs Zeremoniell!« Er holte unter dem Bett eine hellblonde Perücke mit langem, lockigen Haar hervor und setzte sie Marlene auf. »Diese Frisur paßt doch viel besser zu deiner tollen Stimme, findest du nicht?«

Marlene sah sich im Spiegel wie eine Fremde. Sie sah nicht mehr aus wie sie selbst. Reimann holte einen Beauty-Case unter seinem Bett hervor. »Ein bißchen Make-up macht dich noch hübscher, Schneeweißchen.« Fachmännisch trug er eine Grundierung auf ihr Gesicht auf. Woher konnte er das? »Wo haben Sie das gelernt?«

»Das kann ich noch aus meinem früheren Leben, manche Dinge verlernt man eben nie.«

»Sie meinen, wie Autofahren?«

»Ich meine Eislaufen. Aber du solltest jetzt still sein, sonst vermale ich noch dein Gesicht!«

Eislaufen? Das war's, was Dr. Juri erzählt hatte! Reimann war ein berühmter Wintersportler gewesen. Eislaufen! Was wußte sie über Eislaufen? Was für ein Eisläufer war er gewesen? Schnell-, Einzel- oder Paarläufer? Wenn er mal berühmt gewesen war, wann konnte das gewesen sein? Eislaufen hatte sie sich im Fernsehen immer angeschaut, weil sie diese Sportart so schön, so ästhetisch gefunden hatte. Ein Reimann war ihr nicht in Erinnerung geblieben. Es mußte also irgendwann Anfang der siebziger Jahre gewesen sein. Warum er wohl aufgehört hatte? Stammte daher sein Haß auf Frauen? Hatte ihn jemand sitzengelassen? Reimann summte ein paar Takte »Bolero« vor sich hin. Sehr melodiös, sehr musikalisch. Sie wußte, sie hatte mal eine Paarkür zur Musik von Ravels »Bolero« gesehen, aber der Läufer war bestimmt nicht Reimann gewesen. Sehr gut, Marlene, beschäftige dich ruhig weiter mit der Vergangenheit, statt dir zu überlegen, wie du lebend hier wieder rauskommst, ermahnte ihr Überlebensinstinkt sie. Mach, daß du hier rauskommst!

»Sie singen sehr schön!«

Reimann unterbrach das Schminken für einen Moment. »Ja, das stimmt. Meine Mutter hat das auch immer gesagt. Leider ist sie schon tot. Sie hätte sicher gern an unserer

Hochzeit teilgenommen.« Er lachte bitter und warf völlig zusammenhanglos den Koffer mit der Schminke an die Wand. Töpfe und Puderdosen öffneten sich, und der Inhalt vermischte sich zu einem häßlichen fettigen Farbfleck an der Wand. Der Bizeps unter dem befrackten Arm hatte sich kraftvoll zu einer Kugel zusammengezogen. Marlene erinnerte sich wieder daran, daß Reimann in einem Fitneßstudio arbeitete. Niemals würde sie ihm entkommen, der Kerl war viel stärker als sie. Sie sackte in sich zusammen.

»Mutter wußte immer schon lange vor mir, daß meine Partnerinnen nichts taugten. Dabei war sie selbst eine Schlampe. Sandra war nicht so. Es war Muttis Schuld, daß Sandra nicht zur Hochzeit gekommen ist. Sie hat ihr angst gemacht.«

»Sandra? Wer war Sandra?«

»Schneeweißchen, willst du mich aushorchen?«

»Nein, aber wenn ich deine Braut werde und wir den Bund der Ehe eingehen, da ist es doch mein gutes Recht, zu erfahren, wie viele Frauen in deinem Leben bisher eine Rolle gespielt haben, oder nicht?« Marlene beglückwünschte sich zu diesem Schachzug.

Reimann, der sich bemühte, den Fettfleck von der Wand zu kratzen, drehte sich zu ihr um und setzte sich dann wieder zu ihr auf das Bett. Er tätschelte ihre Hand. Marlene hatte das Gefühl, eine schleimige Schnecke würde über ihren Handrücken kriechen. Quälend langsam.

»Da hast du recht. Das steht dir zu. Also, Sandra und ich, wir wollten heiraten. Das war nach meinem Unfall.«

»Unfall, was für Unfall?«

»Bei der Qualifikation zu den Olympischen Spielen 76 habe ich mir bei einer Hebefigur ein paar Brustwirbel gebrochen und bin schwer gestürzt.«

»Aber das ist doch nicht so schlimm. Die Eisläufer stürzen doch andauernd, oder nicht?«

Reimann zögerte einen Moment, dann gab er sich einen Ruck. »Schneeweißchen, du solltest doch lieber still sein. Es gibt eine Menge Dinge die du nicht verstehst. Die Brüche hatten einen anderen Grund. Ein Tumor war schuld. Willst du wissen, wo der Tumor war?«

Marlene wollte das lieber nicht wissen. Vielleicht hatte der Tumor sein Gehirn zerstört, und er war deshalb ein Killer geworden. Nein, sie wollte gar nichts mehr über Reimann wissen. Trotzdem sagte sie: »Ja.«

»Ihr seid alle gleich neugierig. Ich sag' es dir, weil es sowieso keine Rolle mehr spielt. Der Tumor hat meine Hoden aufgefressen. Tja, und das war dann das Ende von René Reimann und Sandra Kallas. Sandra hatte immer gesagt, wenn unsere Eislaufkarriere vorbei ist, dann wird geheiratet. Mutter hat das nie geglaubt, aber ich. Mutter war keine typische ›Eislaufmutti‹, sie war eine Schwarzseherin.«

Super, Marlene, laß ihn reden und sich reinsteigern, sagte eine Stimme in ihrem Kopf. Gleich wird er dich für seine Mutter halten und dir den Hals durchschneiden. Mach nur weiter so! Die andere Stimme in ihrem Kopf beruhigte sie: Ja, das ist gut. Vielleicht vermißt dich Simon, vielleicht rufen sie die Polizei, vielleicht erinnert sich der Taxifahrer an dich, du mußt Zeit gewinnen.

»Hodenkrebs?«

Reimann hörte auf, ihren Arm zu tätscheln. Er nahm ihr Kinn in die Hand und zwang sie, ihm in die Augen zu schauen. »Das findest du schockierend. Ja, du denkst, ich habe keine Eier mehr. Bin nur noch ein halber Kerl! Ich kenne euch, ihr denkt immer nur an das. Und an Erfolg. Mutter war auch so. Was anderes zählt für euch nicht. Aber da irrst du dich, ich werd's dir schon noch besorgen! Wir feiern eine Bluthochzeit, in der du alles bekommen wirst, was du dir je erträumt hast.«

Diese plötzlichen Stimmungsumschwünge machten ihr angst. Einmal klang er ganz vernünftig, ja sogar zärtlich. Dann wieder drehte er völlig durch. Völlig logisch eigentlich, ein Mann, der Frauen tötete, konnte ja nicht ganz normal sein. Sie hätte eben nicht auf die Krankheit eingehen, sondern nach der Frau fragen sollen. »Und Sandra, sie war doch anders? Sie wollte Sie doch heiraten, oder?«

Reimann ließ ihr Kinn wieder los. So plötzlich, daß es einen schmerzhaften Ruck in ihrem gefesselten Körper gab. »Sandra hat mich nicht geheiratet. Die Schlampe hat noch nicht mal den Mumm gehabt, mir das rechtzeitig zu sagen. Sie ist einfach nicht zur Trauung erschienen.«

Na prima, Marlene, das war wirklich die bessere Frage. Es hätte ihr doch klarsein müssen, daß Unterhaltungen mit Verrückten nicht wie gewöhnliche Small Talks verlaufen konnten. Hatte sie denn durch die Arbeit beim Radio ihren Verstand verloren? Ihr verletzter Fuß pochte und klopfte. Das andere Bein war mittlerweile nicht mehr nur eingeschlafen, sondern völlig taub. Am besten redete sie mit ihm überhaupt nicht über René Reimann, sondern nur über Marlene Popp. Vielleicht würde er Mitleid mit ihr kriegen und sie laufen lassen. Sein Handy klingelte. Sie hatte vergessen, daß er als Hausmeister für diesen Block zuständig war. Er zog das Telefon aus der Innentasche seines Fracks.

»Wen suchen Sie, Frau Popp? Nein, die habe ich seit dieser Sache in ihrer Wohnung nicht mehr gesehen. Ja, Sie wissen schon, wo ihr ein Irrer eine Zunge in den Kühlschrank gelegt hat. Ja, tut mir auch leid. Vielleicht ist sie zu einer Freundin umgezogen.« Er verstaute sein Telefon wieder.

»Jetzt trinken wir erst mal wieder einen schönen Kaffee.«

Marlenes Verstand arbeitete fieberhaft. Sie wollte keinen Kaffee. Auf keinen Fall. Vielleicht würde sie diesmal nicht mehr aufwachen. Das konnte sie nicht riskieren. Sie würde den Kaffee ausspucken, dafür sorgen, daß er verschüttet wurde. Aber was, wenn er einen unerschöpflichen Vorrat an Schlaftabletten hatte, oder wieder so wütend wurde? Sie würde doch die Klomasche ausprobieren. »Bevor ich noch mehr Kaffee trinken kann, muß ich mal ganz dringend aufs Klo. Es wäre doch jammerschade, wenn ich dieses herrliche Kleid ruinieren würde, oder nicht?«

Das hatte er offensichtlich nicht eingeplant. Sie sah, wie es hinter seiner Glatze arbeitete.

»Wenn Sie mich nicht losbinden und aufs Klo lassen, muß ich dieses herrliche Hochzeitskleid vollpieseln. Das wollen wir doch nicht.« Gut gemacht, Marlene, beglückwünschte sie sich, du hast *wir* gesagt, das würde ihn besänftigen. Was, wenn dieser Perversling eine Bettpfanne bringen würde? Nein, das konnte sich Marlene beim besten Willen nicht vorstellen. Unmöglich.

Unschlüssig sah er sie an. »Tatsächlich, das wollen wir nicht. Ich werde jetzt die Beinfesseln lösen, aber die Handfesseln bleiben dran.«

»Aber wie soll ich denn dieses bauschige Kleid hochhalten?«

»Das schaffst du schon.« Er band ihre Beinfesseln los. Falls Marlene vorgehabt hätte wegzulaufen, wäre ihr das gründlich mißlungen. Ihre Beine waren so taub, daß sie beim Aufstehen vor Reimanns Füße stürzte.

Er half ihr wieder auf und stützte sie unter den Armen. Marlenes Kopf arbeitete auf Hochtouren. Was könnte sie tun, um zu fliehen? Gab es einen spitzen Gegenstand, mit dem sie die Fesseln aufschneiden könnte? Würde er sie allein auf dem Klo lassen? Endlich hatten sie die Toilette erreicht. Sie befand sich genau entgegengesetzt zur Haustür. Er bemerkte ihren Blick und schüttelte mißbilligend den Kopf. »Dazu ist es jetzt zu spät. Du bist freiwillig zu mir gekommen. Jetzt bleiben wir für immer zusammen.«

Die Toilette war eine weitere Überraschung. Alles was Marlene bisher von der Wohnung gesehen hatte, war weiß und irgendwie steril. Sogar die Spitzendeckchen auf den Nachttischen wirkten so. Die Toilette dagegen war eine stilistische Entgleisung, die besser zu dem Anhänger einer dubiosen Blumensekte gepaßt hätte, als zu Reimann. Der Klodeckel hatte eine efeuberankte Umhüllung, vor dem Klo lag eine efeuberankte Matte. Der Spiegel wurde von zwei duftigen Blumentüllgardinen eingerahmt, und auf das Emailwaschbecken hatte jemand Blumenabziehbilder geklebt, die sich an einigen Stellen bereits gelöst hatten. Reimann bemerkte ihre Überraschung. »Das war Muttis Idee. Ich lasse es so. Es erinnert mich daran, wie glücklich ich jetzt sein kann. Ich hätte Mutti schon viel früher erlösen sollen.«

Dann sah er sich in der Toilette sehr genau um. Marlenes Hoffnung auf einen waffenähnlichen Fund sank gegen Null. Es gab weder Scheren noch Rasierklingen, Stilkämme oder Handspiegel. Auch keine Kommoden oder Schränke, in denen sich etwas verbergen konnte. Reimann nickte zufrieden und ließ sie allein. Er nahm zwar den Türschlüssel mit, aber immerhin schloß er die Tür von außen. Marlene sank total erschöpft auf die Klobrille. Immer wieder murmelte sie: Nicht die Hoffnung aufgeben, weitermachen. Auf keinen Fall aufgeben. Du mußt dir die Hoffnung bewahren, Marlene! Aber sie wollte nicht mal mehr dieses Gedicht aufsagen, das sonst immer so gut gegen Aufregungen aller Art wirkte. Wie ging das noch gleich? Über allen Gipfeln ist

Ruh. Beinahe hätte sie hysterisch gelacht. Hier oben war wirklich jede Menge Ruhe. Und wenn sie sich nicht bald wehren würde, dann wäre das hier ihre letzte Ruhestätte. Sie beugte sich mit den gefesselten Händen zu ihrem verletzten Fuß, der jetzt noch stärker klopfte als vorher, weil er wieder richtig durchblutet wurde. Als sie sich aufsetzte, nahm sie aus den Augenwinkeln etwas wahr. Sie konzentrierte sich und beugte sich noch einmal vor. Da stand ihre Rettung! Ein professioneller Abflußrohrreiniger, wie ihn Hausmeister und Putzfirmen bei größeren Abflußproblemen verwenden. O Gott, hoffentlich war die Flasche nicht leer! Atemlos nahm Marlene die Flasche in die Hand. Sie hatte das Gefühl, ihr lautes Herzklopfen müßte Reimann alarmieren, in die Toilette locken und ihre Absicht sofort verraten. Sie studierte das Etikett. Obwohl sie die Flasche in beide Hände nehmen mußte, wegen der Fesseln, zitterte die Flasche so stark, daß sie kaum das Etikett lesen konnte. Konzentrierte Salzsäure mit ein paar Duftstoffen. Salzsäure! Das einzige, was Marlene über Salzsäure wußte, war, daß sie alles zerfrißt. Das war ihre Waffe. Jetzt gleich würde sie das Zeug auf Reimann schütten, bevor sie den Mut verlieren würde. Sie hatte alle Mühe, den Sicherheitsverschluß zu öffnen, und mußte die Zähne zu Hilfe nehmen. Doch sie schaffte es. Draußen räusperte sich Reimann. »Ist alles in Ordnung da drinnen?«

»Alles ist bestens, ich komme gleich. Könnten Sie die Tür aufmachen? Ich muß mich mit den Händen abstützen, sonst verliere ich das Gleichgewicht.«

»Jetzt?«

»Ja, jetzt!« Er öffnete die Tür. Marlene schleuderte mit aller Kraft die Flüssigkeit aus der offenen Flasche in Reimanns Richtung. Aber Reimann war unheimlich reaktionsschnell, er sprang rechtzeitig zur Seite, so daß ihn die Salzsäure nur am Ärmel erwischte. Zischend löste sich der Frackärmel auf. Wütend schrie Reimann immer wieder »Scheiße, verfluchte Scheiße«, während er den Frackärmel abriß. Marlene ließ die Flasche fallen und hetzte zur Flurtür. Reimann rannte hinter ihr her und warf sich auf sie. Krachend fielen beide zu Boden. Die Stille nach diesem Lärm erschien Marlene ohrenbetäubend. Schrecklich, wie die Stille der Ewigkeit. Nur das Keuchen von Reimann war zu hören, wie ein Zeitmesser, der ihr die verbleibenden Momente mitteilte. »Keuch keuch, tick tack tick tack – Marlene deine Zeit läuft ab.« War sie noch ganz bei Trost? Sie mußte ihren Verstand behalten. So würde sie niemals mit ihm fertig. Sie bekam kaum noch Luft. Obwohl Reimann so klein war, war er ein schwerer muskelbepackter Mann. Er stieg von ihr herunter und packte sie an den Handfesseln. »Du bist doch nicht besser als alle anderen. Ich habe mich in dir getäuscht. Das wirst du bereuen.« Er schleppte sie zurück zum Bett und band die Beinfesseln noch viel straffer als vorher. Er war außer sich vor Wut. Er schlug ihr ins Gesicht, bis sie sich wünschte, sie würde das Bewußtsein verlieren, aber leider blieb sie ganz wach. Es war, als ob sie sich von außen sehen würde. Wer war die Frau im Brautkleid, die auf dem Bett lag mit den seltsam gespreizten Beinen und der Glatze? Die Frau, der das Blut von den Augenbrauen herunterlief, deren Lippen aufgeplatzt waren? Wer war der Mann, der ihr immer wieder ins Gesicht schlug und dabei wirr vor sich hinbrüllte? Das waren Fremde, ein Fernsehfilm.

Plötzlich hörte er auf, sie zu schlagen, und beugte sich über sie. »Oh, es tut mir leid, ich wollte dir nicht weh tun. Es tut mir so leid.« Er holte einen Schwamm und rieb die Blutflecken von ihrem Kleid ab. Dann holte er einen nassen, kalten Lappen und tupfte ihr Gesicht ab. Er schüttelte den Kopf und behandelte sie wieder wie ein kleines Kind, das seine Mutter geärgert hat. »Was hast du da nur wieder angestellt? Ich habe dir schon so oft gesagt, daß du besser aufpassen sollst, wo du langgehst. Marlene, was soll ich noch mit dir machen? Du weißt doch, du mußt bestraft werden, oder? Du hast dein schönes Kleid ganz schmutzig gemacht. Das geht nicht. Da wird der Reimann ganz, ganz böse.« Dann summte er wieder ein paar Takte. Marlene wußte genau, daß sie diese Musik kannte, aber sie erkannte sie nicht mehr. Sie fühlte sich wie ein Ballon und hörte Reimann nur noch von weitem, gedämpft, als ob er unter einer Glasglocke stünde.

»Es tut mir leid«, flüsterte sie mit aufgeplatzten Lippen.

Reimann zuckte mit den Schultern. »Das ist gut, daß es dir leid tut, aber das schützt vor Strafe nicht. Das Kleid ist ruiniert. Weißt du, wie viele Stunden ich daran gesessen habe?«

Marlene versuchte, den Kopf zu schütteln, aber ein stechender Schmerz durchfuhr ihre rechte Seite. Hatte sie sich eine Rippe gebrochen bei dem Sturz im Flur? Aber das Stechen war gut, es durchbrach diesen Dämmerzustand. Es machte sie wütend. Noch war sie nicht tot. Aber was konnte sie tun?

»Auch meinen Frack hast du zerstört. Das war nicht nett von dir. Weißt du, was ich mit Frauen mache, die nicht brav sind?«

»Nein.«

»Ich kann sie nicht mehr heiraten. Sie beschmutzen mich. Ich muß sie entsorgen. Die Welt braucht solche Frauen nicht, die erst etwas versprechen und es dann nicht halten. Das ist sehr, sehr schade, Marlene. Ich dachte, du wärst die Frau, die mich erkennt, im biblischen Sinne. Die mich befreit. Schade. Jetzt ziehst du erst mal das Hochzeitskleid aus.« Er holte sein Rasiermesser vom Nachttisch. »Und keine Spielchen mehr jetzt.«

Er schnitt mit dem Messer den Stoff kaputt. Marlene hielt die Luft an. Sie zog den Bauch ein, voller Angst, daß er ihre Haut gleich mit zerschneiden würde. Aber nur an den Armen erwischte sie ein paar Kratzer. Er zerrte an den Stofffetzen, bis Marlene nur noch in der Unterwäsche gefesselt dalag. »Jetzt siehst du aus wie das, was du wirklich bist: eine Schlampe!«

Er beugte sich über sie. »Ich bin sehr enttäuscht von dir. Wirklich sehr enttäuscht.« Er spuckte ihr ins Gesicht. Marlene hörte, daß sein Telefon klingelte. Er ging mit verzerrtem Gesicht ans Telefon und sprach jetzt wieder mit seiner normalen Hausmeisterstimme. »Hören Sie, ich habe jetzt keinen Dienst. Das ist nicht mein Problem.« Er stellte das Telefon ab. »Diese Idioten sind zu blöd, einen tropfenden Wasserhahn zu beseitigen. Reiche Volltrottel!«

Es klingelte wieder. Diesmal an der Haustür. Marlene schöpfte Hoffnung. Vielleicht waren das Maja oder Valerie. Vielleicht war ihnen aufgegangen, daß nur einer immer Zugang zu ihrer Wohnung gehabt hatte, der Hausmeister. So erklärte sich auch, daß er bei keinem der Opfer Einbruchspuren hinterlassen hatte. Bestimmt war es für ihn eine Kleinigkeit, den richtigen Schlüssel für ein Schloß zu finden. Das Klingeln wurde heftiger. Reimann fluchte und zog sich einen grauen Kittel über seinen Frack. Dann schloß er die Tür. Marlene strengte sich an, etwas zu hören. Doch das einzige, was sie mitbekam, war ein lautes Türenschlagen. Dann herrschte Stille. Er kam nicht zurück. Sie war für den Moment sicher. Sie atmete tief ein und aus. Beim Einatmen drückte sie etwas in die Haut. Es waren die Stangen des Korseletts, das sie anhatte. Etwas arbeitete in ihrem Kopf. Stangen. Fischgrät, Schnüre, Häkchen. Häkchen. Es waren nicht die Stangen, die sie drückten, es waren die Häkchen. Aufgeregt betrachtete sie die seidenen Handfesseln. Wenn die Häkchen aus anständigem Metall waren, würde sie es dann schaffen, damit kleine Löcher in die Seide zu reißen? Bevor Reimann wieder zurückkam? Jetzt mußte sie erst mal das verdammte Korsett umdrehen, so daß die Häkchen vorne waren. Sie legte die gefesselten Hände in den Ausschnitt und versuchte, das Ding zu drehen. Aber es ging nicht. Es rutschte nicht über ihre Haut. Sie war zu fett. Sie mußte die Luft einziehen, sich dünn machen. Wieder versuchte sie, ein Stückchen zu drehen, aber an ihrer Brust war etwas, das wie die Gumminoppen an Stopper-Socken bremste. Was konnte das nur sein? Was hatte er da gemacht? Darüber wollte sie nicht nachdenken. Sie versuchte es noch einmal. Da, es hatte sich ein paar Zentimeter verdreht. Ja, sie durfte nicht aufgeben, sie mußte weitermachen. Doch wieso sollte sie weitermachen? Wen gab es in ihrem Leben schon, der sich etwas aus ihr machte? Jeff war tot. Nein, dachte Marlene, mach weiter. Keine destruktiven Gedanken jetzt. Los, weiter. Sie hatte es fast geschafft. Ein letzter Ruck, und die Häkchenseite war auf ihrem Bauch. Sie hörte ein Geräusch. Sie hielt den Atem an, weil sie besser hören wollte, aber es war nicht Reimann, es war nur ein Helikopter. Wie sehr wünschte sie sich, in diesem Helikopter zu sein. Sie preßte mit den Ellenbogen die Brust zusammen, damit sich die Häkchen aus ihren Ösen lösten. Aber sie hielten bombenfest. Sie hustete ein paarmal, um die Dinger zu lockern, und versuchte es noch einmal. Und diesmal gingen zwei Häkchen aus den Ösen. Sie hakte die Seide in ein Häkchen und bewegte sich hin und her. Sie bewegte sich sehr sanft, obwohl sie am liebsten gerissen hätte, aber sie hatte Angst, die Häkchen könnten sich verbiegen. Sie arbeitete hochkonzentriert, voller Panik, Reimann könnte zurückkommen. Sie mußte einfach damit fertig sein, bevor er kam. Jetzt war schon ein Loch in der Seide. Sie versuchte es mit den Zähnen zu vergrößern, aber es gelang ihr nicht. Sie rieb weiter an den Häkchen. Wenigstens ist das hier fast so gut wie ein Diättag, dachte sie und lachte stimmlos vor sich hin. War es gut zu lachen, oder war das ein Zeichen von Hysterie? Sie beeilte sich mit dem Weitermachen und probierte es noch einmal mit den Zähnen. Diesmal gelang es ihr. Sie zerriß ein großes Stück, aber die Fessel war noch nicht durchtrennt. Wütend zerrte sie an der Seide wie ein Hund, der sich in der Wade eines Einbrechers festgebissen hat. Ihre Hände waren frei. Staunend betrachtete sie ihre Hände, wie Meisterwerke. Ihre Handgelenke waren blau und geschwollen, und ihre Hände zitterten. Jetzt die Beinfesseln. Sie beugte sich zu ihren Waden vor. Aber sie kam nicht an ihre Fesseln. Marlene schwor sich, etwas für ihre Fitneß zu tun und zuallererst für ihre Geschmeidigkeit, falls sie jemals lebend aus dieser Situation heraus käme. Sie versuchte, sich zu dehnen, aber nur ihre Fingerspitzen erreichten ein Stück Stoff. So würde sie niemals an ihre Fesseln gelangen. Sie konnte sich ja nicht zu einer Seite hinbeugen, weil sie an beiden Beinen gegrätscht gefesselt war. Hilfesuchend sah sie sich auf dem Bett um. Vielleicht, wenn sie sich ein paar Kissen unter den Hintern schieben würde? Dann wäre der Winkel vielleicht besser! Aber wie schob man sich Kissen unter den Hintern, wenn man ihn nicht in die Luft kriegte? Sie versuchte es mit Wippen. Das Bett hatte eine gute Federung, und sie schaffte es, den Po so lange in der Luft zu halten, bis sie eines der weißen Paradekissen druntergeschoben hatte. Sie atmete wie ein Marathonläufer nach dem Endspurt. Sie mußte sich beeilen. Was, wenn der Irre zurückkäme und sie so fände? Sie beugte sich wieder zu ihrem Bein, zum linken, da war der Schmerz noch größer als im Rest ihres Körpers. Diesmal bekam sie tatsächlich ein paar Zentimeter Fessel zu fassen, aber der seidige Stoff entglitt ihr wieder. Plötzlich hatte sie eine Idee. Sie könnte dieses dämliche Korselett ausziehen und soviel Häkchen wie nötig in eine der Fesseln reinhacken. Aber dann wäre sie fast nackt, wenn Reimann zurückkäme. Ach was, dachte sie, ihr Körper war schon total entstellt. Sie zog das Korselett aus und warf es wie eine Angel in ihre Fußfessel. Es hakte sich tatsächlich fest, und sie konnte sich daran näher zu ihren Knöcheln hinziehen. Dabei zerriß mehr und mehr Seide. Als sie es endlich ganz an ihren linken Knöchel geschafft hatte, riß sie mit aller Kraft die entstandenen Löcher immer größer. Endlich lockerte sich der Stoff etwas. Ihr Fuß rutschte durch die Fessel und fiel wie ein toter Fisch auf das Bett. Sie war so erledigt, daß sie sich am liebsten einfach nur hingelegt hätte. Nie mehr aufstehen, nie mehr irgendwas machen. Aber sie riß sich zusammen und knüpfte den Knoten am anderen Bein auf. Von ihrem Gang aufs Klo wußte sie schon, daß sie nicht sofort aufstehen konnte. Sie stellte also ihre Füße vor das Bett und versuchte zu stehen. Dabei stützte sie sich am Bett ab. Ein prima Bild muß ich abgeben, dachte Marlene, Mann, das wär echt eine tolle Story für Maja. Sie war ungerecht, das wußte sie, aber sie brauchte ein wenig Humor, um weiterzumachen. Sie ging in kleinen, winzigen Babyschritten zur Tür und drückte die Klinke herunter. Sie war nicht verschlossen. Ihr Herz pochte aufgeregt. Was, wenn er jetzt gerade zur Tür hereinkäme? Sie schlich zur Wohnungstür. Die war abgeschlossen. Sie sah sich nach einem Schlüsselkasten um, konnte aber nichts finden. Es gab auch keinen Garderobenschrank. Es gab also keinen Weg nach draußen in den Hausflur. Dann blieb noch Abseilen aus dem Fenster mit aneinandergeknüpften Bettüchern, oder der Dachgarten. Vielleicht war dort eine Feuerleiter installiert? Oder gab es so etwas nur in Hollywoodfilmen, die in San Francisco spielten? Sie tastete sich durch die verschiedenen Zimmer. Sie wollte kein Licht machen. Vielleicht konnte er das von dort, wo er war, sehen und würde sofort zurückkommen. Sie hatte überhaupt kein Gefühl, wieviel Zeit vergangen war, seit sie an Reimanns Haustür geklingelt hatte. Auch egal. Hauptsache, sie kam hier raus. Endlich war sie auf dem Dachgarten. Eisiger Wind zerrte an dem einzigen Kleidungsstück, das ihren Körper noch bedeckte, dem Slip. Sie legte die Hände um ihren Körper, um sich zu wärmen, aber es nutzte nicht viel. Der Garten war nur mit einer schenkelhohen Betoneinfassung versehen, die den Wind von den niedrigeren Pflanzen fernhielt und gleichzeitig eine unbeschränkte Fernsicht bot. Die Aussicht auf München von diesem Dachgarten war sogar jetzt wunderschön. Überall glänzten und bewegten sich Lichter durch die Dunkelheit. Der Himmel war bewölkt, aber an einigen Stellen war die Wolkendecke dramatisch aufgerissen und gab den Blick auf einzelne Sterne frei. Wie anders der Wind ihren Kopf umwehte, ohne ihre Haare. Als ob ein eisiges Seidentuch ihn umflattern würde. Sie wanderte zitternd vor Kälte den Dachgarten entlang und fragte sich, wo Reimann seine Gartengeräte aufbewahrte. Gartengeräte, das waren Scheren und Zangen, Hacken und Spaten. Alles wunderbar geeignet, um Reimann eine über den Schädel zu geben, falls er sie finden sollte, bevor sie sich in Sicherheit gebracht hatte. Da, am Ende des Gartens befand sich ein kleines Holzhäuschen. Es war winzig. Aber diese Hütte konnte ihre Rettung sein. Sie öffnete die Tür. Drinnen war es noch dunkler als auf der Terrasse. Zum Glück hatten sich ihre Augen an die Dunkelheit gewöhnt. Sie stolperte trotzdem über einen Haufen, der im ersten Moment aussah wie eine zusammengerollte Schlange. Es war ein Schlauch. Etwas trieb sie dazu an, sich zu beeilen.

Dauernd sah sie über ihre Schulter, um sich zu vergewissern, daß Reimann nicht schon axtschwingend, wie Jack Nicolson in Shining, hinter ihr stand, während sie sich in Sicherheit wähnte. Da war ein alter eiserner Spind, und über der offenen Spindtür hing eine grüne Gärtnerjacke. Gummistiefel standen daneben. Dankbar zog sie sich die Kleider über. Jetzt fühlte sie sich schon sicherer. Gummistiefel, das war ja fast schon so etwas wie eine Rüstung. Sie beachtete die Schmerzen in ihrem linken Fuß und in ihren Rippen nicht weiter und suchte nach etwas Brauchbarem zu ihrer Verteidigung. Sie fand eine kleine Spitzhacke, deren Griff sie gut in der Hand festhalten konnte. Versuchsweise hackte sie damit in die Luft, dann sank sie auf einen kleinen Schemel. Was machte sie hier eigentlich? Wollte sie warten, bis Herr Reimann persönlich kam, um sie zu holen? Sie mußte weitersuchen, nach einer Feuerleiter. Sie trat wieder aus der Hütte und schrak zusammen, denn zusätzlich zum Wind peitschten jetzt auch noch Regentropfen ihren völlig kraftlosen Körper. Superwetter für einen Besuch auf dem Dachgarten. Marlene schlackerte mit dem ganzen Körper. Ihre Zähne klapperten unkontrolliert. Wo konnten die Architekten wohl eine Feuerleiter angebracht haben? In der Nähe des Schornsteins? Aber wo war der Schornstein? Marlene stolperte über ein paar Bambusstangen, die wohl für Kletterpflanzen hier angebracht worden waren und jetzt vom Wind hin und her gerollt wurden. Da hörte sie ein Geräusch. Automatisch duckte sie sich in den Schatten. Sie traute sich nicht umzudrehen. Es war Reimann, der sie suchte. Sie hielt die Luft an, um keinen Laut von sich zu geben. Er fuchtelte mit seinem Rasiermesser herum und sah so aus, als wäre er bereit, ihr sofort die Kehle durchzuschneiden. Abwechselnd schrie und fluchte er. Er versprach ihr die entsetzlichsten Dinge, wenn er sie finden würde. Und Marlene hatte keine Zweifel, daß er sie finden würde. Da kam ihr eine Idee. Reimann war an ihr in Richtung Holzhäuschen vorbeigelaufen. Das war ihre Chance! Jetzt zurück in seine Wohnung rennen und dann durchs Treppenhaus auf und davon. Halt, nein, Marlene, denk doch nach! Was, wenn er die Haustür wieder verschlossen hatte, nachdem er heimgekommen war?

Nein, das war keine gute Idee. Er schien sich sehr sicher, daß sie sich im Holzhäuschen versteckt hatte. Was, wenn sie ihn dort einsperren konnte? Vielleicht gab es ein Türschloß, um die Geräte vor Dieben zu sichern. Andererseits war ihr nichts aufgefallen. Sie hatte direkt in die Hütte hineingehen können. Das war vielleicht auch der Grund, warum er sie da drinnen vermutete. Aber vielleicht konnte sie etwas vor den Eingang rollen, die Türklinke mit einem Stück Seil zuknoten. Warum hatte sie vorhin nicht besser aufgepaßt, was für eine Tür das war? Wenn sie noch länger hier wie Häschen in der Grube sitzenbleiben würde, würde sie sicher schon bald vom Fuchs aufgefressen werden. Sie erhob sich mit wackeligen Knien und schlich in die Richtung des Häuschens. Aus der Hütte drang ein Scheppern und Rufen. »Komm, Schneeweißchen, komm, mein Engel, komm her zu mir.« Reimann schien jede Kontrolle über sich verloren zu haben. Immerhin wähnte sie sich im Vorteil, weil sie ihn gesehen hatte, er sie aber nicht. Sie blieb im Schatten einer Regentonne stehen und versuchte, das Türschloß zu erkennen. Tatsächlich hing ein Vorhängeschloß an der Tür. Aber es war offen. Sie konzentrierte sich auf den Boden vor der Hütte. Ein Schlüssel müßte in der Dunkelheit schimmern, aber sie sah nichts. Aber vielleicht konnte man eine Schnur oder einen Draht durch die beiden Ösen ziehen, und dann wäre er gefangen. Sie sah sich um, fand aber nichts außer Gestrüpp. Wütend schlug sie mit den Händen auf ihre

Oberschenkel. Denk, Marlene, denk! Plötzlich bemerkte sie, daß ihre Hände ständig gegen etwas Hartes in einer der großen Außentasche der Gärtnerjacke stießen. Mit zitternden Händen griff sie in die Tasche und fand einen Schlüssel. Sie sah den Schlüssel an, wie sie eine Marienerscheinung angesehen hätte. Das konnte nicht sein. Das war unmöglich. Sie hatte diesen Schlüssel. Sie konnte Reimann einsperren. Aber nur, wenn sie sofort handelte. Wieder hörte sie einen Helikopter über das Gebäude fliegen. Das war ihre Chance. Und zwar bestimmt ihre letzte Chance. Das Hubschrauberrattern der Rotoren würde verhindern, daß Reimann den Schlüssel hören konnte. Sie steckte die Spitzhacke in die Jackentasche, damit sie beide Hände frei hatte. Vorsichtig schlich sie zur Hüttentür. »Laß ihn nicht herauskommen, laß ihn bitte nicht herauskommen, bitte nicht«, flehte sie vor sich hin. Sie steckte den Schlüssel ins Schloß. Da umquetschte ein Arm ihre Kehle, und Reimanns Stimme drang von hinten an ihr Ohr. »Du meinst, weil ich keine Eier mehr habe, bin ich total verblödet. Da irrst du dich aber gewaltig, mein kleines Rosenrot, nein, mein Blutröschen.« Marlene war zuerst wie versteinert, so sicher war sie gewesen, daß er immer noch in der Hütte sein mußte. Aber dann wollte sie nur noch leben. Sie dachte überhaupt nichts mehr. Sie handelte nur noch. Sie griff mit der Hand, die Reimann nicht umklammert hielt, in die Außentasche und holte die Spitzhacke heraus. Sie schlug mit voller Wucht auf jeden Körperteil von Reimann, den sie treffen konnte. Gleichzeitig bäumte sie sich auf und versuchte, ihm mit einem Fuß gegen das Schienbein zu treten. Flüchtig dachte sie daran, ihm in die Hoden zu treten, aber wenn er wirklich keine mehr hatte, brachte das nichts. Marlenes Körper hatte jeden Rest von Adrenalin, den sie noch übrig hatte, aktiviert. Sie wehrte sich, sie wollte doch nicht sterben. Reimann war zuerst überrascht und ließ sie für eine Zehntelsekunde los. Das nutzte Marlene, um ihm mit der Spitzhacke ins Gesicht zu schlagen. Er ließ das Rasiermesser fallen und stürzte sich jaulend auf sie. Marlene schlug erneut zu. Doch Reimann war außer sich vor Zorn und drückte sie gegen die Betoneinfassung des Gartens. Marlene betete, daß der Beton so fest war, wie immer behauptet wurde. Er versuchte, ihr die Spitzhacke abzunehmen, und drückte ihren Arm fest auf die Brüstung, um ihre Hand dazu zu bringen, die Hacke loszulassen. Aber Marlene kämpfte um ihr Leben. Sie ließ nicht los. Reimann, dem das Blut jetzt in Strömen über das Gesicht lief, schlug mit der freien Hand auf ihren Busen, in ihren Magen, aber sie ließ nicht los. Sie fühlte die Schläge gar nicht mehr. Um mehr Druck auf ihren Arm auszuüben, setzte sich Reimann auf die Brüstung und bohrte ihr seine Knie in den Arm. Sie gab auf, ließ die Spitzhacke los. Reimann wollte die Hacke greifen und bewegte sich, immer noch kniend, unvorsichtig auf der Brüstung. Doch die Hacke fiel in die Tiefe. Er schwankte einen Moment, und im Bruchteil einer Sekunde erkannte Marlene, was sie tun mußte. Sie stieß ihn mit voller Kraft in die Seite. Er balancierte erstaunlich gut auf der circa ein Meter breiten Brüstung. Profi-Eisläufer, dachte Marlene, doch dann stieß sie noch einmal zu, und Reimann stürzte in die Tiefe. Marlene sah in den dunklen Abgrund. Sie konnte nicht erkennen, ob Reimann wirklich die acht Stockwerke tief gefallen war. Er war einfach nur verschwunden. Sie rutschte an der Brüstung entlang auf den Boden des Dachgartens. Sie zitterte nicht mehr. Tränen rannen ihr die Wangen hinab und vermischten sich mit dem Regen und mit ihrem Blut. Sie hatte gerade einen Menschen getötet. Alles schien sich vor ihren Augen zu drehen. Es war wie Kettenkarussell im Dunkeln fahren. Schneller und schneller, und dabei wurde ihr so schlecht, ganz schlecht. Sie wollte aus dem Karussell aussteigen. Aber es drehte sich unbarmherzig weiter, schließlich wurde das Karussell ganz schwarz, und Marlene verlor das Bewußtsein.

Donnerstag, 11. November

»Happy Birthday to you, Happy Birthday to you!« Marlene erkannte mit geschlossenen Augen sofort Majas Stimme, obwohl sie ungewöhnlich gedämpft klang. Aber wer hatte Geburtstag? Sie selbst? Marlene schlug die Augen auf. Vor ihr stand Maja, in einem wunderschönen hellblauen Wollkostüm. Sie schob eine riesige Torte auf Rädern an Marlenes Bett und strahlte sie an. »Na endlich, ich dachte schon, du würdest nie mehr deine Augen aufmachen!«

Marlene sah sich im Raum um, er war so weiß. Weiß, das erinnerte sie an ... Schneeweißchen. Plötzlich sah sie wieder Reimann vor sich, wie er ihren Schädel kahlrasierte. Entsetzt griff sie an ihren Kopf. Er war verbunden. Sie lag nicht mit Glatze hier. Beim Einatmen fühlte sie heftige Stiche unter ihren Rippenbogen. »Wo sind wir hier?«

»Du liegst in einem Einzelzimmer im ›Bogenhausener Krankenhaus‹. Nicht gerade das Ritz, aber doch ganz okay.«

»Ich habe keine private Krankenversicherung. Wie soll ich das bezahlen?«

»Darüber würde ich mir keine Gedanken machen. Willst du nicht die Kerzen auspusten?«

»Aber ich habe doch gar nicht Geburtstag?« Marlene war völlig verwirrt. Wie lange war sie denn schon hier? Oder hatte sie vielleicht im Koma gelegen?

Maja lächelte Marlene an. »Nein, natürlich nicht. Aber ich dachte, wir sollten quasi deine Wiedergeburt feiern, schließlich bist du einem berüchtigten Frauenmörder entkommen. Das ist doch eine Torte wert, oder?«

»Aber ich kann nicht pusten, mir tut alles so weh.« Marlene hatte Durst. Sie wollte ein Glas vom Nachttisch nehmen, da bemerkte sie, daß sie gefesselt war. Sie schrak zusammen. Nein, sie war nicht gefesselt. Sie war nur an einem Tropf angeschlossen. »Was ist das?«

Maja schüttelte den Kopf. »Keine Ahnung. Aber bestimmt etwas sehr Gesundes, Fettfreies. Marlene, schau mal unter den Kuchen. Ich habe etwas mitgebracht.«

Marlene hob mühsam den Kopf. »Einen Videorecorder? Hast du mir einen schönen Film mitgebracht? ›Das Schweigen der Lämmer‹ vielleicht?« Marlene versuchte zu lachen, aber das Stechen unter den Rippen brachte sie sofort zum Verstummen.

Maja nahm die Fernbedienung. »Nein, nicht ›Schweigen der Lämmer‹, was viel Besseres. Ich habe den Film ›Der Brautmörder‹ genannt.« Maja begeisterte sich: »Es ist die große Sache, von der ich immer geträumt habe. Während du die ganze Nacht hier geschlafen hast, hab' ich im Sender gearbeitet wie eine Verrückte.«

»Im Sender? Du bist doch gefeuert, oder nicht?«

»Ich pflege nicht umsonst die Beziehungen zum technischen Personal, und nachts ist eh fast keiner da. Also, ich habe jedenfalls alles, was ich gefilmt habe, geschnitten und sogar Archivmaterial besorgt. Willst du den Film mal sehen? Es interessiert dich bestimmt, schließlich weißt du ja noch gar nicht, wie du hierhergekommen bist, oder?« Maja schob, ohne Marlenes Antwort abzuwarten, den Videorekorder vor Marlenes Bett und stellte ihn an.

Der Bericht begann mit Maja, die schick im schwarzen

Minikostüm vor *Alpha Plus* stand und kurz zusammenfaßte, was passiert war: drei Frauenleichen, seltsame Anrufe und dann die Leiche von Lederlisa. Marlene wollte das nicht sehen, aber sie war neugierig, was noch kommen würde. Ihr Verschwinden wurde gemeldet, Valerie und Simon hatten die Polizei benachrichtigt. Petra-Klein wurde ihnen zugeteilt. Weil Petra den Fall bereits kannte, nahm sie die Vermißtenmeldung ernst. Normalerweise wurden Fahndungen nach Erwachsenen nicht so dringlich behandelt. Schlau kombiniert hatten die drei, daß Marlene mit ihrem verletzten Fuß nur mit dem Taxi gefahren sein konnte. Über die Taxizentrale war der Fahrer schnell gefunden. Maja sprach mit dem Taxifahrer, der sich vor ihr wie ein Gockel auf Freiersfüßen aufführte. Zum erstenmal mußte Marlene ein wenig grinsen. Fehlte nur noch, daß er laut Kikeriki krähte. Dann sah man Maja, diesmal mit wehendem Trenchcoat vor dem Polizeipräsidium. Es war bereits dunkel, und ihr klares Gesicht war so ausgeleuchtet, daß es einen reizvollen Kontrast zum Gebäude hinter ihr bildete. Sie faßte hochdramatisch zusammen, was sich auf dem Revier nach der Aussage des Taxifahrers abgespielt hatte. Petra Klein hatte im Computer nach Sexualstraftätern aller Prägungen gesucht. Dazu hatten sie sich auf diejenigen konzentriert, die ihren Wohnsitz sowohl in der Nähe des Brautladens wie auch in der Nähe von Marlenes Wohnung hatten. Dabei waren sie auf den Namen von René Reimann gestoßen. Er war vor fünf Jahren wegen Exhibitionismus verurteilt worden. Seine Strafe war etwas höher ausgefallen als bei »gewöhnlichem« Exhibitionismus, weil er sich immer sonntags vor verschiedenen Kirchen entblößt hatte. Und zwar vorwiegend bei Hochzeiten. Hier hatte Maja einen Schnitt gemacht. Es wurde dunkel, und Maja hatte die Musik vom »Weißen Hai« untergelegt, dieses schreckliche dam dam dam, bei dem man die Gefahr ahnt, ahnt, wie sich das Schreckliche machtvoll und unaufhaltsam nähert. Und dann plötzlich sah Marlene sich selbst mit der Spitzhacke auf Reimanns Gesicht einschlagen. Wie hatte Maja das gemacht? Marlene kam das Wasser, das sie vorhin getrunken hatte, wieder hoch. Es schmeckte wie Gift. Sie sah auf ihrem Gesicht diese entsetzliche Angst, sie sah sich kahlköpfig und nackt unter der offenen, blutbesudelten, grünen Jacke um ihr Leben kämpfen. Sie sah, wie Reimann ihr die Hacke wegnahm, und sie sah, wie er über die Brüstung stürzte. Sie hatte nichts von dem Text gehört, den Maja über diese Szene gesprochen hatte, sie sah immer nur sich selbst und ihre Angst.

Dann kam eine Szene mit Maja vor einem Polizeihubschrauber. Marlene registrierte wieder, was Maja sagte. Sie redete in ihr Mikrophon, das jetzt riesig wirkte, weil ein großer Windschutz darübergestülpt worden war. Und sie erklärte den Zuschauern, daß sie soeben Zeuge eines verzweifelten Kampfes um Leben und Tod geworden seien. Denn trotz der schnellen und großartigen Zusammenarbeit aller Beteiligten war die Polizei zu spät am Tatort angekommen, so daß Marlene sich nur durch ihren »tapferen Mut« retten konnte.

»Tapferer Mut«, dachte Marlene, was für ein Scheiß!

Dann hatte Maja die Idee gehabt, den fallenden Körper von Reimann mit Archivmaterial zusammenzumischen. Auf schwarzweiß knatternden Filmausschnitten sah man René Reimann mit seiner Partnerin Sandra Kallas eine Kür auf dem Eis laufen. Marlene erkannte die Musik wieder, das war die Melodie, die Reimann immer gesummt hatte: »Auf in den Kampf, Torero« und »Schwanensee«. Die beiden gaben ein wunderschönes Paar ab, das durch die schwarzweiße Farbe seltsam traurig wirkte. Kraftvoll hob Reimann seine Partnerin, die ein Trikot aus Schwanenfedern trug, in die Luft und setzte sie behutsam wieder aufs Eis. Dabei lächelten die beiden wie Frischverliebte. Unvorstellbar, daß aus diesem erfolgreichen Sportler ein Mörder geworden war. Maja hatte noch zwei Interviews mit Reimann gefunden und Auszüge in den Bericht eingefügt. Dann zeigte sie, wie es in Reimanns Wohnung aussah: das zerschnittene Brautkleid, die Fesseln am Himmelbett. Anschließend sah man wieder Maja, mit einem Kommentar darüber, wie mutig Marlene Popp diesem Mann das Handwerk gelegt hatte. Und als letztes Bild, erst klein, dann immer größer werdend: Marlene, kahlköpfig, mit angstverzerrtem Gesicht. Dazu eine harte Männerstimme aus dem Off: »Wer weiß, wie viele Frauen ohne ihren Einsatz noch hätten sterben müssen.« Dann kam der Abspann.

Maja stellte den Videorecorder aus und sah Marlene erwartungsvoll an. »Na, wie fandest du's?«

Marlene fand gar nichts. Sie war entsetzt. Der Helikopter, den sie gehört hatte, war von der Polizei gewesen. Wieso hatten die Maja erlaubt, mit einer Kamera mitzufliegen? Oder hatte sie vielleicht heimlich gefilmt? »Was hast du eigentlich empfunden, als du mich so gesehen hast?«

Maja gab sich Mühe, beleidigt auszusehen. »Hör mal, wenn ich nicht diesen Druck bei der Polizei gemacht hätte, von wegen Presse und so, dann würdest du heute noch dort oben im Dachgarten liegen und verrotten. Ich wollte dir helfen. Wir wußten ja nicht, daß ihr auf dem Dachgarten sein würdet. Ich dachte ja bloß, ich komme mit und filme den Wohnblock von oben. Das ist immer ein guter Schuß, vor allem bei Nacht. Ich war schockiert, als wir euch im Scheinwerferlicht entdeckt haben.«

»Trotzdem hast du das gefilmt, oder war das ein Kameramann?«

»Der Kameramann durfte natürlich nicht mit in den Hubschrauber. Aber ich hatte die kleine Digi-Kamera dabei, für alle Fälle.«

»Also hast du gefilmt?«

»Ja, was hätte ich denn sonst machen sollen? Weinen? Ich konnte doch nichts machen! Und es hat sich doch gelohnt. Schau mal, du bist doch ein Vorbild für andere Frauen. Wer sich wehrt, kann überleben. Das ist doch eine gute Botschaft.«

Marlene wußte nicht, was sie sagen sollte. Sie wollte keine Botschaft sein. Sie wollte nur sie selbst sein.

Maja setzte sich auf die Bettkante. »Willst du jetzt ein Stück Kuchen?«

»Nein.«

»Na gut, dir gefällt der Film nicht. Aber würdest du mir trotzdem die Erlaubnis geben, das zu senden? Es ist die Geschichte, nach der ich verzweifelt gesucht habe. Es ist die Geschichte, die ich brauche.«

»Würdest *du* gerne in so einem Zustand zur Prime Time in ganz Deutschland gesendet werden?«

»Das heißt nein?«

»Ja! Ich meine, ja, es heißt nein.« Marlenes Kopf klopfte laut. Sie hatte gerade nein zu ihrer Freundin gesagt. Dabei konnte sie ihr doch einen Kompromiß anbieten. Vielleicht war Maja damit zufrieden.

»Du kannst es senden, aber ohne mich. Ich will mich nicht sehen, nicht so!«

»Aber so ist es witzlos, so senden es alle anderen auch.«

»Nein.«

Das Klopfen in ihrem Kopf wurde lauter. Maja drehte sich zur Tür um. Marlene war erleichtert, daß das Klopfen nicht wirklich nur in ihrem Kopf existiert hatte. Ein junger Pfleger mit rotblondem Pferdeschwanz und einem gutmütigen Lächeln kam durch die Tür hereingehuscht.

»Los, los, schnell, fahren Sie schnell das Ding raus, die machen jetzt Visite. Und verraten Sie bloß nichts.« Typisch Maja, bestimmt hatte sie alle Register gezogen, um den Pfleger rumzukriegen. Marlene zweifelte nicht daran, daß Maja auch bei dem Hubschrauberpiloten all ihren Charme eingesetzt hatte, um zu bekommen, was sie wollte. Maja würde es auch ohne diesen Film noch weit bringen.

Maja wandte sich zum Gehen. »Ist das dein letztes Wort? Nein?«

»Ich kann nicht anders.«

»Du willst nicht anders.«

Der Pfleger drängte Maja nach draußen. »Bitte machen Sie schnell!«

»Bis dann.« Maja war draußen, mit ihr der Videorecorder und die Torte.

Hatte sie sich richtig entschieden? Marlene fühlte sich mies. Sie sah wieder Reimann, wie er mit der Frau über das Eis glitt, so mühelos, so elegant. Was für eine Verschwendung. Hätte sie ihn nicht runterstoßen sollen? Das war eine völlig blödsinnige Frage. Ähnlich überflüssig wie die Frage: Hätte sie nicht geboren werden sollen? Es war nicht mehr rückgängig zu machen. Wäre sie lieber tot? Nein.

Ein Trupp Ärzte, Schwestern und Studenten versammelte sich um ihr Bett und diskutierte über sie. Sie hatte eine Rippenfellentzündung mit Lungenbeteiligung, zwei Rippenbrüche, ihre Fußwunde hatte sich infiziert und eiterte, sie hatte Schnitte im Gesicht und am Kopf, und sie war stark unterkühlt eingeliefert worden. Alles in allem nichts wirklich Lebensbedrohliches. Marlene hätte gerne gefragt, ob Narben in ihrem Gesicht zurückbleiben würden. Aber dann dachte sie an all die Schwerkranken, die es im Krankenhaus gab, und kam sich sehr oberflächlich vor. Immerhin wurde sie nach der Visite von dem Tropf befreit.

Kaum war sie wieder allein, wurde ihr ein Tablett mit Essen gebracht. Sie hatte keinen Hunger, aber sie wollte die freundliche asiatische Schwester nicht enttäuschen, und so stocherte sie in einer nach Gulasch, Eintopf oder Ragout aussehenden Masse herum.

»Da kann einem schon der Appetit vergehen, oder? Ich habe was Besseres mitgebracht!«

Marlene sah auf. Simon stand in der Tür. Marlene wunderte sich, warum er sie so angrinste. Dann fiel ihr ein, wie sie aussah. »Was hast du mir denn mitgebracht?«

»Eine Leberkässemmel. Eigentlich wollte ich ein halbes Hendel mitbringen, aber ich habe mich dann doch nicht getraut, das hier reinzuschmuggeln. Und ich dachte, du könntest etwas Deftiges gebrauchen.«

»Laß mal sehen!«

Simon reichte ihr die Semmel, aber Marlene hatte auch darauf keinen Appetit. Simon holte sich einen Stuhl und setzte sich neben ihr Bett. Er räusperte sich. »Ich bin froh, daß es dir gutgeht.«

»Gutgeht? Das ist wohl die stärkste Übertreibung, die ich je gehört habe!«

»Ich meine, ich bin froh, daß du lebst! Wieso bist du nicht direkt zu mir gefahren gestern abend? Ich hab' mir solche Sorgen gemacht!«

»Weil ich ein eitles Gänschen bin, deshalb. Ich wollte für dich schön sein. Und schau, wie ich jetzt aussehe. Noch schlimmer!«

Simon nahm ihre Hand. »Marlene, ich... « Das fühlte sich sehr gut an. Elektrische Impulse, die direkt in ihren Magen ausstrahlten. Ja, weiter, er sollte ihre Hand nicht mehr loslassen.

Es wurde an die Tür geklopft. Simon ließ ihre Hand los, wie ein Pubertierender, der von seinen Eltern bei unanständigen Handlungen erwischt wird. Marlene seufzte leise. »Herein.«

Schwungvoll wurde die Tür aufgerissen. Valerie kam herein, mit ihr ein großer Strauß orangefarbener Blumen. »Die sind für dich. Von allen im Sender.«

Marlene war gerührt über die schönen Blumen, aber sie war sicher, daß der riesige Strauß einzig und allein von Valerie kam. Valerie begrüßte Simon, der aufgesprungen war und ihr seinen Stuhl anbot. Er ging nach draußen, um eine Vase für die Blumen zu besorgen.

»Du siehst beschissen aus.« Valerie musterte sie aufmerksam. »Es war kein Umschlag in deinem Schreibtisch. Wieso hast du mich mit so einem dämlichen Auftrag ins Büro geschickt? Ich hätte dich doch zu Simon hingefahren!«

Marlene wußte selbst nicht mehr, wieso sie das gemacht hatte. Klar, im nachhinein schien es ganz deutlich zu sein, daß Reimann der Täter war. Aber gestern mittag, da hatte sie das einfach noch nicht gewußt. »Du bist nicht mein Babysitter, oder doch?«

»Nee, aber ich bin 'ne prima Krankenschwester. Oder willst du vielleicht wieder zurück in deine Wohnung?« Valerie lächelte Marlene freundlich an, und zum erstenmal bemerkte Marlene, daß Valeries Zähne irgendwie angegriffen aussahen.

»Nein«, flüsterte Marlene. Bei dem Gedanken, überhaupt noch einmal diesen Wohnblock zu betreten, wurde ihr übel. »Könntest du eine Firma beauftragen, alles in ein Lager zu bringen?«

»Wieso in ein Lager? Du kannst das Zeug gern bei mir in den Keller stellen. Ich hab' einen Riesenverschlag, der ist nicht mal halb voll mit meinen Sachen. So lange, bis du eine Wohnung gefunden hast.«

»Danke, nett von dir.« Marlene war viel zu kaputt, um

sich noch mit Höflichkeiten wie »das kann ich aber leider nicht annehmen« und so weiter aufzuhalten.

Simon kam mit einer scheußlichen lilafarbenen Keramikvase zurück. »Das war die einzige, in die dieses Ungetüm von einem Strauß reingepaßt hat.«

Er stellte die Vase auf das Fensterbrett. »Wo wirst du jetzt wohnen?«

»Bei Valerie, bis ich etwas gefunden habe. Ich weiß nicht, ob ich überhaupt in München bleiben soll, nach allem, was passiert ist.«

»Na, hör mal, was hat denn München damit zu tun? Es war doch nicht die Stadt, die dich so zugerichtet hat, sondern Reimann!« Valerie war aufgesprungen und lief neben ihrem Bett hin und her. »Bevor du keinen Sommer hier erlebt hast, kannst du doch nicht einfach wieder weg. Du mußt München eine Chance geben!«

»Bitte setz dich wieder hin, das macht mich ganz schwindelig, wenn du so rumrennst. Wieso muß ich München eine Chance geben? Das ist doch totaler Blödsinn.«

Simon mischte sich ein. »Vielleicht meint Valerie etwas anderes. Du solltest dir selbst eine Chance geben. Schließlich arbeitest du noch nicht mal zwei Wochen bei *Alpha Plus*. Und es wäre doch schade, einfach alles hinzuschmeißen und wegzurennen. Und uns kennst du ja auch noch nicht wirklich.«

Valerie nickte. »Genau, Simon hat das sehr gut gesagt. Also?«

»Was also? Ich ziehe jetzt erst mal zu Valerie, und dann sehe ich weiter.«

Valerie sprang wieder auf. »Gut, dann werde ich mal mein Heim auf deinen Besuch vorbereiten. Eine Bettpfanne besorgen und Gummimatten.«

Marlene sah sich grinsend nach etwas um, das sie Valerie

an den Kopf werfen konnte, aber ihre Rippen schmerzten zu sehr. »Kleine Hexe! Warte nur ab, wenn ich wieder gesund bin!«

»Ach…« Valerie hatte schon die Türklinke in der Hand. »Ich soll dir von deinem Vater gute Besserung wünschen. Er hat sich wirklich Sorgen um dich gemacht.« Und schon war sie draußen. Marlene war plötzlich klar, warum sie in diesem Einzelzimmer lag. Ihr Vater hatte sicher in der Klinik angerufen und darauf bestanden, daß das Beste gerade gut genug für sie sei. Und, dachte sie, sollte ich deshalb in ein Vierbettzimmer umziehen? Sie sah Simon an und fand es gar nicht so schlecht, ein Einzelzimmer zu haben. »Simon, an dem Abend, als ich weggelaufen bin, da habe ich gedacht, du bist der Mann, der die Frauen umbringt.«

Simon stützte sich mit den Armen auf die Bettumrandung an ihren Füßen. »Aber wie bist du denn auf die Idee gekommen?«

»Als du weg warst, bin ich ein wenig durch dein Wohnzimmer gegangen, und da lagen ein Cellophanpapier und Satinschleifen, wie sie Lederlisa über dem Kopf hatte. Und an deinem CD-Player lag eine CD von Shanice ›I love your smile‹. Und da war mir klar, du bist ein gemeingefährlicher Mörder.« Verlegen zipfelte Marlene an ihrer Bettdecke herum. Simon strahlte. »Du hättest wirklich einen Superdetektiv abgegeben. Ich wollte Geschenke einpacken für die Drillinge, auf die ich an dem Abend aufgepaßt habe. Die haben nämlich demnächst Taufe. Vielleicht kommst du mit, wenn du bis dahin gesund bist?«

»Und die CD?«

»Die habe ich mir nach der Geschichte mit deinem Anrufer angehört, weil mir irgend etwas an dem Anruf komisch vorkam. Ich wußte bloß nicht, was, und dachte, wenn ich mir die CD anhöre, dann fällt es mir vielleicht wieder ein.

Aber ich muß dir auch endlich etwas sagen.« Er zögerte einen Moment und sah ihr dann direkt ins Gesicht. »Ich wollte dir sagen, daß ich Maja versprochen hatte, mich an dich ranzumachen, um dich ein bißchen über den anonymen Anrufer auszuhorchen.«

Das Telefongespräch, das sie bei Maja belauscht hatte! Simon interessierte sich also nicht die Bohne für sie. Sie konnte ihn nicht weiter ansehen. Sie zwickte sich in die Handinnenflächen, um nicht ihre Beherrschung zu verlieren. Diese Genugtuung würde sie ihm nicht geben. Simon kam einen Schritt näher. Marlene versteifte sich abwehrend, ließ aber gleich wieder locker, weil ihre Rippen schmerzten.

»Marlene, ich hatte Maja das nur versprochen, weil ich dich noch nicht kannte. Und weil ich Maja noch was schuldig war. Verstehst du? Als mir klar wurde, daß du etwas ganz Besonderes bist, da habe ich Maja gesagt, daß ich ihr nicht helfen kann. Ich wollte dir das nur sagen, damit sie dir nicht eines Tages, wenn wir uns besser kennen, diese Geschichte erzählt. Hallo, bin ich überhaupt zu dir durchgedrungen?« Simon ging um ihr Bett herum und ergriff wieder ihre Hand. »Es tut mir leid.«

Es klopfte an der Tür. Laß jetzt bloß nicht wieder meine Hand los, flehte Marlene im stillen, doch Simon hatte seine Hände schon in den Hosentaschen, als das Parfümduo hereinkam.

»Darf ich?« Petra setzte sich auf Marlenes Bett. »Diese Kopfbedeckung steht Ihnen sehr gut!«

Lagerfeldt sah peinlich berührt zu Boden. Er gab Petra eine Tasche. Petra überreichte sie Marlene und verzog spöttisch ihre Mundwinkel. »Wieder einmal bringe ich Ihnen Sachen zurück, die Sie an dem Schauplatz eines Verbrechens verloren haben. Ich hoffe, daß das bei Ihnen nicht zur Gewohnheit wird.«

Simon antwortete für Marlene. »Bestimmt nicht!« Marlene drehte ihren Kopf zu Simon um und streckte ihm die Zunge heraus. Petra beobachtete Marlene mit Entzücken. »Ich sehe, Sie sind schon auf dem Weg der Besserung.«

»Ich habe vielleicht Verletzungen, aber mein Gehirn funktioniert noch bestens. Ich kann durchaus Fragen, die an mich gestellt werden, allein beantworten, Herr Anwalt!«

Simon zuckte ratlos mit den Schultern. Marlene wandte sich an Petra.

»Danke, Frau Klein. Ich werde mir in Zukunft mehr Mühe geben.«

Lagerfeldt trat von einem Fuß auf den anderen, wie ein Kind, das dringend mal aufs Klo muß. Er sah blaß um die Nase aus. Marlene dämmerte, daß Lagerfeldt zu den Männern gehörte, die sich in Krankenhäusern entsetzlich falsch am Platz fühlen. Er machte sie nervös.

»Simon, hast du nicht irgendwas unter vier Männeraugen mit Herrn Lagerfeldt zu besprechen?«

Simon zog überrascht seine Augenbrauen hoch, verstand aber Marlenes Hinweis und bugsierte Lagerfeldt nach draußen.

»Nett, daß Sie mich besuchen kommen.«

Petra, die ihre roten Haare heute aufgesteckt hatte, zuckte mit den Schultern. Ihre schwarze Lederjacke knarzte. »Wir hätten von Anfang an mehr auf Ihre Anregungen eingehen sollen. Dafür möchte ich mich entschuldigen. Was für ein Glück, daß Sie heil davongekommen sind.« Sie spielte an dem Zipper ihres Reißverschlusses. »Wenn Sie draußen sind, glauben Sie, daß wir uns mal auf einen Kaffee treffen könnten?« Sie richtete ihre zahnpastablauen Augen direkt auf Marlene. »Sie sind gar nicht so übel, wie ich anfangs dachte.«

Marlene wußte nicht, was sie sagen sollte. Das war ein Kompliment. »Aber nur unter einer Bedingung.«

Irritiert rückte Petra ein wenig von ihr ab. »Und die wäre?«

Marlene grinste, so breit sie mit den Schnittverletzungen konnte. »Ich möchte mal in einem Streifenwagen mit heulender Sirene durch München rasen. Geht das?«

Petra lachte. »Ja, ich glaube, das könnte ich arrangieren. Aber das muß dann unter uns bleiben! Und jetzt muß ich gehen. Berichte schreiben. Gute Besserung. Ihre Handynummer habe ich mir aufgeschrieben. Hier ist meine Karte.« Sie stand auf und verließ das Zimmer.

Marlene steckte die Karte in ihre Handtasche. Simon kam zurück. »Dieser Lagerfeldt ist eine Katastrophe. Der Mann ist nicht nur eitel. Er ist auch noch dumm. Eine hochexplosive Mischung. Seine Kollegin ist zu bedauern. Was wollte sie denn von dir?«

»Das fällt unter die weibliche Schweigepflicht.«

»Die gibt's doch gar nicht! Das ist ein Paradox an sich.«

Marlene wollte protestieren, aber ihrem Mund entrang sich nur ein kräftiges Gähnen. Simon beugte sich über sie und hauchte einen Kuß auf ihre Stirn. »Es tut mir leid, du mußt ja völlig erschöpft sein. Du solltest schlafen. Ich werde lieber morgen früh wiederkommen.«

Marlene hätte gern gehabt, daß er an ihrem Bett sitzen geblieben wäre, aber sie traute sich nicht, das zu sagen. Wozu auch? Sie war hier im Krankenhaus in Sicherheit. Und Reimann war tot.

»Nicht erst morgen früh. Komm doch heute abend noch einmal, wenn du kannst. Ich darf hier in diesem Luxuszimmer bestimmt jede Menge Besuch empfangen, wann immer ich möchte!«

Simon sah glücklich aus. »Ich komme bestimmt. Bis später. Falls etwas dazwischenkommt, ruf' ich an, okay?«

Marlene nickte. Simon verließ das Zimmer, und Marlene

blieb allein. Zufrieden betrachtete sie Valeries schöne Herbstastern, die wie ein Sonnenuntergang leuchteten, und streckte sich wohlig unter ihrer Decke aus. Ihre Tasche legte sie auf den Krankenhausnachttisch, und dann schlief sie ein.

Telefonklingeln schreckte sie aus tiefem, traumlosem Schlaf. Es war mittlerweile dunkel geworden. Sie tastete völlig schlaftrunken nach ihrem Handy. Als sie den Hörer ans Ohr hielt, setzte sie sich trotz der Rippenbrüche ruckartig im Bett auf. Adrenalin schoß durch ihre Adern, und ihr Blut pulsierte hämmernd. »I love your smile«, sang Shanice, und dann kam wieder dieses entsetzliche Stöhnen und Keuchen. Marlene schnappte nach Luft, als hätte sie zu lange getaucht, und blieb wie gelähmt sitzen. Außer sich vor Angst drückte sie den Notknopf an ihrem Bett. Wenige Sekunden später kam eine grauhaarige, stämmige Schwester mit einer Bifokalbrille in ihr Zimmer. Routinemäßig fühlte sie ihr den Puls. »Was ist denn los? Haben Sie schlecht geträumt? Ihr Puls ist viel zu hoch.«

»Nein, nein. Ich habe nicht geträumt. Hören Sie doch mal. Sie hielt der Schwester den Hörer ans Ohr. »Das ist ja abscheulich. Sie armes Ding. Stellen Sie das ab.« Die Schwester nahm ihr das Handy ab, schüttelte automatisch ihr Kopfkissen auf und machte das Licht an. »Sehen Sie, alles ist in Ordnung.« Marlene schüttelte den Kopf. »Nein, nichts ist in Ordnung. Ich muß unbedingt telefonieren. Bitte geben sie mir mein Telefon wieder.«

Mißbilligend gab es ihr die Schwester zurück. »So geht das nicht, ich werde einen Arzt rufen.« Marlene suchte nach Petras Visitenkarte und rief sie an. Bitte laß sie drangehen, und nicht ihren blöden Kollegen. Sie hatte Glück. Petra war in ihrem Büro. »Na, schon wieder irgendwo reingestolpert, ein Arztmörder vielleicht?« scherzte Petra.

»Nein, bitte, kommen Sie sofort her. Dieser Stöhner hat wieder angerufen.«

»Ich bin gleich bei Ihnen.« Dankbar fiel Marlene in ihre Kissen zurück.

Die Schwester hatte den Arzt geholt. Der Doktor war noch sehr jung und wußte nicht, wie er mit Marlene umgehen sollte. Er hatte ein ganz glattes Bubigesicht mit großen, mattgrünen, müden Augen. Er maß ihren Blutdruck, so vorsichtig, als wäre sie ein rohes Ei. »Das sieht nicht gut aus. Ihr Blutdruck hat einen Wert unter hundert, der Puls über hundert, das sind klassische Schockwerte. Wir hängen sie vorsichtshalber wieder an den Tropf.« Damit verließ er erleichtert ihr Zimmer, froh, daß er die Situation gemeistert hatte, ohne ein Gespräch führen zu müssen.

Die Schwester rollte eine Stange mit einem Beutel Flüssigkeit in das Zimmer und verband den Schlauch mit dem Katheter, den die Ärzte an Marlenes Arm gelegt hatten. Petra riß die Tür auf. Die Schwester schrak zusammen, als hätte man sie beim Juwelendiebstahl erwischt.

Petra entschuldigte sich bei ihr und setzte sich auf einem Stuhl an Marlenes Bett. »Also?«

Jetzt im Licht, mit Menschen um sich herum, kam Marlene sich albern vor. Sie hatte überreagiert. »Eigentlich nichts Neues. Der Kerl hat genauso wie immer angerufen. Aber ich dachte, daß die Anrufe auf Reimanns Konto gingen. Deshalb war ich entsetzt, als es losging. Ich dachte, alles würde wieder von vorne anfangen.«

Petra hatte eine Strähne ihrer Haare um ihren Zeigefinger gewickelt. »Schade, daß wir keine Aufzeichnung von dem Anruf haben.«

In Marlenes Kopf arbeitete es.

»Alles, was wir tun können, ist, eine Fangschaltung anlegen. Dazu müßten Sie aber erst mal Anzeige erstatten.«

»Moment mal, ich glaube, irgendwann hat der Kerl auf meine Mailbox gesprochen!«

»Das kann nicht sein, so blöd ist doch keiner! Haben Sie denn die Nachricht noch, oder wurde sie gelöscht?«

»Ich kann mich nicht erinnern. Ich hatte eine Kassette im Auto, aber die habe ich weggeworfen ... Aber dann hat er, glaube ich, noch einmal angerufen. Ja, als ich mit Valerie bei den Verwandten der Opfer war.«

»Und haben Sie das gelöscht?«

»Nein, ich glaube nicht.«

»Gut, dann probieren wir es doch aus.« Petra hörte Marlenes Mailbox ab. »Bingo, er ist drauf. Damit kriegen wir ihn bestimmt. Es ist unglaublich, was die Kollegin aus der phonologischen Abteilung aus so einem Band alles heraushören kann.«

»Wie lange dauert das?«

»Das kann ich nicht mit Sicherheit sagen. Aber ich werde Tina jetzt gleich besuchen. Sie haßt diese Kerle, die Frauen angst machen. Vielleicht kann sie ja relativ schnell etwas dazu sagen.« Petra nahm Marlenes Telefon, drehte sich an der Tür noch einmal um und stieß dann beinahe mit Dr. Juri zusammen. Er entschuldigte sich wortreich bei Petra und stand dann völlig fehl am Platz mitten im Zimmer. In der Hand hatte er eine Topfpflanze, eine rosa Azalee. Er suchte einen Platz für die Pflanze, traute sich aber nicht, sich im Zimmer zu bewegen. Endlich stellte er sie auf die Fensterbank und trat dann wieder an das Fußende von Marlenes Bett. »Sie sehen gut aus.«

Marlene beschloß, darauf nicht einzugehen. Er wollte nur höflich sein.

»Dr. Juri, ich danke Ihnen für die Blumen.«

»Wissen Sie, Fräulein Popp, ich bin entsetzt, was da passiert ist. Ich habe den Herrn Reimann auch öfter mal aus

Ihrer Wohnung kommen sehen. Aber man denkt sich ja nichts dabei. Wenn ich doch nur geahnt hätte, was für ein Mensch er war, ja, dann wären Sie vielleicht heute nicht hier.«

»Aber nein«, gerührt betrachtete Marlene den zerknirschten Dr. Juri, »das ist doch nicht Ihre Schuld. Man kann doch nicht in einen Menschen hineinschauen. Das ist unmöglich.«

Dr. Juris Gesicht hellte sich ein bißchen auf. »Glauben Sie das wirklich?«

»Natürlich.«

»Wo werden Sie denn jetzt wohnen, Fräulein Popp? Oder wollen Sie in Ihre Wohnung zurück?«

Marlene schüttelte sich. Was für ein Gedanke! Am liebsten würde sie alles verbrennen, was sich in der Wohnung befunden hatte. Aber das konnte sie sich nicht leisten. »Auf keinen Fall gehe ich zurück dorthin.«

Dr. Juri räusperte sich. »Ich wollte nicht neugierig sein. Verzeihen Sie. Ich wünsche Ihnen jedenfalls alles Gute. Ich möchte Sie nur gerne fragen, wenn Sie erlauben ... also diese Verabredung, die wir hatten ... die ist ja bedauerlicherweise nicht zustande gekommen. Würden Sie mir die Freude machen, natürlich erst, wenn Sie wieder ganz gesund sind, und mit mir vielleicht einmal essen gehen?«

Bevor er noch ganz zu Ende war, wußte Marlene, daß sie ganz klar mit »Ja« antworten würde. Dr. Juris Bart zitterte vor Entzücken. Feierlich übergab er ihr seine Karte. »Ich freue mich auf Ihren Anruf. Ich danke Ihnen, guten Abend.« Er verließ das Zimmer so würdevoll, daß Marlene spontan daran dachte, wie gut ein eleganter Spazierstock zu ihm passen würde.

Sie betrachtete die elfenbeinfarbene Visitenkarte, auf der ganz klassisch ohne jeden Schnörkel seine Adresse, sein

Name und sein Beruf standen. Er hieß Dr. Sandor Juri. Das war ungarisch. Und sie hatte immer gedacht, er käme aus der Schweiz. Wirklich nur knapp daneben. Von Beruf war er Lebensmittelchemiker. Während Marlene darüber nachdachte, welche Aufgaben wohl ein Lebensmittelchemiker hatte, kam die grauhaarige Schwester wieder herein.

»Ich habe eine telefonische Nachricht für Sie. Sie, lassen Sie sich halt ein Telefon ans Bett legen, ich bin schließlich nicht die Auskunft.«

»Ich wußte nicht, daß das möglich ist.«

»Wir leben ja nicht mehr im Mittelalter. Dann sag' ich also in der Zentrale Bescheid. Dann kommt gleich der Techniker und schließt Ihnen eine Nebenstelle an.« Die Schwester ging aus der Tür.

»Halt, Moment noch, was war es denn für eine Nachricht?«

»Ein Herr Freitag oder Montag, ich weiß nicht mehr, jedenfalls läßt er ausrichten, daß er doch leider nicht kommen kann. Irgendwas mit Drillingen sei passiert.«

»Danke.« Marlene starrte die Decke an. Das Zimmer war eigentlich nicht viel anders als das von Reimann. Alles war weiß, bis auf einen merkwürdig hohen, grünen Einbauschrank neben einer Tür, die wahrscheinlich in die Naßzelle führte. Wann hatte sie eigentlich das letzte Mal geduscht? Sie konnte sich nicht erinnern. Was sollte sie denn jetzt den ganzen Abend machen? Sie fühlte sich schwach, aber nicht müde. Schon lange hatte sie nicht mehr einfach nur dagelegen und nachgedacht. Seit sie nach München gekommen war, hatten sich die Ereignisse überstürzt. Aber sie wollte nicht darüber nachdenken, was alles passiert war. Sie wollte einfach an gar nichts denken. Aber, das hatte sie von Valerie gelernt, war ja bekanntlich unmöglich. Man konnte nicht an nichts denken.

Plötzlich wurde ihre Zimmertür aufgerissen, und ein Mann im blauen Kittel kam herein. »Ham' Sie a Telefon bestellt?« Als er »Ham« sagte, schob sich seine Unterlippe auf die Oberlippe, und er sah wie ein maulendes Kind aus. Marlene bejahte, und der Mann installierte ein grünes, altmodisches Telefon mit einer Wählscheibe neben ihrem Bett. Von wegen »wir sind doch nicht mehr im Mittelalter«, dachte Marlene und fragte, wieso das so schnell ginge. Der Mann sah sie verständnislos mit einem »Frauen und Technik«- Blick an und deutete auf die Buchse, die unten an der Wand montiert war. »A jedes Bett hat so a Buchse, und wenn's gewünscht wird, gibt's a Telefon. Aber ob's gesund is, i glaub's net!« Damit verließ er den Raum.

Es war ein bißchen so, als ob sie im Theater wäre. Auftritt, Abgang, und nur sie konnte wie ein Theaterzuschauer immer am gleichen Platz bleiben. Fehlte nur noch, daß ein berittener Bote käme und eine Unglücksbotschaft aus Athen mitbrächte. Die Schwestern könnten den Chor der Tragödie bilden und gemeinsam singen: »A little bit of Lisa in my life, a little bit of Rocky in my life, a little bit of murder gives me...«, und so weiter. Marlene summte vor sich hin. Sie stellte sich die grauhaarige Schwester vor, ob die wohl singen konnte. Ihr Telefon klingelte. Das war sicher der Testanruf. So schnell konnte doch niemand ihre Nummer haben? Sie nahm ab und wurde in einem Schwall von Worten ertränkt: Was ihr einfiele, sich ins Krankenhaus zu legen? Was das kosten würde? Und wieso sie das von ihrem Vater erfahren mußte, dem Mistkerl. Wieso sie nicht von Marlene höchstpersönlich angerufen worden sei? Das sei doch das mindeste und überhaupt. Jetzt, in ihrer persönlich schwersten Krise seit Jahren, da lege sich die einzige Tochter einfach ins Bett und mache auf krank.

Marlene legte den Hörer auf ihr Kopfkissen. Nach ein

paar Minuten nahm sie den Hörer wieder in die Hand. Ihre Mutter schluchzte gerade »und dann hab' ich gesagt, ›Ramirez, wenn du dich nicht ganz für mich entscheiden kannst, dann mußt du gehen‹. Und was hat der undankbare Kerl gemacht? Er ist wirklich gegangen! O Marlene, kannst du dieses Jahr Weihnachten nicht mal zu mir nach Mallorca kommen? Ich könnte den Fiesta-Club für eine gigantische Party mieten, der steht über Weihnachten eh meistens leer. Was hältst du davon? Und du bringst ein paar junge Männer mit...«

Marlene gruselte es. Das letzte Mal, als sie ein paar junge Männer in die Nähe ihrer Mutter gebracht hatte, hatte ihre Mutter sich zu einem Komplettlifting mit fatalen Folgen entschlossen. Und der Fiesta-Club erinnerte sie zu sehr an das, was hinter ihr lag. »Es ist wirklich nett, Mutter, daß du dich so um mich sorgst, mir geht es wirklich gut. Aber ich glaube nicht, daß ich dich an Weihnachten besuchen kann. Und jetzt ist gerade der Arzt gekommen, ich muß zu einer Röntgenaufnahme. Tschüs, Mutter!« Marlene legte den Hörer auf.

»Ich hatte zwar den Eindruck, daß Sie die merkwürdigsten Dinge anstellen, aber beim Lügen habe ich Sie noch nicht erwischt.« Petra war unbemerkt hereingekommen und setzte sich am Fußende auf Marlenes Bett.

»Das war meine Mutter.«

»Verstehe. Ich bin hier, weil ich erzählen wollte, was die Phonetikerin herausgefunden hat.«

»So schnell?«

»War nicht schwer. Also erstens, wer immer das gemischt hat, ist ein Profi. Es ist keine zufällige Aufnahme, denn es fehlt absolut jedes Hintergrundgeräusch. Das ist eine Situation, die man nur im Studio hat. Außerdem wurden die beiden Tonspuren perfekt digital zusammengemischt, und beide Tonspuren waren perfekt ausgesteuert.«

Sofort dachte Marlene an Klaus' Keuchen im Aufzug. »Konnten Sie noch etwas feststellen?«

»Ja, die Person, die gekeucht hat, ist männlich und wahrscheinlich sehr korpulent. Das kann man anhand der Atempausen und Stimmlagen ganz gut herausfinden. Das Stöhnen wurde etwas gepitcht und das Keuchen verlangsamt, so daß zusätzlich ein ungewöhnlich gruseliger Effekt erzielt wurde. Können Sie damit etwas anfangen?«

»Ich glaube schon. Der einzige Mann, den ich kenne, der wie ein Toningenieur ausgebildet ist, perversen Humor hat und richtig fett ist, ist mein Kollege Rocky.«

»Warum sollte Rocky Ihnen das antun?«

»Vielleicht wollte er mir Angst einjagen. Das scheint ihm Spaß zu machen.« Sie erinnerte sich an ihre erste Begegnung in der Tiefgarage. »Oder vielleicht hatte er Angst, daß ich ihm seinen Platz in der Sendung streitig mache.«

»Wollen Sie ihn anzeigen?«

»Spontan, glaube ich: nein. Ich weiß nicht genau, warum nicht. Schließlich hat er mir viel Angst damit eingejagt. Vielleicht war ihm nicht klar, wie entsetzlich es für ein Frau ist, sich das anhören zu müssen. Ich werde ihn fragen, ob ich seiner Oma ab und zu mal dieses Band vorspielen soll. Das öffnet ihm bestimmt die Augen!«

»Aber ich gebe Ihnen zu bedenken, daß viele Kriminelle mit solchen kleinen Delikten anfangen.«

»Ich glaube nicht, daß Rocky wirklich kriminell ist. Ich werde einen anderen Weg finden, mich mit ihm auseinanderzusetzen.«

Petra stand auf. »Viel Glück. Ich glaube nicht daran. Nach meiner Erfahrung ändern sich nur ganz wenige Täter zum Besseren. Die meisten finden bei ihren Straftaten nie den Kick, den sie sich erträumt haben. Und deshalb gehen sie immer größere Risiken ein, so lange, bis wir sie dabei erwischen.«

Marlenes Zimmertür wurde mit einem lauten Rumms aufgerissen. Valerie kam mit einem Rollstuhl herein. In der Hand hielt sie eine Papierlaterne. »Hallo, ihr beiden. Los, Marlene, ich habe eine Überraschung für dich organisiert. Hier, setz dich auf den Rollstuhl, leg dir die Decke über, und nimm die Laterne.«

Petra lachte. »Valerie, Sie haben eine unglaubliche Energie. Aber Frau Popp hängt doch am Tropf fest, da kann sie nicht einfach mit dem Rollstuhl herumfahren.«

»Zum Glück sind Sie ja da! Sie schieben den Tropf hinter Marlene her.« Valeries gute Laune übertrug sich auf Marlene und Petra. Marlene setzte sich mit wackeligen Beinen auf den Rollstuhl, Valerie stopfte die Decke um sie herum fest und steckte das Teelicht in der Laterne an. »Los geht's!« Die drei fuhren mit dem Aufzug nach draußen auf eine Art Terrasse. Von dort hatte man einen guten Blick auf den Garten des Krankenhauses. Und dann sah Marlene, was Valerie organisiert hatte. Viele Mitarbeiter von *Alpha Plus* und sogar Simon mit einem riesigen Kinderwagen standen da im Dunkeln mit Laternen und sangen »Laterne, Laterne, Laterne«. Marlene, die kitschige Rührstücke verabscheute, war so bewegt, daß ein dicker Kloß im Hals ihr das Schlucken schwermachte. »So ein blödes Kinderlied«, schluchzte Marlene, die als Kind nie auf einem Laternenumzug gewesen war. Tränen liefen ihr übers Gesicht. Petra ließ den Tropfständer los und holte ein Taschentuch aus ihrer Lederjacke. »So schlecht singen Sie auch wieder nicht.«

Die Papierlaternen schwankten im Abendwind hin und her wie überdimensionale bunte Glühwürmchen. Die Lichter verschwammen vor Marlenes Augen. Sie lehnte sich zurück in ihrem Rollstuhl und schloß die Augen. Valerie und Simon hatten recht gehabt. Sie sollte sich selbst auch eine Chance geben.

Epilog

Klebrige Hitze waberte Marlene entgegen, als sie nach der Morgensendung mit Rocky aus dem klimatisierten Studio kam. In wenigen Minuten war ihr langes, lindgrünes Leinenkleid unter den Achseln und am Rücken völlig durchgeschwitzt. Sie stellte ihre leere Kaffeetasse auf dem Schreibtisch ab und machte sich auf den Weg in den achten Stock. Sie vermißte Valerie und Solveig, Lederlisas Tochter, die beide zusammen in Urlaub gefahren waren. Solveig hatte sich schon bei Lederlisa um ein Praktikum beworben, aber ihre Mutter hatte das damals abgelehnt. Zum Glück hatte Martini erkannt, was für ein Potential in Lederlisas Tochter schlummerte, und ihr dann doch eine Chance gegeben. Valerie und Solveig waren wichtige Mitarbeiter für Marlenes Sendungen geworden. Vor allem seit Rocky jeden Tag gleich nach der Morgensendung an das Krankenbett seiner Oma eilte und es mit Müh und Not schaffte, morgens die vorbereitete Sendung zu moderieren.

Im Vorzimmer der Programmleitung saß jetzt Chrissie, ein junges, dralles Mädchen, das intensiv Kaugummi kaute und Marlene mit einem aufmunternden »Hi!« begrüßte. Marlene vermißte Uschi, die kurz nach Lederlisas Tod gekündigt hatte. Chrissie fragte telefonisch nach, ob Marlene reinkommen sollte, und hievte sich dann aus ihrem Stuhl.

Als ihre nackten Beine sich vom Ledersessel lösten, gab es ein häßliches, schmatzendes Geräusch. »Die Hitze«, nuschelte sie schulterzuckend und öffnete Marlene die Tür.

Klaus hatte Krawatte und Jackett ausgezogen und die oberen Knöpfe seines zerknitterten Hemdes geöffnet. »Marlene, wie schön. Wir haben viel zu besprechen.«

Marlene warf einen Blick auf das schwarze Ledersofa, das Klaus sofort angeschafft hatte, um dem Zimmer etwas »männliches Flair« zu geben, und über das im Sender die wildesten Gerüchte kursierten.

»Ah, ja?«

»Die Medienanalyse ist verheerend ausgefallen. Wir sind immer noch nicht die Nummer eins in der Prime Time. Es muß etwas geschehen.«

»Was du nicht sagst!«

»Spar dir deine Ironie für die Sendung auf. Oder lieber doch nicht.«

Marlene zuckte mit den Schultern. »Wahrscheinlich haben die Leute keine Lust mehr, sich Rockys und meine Witze anzuhören. Vielleicht ist die Zeit reif für etwas anderes?«

»Aber dafür bist du doch engagiert worden, seinerzeit, von Lederlisa. Und Martini wollte dich ja auch behalten, obwohl Rocky sich dauernd über dich beschwert hat.«

Marlene wischte eine Schweißperle von ihren Augenbrauen ab. Was sollte sie dazu sagen? Es war viel zu heiß, um sich aufzuregen.

Klaus schüttelte den Kopf. Schweiß tropfte aus dem feuchten Haar auf seine Unterlagen. »Die meisten Hörer haben wir – jedenfalls der Analyse nach – dazugewonnen, als die Sache mit Lederlisa passiert ist. Du könntest doch versuchen, in deine Frühsendung ›Nachtmahr‹-Elemente einzubauen.«

»Superidee, Klaus. Echt klasse. Das ist genau das, was die Leute morgens hören wollen. News aus der fantastischen Welt des Verbrechens. Wow, Klaus, daß ich da nicht selbst drauf gekommen bin! Wir könnten doch zum Beispiel eine ›Vergewaltiger-Top-Ten‹ einführen. Dann hören auch deine Frau und die lieben Kinderlein gleich bei ihrem Morgenkakao, welchen Verbrecher wir auf Platz eins der Liste setzen. Ich bin sicher, wenn wir dazu noch mit einer coolen Eigenkomposition aufwarten, zum Beispiel dem ›Frauenhausblues‹, mit Peitschenschlägen, Schreien und Stöhnen, hey, dann sind wir sicher bald auf Platz eins.«

Unsicher sah Klaus Marlene an. »Meinst du wirklich?«

Marlene erhob sich. Der Mann war wirklich ein Idiot. Er hatte überhaupt kein Gespür für Ironie oder Humor. Wenn sie ihm vorschlagen würde, Rocky durch einen Gorilla zu ersetzen, weil Affen jetzt schwer im Kommen waren, würde er wahrscheinlich darüber nachdenken.

Sie ging aus der Tür und nickte Chrissie zu, die gerade Desinfektionsmittel auf ihr frisches Bauchnabel-Piercing träufelte.

Als sie der Aufzug unten ausspuckte, winkte sie dem Pförtner, Herrn Baumüller, und schwang sich auf ihr Fahrrad, um an den Starnberger See zu radeln.

Nie im Leben hätte Marlene geglaubt, daß sie sich je wieder so fit fühlen würde. Der Schweiß tropfte aus ihren Achseln und lief in Bächen ihren Rücken herunter. Trotzdem kam es ihr eher so vor, als würde sie fliegen. Und das lag weniger an ihrer körperlichen Verfassung als an Simon, der am Starnberger See auf sie wartete. Eigentlich sollten sie ja beide bei der Arbeit sein und an der Erhöhung des Bruttosozialproduktes mitarbeiten. Aber, dachte Marlene, nie wieder würde sie »leben« auf später verschieben – und überhaupt – es war schließlich Sommer!

Danksagung

Ich möchte mich bei allen herzlich bedanken, die zu der Entstehung des »Brautmörders« beigetragen haben:

Bei meiner Familie, für ihr Verständnis und ihre Geduld, und ganz besonders bei meiner Schwester Ulrike für ihre konstruktive Kritik.

Bei Mika Vogt für ihre einfühlsame psychologische Beratung und bei Stephan Coenen für seine Bereitschaft, die merkwürdigsten medizinischen Fragen auch zur Unzeit zu beantworten. Bei Olaf Fiegel für seine hilfreichen juristischen Anmerkungen und bei Sabine Zuschrott, die immer bereit war, mich bei ausgefallenen Recherchen zu unterstützen.

Bei Oliver Rösch, der mich umfassend zum Thema Profi-Eiskunstlauf informiert hat. Bei Bernhard Fleischmann, der mich an seinem breitgefächerten »Radio-Wissen« teilhaben ließ und Kontakte für mich herstellte.

Sehr dankbar bin ich Brigitte Theile für ihre Bereitschaft, sich während ihrer Radiosendung von mir über die Schulter schauen zu lassen.

Sehr aufschlußreich waren auch meine Gespräche mit Herrn Wenger und Herrn Durdak vom Bayerischen Landeskriminalamt in München.

Ihnen allen und besonders meinem Agenten Dirk R. Meynecke, ohne den es dieses Buch vielleicht gar nicht gäbe, herzlichen Dank!

Beatrix Mannel